CORRADO FALCONE
Mörderisches Schweigen

CORRADO FALCONE

Mörderisches Schweigen

Kriminalroman

GMEINER SPANNUNG

Bisherige Veröffentlichungen:
Der Bozen-Krimi – Der Pate

Immer informiert

Spannung pur – mit unserem Newsletter informieren wir Sie
regelmäßig über Wissenswertes aus unserer Bücherwelt.

Gefällt mir!

Facebook: @Gmeiner.Verlag
Instagram: @gmeinerverlag
Twitter: @GmeinerVerlag

Besuchen Sie uns im Internet:
www.gmeiner-verlag.de

© 2019 – Gmeiner-Verlag GmbH
Im Ehnried 5, 88605 Meßkirch
Telefon 07575 / 2095-0
info@gmeiner-verlag.de
Alle Rechte vorbehalten
2. Auflage 2019

Lektorat: Teresa Storkenmaier
Herstellung: Julia Franze
Umschlaggestaltung: U.O.R.G. Lutz Eberle, Stuttgart
unter Verwendung eines Fotos von: © derProjektor / photocase.de
Druck: GGP Media GmbH, Pößneck
Printed in Germany
ISBN 978-3-8392-2362-8

1.

Andreas stach das Paddel in den See. Schneller, immer schneller. Das grüne Wasser brach und wirbelte Tausende von silbernen Tropfen auf, in denen sich die Morgensonne brach. Sein Kajak schnellte voran. Pfeilschnell glitt er über die Wasseroberfläche. Hinter sich hörte er ein Lachen.

»Gleich habe ich dich«, keuchte Michael, und tatsächlich sah Andreas das Kajak seines Freundes neben sich auftauchen.

»Von wegen!« Auch er lachte nun, legte noch einen Zahn zu, war schon eins mit dem Paddel, dem See, er war die Geschwindigkeit selbst, mit der er über das Wasser flog. Das Ufer kam näher.

»Wenden!« Zwangsläufig musste er Tempo wegnehmen, er wendete rasant.

»Gleich habe ich dich eingeholt!«, rief Michael, ebenfalls flott wendend.

»Niemals!« Andreas spürte die Wassertropfen auf dem Gesicht und die Sonne, er sah das gleißende Blau des Himmels, die grünen Schatten der Berge um sich herum und kam sich beinahe schwerelos vor. Als könnte er abheben, schweben. Diese Stunde Training vor der Arbeit genoss er, und mit Michael machte es mehr Spaß als allein, er war einfach ein Wettkampftyp. Wegen einer Frau hatte er seine sportlichen Aktivitäten zurückgeschraubt; das würde ihm nicht noch einmal passieren, so viel stand fest.

Er hatte schon beinahe die Mitte des Sees erreicht, als ihm

auffiel, dass Michael nicht mehr hinter ihm war. Eher erstaunt als verärgert drosselte er seine Fahrt. Wandte sich um. Michael war längst nicht so geübt wie er. Daher fiel ihm die Verantwortung zu, und Verantwortung lag ihm.

Sein Freund hockte ein gutes Stück hinter ihm in seinem Kajak und stocherte mit dem Paddel im Schilf herum, das einen dichten Gürtel rund um das Ufer bildete.

»Michael?« Andreas wendete und stieß sein Paddel ins Wasser. Eine Wolke, eine einzige, schob sich nun über den Rand des Massivs vor ihm.

Michael wandte Andreas sein Gesicht zu. Er war totenblass. »Ich glaube, da treibt eine Leiche!«

Mit ein paar schnellen Stößen war Andreas neben seinem Freund.

»Ver…«

»Da ist nichts mehr zu machen, was?«

Ein aufgedunsenes Gesicht, mehr konnte Andreas zuerst nicht erkennen, Reste von Kleidung.

»Sag doch, Andreas!«

Der zog schon sein Handy aus der wasserdichten Hülle. »Da ist wirklich nichts mehr zu machen.« Es schüttelte ihn innerlich, dennoch bemühte er sich, seiner Stimme einen festen Klang zu geben, als er den Notruf wählte. Aus den Augenwinkeln sah er ein Moped, das die schmale Uferstraße entlangfuhr, im Schritttempo.

»Hier ist Andreas Tratter. Wir haben eine Leiche im Obergellner See gefunden.«

Das Moped hielt. Andreas konnte den Fahrer nicht erkennen, aber er fühlte die Augen dieses Zaungastes durch den Helm auf sich gerichtet. Unversehens lief Gänsehaut über seine nackten Arme.

»Okay. Wir bleiben vor Ort.«

Das Handy wegsteckend, fragte er Michael: »Weißt du, wer

das ist?« Er deutete auf das Moped, das sich bereits knatternd entfernte.

Stumm schüttelte Michael den Kopf.

2.

Am frühen Morgen in der stillen Kirche fand Severin zu sich. Bevor der Tag mit seinen vielfältigen Aufgaben begann, zog er sich hierher zurück, um zu beten. Zum Herrn zu rufen, aus der Tiefe heraus, in der er gefangen war, den Herrn anzuflehen, ihm gnädig zu sein. Denn bei Gott war Vergebung. Trotz der Verzweiflung, die ihn im Griff behielt, hatte er immer daran geglaubt.

Hatte er?

Für ein paar Minuten des Gebets, in dem er seine Not herausschreien durfte, fühlte er so etwas wie Erleichterung. Ganz wörtlich. Als würde eine Last von seinen Schultern genommen. Als könnte er sich aufrichten aus der gekrümmten Haltung des Zweifels und der Furcht.

Er vermochte mit niemandem zu reden. War verdammt, alles zurückzuhalten. Es kam nicht in Frage, bei Holzer zu beichten. Niemals. Wenngleich Holzer etwas ahnte.

Severin senkte den Kopf, faltete die Hände noch fester. Betete leise murmelnd Psalm 130. De profundis clamavi ad te, Domine. Aus der Tiefe rufe ich, Herr, zu dir. Jedes Wort, jede Silbe trug in sich sein inniges Flehen, während der Klang seiner Stimme leise raschelnd den Altarraum erfüllte.

Als er den Psalm beendet hatte, blieb er noch einen Moment auf seinen Knien, bevor er sich aufrichtete und zum Altar ging. Später würde er die Beichte abnehmen, das Dorf war klein, die katholische Tradition steckte den Leuten in den Knochen. Severin gab viel auf die alten Formen, deswegen hatte ihm die Aussicht gefallen, Pfarrer in Obergelln zu werden. In dem winzigen Dorf in traumhafter Landschaft funktionierte noch das Gemeinwesen, man kannte sich, man ging sonntags zur Kirche und auch mal unter der Woche zur Morgenmesse, das gefiel ihm. Wenn nur nicht ...

Severin machte eine tiefe Kniebeuge. Bekreuzigte sich.

Zuerst hörte er das leise Knattern nicht, das sich über die Dorfstraße näherte und abrupt abstarb. Er war noch zu sehr in Gedanken. Als die schwere Kirchentür mit lautem Knall zufiel, fuhr er herum.

»Ich hatte dich doch gebeten, außerhalb der Messe nicht herzukommen«, sagte er kühl, im Ton eines Lehrers, der sich in seiner wertvollen Zeit mit unausgeglichenen Teenagern herumschlagen musste.

»Die haben eine Leiche im See gefunden. Ich glaube, es ist die Teresa.«

Vor Überraschung machte Severin einen Schritt zurück, achtete nicht auf die Altarstufen, geriet ins Straucheln, fing sich gerade so.

»Die Teresa, sagst du?«

Hinter ihm öffnete sich die Sakristeitür. Holzer kam heraus. Er hat die Gabe, stets den günstigsten Moment zu finden, haderte Severin.

Holzer zog sich sofort zurück, seinen missbilligenden Blick nicht verbergend.

Severin schloss kurz die Augen.

»Du solltest jetzt gehen, Lisa!«, bestimmte er kühl und wandte sich ebenfalls der Sakristei zu.

3.

Commissario Sonja Schwarz stand am Fenster und ließ den Blick über den Weinberg schweifen. Der Kaffee tat gut, wenigstens ein Stück Routine im Chaos. Kaffee und die Polizeiarbeit hielten sie aufrecht. Wenn sie sich beschäftigt hielt, musste sie nicht an Thomas denken, konnte die Zweifel und Schuldgefühle ausschalten. Arbeit gab es wahrhaftig genug, im Weinberg stand nicht alles zum Besten, sie lebten von der Substanz. Wenn sie sich nicht ranhielten, wenn die Ernte nicht gut würde, wenn irgendetwas Unerwartetes über sie hereinbrach, würden sie das Gut nicht halten können. Vielleicht. Alles stand stets auf der Kippe, es gab keine Sicherheit. Dazu das ständige Misstrauen, das sich in jeder freien Minute heranschlich und keine klaren Gedanken mehr zuließ. Sie musste handeln. So schnell wie möglich.

Sonja sah, wie Julian in seinen verstaubten Arbeitshosen und einem weißen T-Shirt vom Gesindehaus kommend zum Werkschuppen ging, wobei er Laura fröhlich zuwinkte. Die grinste zurück, während sie die Haare unter ihren Strohhut band. Der Traktor. Eine der Sorgen. Allerdings bei Weitem nicht die größte.

Sie war diejenige, die das würde klären müssen. Katharina konnte sie es nicht zumuten, ihre Schwiegermutter hängte sich ohnehin schon mehr rein, als gut für sie war, schonte ihr Herz nicht, wie von den Ärzten dringend geraten, sondern schuftete von morgens bis abends im Weinberg. Sogar Sonjas Tochter Laura vernachlässigte das Studium, um öfter helfen zu können. Wenigstens waren jetzt Semesterferien, so dass Sonjas Selbstvorwürfe nicht allzu heftig rumorten. Die Familie gab wirklich alles. Manchmal kam Sonja ihr Leben vor wie ein Forschungsprojekt. Sie testeten einfach aus, wie viel sie schaffen konnten. Mit Hilfe war nicht zu rechnen, noch jemanden anzustellen, war momentan keine Option.

Dabei ging es in Wirklichkeit um sehr viel mehr. Wenn sie das Weingut verlören, dann war ihr Leben hier in Bozen nur noch ein Wunschtraum, ein Konstrukt, an das sie bis zur Verzweiflung geglaubt hatte, das jedoch von vornherein zum Einsturz verdammt war. Leben, wo andere Urlaub machen, mit diesem lockeren Spruch hatte Thomas sie damals dazu bewegt, von Frankfurt nach Südtirol zu ziehen, neu anzufangen, und Sonja hatte sich allmählich eingewöhnt. Dann waren Schritt für Schritt Dinge ins Rollen gekommen, die allesamt darauf zielten, der Familie Schwarz den Garaus zu machen. Thomas war tot. Zurück blieb eine vage Vorstellung, was die Familie sein könnte. Wenn er noch da wäre.

Jetzt ersetzte ein Verwalter mit hervorragenden Referenzen ihren Mann. Sonja kochte innerlich. Julian Bittner war nicht Julian Bittner, der echte hatte einen Unfall gehabt, der falsche sich dessen Vita zunutze gemacht. Ihr Argwohn stieß ihren Mitmenschen mitunter übel auf. Doch in diesem Fall war Sonja froh, sich zu einer Überprüfung durchgerungen zu haben, und das Ergebnis gefiel ihr nicht.

Überhaupt nicht.

Sie stellte die Tasse in die Spülmaschine. Ging nach draußen. Obwohl noch früh am Morgen, brannte die Sonne bereits auf das Anwesen. Grün funkelten die Weinberge rund um Eppan, es war einer von diesen Postkartentagen, über die die Touristen sich freuten. Eine Wanderung, abends ein gutes Essen und ein Glas Magdalener. Ab ins Bett und tief geschlafen.

So lief es für Sonja schon lange nicht mehr. Sie ging zum Werkschuppen hinüber. Fühlte die ausgetrocknete Erde unter ihren Sohlen. Es müsste dringend regnen, schoss ihr durch den Kopf. Von fern hörte sie das Hämmern eines schweren Gegenstands auf Metall.

Julian stand über die Motorhaube des alten Traktors gebeugt. Von Nahem sah sie die Ölschlieren auf seinem weißen T-Shirt und die Strähnen, die ihm vor den Augen hingen.

»Morgen«, sagte Sonja.

Er drehte sich um, ein fröhliches Lächeln auf den Lippen.

»Morgen! Ich fürchte, der macht es nicht mehr lang.«

»Einer meiner Kollegen hat Sie überprüft. Ich weiß nicht, wer Sie sind, aber Julian Bittner sind Sie nicht. Wie heißen Sie wirklich?«

Das Lächeln kullerte ihm aus dem Gesicht.

»Und warum haben Sie sich hier unter falschem Namen und mit einer gefälschten Biografie anstellen lassen? Haben Sie gedacht, wir kriegen das nicht raus?«

»Tja …« Julian klappte die Motorhaube herunter und legte den Schraubenschlüssel mit einem satten Klonk darauf. Ein trauriger Ausdruck legte sich auf seine Züge. »Um ehrlich zu sein ... doch! Doch, ich habe damit gerechnet, dass Sie irgendwann dahinterkommen. Ich dachte lediglich, es würde ein wenig länger dauern. Dass ich noch Zeit habe, Sie kennenzulernen. Und Katharina.«

Sonja starrte ihn an. Als Polizistin hatte sie gelernt, hinter die Fassade zu schauen. Doch noch blieb ihr der Blick hinter die ihres Verwalters versperrt. Zunächst. Bloß nicht auf Andeutungen einlassen. Niemanden im Gespräch etwas recht machen. »Ich hätte gern eine Antwort.«

Doch statt Julian meldete sich ihr Handy zu Wort.

»Matteo, was gibt es?« Wenn ihr Vorgesetzter am frühen Morgen anrief, blieben nicht viele Optionen.

»Wir haben eine Leiche im Obergellner See. Die Kollegen sind gerade bei der Bergung. Holst du mich ab? Mein Wagen ist immer noch nicht fertig.«

»Geht klar. Ich mache mich auf die Socken.« Sie steckte das Handy weg. »Also?«

Julian wand sich. »Es ist nichts Schlimmes. Eher was Persönliches. Nicht so leicht zu erklären, und Sie müssen weg ...«

»So viel Zeit habe ich noch.«

»Ich weiß, Sie könnten mich jetzt einfach rausschmeißen. Ich würde es sogar verstehen«, sagte Julian zerknirscht. »Trotzdem: Könnte ich heute noch hier arbeiten? Katharina und Laura schaffen es doch nicht allein. Sogar zu dritt kommen wir kaum rum. Heute Abend setzen wir uns dann zusammen, und ich erkläre alles. Wär' das ein Vorschlag?«

Sonja blickte in sein braun gebranntes Gesicht. Ihre Entschlossenheit geriet ins Wanken. Auf keinen Fall würde sie so schnell klein beigeben. Sie hasste es, an der Nase herumgeführt zu werden. Und spürte Wut im Bauch, ganz plötzlich. Seit dem Anschlag, seit der Sache mit Thomas, kamen immer wieder solche Momente. Ein unerklärlicher Zorn. Auf den Menschen vor ihr. Auf die Welt. Auf sich selbst. Weil sie zugelassen hatte … Sie wischte die wütenden Gedanken weg. Das hier forderte nun all ihre Aufmerksamkeit.

»Sie werden es verstehen, da bin ich mir sicher.« Julian legte seine schwarz verschmierte Hand auf die Motorhaube des alten Traktors.

Eine unschuldige Geste, die Sonja den Wind aus den Segeln nahm. Zudem wartete Matteo darauf, dass sie ihn an der Werkstatt abholte. Wenngleich die Tote aus dem See auch noch ein paar Minuten Zeit hatte.

»Also gut. Bis heute Abend.« Sie nickte Julian knapp zu, wandte sich um und ging zu ihrem Wagen. Mit einem Mal fühlte sie sich zu müde für eine Auseinandersetzung.

»Mama?« Ihre Tochter Laura kam ihr nach. Unter dem Strohhut konnte man deutlich den Sonnenbrand auf ihrer Nase sehen. Sie fuchste sich mit so viel Herzblut in die Winzerei, dass Sonja sich schäbig vorkam. Sie verließ das Weingut jeden Morgen. Geld verdienen. Kriminelle jagen. Ihr Gehalt war das einzig sichere Standbein für die Familie. Laura hatte noch nicht lange mit dem Studium begonnen. Was, wenn das Weingut den Bach runterging? Wo würde Laura dann eines Tages arbeiten?

»Ja?«

»War was?« Laura zeigte zum Werkschuppen. »Ich habe mitgekriegt, dass du mit Julian geredet hast.«

»Ja, es ist was, aber lass uns heute Abend darüber reden, in Ordnung?«

»Wenn du meinst …« Laura sah sie enttäuscht an.

»Ich muss zum Dienst. Zwei Kajakfahrer haben eine Leiche im Obergellner See gefunden. Kümmerst du dich um Katharina? Sie klotzt schon wieder ran, als wollte sie die Arbeit allein machen.« Sonja zeigte an dem blühenden Rosenstock vorbei in die Rebenreihe, durch die ihre Schwiegermutter gerade eine Schubkarre wuchtete, die sie offensichtlich nur mit großer Anstrengung schieben konnte.

»Mach ich. Ich dachte eigentlich, jetzt, wo Julian für uns arbeitet, gönnt sie sich ab und zu mal eine Pause.«

»Sieht ja wohl kaum so aus!« Das kam schärfer, als Sonja beabsichtigt hatte. Sie ignorierte Lauras ratlosen Blick. »Ich muss dann. Bis heute Abend!«

4.

Warten konnte er. In der »Famiglia« lernte man Geduld. Man lernte auch zu unterscheiden, welche Situationen unmittelbares Handeln erforderten und welche nicht. Vitale hatte das Umfeld beobachtet und seine Kontakte spielen lassen. Geld tat ein Übriges. Davon war reichlich vorhanden. Aus der Werkstatt dröhnten schon die üblichen Geräusche eines beginnenden Arbeitstages. Auch auf der Straße herrschte reger Betrieb, Kunden brachten ihre Autos zur Inspektion, parkten hinter dem Werkstattgebäude und meldeten sich im Büro an. Durch die Glaswand sah Vitale, wie die meisten einen Espresso serviert bekamen, bevor ihr Auftrag in den PC eingegeben wurde. Lief alles über Computer heutzutage. Wurde immer schwieriger, etwas unter der Hand zu machen. Vitale hatte sich schnell genug angepasst.

Manche Kunden warteten einfach, bis ihr Wagen fertig war, andere bekamen einen Leihwagen gestellt und waren wenig später wieder vom Gelände verschwunden. Ein Dutzend Mechaniker in blauen Arbeitshosen und ebensolchen Jacken, auf denen das gelbe Geschäftssymbol der Werkstatt prangte, wuselten zwischen Hof und Werkstatt umher. Ein Mann kam zu Fuß. Breit lächelnd beobachtete Vitale, wie der Mann flott ausschritt, mit der einen Hand das schwarze Haar zurückstreichend, mit der anderen die Sonnenbrille ruckend. Wie man ihn kannte, den Matteo Zanchetti, dachte Vitale. Häme tat ihm gut. Er musste oft genug den Kopf einziehen, da traf es sich hervorragend, wenn er einmal über einen anderen herziehen konnte. Vor allem über so einen Latin Lover wie den Commissario Capo! Der würde nämlich bald sein blaues Wunder erleben, dann war es mit dem Gel in der Haartolle vorbei! Höhnisch verzog Vitale das Gesicht. Mit der »Famiglia« spaßte man nicht. Würde der *Ragazzo* schon lernen.

Von seinem Posten schräg hinter dem Werkstatthof beobachtete er, wie Matteo Zanchetti das Büro betrat, einen Moment an der Anmeldung wartete, ungeduldig mit den Fingern auf den Tresen klimperte. Die Angestellte hinter dem Bildschirm klickte nervös auf der Tastatur herum, um dem Commissario Capo sodann einen negativen Bescheid zu geben. Vitale grinste breit. Er konnte der Frau die Worte von den Lippen ablesen: Tut uns leid, Commissario, Ihr Wagen ist noch nicht fertig.

Nach einem kurzen Schlagabtausch zog Zanchetti wütend ein Handy aus der Jeanstasche und tippte eine Nummer. Sprach erregt, gestikulierte, ganz der Süditaliener, lief bereits durch das Büro, über den Hof und zur Straße. Unwillkürlich zog Vitale den Kopf ein, obwohl man ihn in seinem Versteck keinesfalls sehen konnte. Jetzt trat er von einem Bein aufs andere. Das Licht spiegelte sich in den Gläsern seiner Sonnenbrille. Vitale glitt noch ein bisschen weiter hinter das Führerhaus des LKWs zurück, der ihn perfekt verbarg. Und selbst, wenn Zanchetti ihn sehen würde: Er sah einfach aus wie ein Brummifahrer, der neben seinem Truck wartete.

Wenig später hielt ein Tiguan neben Zanchetti. Die Polizei mal privat. Mit quietschenden Bremsen fuhr der Wagen wieder an, kaum dass Zanchetti eingestiegen war. Vitale sah die Locken der Fahrerin durch das geöffnete Fenster im Wind wehen. Es konnte losgehen.

Die Bullen würden schon noch damit herausrücken, was mit Rossi passiert war. Soweit er, Vitale, mitbekommen hatte, besaß die »Famiglia« inzwischen sogar einen Maulwurf in der Questura.

Zielstrebig überquerte er die Straße und näherte sich dem Werkstattgebäude. Der Mechaniker winkte ihn zur Seite. Niemand achtete auf sie, als sie in der Umkleide die Klamotten tauschten. Zur Sicherheit trug Vitale ein Halstuch, das sein Feuermal verdeckte. Besser, niemand hier bemerkte und merkte sich diesen auffallenden roten Fleck. Er griff nach seinem Werkzeugkasten und machte sich auf den Weg zu der Hebebühne, auf der Zanchettis Audi TT stand.

5.

Sonja parkte ihren Wagen neben dem Flatterband. Der See lag still und grün wenige Meter weiter. Zwei Kajaks lagen auf dem Uferstreifen. Ein paar Uniformierte sicherten das Gelände. Der Van der Kriminaltechniker traf auch gerade ein.

»Also, auf in den Kampf«, murmelte Sonja, in Gedanken immer noch bei ihrem Verwalter zu Hause, der nicht der war, für den er sich ausgegeben hatte. Hin- und hergerissen zwischen dem Bauchgefühl, ihn sofort zu entlassen, und dem Gedanken, dass sie auf dem Weingut dann ohne Hilfe dastünden, und das bei Katharinas angeschlagener Gesundheit, starrte sie auf das Dorf Obergelln, das gute hundert Meter über dem See am Hang lag, sonnenbeschienen und viel zu schön, um zu Sonjas momentaner Stimmung zu passen.

Matteo war längst ausgestiegen und schwang elegant ein Bein nach dem anderen über das Flatterband.

Sie machte, dass sie hinterherkam. Erstaunt sah sie ihren Kollegen Commissario Jonas Kerschbaumer mit Notizblock und Bleistift auf Matteo zukommen. »Ist der nicht noch krankgeschrieben?«, murmelte Sonja, während sie ihrerseits eilig über das Flatterband kletterte.

Der Blick, mit dem Jonas ihre und Matteos Ankunft quittierte, sagte alles. Er war immer noch sauer auf sie beide, ließ keine Gelegenheit aus, ihnen genau das unter die Nase zu reiben. Hielt ihnen Unkollegialität und Geheimniskrämerei vor, was zwar nicht korrekt war, jedenfalls nicht ganz, doch

Jonas versteifte sich gern auf seine Meinungen. Und ganz falsch liegt er nicht, dachte Sonja. Wieder ein Mann, der ihr Mitleid erregte, jedenfalls konnte sie deutlich sehen, dass er nach der Verletzung immer noch Schmerzen hatte und seinen Arm nicht wie gewohnt bewegen konnte. Matteo würde das anders sehen. Sie konnte nur hoffen, dass das Zerwürfnis zwischen Jonas einerseits und ihr und Matteo andererseits sich mit der Zeit in Luft auflösen würde. Zudem war sie nicht imstande und willens, während der Arbeit auch noch Kollegen zu therapieren.

»Hoi, Jonas, was gibt's?«, grüßte sie möglichst locker.

»Die zwei Kajakfahrer da drüben haben eine weibliche Leiche im See gefunden.« Er las von seinen Notizen ab, Sonja bemerkte den unterkühlten Tonfall. »Sie hat wahrscheinlich bis vor Kurzem im Hochgebirge unter dem Schnee gelegen und wurde erst mit dem Schmelzwasser von der letzten Hitzewelle runtergespült. Die Leiche ist ziemlich gut erhalten, obwohl die Frau schon seit ein paar Monaten tot sein muss.«

»Diese Berge geben ihre Geheimnisse immer zeitversetzt preis. Todesursache?«, fragte Matteo, während er seinen Blick über die umliegenden Gipfel schweifen ließ.

»Sie ist erstochen worden. Genaueres kann uns vielleicht die Gerichtsmedizin später sagen. Oberflächlich lässt sich erstmal nicht viel mehr erkennen, dafür ist die Verwesung dann doch zu weit fortgeschritten.«

»Versuche herauszufinden, wo der Tatort ist!« Matteo nickte Jonas zu. »Auch wenn wir dafür wohl ein bisschen Glück brauchen werden.«

Jonas steckte den Block in die Jeanstasche und wandte sich kühl ab. »Nach so langer Zeit kaum vorstellbar.« Er ging davon.

Sonja sah ihm nach. »Ich hatte so gehofft, dass sich alles wieder einrenkt.«

»Er soll sich mal nicht so haben!«, wischte Matteo ihre Bedenken beiseite.

»Nicht einfach, mit einem Kollegen zusammenzuarbeiten, der einem vorwirft, dass man ihm nicht vertraut.«

»Dazu hat er kein Recht. Dass ausgerechnet du dich von seiner Mitleidstour verrückt machen lässt!« Sonja ließ ihn stehen und ging zu den beiden Kajakfahrern. Fehlte noch, dass Matteo ihr Unprofessionalität unterstellte. Besser, sie besann sich auf ihre harte Seite.

»Hallo, Sofia!«, grüßte sie die uniformierte Polizistin. »Personalien aufgenommen?«

Sofia Lanthaler blickte Jonas hinterher, der zu einem Streifenwagen hinüberging und dabei in sein Handy sprach. Aufgeschreckt nickte sie. »Morgen, Commissario! Der Dunkelhaarige ist Andreas Tratter, der andere sein Freund Michael Bohl. Sie arbeiten beide im Zentralkrankenhaus Bozen als Pfleger. Wenn sie Spätdienst haben, trainieren sie mit ihren Kajaks morgens auf dem See.«

Sonja begrüßte die jungen Männer und stellte sich vor. Tratter und Bohl waren sportliche, sonnengebräunte Muskelmänner, die trotz des Schrecks, den sie nicht einfach so unter den Teppich kehren konnten, optimistische Zeitgenossen zu sein schienen.

»Sie trainieren regelmäßig hier?«

»Ja, diese Woche schon jeden Tag. Wenn wir Frühdienst schieben, kommen wir gegen Spätnachmittag, aber dann ist es meist schon sehr heiß«, sagte Andreas Tratter.

»Und Ihnen ist nie irgendwas Besonderes aufgefallen?«

»Nein! Michael ist plötzlich zurückgeblieben ...«

»Ich habe zuerst gar nicht gemerkt, dass es eine Leiche ist. Ich dachte, da schwimmt ja was Seltsames im Wasser, habe an ein Tier gedacht ...« Michael Bohl schüttelte den Kopf. »Irgendwie wird mir jetzt erst klar, dass ich mit dem Paddel eine Tote berührt habe. Die trieb knapp vor dem Schilfgürtel. Wie ein Stück Holz!« Er blickte rasch weg. »Sie ist schon länger tot, nicht wahr?«

»Ja, wir nehmen an, dass sie vom Schmelzwasser in den See gespült wurde. Kann noch nicht lange her sein.« Die beiden Freunde sahen einander ratlos an.

»Gut möglich, dass wir uns noch einmal bei Ihnen melden.« Sonja sah zu Sofia, die ein paar Schritte beiseitegegangen war und mit einem Carabiniere sprach. Der massige Mann hob nun den Blick und suchte Sonja. Die nickte ihm zu. Er kam zu ihr.

»Der Jonas will sich versetzen lassen.«

»Was?« Sonja starrte Peter Kerschbaumer an. Jonas' Vater war ein Urgestein der Bozener Polizei, einer, den sie schätzte, der ihr seit ihrer Ankunft aus Frankfurt viel geholfen hatte, stets ruhig, zuverlässig, freundlich. Nun kam sie sich vor, als hätte sie ihn hintergangen.

»Er will nicht mehr mit dir und Matteo zusammenarbeiten.« Vorwurfsvoll sah er sie an, die Augen gegen die Sonne zusammengekniffen. Sein Uniformhemd spannte über dem Bauch. Sie mochte ihn. Und schon wieder steckte sie in einer Zwickmühle.

»Peter, es war ein Undercovereinsatz, und der Jonas ist mir heimlich nachgegangen.«

»Weil ihr ihn nicht einbezogen habt!«

Sonja seufzte. »Wenn es so einfach wäre …« Die Operation an jenem Tag war wirklich eine komplizierte Aktion gewesen. Wenn sie dabei Rossi erwischt hätten …

»Sprecht euch halt wenigstens mal aus!« Kerschbaumer stapfte davon. Sonja beschloss, so bald wie möglich ein Wörtchen mit Jonas zu reden, doch unter Druck setzen lassen würde sie sich nicht. Zudem schien es dem verletzten Kollegen zumindest in Liebesdingen ganz gut zu gehen. Wie Jonas und Sofia ständig Augenkontakt suchten, einander im Blick behielten, auch wenn sie so taten, als bemerkten sie sich gar nicht, sprach Bände. Ihre traute, wortlose Zweisamkeit wurde jedoch unterbrochen, als Jonas' Handy läutete. Sonja ging zu ihrem Wagen, als er ihr hinterherrief:

»Sonja! Warte!«

Sie wandte sich um, hoffend beinahe, der Kollege würde von selbst die Aussprache suchen.

»Ja, Jonas?«

»Wir haben schon eine Reaktion von der Vermisstenstelle. Die Tote ist Teresa Gamper, 36. Sie verschwand vor vier Monaten spurlos. Ihr Mann Joachim führt die Wirtschaft oben in Obergelln.« Er wies unbestimmt den Berg hinauf.

»Gute Arbeit. Danke dir.«

Jonas nickte ihr zu und ging wieder zu Sofia hinüber. Die allerdings stieg gerade mit einem anderen Uniformierten in den Streifenwagen. Mit hängenden Armen sah Jonas dem Auto nach.

6.

Severin zog sich in den Beichtstuhl zurück. Im Halbdunkel vermochte er sich endlich seinen Gedanken hinzugeben. Die Teresa … wenn Lisa recht behielt, würde das eine

Menge Gerede im Dorf auslösen. Die kleine Gemeinschaft von Obergelln hatte der Frau des Kneipenwirts das Leben mehr als schwer gemacht. Ein bunter Vogel passte eben nicht in ein Dorf, von dem aus man entweder auf den kleinen See oder auf den Schlern blicken konnte, und dann steckten sie hier oben auch noch eine erkleckliche Anzahl an Tagen im Jahr in den Wolken. Trostlos konnte das Leben hier sein, vor allem im Herbst und Frühjahr, wenn eben nicht das traumhafte Wetter herrschte, für das die Touristen herkamen. Konfus wischte er sich den Schweiß von der Stirn. In Obergelln ließ es sich nur aushalten, wenn man einen Job im Sägewerk hatte. Oder Pfarrer war. Obwohl Südtirol in Sachen Beschäftigung ganz gut dastand, litten die kleinen Ortschaften doch an ihrer Abgeschiedenheit. Für eine Anstellung unten in Bozen waren andere Fähigkeiten gefragt als die, über die man im Dorf verfügte, und das bisschen Landwirtschaft am steilen Hang reichte bei den meisten nur für die Selbstversorgung. Manche verkauften noch Käse oder Joghurt auf dem Bozener Wochenmarkt. Das war es dann.

Severin hörte, wie die schwere Kirchentür geöffnet wurde, das vertraute Knallen, als sie ins Schloss fiel, und er vernahm Schritte, die auf den Beichtstuhl zuhielten.

Er wappnete sich. Konzentration jetzt. Er würde diese Pfarrstelle übernehmen, also ging es darum, dass er als Vertrauensfigur rüberkam. Die Leute sollten wissen, woran sie mit ihm waren. Im Allgemeinen gab er sich streng, natürlich nur im Sinne seiner tiefen religiösen Überzeugungen. Er stand dafür, dass der Mensch einen festen Standpunkt brauchte und seine Meinungen nicht permanent wechseln konnte. Dass man auch mal was einstecken musste, nicht gleich davonlaufen konnte. Darauf verstand er sich, auf das Durchhalten, und er würde es schaffen, alles schaffen, was er sich vorgenommen hatte.

Licht fiel in den Beichtstuhl, als jemand die Tür aufriss und sich ächzend auf die Kniebank fallen ließ.

»Im Namen des Vaters und des Sohnes und des Heiligen Geistes«, begann eine Männerstimme. Tief, ein wenig außer Atem.

Severin zuckte zusammen. Ausgerechnet ... »Amen«, vollendete er automatisch.

»Ich hab gesündigt. In Gedanken, Worten und Werken. Herr Pfarrer, ich muss eine schreckliche Schuld bei Ihnen abladen.«

Severin wartete. Er unterbrach ungern, ließ den Sündern lieber Zeit, selbst um die Worte zu ringen.

»Ich habe meine Frau geschlagen. Ich wollte es nicht. Es ist mit mir durchgegangen.« Ein lautes Seufzen.

Severin fühlte sich durch die Anwesenheit des Mannes, der kaum in das Kämmerchen hineinpasste, körperlich bedrängt. Durch das Gitter erkannte er die groben Gesichtszüge, das wirre Haar.

»Nachher tut es mir immer leid. Ich schaffe es nicht, mich zu beherrschen. Mein Leben ist ein Gefängnis, Herr Pfarrer. Die Verantwortung. Diese Routine, immer das Gleiche. Natürlich kann meine Frau nichts dafür. Geschlagen habe ich sie trotzdem. Sie ist ganz blau im Gesicht.«

Severin meinte, wieder das leise Knarren der Kirchentür zu hören; in dem Moment sprach der Mann neben ihm schon weiter:

»Sie hätte einen Besseren verdient als mich. Wahrscheinlich sollte ich noch mehr arbeiten, kaum noch im Haus sein, dann käme ich gar nicht in Versuchung, die Hand gegen sie zu erheben. Verstehen Sie mich?«

»Ich höre Ihnen zu«, bestätigte Severin, wenngleich er abgelenkt war. Er hatte doch etwas gehört, als sei die Kirchentür zugefallen, ganz sanft, weil jemand sie gehalten hatte, um keinen Lärm zu machen, aber die Tür war wirklich schrecklich schwer, ein Knacken gab es immer, wenn das Schloss einrastete. »Wie es aussieht, haben sie die Teresa gefunden. Sie muss schon eine Weile tot sein.«

Panik stieg in Severin auf. Jetzt schwappte das Unglück über ihn hinweg. Er zwang sich, gleichmäßig zu atmen. Also hatte Lisa ganze Arbeit geleistet, im Wirtshaus von ihrer Beobachtung erzählt, so was machte in Lichtgeschwindigkeit die Runde.

»Die Teresa wollte hier auch nicht mehr bleiben. Ich konnte sie gut verstehen, wissen Sie, wahrscheinlich sieht man mir das nicht an, ich sehne mich auch oft weg, denke, ich könnte noch einmal neu anfangen an einem anderen Ort.« Der Mann senkte die Stimme. »Für Sie gibt es keine Zweifel, nicht wahr?«

»Es ist zutiefst menschlich, Zweifel zu haben.« Severin wusste nur zu genau, wovon er redete.

»Was ist die eine Sünde, die Gott nicht mehr verzeiht, Herr Pfarrer?«

»Gottes Güte ist unergründlich und ewig. Um Vergebung zu erlangen, muss der Sünder seine Taten ehrlich bereuen und sein sündiges Leben aufgeben.«

»Gottes Güte? Wird Gott einem Sünder immer und immer wieder vergeben? Ist das Ihre Gewissheit? Ruhen Sie sich darauf aus?« Es schien, als habe der Mann keine Antwort erwartet. Er sprach weiter und immer weiter. Severin rann der Schweiß den Rücken hinunter, während er stocksteif dasaß und um Luft in der engen Kammer rang. Er wollte nicht glauben, was er da hörte, und zugleich erschien es ihm entsetzlich logisch.

Es blieb länger still, bevor Severin endlich etwas sagte. Er sprach hektisch, rief sich innerlich zur Ruhe, haspelte weiter. Sich an die Formel klammernd endete er schließlich:

»Der Herr schenke dir Verzeihung und Frieden. Ich spreche dich los von allen deinen Sünden. Im Namen des Vaters und des Sohnes und des Heiligen Geistes.«

Als er »Geistes« sagte und nach dem Kreuzzeichen die Hand wieder in seinen Schoss fallen ließ, fiel die Kirchentür ins Schloss. Diesmal gab es keinen Zweifel.

Jemand hatte sie gehört.

7.

Sonja steuerte ihren Wagen die Straße nach Obergelln hinauf. In einer Kurve kam ihnen eine Ape entgegen. Sonja stieg auf die Bremse, gab gleichzeitig Lichthupe.

»Principessa, lass uns am Leben!«, stöhnte Matteo.

»Himmel noch mal!« Sie ließ das Fenster herunter, rüffelte den Fahrer: »Sie fahren mitten auf der Straße!«

Der Mann zuckte nur die Achseln und trat aufs Gas.

»Stronzo!«

»Du fluchst wie eine Neapolitanerin.«

»Muss ich von dir gelernt haben.« Sonja klickte auf dem Navi herum. »Ich glaube, das GPS kennt kein Obergelln.«

»Muss ja am Ende der Straße liegen. Man hat es vom See aus prima gesehen«, gab Matteo zurück.

Tatsächlich passierten sie das Ortsschild zwei Minuten später.

»Jetzt müssen wir nur noch das Wirtshaus finden!«

»Die liegen ja meistens neben der Kirche, vero?« Matteo grinste.

Sonja fuhr an der Kirche vorbei, ein heller Bau mit dem für die Gegend typischen schlanken Turm, der mit grauen Schindeln gedeckt war. Dahinter fiel bereits der Berg steil ab. Kaum dass Platz für einen winzigen Friedhof blieb.

»Keine Kneipe. Und da vorn endet die Teerstraße.«

»Lass uns aussteigen und zu Fuß gehen.«

Sie ließen den Wagen stehen. Sonja hatte den Eindruck, als wollte das Dorf sie abstoßen, einfach ausspucken. Zwei Frauen mit verbitterten Gesichtszügen, die die Polizisten feindselig anstarrten, gingen grußlos an ihnen vorbei. Kalte Schwere legte sich über Sonjas Schultern. Seit sie Thomas verloren hatte, fühlte sie sich den Unbilden des Daseins noch mehr ausgesetzt als zuvor. Die knallharte Seite, die sie in ihrem Job hervorkehrte, dominierte nicht immer. Tief drin spürte sie Verunsicherung. Auch was ihre Zukunft betraf. Was würde aus dem Weingut werden? Wenn es schon nicht einfach war, aus den Schulden herauszukommen, die ihnen noch der längst verstorbene Schwiegervater aufgehalst hatte, stand sie jetzt allein da, nur mit einer herzkranken Schwiegermutter und einer Tochter, die zwar fleißig war, doch auch ihr eigenes Leben entdecken sollte … Und dann auch noch Julian und seine erfundene Identität! Das triste Dorf mit seinen feindseligen Bewohnern trug nicht gerade dazu bei, ihre Laune zu heben.

»Das ist die andere Seite von Südtirol«, riss Matteo sie aus ihren Gedanken. »Inzucht. Vernachlässigung. Tristezza.«

»Heimweh nach dem Süden?«

»Manchmal ja, manchmal nein. Neapel ist kein Pflaster mehr für mich.«

Sonja schwieg. Über das berufliche Vorleben ihres Capos wusste sie nur, dass er im Mezzogiorno in einer Anti-Mafia-

Einheit gearbeitet hatte. An seiner neuen Stelle im Norden war er schneller, als ihnen beiden lieb sein konnte, mit der hiesigen Mafia in Gestalt des Restaurantbesitzers Rossi aneinandergeraten. Als Sonja in Bozen anfing, hatte sie nicht damit gerechnet, auf das organisierte Verbrechen zu stoßen, hatte jedoch bald feststellen müssen, dass Südtirol auch in dieser Hinsicht beim besten Willen keine heile Welt darstellte. Und die Eskapaden rund um ihren letzten Fall hätten sie deutlicher nicht belehren können.

»Grüß Gott!«, wandte sich Matteo an einen Bauern, der mit einer Sense über der Schulter die Straße entlangschlurfte. »Wo liegt denn das Wirtshaus vom Gamper Joachim?«

Der Bauer musterte abschätzig Matteos schwarzes Gelhaar, die schicken Jeans, das eng anliegende Hemd, die karamellfarbenen Chelseas. Unwirsch wies er in eine Seitenstraße.

»Schönen Dank auch!« Matteo zuckte die Achseln. »So viel zum Thema vereintes Europa.«

»Thematisch ein recht gewagter Sprung.« Sonja grinste. »Guck mal, die Streife ist auch schon hier.« Sie wies auf den Fiat Panda der Polizia di Stato, der gerade vor ihnen in die Seitenstraße einbog. »Entweder kennen sie sich aus oder sie haben ein besseres Navi. Ist das Sofia?«

»Ist sie.«

»Sie hat was mit Jonas.«

»Soll mir recht sein.«

»Apropos Jonas. Kerschbaumer senior hat mir anvertraut, dass Jonas sich versetzen lassen will.«

»Wegen …?«

»Weil wir ihn in diese Rossi-Aktion auf den Hütten nicht einbezogen haben.«

»Was für ein Quatsch!«

»Er fühlt sich über den Tisch gezogen.«

»Für emotionales Tamtam habe ich keine Geduld. Wir sind

Kollegen. Ich verlange, dass wir einen professionellen Umgang miteinander pflegen. Klar? Vor allem wenn es um Rossi geht.«

Sonja nickte. »Kann aber auch nicht schaden, wenigstens im Nachhinein ein wenig aufeinander einzugehen. Menschen haben nun mal Gefühle.«

»Das musst ausgerechnet du mir reinreiben – die härteste Kommissarin, die mir bisher untergekommen ist.«

»Hattet ihr in Neapel überhaupt Kommissar*innen*?«

»Spar dir deinen Kulturpessimismus. Und jetzt frisch ans Werk. Die Uniformierten sind schon bei der Arbeit.«

In der düsteren Wirtsstube hockten zwei Männer vor ihrem Bier. Beide mit Hut, der alten Tradition folgend, dass ein Südtiroler nur vor dem Herrgott und vor sonst keinem seine Kopfbedeckung abnahm. Auf den Fenstersimsen lag der Staub zentimeterdick. Eine Fliegenfalle schlängelte sich von der Decke. Sonja überfiel in dem niedrigen Raum das Bedürfnis, den Kopf einzuziehen. Ein Mann von der Statur eines Basketballers, wenngleich mit hängenden Schultern, kam auf die Kriminalbeamten zu.

»Ja?«, fragte er in einem Ton, der verriet, dass ihn nichts, aber auch gar nichts besonders interessierte.

»Sind Sie Joachim Gamper?« Sonja zückte ihren Dienstausweis.

»Bin ich.«

»Commissario Sonja Schwarz, das ist Commissario Matteo Zanchetti. Können wir uns in Ruhe unterhalten?«

Schweigend wies der Mann auf einen leeren Tisch. »Platz haben wir gerade genug.«

Wer trinkt auch gern zwischen Staub und toten Fliegen seinen Schoppen, dachte Sonja.

Sie setzten sich.

»Lisa, bring uns was zu trinken!«, rief Gamper der Kellnerin zu.

»Sie haben Ihre Frau Teresa vor vier Monaten als vermisst gemeldet, Herr Gamper.«

»Haben Sie sie …?« In seinem Gesicht flackerte Unsicherheit auf.

»Teresa wurde tot aufgefunden. Zwei Kajakfahrer haben ihre Leiche im See unten entdeckt. Es tut uns leid, Herr Gamper.«

Der Wirt wurde blass. Er barg das Gesicht in den Händen.

»Sie wurde erstochen.« Matteo beugte sich vor. »Können Sie sich vorstellen, wer das getan haben könnte?«

Die Bedienung brachte eine Flasche Wasser und drei Gläser. Wie erstarrt blieb sie neben dem Tisch stehen.

»Erstochen?«, flüsterte sie.

»Ja. Wahrscheinlich in etwa zu der Zeit, als Sie sie als vermisst meldeten, Herr Gamper. Haben Sie eine Ahnung, wer das getan haben könnte?«

»Verdammt! Was weiß ich. Stell's halt hin, Lisa!«, knurrte er die Kellnerin an. Die beeilte sich, das Tablett abzustellen, und zog sich blitzschnell hinter die Theke zurück.

»Sie hat's herausgefordert. Weißt du selbst.« Einer der beiden Gäste grinste dümmlich herüber.

»Halt die Klappe!«

»Alle wissen's. Das ganze Dorf.«

Blitzartig sprang Gamper auf, stürzte sich auf den Mann, dessen Strohhut auf den Boden kullerte, und legte ihm die riesigen Hände um den Hals. »Du bist ja hirntot, du Trottel!«

Matteo schoss hoch.

»Auseinander!« Es kostete ihn Mühe, die beiden Männer voneinander zu lösen. Der Gast betastete seinen Hals, ein triumphierendes Grinsen im Gesicht.

»Was haben Sie damit gemeint?«, schnauzte Matteo ihn an.

»Ach, nix!« Der Mann hob seinen Hut auf, schlug ihn ein paarmal übers Knie und setzte sich wieder.

»Ich würde vorschlagen, wir sprechen nebenan weiter.«
Matteo griff Gamper am Arm, der schüttelte ihn ab. »Vernünftig. Wir können nämlich auch anders.«

»Die plappern doch alle bloß nach, was sie irgendwo hören«, murmelte die Kellnerin.

»Was meinen Sie damit?« Sonja folgte Matteo und dem Wirt in die Küche und bedeutete der jungen Frau, ihr zu folgen. »Wie das eben so ist im Dorf. Da setzt einer ein Gerücht in die Welt, und schon tun alle so, als hätten sie's aus erster Hand.«

»Kannte der Mann die Teresa?« Sonja schloss die Tür.

»Pfff … Das ist ein Dorf, hier kennt jeder jeden!«

»Ihr Name?«

»Lisa Mayn. Ich arbeite hier als Bedienung. Schon ziemlich lange. Habe als Schülerin angefangen, um was dazuzuverdienen.«

Gamper hatte seinen Wutanfall verdaut. Er hockte sich auf einen Stuhl, der unter ihm viel zu winzig aussah.

»Die haben immer schlecht über die Teresa geredet im Dorf. Weil sie sich eben nicht so angepasst hat. Sie wollte halt was vom Leben. Unsere Ehe – naja, mit der war nicht mehr viel los. Wir sind sogar mal zum Pfarrer zur Eheberatung. Hat leider nichts genützt. Ich konnte der Teresa wohl nicht geben, was sie am meisten gebraucht hätte.«

»Was wäre das?« Matteo verschränkte die Arme, lehnte sich ans Fenster. An der verschmierten Scheibe klebten tote Mücken.

»Abwechslung. Was Besseres als das hier!« Der Wirt wies auf den Herd. »Mit so einem Wirtshaus macht man keine großen Sprünge. Für mehr hat's eben nicht gereicht. Die Teresa wäre gern weggegangen von hier.«

»Was hat der Gast vorhin gemeint, als er sagte, Ihre Frau hätte es herausgefordert?«

Gamper winkte ab. »Gerüchte. Bloß Gerüchte. Ich habe das nicht geglaubt.«

»Was – das!« Matteo schüttelte den Kopf. »Worum ging es bei den Gerüchten?«

»Dass sie mit einem anderen abgehauen wäre.«

»Gab es da jemanden Bestimmten?«

Sonja bemerkte den Blick, den Lisa und Gamper tauschten. »Die Teresa hat ein Spiel gespielt, verstehen S'?« Gamper seufzte tief. »Die hat so getan, als wäre sie leicht zu haben, da sind so gut wie alle Männer drauf reingefallen. Im Wirtshaus hat sie immer gute Laune verbreitet, und das verstehen manche von diesen Deppen falsch.«

»Und wie gefiel Ihnen dieses Spiel?« Matteo stieß sich vom Fenster ab und wanderte um Gamper herum wie ein Tiger, der sein Opfer umkreist.

»Was sollte ich denn machen! Sie hat mir gesagt, es ist nichts. Also habe ich ihr vertraut. Ihre Ausgelassenheit hat die Gäste angelockt und zum Trinken animiert. Die Stimmung war locker. Da kam mehr Geld in die Kasse als jetzt.«

»Das klingt tolerant, aber Ihrem Gast gegenüber waren Sie eben nicht so friedfertig.«

»Weil's mich ankotzt, wie die im Dorf immer gleich für alles eine Erklärung haben. Die Welt ist so und fertig.«

»Ist das ein Grund, gleich auf jemanden loszugehen? Ihn zu würgen?«

Joachim Gamper richtete sich auf. »Sie haben mir kurz vorher gesagt, dass Sie meine Frau gefunden haben und dass sie tot ist und erstochen. Soll ich das einfach so wegstecken oder was?«

»Womit wir beim Thema wären«, schaltete Sonja sich ein. »Jemand hat Teresa ermordet. Haben Sie einen Verdacht? Gab es einen Mann, der ihr nachstellte, der hartnäckiger war als andere? Hatte Teresa eine Affäre mit einem aus dem Dorf?«

Die Frage richtete sich an Gamper genauso wie an Lisa. Beide schüttelten den Kopf.

»Also, tratschen tu ich sowieso nicht«, sagte die Kellnerin. »Ich muss nach den Gästen sehen.«

»Kann ich mich in Ihrer Wohnung mal umsehen?«, fragte Sonja den Wirt.

Der zuckte nur die Achseln. »Ihre Kollegen sind doch schon oben.«

8.

Sonja nahm ihre Tasche und stieg hinauf in den ersten Stock. Das enge Treppenhaus mit den steilen Stufen deprimierte sie noch mehr als Wirtsstube und Küche. Alles wirkte schäbig und vernachlässigt, als wäre das ganze Leben es nicht wert gewesen, sich ein wenig Mühe zu geben. Im Schlafzimmer der Gampers steckte der uniformierte Beamte gerade ein Handy in eine Beweismitteltüte.

»Buongiorno, Agente Ludolfer.«

»Ach, die Frau Commissario! Hat der Wirt schon gestanden?«

»Ist das Teresas Handy?«

»Sieht so aus«, erwiderte Ludolfer eingeschnappt. »Lag in

der Schublade von ihrem Nachtkästchen. Ist allerdings total entladen. Müssen die Techniker ran.«

»Wo ist eigentlich Sofia?«

»Die hat einen Anruf bekommen. Ist kurz raus.«

Sonja blickte aus dem Fenster. Unten sah sie Sofia stehen.

»Ich bin im Einsatz, ich kann nicht einfach so herumtelefonieren!«, polterte die Polizistin ins Handy. »Wie? Bei einem Mordfall in Obergelln. Warum? Ja, er ist dabei.«

Sieht nicht gerade nach einem romantischen Telefonat aus, dachte Sonja und ging nach unten, wo sie Sofia im Hausflur abpasste.

»Ist was passiert?«

Die Polizistin zuckte zusammen. »Ich – nein, gar nicht.«

»Sie und Ludolfer, Sie können dann schon zurück nach Bozen fahren. Ich will noch mit dem Pfarrer sprechen.«

»Ist gut. Bleibt der Capo auch noch?«

»Warum?«

»Also … ich wollte nur wissen, ob wir das Handy mit reinnehmen sollen oder ob er das macht.«

»Nehmen Sie es ruhig mit! Wird hier noch ein Weilchen dauern.«

Sofia nickte und rief nach Ludolfer.

»Nichts mehr gefunden«, sagte der. »Ist halt auch schon eine Weile her. In vier Monaten kann viel passieren.«

»Haben Sie die Personalien von der Kellnerin und den beiden Gästen?«

»Alles aufgenommen.«

»Dann bis später!« Sonja sah den Beamten nach, wie sie in den Streifenwagen stiegen und davonfuhren.

Matteo kam aus der Küche.

»Lass und zum Sägewerk fahren. Teresa hat dort als Buchhalterin gearbeitet. Kann ja sein, dass jemand eine andere Meinung über unser Mordopfer hat.«

9.

Sofia war froh, nach dem Einsatz in Obergelln wieder in einer Stadt zu sein. Bozen mochte nicht das Tor zur Welt darstellen, doch die farbenfrohe Innenstadt und die sommerliche Atmosphäre konnten ihre Sorgen wenigstens ein wenig mildern. Als sie aus dem Streifenwagen stiegen, bot Ludolfer an, das Handy direkt zur Kriminaltechnik zu bringen, um anschließend in der Kantine eine Kleinigkeit zu essen. Die Kleinigkeit ist wahrscheinlich nicht ganz klein, dachte Sofia beim Blick auf die zum Zerreißen gespannte Knopfleiste am Uniformhemd ihres Kollegen.

»Mach das. Ich muss noch was nacharbeiten. Bis später.«

Sie wandte sich um und eilte die Treppen zu den Büros der Ermittlungsabteilung hinauf. Noch waren die Kommissare nicht im Haus, nur Jonas war bestimmt längst vom See zurück.

»Jonas?« Sie streckte den Kopf durch die Bürotür.

Tatsache, Jonas saß am Schreibtisch und raufte sich das blonde Haar. Verwirrt sah er hoch. »Hallo ...«

»Ist Capo Zanchetti schon aus Obergelln zurück?« Es konnte nicht sein, immerhin waren sie und Ludolfer als Erste losgefahren und auf direktem Weg nach Bozen gekommen, aber besser, sie vergewisserte sich.

»Nein, warum?«

»Ich brauch dringend eine Akte, müsste was nachsehen.«

Jonas blickte sie undurchdringlich an. »Also gut. Komm.«

Sofias Herz schlug schneller, als sie ihm in den kleinen Aktenraum hinter Matteo Zanchettis Büro folgte. Die Tür zu schließen und einander in die Arme zu fallen, war eins. Sie roch sein Aftershave, den Schweiß in seinem Nacken, fuhr mit der Hand durch sein Haar.

»Du brauchst einen Haarschnitt, Kerschbaumer«, raunte sie zwischen zwei Küssen. »Willst du dich eigentlich wirklich versetzen lassen?«

Jonas zuckte zurück.

»Was meinst du?«

»Na – du hast es doch selbst gesagt!« Jetzt wurde Sofia unsicher. Sie trat ihm zu nahe. Die meisten Männer mochten das nicht. Ohnehin war es schwierig, während der Dienstzeiten ihre Liebe geheim zu halten. Beziehungen zwischen Kollegen konnten zum Problem werden. Keiner im Haus sah sie gern. Vor allem, wenn die Verbindungen in die Brüche gingen und monatelang noch Porzellan zerschlagen wurde. Das wird nicht geschehen, dachte Sofia. Nicht mit uns. Unvorstellbar.

»Ich kann nicht mit Leuten arbeiten, die mir nicht vertrauen«, brummte Jonas, während er mit den Haarsträhnen spielte, die sich aus Sofias Zopf gelöst hatten.

»Ehrlich gesagt, ich verstehe das alles sowieso nicht. Was war das für ein Einsatz? Und warum steht nichts in den Berichten?«

»Weil es eine verdeckte Aktion war. Matteo und Sonja haben Rossi eine Falle gestellt. Ich hatte keine Ahnung davon. Als ich Sonja nachgegangen bin, gab es einen unvorsichtigen Moment … Dann flogen auch schon die Kugeln.«

Sofia schüttelte traurig den Kopf. Dass Jonas angeschossen worden war, schockierte sie immer noch. Ihr selbst war im Dienst noch nie etwas Schlimmes zugestoßen, vielleicht war Bozen auch nicht das Pflaster für die ganz großen Dinge, aber seitdem der Name Rossi an allen Ecken und Enden fiel, seitdem die Rede davon war, dass der Capo den Mafioso ausgetrickst und damit die Rache der »Famiglia« auf sich persönlich gelenkt hatte ... Sie drängte die schwarzen Gedanken weg. Sie würde das schon durchstehen.

»Gott sei Dank, dass es nur ein Streifschuss war.«

Jonas schnaubte unwillig. »›Nur‹ ist gut, Sofia! Ich kann den Arm immer noch nicht richtig bewegen. Tut einfach zu weh.«

»Davon habe ich eben gar nichts gemerkt!« Sie lachte ihn an, sah, wie seine Züge weich wurden. Das war der Jonas, den sie liebte. »Was ist denn nun mit Rossi? Ist er verhaftet? Warum fahnden wir mit Hochdruck, und dennoch taucht nicht mal sein kleiner Finger irgendwo auf? Kann er mitten in den Bergen einfach zu Fuß verschwunden sein?«

»Wahrscheinlich hatte er Helfer. Ich weiß es wirklich nicht. Mir sagt ja keiner was. Macht mürbe, immer das fünfte Rad am Wagen zu sein.«

»Ist ganz schön niederträchtig vom Capo. Und von der Schwarz.« Sofia spürte, wie gierig Jonas ihre Worte in sich aufsaugte. Er brauchte einfach eine ordentliche Dosis Verständnis. Dann würde sie schon bekommen, was sie wollte.

10.

Das Sägewerk lag etwas oberhalb von Obergelln auf einer Plattform, die dem Bergrücken entwachsen schien, als hätte er sich freundlicherweise etwas abgeflacht, um waagerecht aus dem Massiv zu wachsen und ausgerechnet dieses Fabrikgebäude zu tragen.

»Der Eigentümer heißt Josef Preindl«, sagte Matteo. »Ist der Bürgermeister vom Dorf. Schon seit x Amtsperioden.«

»Macht und Einfluss und Netzwerke. Funktioniert auch in einem Mikrouniversum wie Obergelln. Verdächtige ihn bloß nicht gleich, für die Mafia zu arbeiten.«

Matteo grinste. »Keine Sorge, Principessa. Ich bin unvoreingenommen.«

»Das glaubst auch nur du!« Sonja lächelte und spürte, wie die Bedrückung, die sie umklammerte, seit sie ins Dorf gekommen waren, sich lockerte. Sie stiegen aus dem Wagen. Kreischender Lärm schlug ihnen entgegen. Dennoch konnte sie sich kaum abwenden von dem atemberaubenden Blick auf den Schlern gegenüber und den See unter ihnen. Der Tag versprach heiß zu werden, zu Hause im Weinberg würden sie über Mittag eine Pause einlegen müssen.

Matteo ging voraus in die Werkshalle. Männer mit Hörschutz bedienten die Maschinen. Der Lärm war ohrenbetäubend.

»Ich suche den Preindl!«, schrie Matteo, doch niemand hörte ihn oder war willens, den Hörschutz abzunehmen. Sonja presste die Hände auf die Ohren. Am Ende der Halle sah sie ein verglastes Kontor. Sie tippte Matteo an und wies mit dem Kinn darauf. Der Capo hob den Daumen.

Sie traten durch eine schwere Tür in einen Korridor, klopften an das Büro mit der Aufschrift »Firmenleitung« und traten sofort ein.

»Herr Preindl? Kripo Bozen. Mein Name ist Zanchetti, dies ist Commissario Schwarz.«

Preindl, der am Schreibtisch gesessen hatte, erhob sich und lächelte die Besucher überrascht an.

»Bitte, kommen Sie rein, was kann ich für die Herrschaften tun?«

»Es geht um Teresa Gamper. Ihr Mann meldete sie vor Monaten vermisst. Heute Morgen fanden zwei Kajakfahrer sie im See. Sie wurde ermordet.«

»Hat sich schon rumgesprochen. Schlimme Sache. Bitte, setzen Sie sich doch.«

Er zog zwei Bürostühle unter einem zweiten, schmaleren Schreibtisch hervor. Das Büro war ordentlich aufgeräumt, wenig Papier lag herum. Ein übergroßer Flachbildschirm mit einer Tabelle flimmerte. Anscheinend hatte Preindl hier gerade Daten bearbeitet, denn ein Pop-up-Fenster forderte eine Eingabe.

Sonja blickte durch die Verglasung in die Fabrikhalle. Der Lärm war hier kaum zu hören. Schalldichte Scheiben.

»Scheinbar bleibt in Obergelln nichts lange verborgen.« Matteo nahm Platz und legte seine Sonnenbrille auf Preindls Schreibtisch.

»Möchten Sie Kaffee?«

»Danke, nein.«

»Also, die Teresa hat bei mir gearbeitet. Sie war eine gute Buchhalterin, sehr gründlich und sorgfältig. Beruflich gab sie keinen Anlass zu Kritik. Privat hingegen war sie eine einzige Katastrophe.« Preindl setzte sich und schaltete mit einem Klick den Bildschirm ab.

»Will heißen?«

»Sie hatte so eine Art, alle zu provozieren. War furchtbar unzufrieden mit ihrem Leben hier. Aber statt anderswo neu anzufangen, hat sie uns alle spüren lassen, dass wir nur verblödete Landeier sind.« Er grinste schief.

»Was heißt das, sie war unzufrieden mit ihrem Leben?«, schaltete sich Sonja ein. Sie musste endlich ein Gefühl für die Tote bekommen. Wie sie gedacht hatte. Was ihre Pläne waren.

»Was wohl! Hier ist eben nichts Interessantes los. Wir arbeiten die Woche über und gehen sonntags in den Gottesdienst. Das ist es dann.« Preindl strich sich über sein schickes Sakko.

»Ich kann es ja verstehen. Jedem von uns fällt mal die Decke auf den Kopf.«

»Und wie hat sie die Dorfbewohner provoziert?«

»Gnädige Frau, was denken Sie denn! Die Leute hier sind sittsam, ländlich geprägt, konservativ bis in die Knochen. Die Teresa hat sie mit ihren Geschichten von Affären und Liebschaften gepiesackt, bis denen fast der Schädel gesprungen ist. Oder was anderes.« Preindl zeigte durch die Scheiben auf seine Arbeiter. »Machen Sie das mal, tagein, tagaus. Keine reine Freude. Die jungen Männer da draußen sehnen sich vielleicht auch von hier weg, aber sie haben Arbeit, verdienen Geld, sind versichert, können ihre Familien versorgen, das reicht als Anreiz, nicht alles hinzuschmeißen.«

»Und die Teresa: Hat sie alles hingeschmissen?«, fragte Matteo.

»Sie ist sicher auf ihre Kosten gekommen. War klug genug, nicht im Dorf herumzuhuren. Hat sich anderswo mit den Kerlen abgegeben. Wo und mit wem, das weiß ich nicht.«

»Gerüchte gab es jedenfalls.«

»In so einem Dorf wird immer getratscht.«

»Und als Teresa verschwunden ist? Was wurde da getratscht?«

Preindl blickte Matteo verwundert an. »Na, dass sie endlich einen gefunden hätte, mit dem sie abhauen konnte. Einen, der vielleicht nicht von hier war, nicht aus Bozen oder nicht mal aus Südtirol, gibt ja immer welche, die sich im Urlaub verlieben, was weiß ich.« Preindl zuckte die Achseln. Um seinen Mund schlich nun ein verdrießlicher Zug.

Sonja erhob sich, der Capo ebenfalls.

»Danke für die Informationen.«

»Aber bitte, gerne.«

Sonja spürte Preindls Blick im Rücken, als sie durch die Werkshalle nach draußen gingen.

»Puh!«, machte sie und streckte sich wie eine Katze. »Irgendwie beengend, das alles. Kannst du dir vorstellen, hier zu leben?«

»Unter ständiger Beobachtung? Das ist, wie wenn du dich im Hauptquartier des nordkoreanischen Geheimdienstes glücklich und entspannt fühlen sollst.«

Sonja lachte. Sie ließ den Blick zum Schlern hinüberfliegen. Plötzlich konnte sie sich leicht vorstellen, abzuheben, alles hinter sich zu lassen, wie ein Vogel durch die Lüfte zu gleiten. In eine unbekannte, gleichwohl vielversprechende Ferne.

Unversehens stoppten die Maschinen im Werk. Die Stille kam so plötzlich und war so vollkommen, dass Sonja ein Schauder über die Arme lief. Die beiden Polizisten sahen einander an.

»Was ist jetzt los?«, staunte Matteo. Sie gingen ein paar Schritte auf die Halle zu.

Sonja lugte durch die halb offene Tür, während Matteo die Längsseite des Gebäudes entlangging.

Preindl stand vor seinem Kontor in der Werkshalle und hatte die Hände gehoben.

»Ruhe, Leute. Auf ein Wort.«

Die Arbeiter kamen näher, rissen sich den Gehörschutz herunter. Ihr Gemurmel erstarb.

»Ihr habt sicher schon gehört, dass man die Teresa gefunden hat. Sie ist tot. Ermordet.«

Nun wog das Schweigen schwer.

»Die Polizei war eben hier. Bestimmt werden die sich im Dorf weiter umhören, vielleicht auch bei uns auf dem Gelände. Damit ihr Bescheid wisst: Ich erwarte, dass hier nicht irgendwelche Klatschgeschichten zum Besten gegeben werden, klar? Wer den Mund nicht hält, kann sich gleich seine Papiere holen. Verstanden?«

Leises Raunen erklang. Sonja kam es irgendwie gleichgültig vor, als hätten die Männer mit dem Verschwinden der Buchhalterin sowieso längst abgeschlossen.

Preindl wandte sich um und verschwand durch die Tür im Korridor. Kurz darauf erlosch das Licht in seinem Büro.

Langsam ging Sonja zum Wagen.

Unlogisch wäre es nicht, wenn Teresa sich einen Lover aus einer anderen Ortschaft zugelegt hätte. Vielleicht planten die beiden sogar, anderswo neu anzufangen, doch dann ging etwas schief. Die Beziehung zerbrach, eine dritte Person mischte sich ein, vielleicht war der unbekannte Mann, in den Teresa sich verliebt hatte, verheiratet …

Sonja setzte sich hinters Steuer. Matteo öffnete die Beifahrertür, sank auf den Sitz. »Der hat seine Mannschaft im Griff.«

»Kann man wohl sagen!«

In der Werkshalle gingen die Maschinen wieder an, das Kreischen der Sägen zerschnitt die Stille. Als wollte das Getöse demonstrieren, dass in Obergelln alles weiter seinen Gang ging.

11.

Er blieb auf der Bank sitzen und sah zum Schlern hinüber, scheinbar versunken in das herrliche Bergpanorama, wo er doch in Wirklichkeit nur lauschte, ob der Wagen mit den beiden Kriminalern sich wirklich entfernte.

Severin hatte damit gerechnet, dass sie bei ihm vorsprechen würden. Immerhin war das Ehepaar Gamper bei ihm zur Eheberatung gewesen. Bei denen hatte er sich gleich gedacht, dass seine Worte nicht viel bewirken würde. Die Zerrüttung hatte jeder spüren können, der mit Teresa und Joachim Gamper in den letzten Monaten zusammengekommen war. Sie verbrachten so gut wie keine Zeit miteinander, und zumindest Teresa hatte kein großes Interesse mehr an ihrem Mann. Daraus hatte sie keinen Hehl gemacht, nur wollte er das den Polizisten so direkt nicht sagen. Denn die Eheberatung, das seelsorgerische Gespräch unterlag der Vertraulichkeit. Die Sonne wanderte schon weiter nach Westen, es wurde kühl hier auf seiner Bank, die Blätter mit dem Entwurf seiner Predigt raschelten im Wind. Sicher waren die Beamten zuerst bei Holzer gewesen. Ob der ihm in den Rücken gefallen war? Es passte dem alten Pfarrer nicht, dass ein junger Mann wie Severin neue Saiten aufzog. Dass er etwas von den Gläubigen verlangte, Standpunkte, Überzeugungen, auch einmal Überwindung einforderte. Die Teresa hatte über seine Einstellung gelacht. Nicht einmal unfreundlich. Sondern eher ein bisschen spöttisch, als könne er, Severin, doch selbst nicht ernst nehmen, was er da sagte.

Holzer hingegen mochte nicht, wie Severin die Schafe seiner Herde aus der Reserve lockte. Fand, dass Severin sich mit den falschen Leuten anlegte, für nichts und wieder nichts. Lieber hielt sich der alte Pfarrer an die Seilschaften. Letztlich lief es doch so. Eine Hand wäscht die andere. Auf dem Land zumal.

Aber Gott schaut in unsere Herzen und prüft uns. Ihm können wir nichts verheimlichen, er leuchtet die dunkelsten Stellen unserer Seelen aus, er findet den Schmutz, die Verwirrung, die kleinen Lügen. Gott erkennt, wo der Mensch nur ein paar kosmetische Veränderungen vornimmt, kleine Dinge leistet, um sich groß zu fühlen, und glaubt, es sei genug ...

Zitternd umklammerte Severin seine Zettel. Das Schlimme, das Zweifeln, diese übergroßen Schuldgefühle kamen nun nicht mehr aus seinem Innern. Es war, als habe Teresas Mörder auch seine Hand gegen ihn erhoben. Severin fuhr herum, jäh glaubte er, hinter sich Schritte zu hören. Doch da war niemand.

Was sie für ein Mensch gewesen sei, die Teresa, hatte die Kommissarin ihn gefragt. Unter deren offenkundiger Ungeduld schwang Verletztheit mit, ein ganzes Bündel davon, das bemerkte Severin sofort. Die steinharte Schale verbarg mal wieder einen weichen Kern. Vielleicht ähnlich wie bei der Teresa. Nur dass das Weiche bei der als überschäumende Lebenslust dahergekommen war, wild und ungezähmt. Die Teresa war eine Frau, die in einem solchen Dorf vor die Hunde gehen musste. Er hatte versucht, das der Kommissarin zu erklären, während der Neapolitaner nur mit undurchdringlichem Gesicht dagestanden und unbestimmt in Richtung Schlern gelächelt hatte. Severin hatte sich hinreißen lassen, ein paar Worte über den Preindl Josef zu verlieren. Immerhin hatte die Schwarz nach ihm gefragt, weil er Teresas Chef gewesen war. Der Preindl fühlt sich doch wie Gott, allmächtig in seinem Reich, hatte Severin gesagt, und es war ihm nicht gelungen, die Bitterkeit aus seinen Worten zu tilgen. Preindl hatte bereits beim Bischof gegen ihn, Severin, intrigiert, hatte versucht, seine Abberufung zu erreichen. Severin starrte auf seine Aufzeichnungen. Womöglich wäre es besser, Obergelln zu verlassen, es hatte ihn von Anfang an in Versuchung geführt, an ihm gezehrt, ihm die Luft zum Atmen genommen. Deswegen konnte er die Verzweiflung der armen Teresa so gut nachvollziehen, denn auch er fühlte sich mitunter wie in einem Aquarium, in dem alle ihn anglotzten; in dem ihm keine Fluchtmöglichkeit blieb. Wenn ihn dieses Ausgeliefertsein bisher bedrückt hatte, so machte es ihm jetzt regelrecht Angst.

Genug gejammert. Severin straffte die Schultern. Es galt, Gottes Willen an diesem abgeschiedenen Ort zu erfüllen, also sollte er sich endlich entscheiden, worüber er predigen wollte. Das fünfte Gebot würde sich eignen, du sollst nicht töten, das war das eine Thema. Zum anderen ging es ihm um Bigotterie, um die vermeintlich ehrenwerte Gemeinde, um die Verantwortung für den Einzelnen, der eben anders war und das auch sein durfte. Viele würden sowieso nicht zur Trauerfeier kommen. Wer wollte sich schon sehen lassen, »bei so einer«.

12.

Sonja steuerte den Wagen die Bergstraße oberhalb des Sees entlang Richtung Bozen. Von hier hatten sie einen herrlichen Blick auf die grüne Wasseroberfläche, in der sich die Sonne spiegelte. Am Ufer, gute dreihundert Meter von der mit Schilf bewachsenen Stelle, wo sie die Tote gefunden hatten, lagen Badegäste im Gras. Andere paddelten in ihren Schlauchbooten herum.

»Fährst du mich zur Werkstatt? Mein Wagen sollte endlich fertig sein!«

»Mache ich. Ich bin ein wenig in Eile, weißt du, habe zu Hause so eine Art Familienrat heute Abend.«

»Probleme?«

»Leider, ja.«

»Falls ich dir helfen kann …«

Obwohl Sonja sein Angebot zu schätzen wusste, würde sie nicht darauf zurückkommen. Was sollte der Capo schon tun? Ihr eine Schar Erntehelfer bezahlen? Thomas fehlte ihr, verdammt noch mal, und Matteo sollte bloß nicht meinen, an seine Stelle rutschen zu können. Nie und nimmer. Das Weingut war ihr Traum mit Thomas, den würde sie mit niemand anderem leben, schon gar nicht mit ihrem Chef. Entgegen ihrer Gewohnheit nahm sie den Fuß vom Gas, blickte auf den See. Die bunten Luftmatratzen und Boote verbreiteten eine Atmosphäre von Sommer und Sorglosigkeit, nach der sie sich unerwartet schmerzvoll sehnte.

»Danke für das Angebot. Aber im Moment geht es wirklich hauptsächlich um die Familie.«

»Na klar.«

»So schön es hier ist – das Dorf da oben tötet einem alle Hoffnungen. Alle Träume.«

»Teresa Gamper jedenfalls scheint es so gegangen zu sein. Was hältst du vom Pfarrer?«

»Ein Buch mit sieben Siegeln. Irgendwas verschweigt er. Ob er etwas mit Teresa hatte?«, überlegte Sonja laut. Die unbeantworteten Fragen des Falles lenkten sie von den Schwierigkeiten ab, die sie zu Hause erwarteten.

»Möglich ist alles, er kam mir aufgewühlt vor. Er ist ziemlich jung und mit der Verantwortung allein, seiner Gemeinde auf den Zahn zu fühlen und ihr zugleich Trost zu geben. Nicht einfach.«

Sie ließen den See hinter sich. Sonja gab Gas, verfiel wieder in ihre temperamentvolle Fahrermentalität. »Auf mich wirkte er irgendwie wütend.«

»Tatsache?«

»Er gab sich Mühe, das zu verschleiern. Gelang ihm halt nicht ganz.«

»Wir müssen herausfinden, mit wem Teresa eine Affäre hatte. Kann doch nicht sein, dass da niemand angebissen hat, wenn sie so gierig war auf das Leben …« Matteo verzog spöttisch das Gesicht.

»Vergiss nicht, es könnte sich auch um mehrere Affären handeln!«

»Dio mio! Du machst mir Angst!«

»Vielleicht sollten wir die Kellnerin noch einmal befragen. Lisa Mayn. Eventuell waren die beiden Frauen befreundet. Oder sie weiß, ob Teresa noch andere Freundinnen hatte.«

»Gute Idee.«

Sonja überholte einen Traktor und scherte knapp ein, bevor ein LKW auf sie zukam.

»Puttana, Commissario, Sie fahren immer noch wie der Teufel.«

Ich habe nichts zu verlieren, dachte Sonja. Fast im selben Augenblick schoss ihr durch den Kopf, dass es nicht stimmte. Ganz und gar nicht. Sie hatte ihre Tochter, die Schwiegermutter, sie hatte das Gut. Musste sich jetzt erst einmal wappnen für die Aussprache mit Julian.

»Was ist eigentlich mit Rom? Wir sollten endlich rausfinden, wo das Leck in unserer Questura ist.«

»Allerdings«, bestätigte Matteo düster.

»Wir durften Rossi nicht verhaften, weil die in Rom ihn als Kronzeugen wollten. Wann kommt dabei endlich was raus? Zimmern die Herrschaften jetzt einen Deal oder nicht?«

»Vermutlich wissen die längst, wer der Maulwurf ist, halten aber dicht, weil sie denken, wir würden denjenigen dann verhaften, was wiederum nur die Mafia warnen würde.«

»Du musst denen endlich klarmachen, dass wir niemanden verhaften. Du hast doch einen Draht nach Rom.« Sie sagte es spöttisch, wollte Matteo ein wenig necken. Der ging nicht drauf ein.

Kurz vor Bozen wurde der Verkehr dichter. Auf der Autobahn kamen die LKWs nur im Schritttempo vorwärts, der Ferienverkehr lähmte die Infrastruktur. Sonja fädelte sich auf die Abbiegespur ein.

»Es ist wichtig, dass wir wissen, vor wem wir bestimmte Dinge geheim halten müssen! Sonst sabotiert die ehrenwerte Gesellschaft unsere Ermittlungen«, setzte sie noch einmal an.

»Ich werde mein Möglichstes versuchen«, erwiderte Matteo.

13.

Severin starrte auf das verirrte Häuflein, das auf den Bänken kauerte, als täte es den Anwesenden leid, zur Messe gekommen zu sein. Gamper, die Lisa, der Severin nicht so recht traute, wer wusste schon, was sie wusste, schließlich war die Teresa ihre Freundin gewesen, dann, auf der anderen Seite vom Mittelgang, Josef Preindl nebst Gattin Maria. Verhuscht hockte sie neben ihrem massigen Ehemann, auffallend stark geschminkt, sie trug ein schwarzes Kostüm und einen schwarzen Hut, ihre Körperhaltung war die einer wahrhaft Trauernden. Zusammengesunken hockte sie da, immer wieder führte sie ein Taschentuch an ihre Augen. Schließlich waren da die üblichen Kirchenschwalben, die immer kamen, egal zu welcher Messe, egal bei welchem Wetter, alte, schwarz gekleidete Frauen mit Dutt unter dem Kopftuch, rissigen Lippen, knochigen Händen, die sich in den hinteren Reihen zusammendrängten.

Severin eröffnete die Messe. Das Kyrie sang er so inbrünstig, dass seine eigene Stimme in seinen Ohren hallte. Als er das Evangelium vortrug, den Satz: »Ich danke dir, Herr, dass ich nicht bin wie diese«, schien es ihm, als ob die Teresa ihn anlächelte. Kurz schweifte sein Blick zu dem Foto von ihr, das vor dem Altar stand. Teresa Gamper, eine Frau, die in einem solchen Dorf nicht leben konnte und den Absprung nicht geschafft hatte. Severin räusperte sich. Fing Preindls Blick auf. Natürlich, der Bürgermeister musste sich hier zeigen, immerhin war ein Mitglied seiner Gemeinde ermordet worden. Severin zitterten die Hände, als er die Blätter mit seiner Predigt auf dem Ambo glattstrich.

Er musste es tun. Und wenn Preindl ihn mit seinen Augen durchbohrte.

14.

Sonja bremste scharf. Die Werkstatt auf der gegenüberliegenden Seite lag nun ruhiger da als am Morgen. Das Tagwerk war vermutlich so gut wie getan.

»Bist du sicher, dass dein Wagen endlich fertig ist?«

»Hoffe ich mal.« Matteo zwinkerte ihr zu. »Schönen Feierabend. Und viel Erfolg bei deinem Kriegsrat.«

Sonja seufzte leise. »Ich bin nicht scharf drauf.«

»Du hast schon ganz andere Schlachten geschlagen, Principessa!«

Er konnte die italienischen Liebkosungen nicht lassen, die ihr süßlich und unecht vorkamen, obwohl sie nicht sicher war, ob er sie nicht doch ehrlich und freundlich meinte.

»Ich warte noch, nur für den Fall, dass du wieder ein Taxi brauchst!«

Er lachte und warf die Beifahrertür zu.

Sonja beobachtete, wie er im Büro verschwand und kurz darauf mit seinem Schlüssel wieder herauskam, winkend. Na gut, dann hatte ja alles geklappt. Dennoch konnte Sonja sich nicht entscheiden loszufahren. Plötzlich strömte die Erschöpfung dieses langen, verwirrenden Tages auf sie ein. Sie drückte die Stirn ans Lenkrad. Es war noch nicht so spät, sie könnte ins Büro fahren und Papierkram erledigen, dem leidigen Gedanken an ihren Verwalter ausweichen, sich wappnen mit Härte und Entschiedenheit. Ein Mann, der sich mit falschen Papieren und einem erlogenen Lebenslauf bei ihr auf dem Gut eingeschlichen hatte, ließ nichts Gutes ahnen. In der Gegend wusste doch jeder von Thomas' Tod und davon, dass drei Frauen mit dem Unternehmen alleine dastanden. Allzu weit war der Gedanke nicht hergeholt, dass jemand die Schwäche der Familie Schwarz ausnutzen wollte. Sonja hob den Kopf. Matteo stieg gerade in seinen Audi.

»Na dann«, sagte Sonja zu sich selbst. »Auf in den Kampf.«

Sie hatte bereits den Zündschlüssel gedreht, als Matteo aus seinem Wagen sprang. Sie stellte den Motor wieder ab, rief durch das offene Fenster über die Straße: »Matteo?«

»Mit dem Wagen stimmt doch was nicht!« Er nahm die Sonnenbrille ab.

Aus den Augenwinkeln sah Sonja einen Mann im Blaumann über den Hof der Werkstatt gehen.

»Matteo, was ist los?«

»He, Sie!« Matteo machte ein paar Schritte Richtung Hof. »Wer hat an dem Wagen gearbeitet?«

Sonja war ausgestiegen. Irritiert sah sie, wie der Mechaniker weglief. Ein LKW fuhr vorbei und nahm ihr für einen Moment die Sicht. Der Laster bog um die nächste Ecke. Plötzlich schien eine eigenartige Stille über der Szenerie zu liegen.

Die Explosion warf sie rücklings gegen ihren Wagen. Aus

der Werkshalle sprangen die Scheiben, zerbarsten in unendlich viele winzige Splitter, die wie funkelnde Vögel in die Luft
schossen und umherwirbelten, bevor sie langsam auf den
Boden trudelten. Die Druckwelle nahm ihr den Atem. Sie
sank neben ihrem Auto auf den Asphalt, die Arme schüt-
zend um ihren Kopf gelegt. Scherben prasselten auf ihre Jacke.
Hitze umfasste sie und ein stechender Gestank.

»Matteo?«

Sein Wagen stand in Flammen, ein Ball aus roter Glut und
schwarzem Qualm. Die wenigen Autos, die vorbeifuhren,
blieben stehen, entsetzte Gesichter blickten heraus, Verwirrung lag in der Luft. Sonja rannte. Auf Matteos Wagen zu.
Unsinn, natürlich, sie wusste das selbst, was auch immer in
diesem Auto war, würde bis zur Unkenntlichkeit verbrennen.

In der Hitze taumelnd stand Sonja da, mit hängenden
Armen. Sie würde versuchen, von der anderen Seite an diesen Schrottrest heranzukommen. Gleichzeitig griff ihre Hand
in die Hosentasche auf der Suche nach dem Handy. Sie musste
die Kollegen rufen, das hier war ein Anschlag, ganz klar, ein
Anschlag auf einen Polizeibeamten, der die Unterschrift von
Rossi trug, ein Gruß aus der Haft in Rom, sie griff sich an den
Kopf, warum hielten die Behörden da unten im Süden auch
immer alles unter Verschluss, statt mit offenem Visier zu spielen! Die waren auch nicht besser als die »Famiglia«.

Das Handy musste im Wagen liegen. Warum kam niemand
aus der Werkstatt zu Hilfe? Irgendetwas verpuffte, ein größe-
res Teil von irgendwas schoss an ihr vorbei, sie wich zurück,
die Hitze schien unerträglich, Tränen rannen Sonja über die
Wangen. Verdammt. Matteo.

15.

»Gott prüft uns sehr genau!« Severin beugte sich über den Ambo. »Er sieht, ob wir all die kleinen guten Dinge nur tun, um uns besser zu fühlen. Um uns über andere zu erheben. Zu zeigen, dass wir auf der guten Seite stehen.«

Die Atmosphäre in der Kirche knisterte. Es kam Severin vor, als fließe elektrischer Strom zwischen Teresas Foto und den Leuten in den Bänken vor ihm.

»Und die Ehebrecher, die Ausbeuter, die Mörder!« Das letzte Wort verhallte im Deckengewölbe. Lisa Mayn schluchzte und schlug die Hände vors Gesicht. »Was ist mit denen? Sind wir vielleicht ganz froh, dass es sie gibt? Damit wir uns abheben können von ihnen, sagen können, ich bin nicht wie diese? Davon spricht das heutige Evangelium. Dass es Menschen gibt, und wir gehören dazu, die sich besser fühlen, wenn sie die Verfehlungen der anderen brandmarken.«

Auf Maria Preindls Gesicht schlich sich ein leises Lächeln. Nur ganz kurz, trotzdem hatte Severin es bemerkt.

»Es ist typisches Pharisäerverhalten, immer andere anzuprangern, um selbst besser dazustehen. Diese Leute wollten sogar Jesus ins Bockshorn jagen. Ihn reinlegen. Sie fragten ihn, was mit der Ehebrecherin zu tun sei. Wo doch das Gesetz galt, eine *Ehebrecherin*«, Severin betonte das Wort und es schien ihm, als ob Teresa leise lache, »zu steinigen. Heute steinigen wir nicht mehr, nicht mehr mit echten Steinen, die wir in die Hände nehmen und auf einen Menschen werfen. Nein, wir steinigen mit Worten, ausgesprochenen und unausgesprochenen. Mit Blicken. Mit Widerwärtigkeit. Indem wir einem Menschen die Luft zum Atmen nehmen. Das ist Teresa so passiert.« Er sollte sich zügeln, aber die Leidenschaft ging mit ihm durch. Er konnte es doch sehen: Jetzt, genau jetzt hatte er seine Zuhörer am Haken. In diesem Moment waren die Wunden groß und brennend genug, um noch ordentlich Salz darauf zu streuen. Sie sollten sich nur nicht darüber freuen, dass sie nicht die Mörder waren. Severin schüttelte es kurz, als fröre er. Nicht alle.

»Teresa war ein fröhlicher Mensch mit Träumen und Hoffnungen. Die wollte sie nicht aufgeben, nicht so wie die meisten, die ihre Erwartungen ans Leben irgendwann begraben. Wie viele Steine waren da bereits in den Händen der Schergen?«

In die Kirchenschwalben in den hinteren Bänken kam Bewegung. Ja, auch ihr habt eure Träume begraben, zu früh, und jetzt ist es nur noch ein Dahinvegetieren, nicht wahr?, rief Severin den Frauen im Stillen zu, von denen nun zwei, drei aufstanden und kopfschüttelnd die Kirche verließen.

»Wer von euch ist ohne Sünde? Das hat Jesus die Leute gefragt. Und sie ließen die Steine fallen, schlichen davon wie getretene Hunde. Sie hatten seine Botschaft verstanden.« Die Kirchentür fiel knallend ins Schloss. Ein paar Messbesucher zuckten zusammen. Severin räusperte sich und bemühte sich um einen sachlicheren Tonfall. »In uns ist nicht nur Trauer. Auch Zorn. Dass ein feiger Mörder Teresas Leben zerstört hat. Doch selbst wenn man ihn nicht aufgreifen sollte in diesem Leben: Gottes Strafgericht wartet auf ihn.«

Den Rest der Messe spulte er ab, kam sich selbst monoton und leer vor, er hatte seine Kraft für die Predigt verbraucht. Ausgelaugt sprach er die Segensformel, dann fügte er hinzu: »Ite, missa est«, und schlurfte in die Sakristei. Holzer hockte da auf einem Schemel, die Augen gerötet.

»Warum, Severin?«

»Was meinen Sie?« Severin kämpfte mit dem Messgewand, hängte es auf einen Bügel.

»Warum stoßen Sie die Leute vor den Kopf? Die Gemeinde braucht in dieser Lage Stärke, jemanden, der einen stützenden Arm anbietet, einen Ausweg, Licht, Hoffnung! Davon spricht die Auferstehung.«

»Ich habe nur die Wahrheit gesagt!«

»Ihr Trotz wird Sie noch …«, begann Holzer. Severin hörte ihn nicht mehr, er verließ die Sakristei und trat auf den Kirchenvorplatz.

Preindl stand da mit seiner Frau, die den jungen Pfarrer anstarrte, Panik im Blick.

»Schöne Predigt, Monsignore«, spöttelte Preindl. »Hätte mir noch besser gefallen, wenn ich nicht wüsste, dass es auch eine Menge Steine gibt, die Sie persönlich treffen könnten.« Er machte eine Bewegung, als wöge er einen Pflasterstein in der Hand.

Seine Frau berührte seinen Arm. »Lass doch, Josef!«

Ungeduldig stieß Preindl sie weg. »Ich habe doch recht, oder?«

Severin stieg die Röte ins Gesicht. Ausgerechnet der Gamperwirt bewahrte ihn vor einer Antwort.

»Du Drecksack!« Er packte Severin am Kragen. »Was sollte das denn? Nur weil du ein Messgewand trägst, hast du noch lange nicht das Recht, über meine Frau herzuziehen. Verstehst mich?«

Severin wich zurück, aber der Wirt ließ nicht locker. »Meine Teresa war ein ganz besonderer Mensch, und sie war glücklich hier, und ich sage dir eins, die hat sich bestimmt nicht hingestellt und irgendeinen Armleuchter gebeten, sie mal eben umzubringen.«

»Lass das, Joachim.«

Lisa Mayn griff nach dem Arm des Wirts. Und so unwahrscheinlich es aussah, dass die zierliche Kellnerin den breit-schultrigen Mann beruhigen konnte, so schnell ließ der vom Pfarrer ab.

»Wir gehen heim, Joachim, ja? Das hat doch alles keinen Zweck. Und die Teresa macht's auch nicht wieder lebendig.«

Gamper ließ Kopf und Arme hängen.

»Komm«, bat Lisa noch einmal.

»Hör mal, Gamper!« Preindl baute sich vor dem Wirt auf. »Du weißt schon, dass das Haus, in dem du deine Wirtschaft betreibst, mir gehört?«

Gamper nickte stumm.

»Dann halt dein verdammtes Maul!« Mit einem Blick auf Severin, der wie erstarrt die Auseinandersetzung beobachtete, fügte er hinzu: »Und lass die Honoratioren in Ruhe, klar?«

16.

Sonja sah ein: Es war zwecklos, an den brennenden Wagen heranzukommen. Sie machte einen Bogen, lief auf die Werk-statt zu.

»Sonja! Mensch, Sonja! Warte!«

»Matteo?« Sie fuhr herum.

Der Capo kam hinter ihr her. Er war am Leben. War keine verkohlte Leiche in einem verglühenden Haufen Metall.

»Ich hab was gemerkt, Sonja, hatte so ein beschissenes Gefühl …« Er wischte sich übers Gesicht. Ruß klebte an seinen Händen, auf seinem Hemd, auf Nase und Wangen. Seine Stimme klang ganz dünn.

»Um Himmels willen.« Sonja zitterten die Knie. Klar, ihr Chef war aus dem Wagen herausgesprungen, sie hatte es doch gesehen. »Wo …«

»Ich habe mich hier unter den SUV gerollt. Das meiste Unheil ist darüber hinweggezogen.« Kopfschüttelnd schaute Matteo auf das brennende Wrack.

Sonja lehnte sich an ihn. Nur kurz. Feuerwehrsirenen kamen näher.

»Rossis Handschrift«, murmelte Matteo.

»Lass uns die Werkstatt checken.«

Sie zogen ihre Waffen. In der Halle standen zwei Männer in blauer Arbeitsmontur und starrten die Polizisten an.

»Hände hoch!«, bellte Matteo.

Sie gehorchten, standen sichtlich unter Schock.

»Mann, wir sind gerade erst aus der Deckung gekrochen!«, stöhnte einer.

»Ist hier außer euch noch jemand?«

Sie starrten Matteo tumb an. »Nur der Chef und die Sekretärin. Alle anderen machen schon früher Feierabend.«

»Wer war der Kerl im Blaumann?« Sonja wies auf den Hof. »Kurz vor der Explosion ist er da rübergegangen.«

»Giuseppe?«, sagte einer und ließ langsam die Hände sinken.

»Wie weiter?« Matteo machte eine Geste mit der Pistole.

Die Hände des Mannes schossen wieder in die Höhe.

»Marino. Giuseppe Marino.«

»Ihr bleibt hier, wir brauchen Zeugenaussagen.«

Die Feuerwehr hatte die Werkstatt erreicht. Auch zwei Wagen der Carabinieri hielten an der Straße.

»Lass die Jungs die Zeugen befragen«, raunte Matteo Sonja zu. »Wir knöpfen uns den Chef vor.«

Sie fanden einen Mann im Büro, der eilig ein paar Tabletten schluckte. Schweiß rann ihm übers Gesicht, er war käseweiß und atmete schwer. Eine Frau stand neben ihm, ein Glas Wasser in der Hand.

»Polizei!«

»Was war das?«, flüsterte der Mann.

»Sie sind wer?«, knurrte Matteo.

»Johannes Hofer, mir gehört die Werkstatt. Wir kennen uns doch, Commissario.«

»Geht es Ihnen schlecht?« Sonja zeigte auf die Medikamente.

»Ich habe Diabetes. Bin in Unterzucker gerutscht. Geht gleich wieder. Danke, Marga.«

»Und Sie sind?«, fragte Sonja die Frau.

»Marga Gretter.«

»Eine meiner Sekretärinnen.«

»Geben Sie mir die Adresse von Giuseppe Marino!«

»Giuseppe?«

»Verdammt, da ist ein Wagen in die Luft geflogen!« Sonja schrie fast. »Der Wagen eines Polizisten. Her mit der Adresse!«

»Okay, klar, Moment.« Konfus scrollte Hofer durch sein Handy. »Hier. Via Bellaria 9.«

»Haben Sie Videoüberwachung auf dem Gelände?«, fragte Sonja.

Verdutzt schüttelte Hofer den Kopf.

»Halten Sie sich den Kollegen zur Verfügung!«, blaffte Matteo. »Und beschaffen Sie mir einen Ersatzwagen!«

Sonja verließ hinter ihm das Büro.

Sie mussten Pause machen. Sie konnten hier nicht weiterermitteln, nicht in der Hitze des Gefechts mit dem Schock des Anschlags im Nacken. Sie würden Fehler machen, und am Ende brach die Beweiskette, falls es überhaupt eine geben sollte, zusammen.

Rossi. Es musste mit Rossi zu tun haben. Wo auch immer Rossi steckte, sein Arm reichte weit. Es gab andere aus der »Famiglia«, die an seiner Stelle agierten, Fäden spannen, langfristige Pläne ausführten.

Die Feuerwehr hatte den Wagen gelöscht. Sonja sah nicht hin.

»Sollen wir den Mechaniker zur Fahndung ausschreiben?«, fragte sie.

»Das wäre sein Todesurteil. Wenn die Mafia ihn auf mich angesetzt hat und er auspackt, fliegen andere mit auf. Das werden sie verhindern.«

»Ich bitte dich, Matteo.« Erschöpft steckte Sonja endlich die Pistole ins Holster. »Und wie willst du seinen Namen aus dem Bericht raushalten?«

»Hör zu!« Matteo beugte sich vor. »Das hier war ein Unfall. Mein Name wird rausgehalten aus der ganzen Angelegenheit. Und es gibt keinen Bericht. Verstanden?«

Sie war zu erledigt, um zu diskutieren. Aus den Augenwinkeln sah sie Magda Gretter mit einem Handy am Ohr aus dem Büro kommen.

»Wenn wir von einem Bombenanschlag reden, können wir uns vor Presse und Schlauschwätzern nicht mehr retten.« Matteo blickte Sonja an. »Du bist schwarz im Gesicht.«

»Du nicht minder.«

Er lächelte schief. »Verdammt. Ich kann gar nicht dran denken.«

Sie nickte. Nicht weiterdenken, bloß nicht die Gedanken spielen lassen, was gewesen wäre, wenn Matteo nicht rechtzeitig aus dem Wagen gesprungen wäre.

»Verstehst du, ich hatte so ein dummes Gefühl. Und da

war so ein Geruch im Wagen. Nenn es Vorahnung!« Matteo wandte sich ab und rief den Einsatzleiter der Carabinieri zu sich.

»Was hier passiert ist, war ein Unfall. Ich bin nicht hier gewesen. Sie und Ihre Kollegen stimmen Ihre Berichte entsprechend ab. Ist das angekommen?«

»Selbstverständlich, Commissario.«

»Ansonsten können Sie alle zusammen den Verkehr regeln. Bis zur Pensionierung.«

Der Mann salutierte.

»Matteo«, sagte Sonja leise, nachdem der Carabiniere zu seinen Leuten gegangen war, »die Mafia weiß nicht, was passiert ist, als wir Rossi festgesetzt haben. Warum sollten die dich in die Luft jagen wollen? Die Zeiten haben sich selbst bei den Ehrenwerten geändert.«

»Du willst es nicht glauben, oder? Ich sage dir was, selbst aus der Isolationshaft kommt was nach draußen. Rom ist ein Natternnest, und Typen wie Rossi finden immer Wege.«

Sonja sah ihn skeptisch an. Sie hielt es nicht für realistisch, dass die »Famiglia« Schlagzeilen wollte.

»Ich stelle zwei Beamte für dich ab.« Er winkte wieder dem Einsatzleiter.

»Für mich?«

»Die Bombe hat meinen Wagen zerlegt, aber glaubst du, dass nur ich auf der Abschussliste stehe? Der Einsatz damals – den haben wir zusammen ausgeheckt.«

Sonjas Magen krampfte sich zusammen. Sie dachte an Thomas. Ihr Leben flog ihr buchstäblich um die Ohren, doch sie war im Augenblick zu erschöpft, um auch nur Trauer zu empfinden. Sie sehnte sich nach einer Dusche und etwas zu essen.

»Geh nach Hause zu deinem Familienrat.« Matteo berührte sie kurz an der Schulter. »Alles in Ordnung?«

»In Ordnung.«

Letztlich würde nichts mehr wirklich in Ordnung sein. Zu viele Baustellen. Und der eine, der schlimmste Verlust. Das riesige Aufgebot an Einsatzkräften beschwor die Erinnerungen herauf.

Thomas.

Und die unendliche Einsamkeit, die an seiner statt ihr Leben erfüllte.

17.

Vitale betrat das Restaurant durch den Hintereingang. Der Securitymann ließ ihn mit einem angedeuteten Kopfnicken durch. In der spiegelnden Glasscheibe der Tür sah er kurz sich selbst. Er hatte den Hemdkragen locker hochgestellt, so dass man das Feuermal kaum sah.

Giulia Santoro saß in ihrem Büro am Schreibtisch. Neben ihr das Krokodil – der Bodyguard, der ihr nicht von der Seite wich. Vitale hatte nicht vor, sich von dem Typen einschüchtern zu lassen, obwohl es ihm beim Anblick des durchtrainierten Mannes mit der Narbe auf der Stirn jedes Mal fröstelte. Er strahlte mindestens ebenso viel Kälte aus wie die Santoro. Außerdem befanden sich noch zwei Kerle im Raum,

Typ »Rambo«, mit einfältigen Gesichtern. Vermutlich auch aus dem Süden, wie das Krokodil, wie die Santoro. Sie kamen alle von ganz unten. Geografisch.

Selbstverständlich hatte Vitale nicht vor, sich irgendein Urteil anzumaßen, doch er besaß selbst ausreichend Kontakte in den Meridione. Da unten im Süden saß der größte Teil der »Famiglia«. Vitale wusste, dass manche nicht allzu gut über Giulia Santoro dachten. Sie hatte ihre loyalen Familienmitglieder, die ihr die Stange hielten, es gab einen gewissen Vertrauensvorschuss. Gleichwohl war Vitale lange genug dabei. Er wusste, dass Vertrauen schnell aufgebraucht sein konnte. Noch hatten sie keinen Hinweis, wo Rossi steckte, und der Maulwurf lieferte nicht. Man hätte jemanden schmieren müssen, der höhergestellt war. Vermutlich wollte die Santoro billig aus der Sache rauskommen, nicht sehr klug, dachte Vitale, wertige Informationen hatten nun mal ihren Preis.

Ein Kellner kam herein und stellte einen Drink neben der Chefin ab. Irgendwas Durchsichtiges mit einem Minzezweig. Tonic Water wahrscheinlich. Sie trank keinen Alkohol.

Von Vitales Ankunft hatte die Santoro keine Notiz genommen. Nur das Krokodil hatte ihm einen Blick zugeworfen, taxierte nun aber wieder die beiden Einfaltspinsel in ihren Anzügen.

»Einige unserer Geschäftspartner scheinen der Auffassung zu sein, ihren Verpflichtungen nicht mehr nachkommen zu müssen, weil Rossi verschwunden ist«, begann Giulia Santoro.

Vitale unterdrückte ein Schaudern. Die Santoro schaffte es, ihn zu verunsichern. Mit ihrer aalglatten, eiskalten Art. Bei einer Frau war er so eine gnadenlose Haltung nicht gewohnt.

»Stattet ihnen einen Besuch ab und macht ihnen klar, dass ich Rossis Position übernommen habe und darüber sehr ungehalten bin.« Sie nahm eine Liste von ihrem Schreibtisch. Das Papier war zu weit weg, als dass Vitale etwas hätte sehen können, und es war auch zu dunkel. Der ganze Raum war in Dämmerlicht getaucht, nur die Schreibtischlampe brannte.

»Ihr könnt gehen.« Sie wandte sich wieder den Unterlagen auf ihrem Schreibtisch zu. »Du auch!«, fügte sie hinzu.

Das Krokodil zögerte kurz, folgte dann den beiden Kraftprotzen.

Als die Tür ins Schloss gefallen war, fragte sie, ohne aufzusehen: »Und?«

»Auftrag ausgeführt.« Die Anspannung spürte Vitale nun in den Muskeln, den Gelenken. Er war starr wie eine Brechstange, sein Körper schmerzte. Er hatte selbst gesehen, wie der Wagen in die Luft flog, und war dann schnell weggefahren, auf dem alten Fahrrad, das er am Tag zuvor im Industriegebiet nahe der Werkstatt versteckt hatte. Ein Arbeiter, der in den Feierabend radelte, auf so einen richtete sich nicht schnell der Verdacht, er hatte den Tatort verlassen, ehe die Carabiniere alles absperren konnten.

»Sehr gut.« Ein feines Lächeln tänzelte um Giulia Santoros Lippen.

Vitale entspannte sich. Sogar sein Kiefer tat weh.

Die Santoro nahm ein Handy vom Schreibtisch.

»Pronto.« Sie lauschte einen Augenblick mit sehr gerader Haltung. Vitale ahnte, mit wem sie sprach, und vermutete, dass sie eine ordentliche Portion Respekt vor diesem Mann hatte. »Ja, es ist alles erledigt. Rossi finden wir auch noch. Wir haben jemanden dran. Eine Frage von wenigen Tagen. Mehr nicht.«

Vitale verkrampfte sich erneut. Rossi? Eine Frage von wenigen Tagen? Seit Wochen suchten sie ihn. Er wurde den Verdacht nicht los, dass die Beamten sie an der Nase herumführten und ganz genau wussten, wo Rossi steckte.

Die Santoro legte auf. »Ist noch was?« Sie fixierte ihn. Eiskalt.

Nein, es war nichts. Nur dass er sich fragte, wohin Rossi wirklich verschwunden war. Er spürte förmlich, wie Giulia Santoro in seine Gedankenwelt eindrang und glasklar vor sich sah, was ihr nicht gefallen konnte: Vitales Zweifel. Seine Fragen.

»Ich würde vorschlagen, du kümmerst dich um deine eigenen Angelegenheiten«, schnarrte die Santoro.

»Natürlich.«

»Gut. Wir sind fertig für heute.«

»Buona notte.« Er verließ das Büro und wandte sich zum Hinterausgang, Giulia Santoros Blick zwischen den Schulterblättern fühlend, selbst als er schon längst durch den Korridor war. Im Hof stand das Krokodil und rauchte. Vitale nickte ihm zu. Das Krokodil ließ zur Antwort eine Rauchwolke in die Nachtluft steigen.

18.

Sonja fuhr nach Eppan. Erschöpft. Unter Schock. Ein Teil von ihr wollte das Erlebte abspalten, wegschieben, einfach ungeschehen machen. Die Gipfel, die im Abendlicht leuchteten, orange, rosa, rot, wirkten wie eine gigantische Filmkulisse, unecht, irreal, also könnte auch die Explosion nicht wirklich, nicht wahr sein. Der Blick in den Rückspiegel auf den Polizeiwagen, der ihr dichtauf folgte, belehrte sie eines Besseren.

Sie ließ das Fahrerfenster herunter, atmete tief die warme Abendluft ein, die nach Sommer duftete, nahm das zarte Aroma von Holzrauch wahr, das sie in Südtirol immer so gemocht hatte. Als es noch einen Traum gegeben hatte. Und Thomas.

Bei einem Anschlag hatte sie ihren Mann verloren. Und nun beinahe ihren Chef.

Sie fuhr die letzten zwei Kilometer wie in Trance, stellte den Wagen vor dem Haus ab, grüßte kurz die Polizisten, die Stellung bezogen.

Laura stürmte ihr entgegen.

»Was ist denn los? Und wie siehst du überhaupt aus?«

Sonja wurde bewusst, dass die Explosion auch äußere Spuren hinterlassen hatte. Sie sah an sich herunter: die Bluse voller schwarzer Schlieren, die Jeans ebenfalls reif für die Wäsche.

»Und warum sind die hier?« Laura zeigte auf den Streifenwagen.

»Lass uns reingehen. Ich bin hundemüde.«

»Aber …«

»Es hat einen Anschlag gegeben. Nicht auf mich«, fügte Sonja rasch hinzu. Ihre Tochter wollte sie da raushalten. Das wenige an Stabilität, das sie sich seit Thomas' Tod erarbeitet hatte, nicht gefährden. »Matteos Wagen ist in die Luft gesprengt worden. Gott sei Dank saß er nicht drin. Wir wissen noch nicht, wer dahintersteckt. Um kein Risiko einzugehen, haben wir jetzt auf dem Gut Polizeischutz. Sag den Beamten Bescheid, wenn du etwas Ungewöhnliches siehst, okay?«

Laura nickte langsam.

Sonja kannte ihre Tochter gut genug, um zu wissen: Sie würde zurechtkommen, sie war tapfer, hatte sich seit dem

Tod des Vaters eine gewisse Härte antrainiert, tat ihrer Mutter auch den Gefallen, nicht wegen jeder Bagatelle zu jammern. Dennoch: Musste ihrer Familie denn immer wieder eine neue Last aufgebürdet werden? Sonja wusste, wie sinnlos es war, zu jammern. Ihr Job war nun mal nicht der einfachste. Sie hatte es mit dem Abschaum zu tun, mit Leuten in Maßanzügen, denen noch mehr Dreck am Stecken klebte als den Muskelpaketen, die die Schmutzarbeit machten. Sie drückte die Tränen weg und schob Laura vor sich her ins Haus.

»Wie geht es Katharina?«, fragte sie, um sich einzustellen auf das, was als Nächstes auf sie wartete.

»Sie ... naja, schau es dir selbst an. Julian wollte nichts sagen, bis du hier bist. Wir haben in der Küche gewartet.«

»Das ist genau das Problem.« Sonja fühlte, wie Ärger in ihr hochstieg. Dem Verwalterspuk in diesem Haus würde sie nun ein Ende bereiten. Sie war wirklich nicht in der Stimmung, sich vorführen zu lassen.

19.

Matteo bremste seinen Leihwagen, einen unscheinbaren Fiat Punto, vor dem Mietshaus in der Via Bellaria ab. Ein düsterer Bau, die Dämmerung schluckte gnädig die Spuren von herabfallendem Putz und Fenstern, deren Rahmen dringend einen neuen Anstrich brauchten. Die Namensschilder bestanden aus improvisierten Aufklebern, vielfach abgekratzt und neu beklebt, kaum leserlich.

»Marino«, murmelte Matteo, als er den passenden Klingelknopf gefunden hatte.

Er musste das jetzt durchziehen. Erstens pumpte noch ausreichend Adrenalin durch seinen Körper, um ihn am Funktionieren und den Schock auf Distanz zu halten. Und zweitens würde der Mechaniker, der einzige Zeuge, nicht mehr lange leben, wenn herauskam, dass er, Matteo, keineswegs den Tod gefunden hatte.

Der Commissario zog seine Dienstwaffe und drückte leicht gegen die Tür. Sie stand halb offen. Im Treppenhaus roch es nach Müll. Langsam stieg Matteo die Stufen in den dritten Stock hinauf. Das Licht funktionierte nicht. Er orientierte sich an der Abenddämmerung, die durch die Fenster auf den Halbetagen fiel. Hinter den meisten Türen verbarg sich Stille, doch aus manchen Wohnungen hörte Matteo laute Musik, den Sound eines Fernsehers oder spielende Kinder.

Er klingelte an Marinos Wohnungstür. Über der Schwelle drang Licht zu ihm heraus.

Niemand reagierte.

»Ich weiß, dass du da bist, du Hund!«, knurrte Matteo. Mit einem kräftigen Tritt setzte er das altersschwache Schloss außer Gefecht.

»Fuck!« Im hellen Licht des Korridors stand der Mechaniker, noch in Arbeitskleidung.

»Hände hinter den Kopf.«

Marino wich zurück.

»Du Dreckschwein, nimm die Hände hinter den Kopf!«

Marino hob zögernd die Arme.

»Kapierst du eigentlich, was du angerichtet hast? Die Kohle, die sie dir zugeschoben haben, reicht nicht mal bis zum Bahnhof. Wenn die rauskriegen, dass dein Bömbchen mich nicht hinter die sieben Hügel geschickt hat, bist du erledigt!«

»Das war ich nicht. Ich hab nur weggeschaut. Die haben mich dafür bezahlt, dass ich wegschau!« Panik schimmerte in den Augen des Mannes.

»Wer hat dann die Bombe eingebaut?«

»Ein – Typ.« Marino ließ langsam die Arme sinken.

»Hoch die Hände! Aber flott!«

Aus der Nachbarwohnung drang eine lautstarke Auseinandersetzung herüber. Auf Italienisch. Matteo grinste unwillkürlich, als er die neapolitanischen Klänge hörte. Marino bemerkte sofort, dass der Commissario abgelenkt war, und die Bruchteile von Sekunden reichten ihm. Er spurtete in die Wohnung.

»He!« Matteo setzte ihm nach.

Marino war schon durch das Wohnzimmer und auf dem Balkon. Schwang sich über das Geländer und turnte wie ein Makake bis ins Erdgeschoss hinunter, wo ihn die einsetzende Dunkelheit verschluckte.

»Merda!« Zerschlagen lehnte sich Matteo an die Hauswand. Er fühlte sich so erledigt wie damals, als er von einem von Rossis Spießgesellen durchgeprügelt worden war, von Franco Gentile, dem er, Matteo, die Nummer des aus der Fassung

geratenen Commissario Capo mit den Spielschulden vorgemacht hatte. War das Adrenalin erst einmal verbraucht, schlug
die Erschöpfung sofort zu. Matteo ging zurück ins Wohnzimmer. Ein Koffer stand da, mit Kleidung, Rasierzeug. Marino
war auf dem Sprung gewesen. Puttana! Er musste alles daran-
setzen, diesen Mann aufzutreiben, bevor ihn die Mafia in die
Finger bekam. Marino war der einzige Zeuge.

20.

Auf dem Küchentisch warteten Brot, ein großer Teller Cap-
rese, Oliven und eine Flasche Kerner. Katharina stand an der
Spüle und sah mit großen Augen zu ihrer Schwiegertochter:
»Hallo, Sonja, was war denn los ...«

Julian, der hinter ihr durch die Tür trat, musterte sie auf-
merksam.

Sonja winkte ab. Sie würde ganz sicher nicht ihre ver-
schmutzte Kleidung vor Julian diskutieren. Sie würde überhaupt nichts diskutieren. Ihr Entschluss stand fest. Zwar
knurrte ihr der Magen, doch sie musste diese Aussprache
unbedingt führen, ehe sie sich alle um den Tisch setzten und
aßen. Obwohl sie völlig verausgabt war, blieben ihr noch ein

paar Kraftreserven, gespeist hauptsächlich von der Wut auf ihren Verwalter. Julian Bittner aka wer auch immer, dem sie einen Tag Aufschub gegeben hatte, bevor sie ihn entlassen würde. Ob er ihn verwendet hatte, um sich eine rührselige Geschichte auszudenken? Würde er an ihre Gefühle appellieren? Sich klein machen, ihr mit einem Schuldeingeständnis den Wind aus den Segeln nehmen?

Sonja war sich sicher: Keine Story konnte so dramatisch sein, dass sie ihre Meinung ändern würde. Aus Prinzip! Konnte sie einem Mann, der sich mit erfundenen Fakten bei ihr eingeschlichen hatte, überhaupt jemals wieder vertrauen? Kaum.

»Also, Herr Bittner.« Sie wies auf die Stühle, so wie sie im Büro einen Zeugen an den Vernehmungstisch gebeten hätte. »Wir erwarten eine Erklärung.«

Laura und Katharina tauschten einen Blick, während sie sich setzten. Julian zögerte, nahm aber dann auch Platz. Als Letzte sank Sonja auf einen Stuhl. Fehler. Die Mattigkeit machte sich nur noch mehr bemerkbar. Egal. Sie hatte Schlimmeres durchgestanden.

Julian leckte sich über die Lippen. »Also. Ich hatte keine ganz einfache Kindheit.«

Sonja unterdrückte ein verächtliches Schnauben. Wenn er auf sentimental machte, hatte er verloren, so viel stand fest.

»Und deshalb schleichen Sie sich mit den Papieren eines anderen hier ein?«

»Nun lass ihn doch erst mal erzählen. Bitte!«, schob Laura nach.

Sonja lehnte sich zurück.

»Ich … Also, meine leibliche Mutter hat mich nach der Geburt zur Adoption freigegeben. Insofern steht die Frage im Raum, welche Biografie überhaupt meine ist. Weil … naja, ich kam nicht zu liebenden Eltern, sondern wurde herumgeschoben. Von Heim zu Heim. Ich musste mich früh durchsetzen, weil niemand je für mich einstand, ich musste selbst für mich kämpfen. Dabei lernte ich natürlich auch, dass es manchmal ohne Tricksen und Täuschen nicht geht, damit man bekommt, was man will.«

Stille. Sonja meinte, den Herzschlag der anderen hören zu können. Der Mann spielte tatsächlich die Sentimentalitätskarte. Sie würde ihn schon zurückholen auf den Boden der Tatsachen.

»Das ist genau die Frage, die sich stellt, Julian Bittner: Was wollen Sie hier? Weshalb diese Mogelpackung, um Verwalter auf unserem Gut zu werden?«

Sie bemerkte das leise Lächeln, das sich in Julians Gesicht stahl. Es gefiel ihr nicht. Sie kannte es von etlichen Delinquenten, die sie vernommen und verhört hatte. Das Lächeln signalisierte, dass die Person noch einen Trumpf im Ärmel hatte. Oder das zumindest glaubte.

»Um Weinbau scheint es Ihnen ja nicht zu gehen, nicht wahr? Worum dann? Und wie heißen Sie wirklich?«

»Mein richtiger Name ist Felix Brandner. Felix, der Glückliche. Ironie des Schicksals.«

Katharina keuchte leise auf. Irritiert sah Sonja auf ihre Schwiegermutter.

»Ich habe eigentlich nie geglaubt, mal eine richtige Familie haben zu können. Wenn einem die Kindheit wegbricht, klappt es halt mit den Beziehungen auch nicht so richtig. Irgendwie hat man immer Angst, wieder weggestoßen zu werden.«

Sonja verabscheute Wehleidigkeit. Mit schwindender Aufmerksamkeit lauschte sie Julians – nein, Felix' – Ausführungen über Einsamkeit, das Gefühl, nicht gewollt zu sein. Stattdessen musterte sie Katharina. Die wurde immer blasser, ihr Mund stand halb offen, fassungslos blickte sie den Verwalter an.

»Offensichtlich ist es ja so: Wenn ich irgendwo endlich vor Anker gehe, will man mich früher oder später wieder loswerden.«

»Warum konnten Sie sich nicht unter Ihrem richtigen Namen bewerben, Herr Brandner?« Sonja konzentrierte sich. Sie hatte keine Lust, sich in den emotionalen Stricken zu verfangen, die dieser Betrüger vor ihr auslegte.

»Nun, das ist schnell erklärt. Wobei ... vielleicht kann Ihre Schwiegermutter den Part übernehmen?« Julian-Felix' Blick wandte sich nun Sonja zu. Ihr gefiel nicht, was sie sah. Etwas glitzernd Kaltes hatte sich in die Augen des Verwalters eingeschlichen.

»Oma?« Laura legte ihrer Großmutter die Hand auf die Schulter. »Worum geht es hier eigentlich?«

Katharina holte tief Atem, schien außerstande zu sprechen.

»Mich hat einfach interessiert, wie mein Platz in der Familie, aus der ich stamme, ausgesehen hätte. Ist das nicht verständlich?«, ließ sich der falsche Julian Bittner vernehmen.

Sonja fing Lauras fassungslosen Blick auf. Hob an, dem Mann an ihrem Tisch eine Abfuhr zu erteilen, als Katharina zu reden begann.

»Ich dachte, du kommst zu guten Menschen. Die dich annehmen, dir Liebe und Sicherheit geben.«

»Tja, so kann man sich täuschen.«

»Augenblick«, ging Sonja dazwischen. »Was soll das heißen? Sie, Herr Brandner, behaupten ...«

»Es tut mir so leid«, flüsterte Katharina. Schweiß stand auf ihrer Stirn. Mit zitternden Händen strich sie sich die Haare glatt.

»Kann mir jemand vielleicht mal erklären«, fing Laura an. Ihre Großmutter unterbrach sie mit einer knappen Geste.

»Als ich so jung war wie du, Laura, habe ich einen Fehler gemacht.«

Julian schnaubte. »Das kann man so nennen.«

»Nein. Ich meinte, der Fehler war, dich wegzugeben.« Katharina liefen Tränen über die Wangen. »Ich habe nie auf-

gehört, darüber zu grübeln, und ich bin nie drüber wegge-
kommen.«

Sonja verbarg ihr Gesicht in den Händen. Erst jetzt fiel
ihr auf, wie schmutzig sogar ihre Finger waren, in den Haut-
rillen steckte der Ruß fest. Wenn sie jetzt hier raus könnte,
wenn dieses Drama mit ihr nichts zu tun hätte. Wenn sie niemals diesen Verwalter eingestellt hätte. Wenn Thomas nicht ...
Ich versinke in Selbstmitleid, dachte sie, zornig auf sich
selbst. Wie dieser Brandner.

»Julian ist – dein Sohn?« Laura starrte ihre Großmutter an.
»Kann das sein? Stimmt das, Oma?«

»Herr Brandner, warum kommen Sie jetzt, nach all den
Jahren? Und mit einer Lüge?« Sonja richtete sich auf. Sie war
nicht bereit, klein beizugeben. Noch nicht. Der lange Tag voller entsetzlicher Erlebnisse nagte an ihr.

»Erst habe ich nach meinem Vater gesucht, und durch
Zufall bin ich seinem Namen auf die Spur gekommen. Der
gehörte wohl zur besseren Gesellschaft. Jedenfalls habe ich
in langer Arbeit Mosaikstein für Mosaikstein zusammenge-
tragen, bis ich herausfand, dass meiner Mutter dieses Gut
gehört. Beziehungsweise meinem Halbbruder. Meinem toten
Halbbruder.«

Sonja ballte die Fäuste. Sie sah Lauras ratlosen Blick, Katharinas Schuldgefühle, ihre Verzweiflung. Sie alle hatten für diesen Tag weiß Gott genug zu verdauen.

»Wir machen Schluss für heute. Genug der Offenbarungen.
Morgen entscheiden wir, wie es weitergeht.« Sie war am Ende
mit den Nerven, mit ihrer Kraft. Keinesfalls jedoch wollte sie
Brandner das merken lassen.

»Wie soll es schon weitergehen?« Brandner lachte bitter.
»Ich werde meine Sachen packen und weiterziehen. Das kenne
ich zur Genüge.«

»Nein!« Katharina stemmte sich von ihrem Stuhl hoch, aber

die Kraft ging ihr aus. Sich mit den Unterarmen auf die Tischplatte stützend, flüsterte sie: »Geh nicht. Wir müssen über alles reden. Über alles!«

»Was soll man da reden?« Brandner zuckte nur die Achseln.

»Morgen«, bestimmte Sonja, »sehen wir weiter. Und nun lassen Sie uns bitte allein.«

21.

Sofia trug Zivil. Jeans, ein langärmeliges Shirt, Chucks. Das Haar hatte sie hochgesteckt. Mal kein Zopf.

Aussteigen – das war ein zu großes Wort. Ein wenig Freiheit erkaufen, zurückbekommen, darauf kam es ihr an. Mit Mord wollte sie nichts zu tun haben.

Nach der Explosion hatte sich die Geschichte sofort herumgesprochen, bruchstückhaft noch, wobei jeder die Teile zusammensetzte, die er für relevant hielt. In der Questura wurde auf den Gängen geflüstert, auch über private Netze flossen die Informationen, jeder wusste irgendein Detail beizusteuern. Kollegen kehrten in der Bar in der Nähe der Questura ein, auf einen Caffè und ein Cornetto, da hörte man so allerlei.

Der Capo hatte den Anschlag überlebt, und der ging auf das Konto der Mafia, anders konnte es nicht sein. Es war die Handschrift der »Famiglia«, Sofia kannte sie seit Jahr und Tag. Such dir eine neuralgische Stelle, schlag zu, zögere nicht, und wenn das Ziel ein Polizist ist, dann mach dir bewusst, dass du weniger als keine Fehler machen darfst, weil sich dann ein gewaltiger Exekutivapparat in Gang setzt.

Sie betrat das Restaurant Rossi und winkte einem der Kellner.

»Sie suchen einen Tisch? Allein?«

»Ich möchte zu Signora Santoro.«

Der Kellner zog die Brauen zusammen. »Ich wüsste nicht, dass …«

»Lassen Sie, Luigi!«

Mit Giulia Santoro war ein eisiger Hauch in den Vorraum gekommen, etwas Angsteinflössendes, gleichwohl Unsichtbares. Sofia fuhr herum. Die Santoro stand da, in ihrem hellen Kostüm, ein Hochglanzfoto, makellos, impeccabile.

»Kommen Sie!«, forderte die Santoro Sofia auf.

Sie folgte der Frau in ihr Büro. Niemand war zu sehen im Halbdunkel, das Zimmer wurde nur von einer Schreibtischlampe erleuchtet. Auf dem Pult lag nicht viel, ein paar Papiere und ein Tablet.

»Sind Sie wahnsinnig? Hierherzukommen?«

»Ich habe aufgepasst. Mir ist niemand gefolgt.«

»Was wollen Sie!«

»Das muss aufhören. Es war nie die Rede davon, dass jemand umgebracht werden soll. Vor allem nicht der Capo!«

»Glauben Sie, dass Sie eine Wahl haben?« Die Santoro setzte sich an den Schreibtisch und drehte die Lampe so, dass sie Sofia ins Gesicht schien. »Ihr Vater ist nicht in bester Form, wie ich höre. Glauben Sie, er hält mit seinem Lungenemphysem lange durch? In einer Gefängniszelle? Eher gar nicht als nur schlecht versorgt? Dies ist zwar Südtirol, aber wir sind ein Teil Italiens. Noch.«

Der Hohn in Giulia Santoros Stimme hallte in Sofias Kopf wider. Sie hob an, etwas zu sagen, doch die Santoro war schneller.

»Und genau dorthin werden Sie Ihrem Vater auch folgen. In den Knast.« Sie erhob sich wieder. »Mit Morden habe ich genauso wenig zu tun wie Sie! Ich habe Sie beauftragt herauszufinden, was mit Rossi passiert ist.«

»Wir fahnden nach ihm.«

»Ach. Und trotz Fahndung taucht er nirgendwo auf? Kein Wörtchen ist zu hören, kein Stäubchen wegzukehren?«

Die Hilflosigkeit war das Schlimmste. Sofia würde Santoros Netz nicht entrinnen können, es sei denn, sie lieferte ihren Vater ans Messer. Ihren Vater, der sowieso nicht mehr lange zu leben hatte. Und konnte man das Leben nennen? Sein täglicher Kampf gegen die Krankheit und die Plackerei im Tabacchi …

»Ein Teil des Problems hat sich ja nun erledigt«, fuhr die Santoro entspannt fort. »Ich wollte wissen, wo Zanchetti steckt, weil ich hoffte, er könnte mich zu Rossi führen; weit gefehlt, leider. Damit ist jetzt Schluss. Zanchetti wird mich nicht mehr narren.«

»Schluss?« Sofia lachte kalt auf. »Der Capo lebt, er schäumt vor Wut, und er wird jeden Stein in Bozen umdrehen, um herauszufinden, wer hinter dem Anschlag steckt.«

Es gefiel Sofia, den Schreck in Giulia Santoros Gesicht aufflackern zu sehen, ein gehöriger Schreck, doch die Restaurantchefin hatte sich schnell im Griff, und Sofias Triumph währte nur Sekunden.

»Es bleibt dabei. Sie halten mich auf dem Laufenden. Wir müssen wissen, wo Rossi steckt.«

»Das weiß keiner!« Trotzig hob Sofia das Kinn. »Sonst würden wir ja nicht weiter nach ihm fahnden.«

»Sehen Sie zu, dass wir vor der Polizei herausfinden, wo er sich aufhält. Denn wenn er auspackt, wird er als Erstes Ihren Namen nennen. Dann wandern Sie in den Bau. Noch vor Ihrem Vater. Das wird er nicht überleben, der alte Mann.«

Sofia brach der Schweiß aus. Sie hatte keine Chance. Es gab kein Entkommen. Es sei denn …

Ein leises Klopfen riss sie aus ihren zerstörerischen Gedanken. Der Kellner von eben trat ein und flüsterte der Santoro etwas zu.

»Sind Sie sicher, dass Ihnen keiner gefolgt ist?«, blaffte die Sofia an.

»Nein, niemand!«

»Der Capo ist hier. Verschwinden Sie. Luigi, bringen Sie sie hinten raus. Und denken Sie dran, Signorina: Sollten Sie irgendwann das Bedürfnis haben, zu gestehen, wird Ihre Familie bezahlen.«

Wütend schüttelte Sofia den Arm des Kellners ab. Sie ging den Korridor hinunter, trat durch den Hinterausgang in den Innenhof. Der Gestank von Müll überwältigte sie. Irgendwo raschelte was. Ratten. Sie ging bis zur Straße, legte den Kopf in den Nacken, atmete tief durch. Wolken hatten sich zusammengezogen, die Atmosphäre schien sie zu erdrücken.

Vorsichtig machte sie einen Bogen zum Haupteingang, darauf bedacht, in den Schatten der umliegenden Häuser zu bleiben. Sie verstand das alles selbst nicht. Rossi hatte einen recht engen Kontakt zur Polizei gepflegt. Man hatte munkeln hören, dass diese Nähe nicht allen in der »Famiglia« passte. Deswegen waren sie ihm auf die Pelle gerückt, hatten ihm einen vermeintlichen Buchhalter vor die Nase gesetzt. Hinter vorgehaltener Hand war geflüstert worden, Rossi habe den Laden nicht mehr im Griff. Andere hatten die Fühler ausgestreckt, Begehrlichkeiten wurden geweckt. Vielleicht hatte die Gier der Möchtegernnachfolger zugeschlagen und Rossis Leiche verweste irgendwo da draußen in den Bergen. Spalten im Fels gab es genug, wo ein Toter niemals gefunden würde.

Sofia schlich sich vorsichtig so weit zur Straße vor, dass sie durch die Fenster ins Innere schauen konnte. Im Eingangsbereich stand der Capo. Sprach mit Giulia Santoro. Seine Gestik neapolitanisch, ihre unterkühlt, während sie ein paar Schritte auf ihn zu machte und ihn näher an die Tür drängte. Der Santoro war anscheinend wichtig, dass keiner ihrer glamourösen Gäste Zanchettis Anwesenheit mitbekam. Die hochpreisigen Leute der Umgebung gaben sich in ihrem Restaurant, das einst das von Rossi gewesen war, die Klinke in die Hand. Hier wurden die echten Deals ausgehandelt, in der Politik, bei den Unternehmen, umrahmt von dem protzigen, neureichen Stil des Hauses. Wenn man dieses schauderhafte Machwerk aus Gold und Glitter überhaupt unter dem Begriff »Stil« zusammenfassen wollte.

Matteo Zanchetti riss die Tür auf und trat nach draußen. Sofia hörte Wortfetzen.

»Und wenn nicht? Jagen Sie meinen Wagen in die Luft?«, rief er halblaut.

Die Santoro antwortete zu leise, als dass Sofia sie verstehen konnte. Sie duckte sich, als die Restaurantchefin in ihre Richtung sah, aber die würde sie nicht bemerken, dafür kauerte Sofia zu gut versteckt im nächtlichen Schatten.

»Sollten Sie oder sonst wer nur in die Nähe von jemandem kommen, der mir etwas bedeutet, Signora, dann vergesse ich, dass ich Polizist bin!« Matteo Zanchetti wandte sich um und stürmte die paar Treppen hinunter zur Straße.

Sofia wartete, bis er in einen Wagen stieg und wegfuhr. Erst dann machte sie sich auf den Heimweg. Sie dachte an Jonas und was sich alles Neues ergab. Ergeben könnte. Wenn sie endlich, endlich frei wäre.

22.

Severin legte das Telefon weg. Sah kurz auf die Armbanduhr. Halb eins. Er hatte noch nicht geschlafen. Als er sich anzog, hörte er im Nebenzimmer Holzer hin- und hergehen.

Nein, er würde selbst diesen Auftrag erledigen. Zu den Mauroners hatte er bisher keinen Kontakt gehabt. Deren Hof lag ganz am Rand von Obergelln, es war der letzte vor dem Felsmassiv, das sich dahinter in ganzer Wucht erhob. Die Familie kam nicht jeden Sonntag zur Messe. Nun ergab sich sozusagen ein Ansatzpunkt. Solche Situationen würden ihn den Pfarrkindern näherbringen. Ganz klar. Eine Aufgabe wie für ihn gemacht.

Obwohl er leise aus dem Zimmer schlich, bekam Holzer seinen Aufbruch mit.

»Severin? Ist alles in Ordnung?«, rief er. Drückte die Tür auf und sah hinaus. Im Pyjama, das weiße Haar hing wirr in seine Augen.

»Auf dem Mauronerhof liegt der Großvater im Sterben. Ich bin schon unterwegs.«

»Das kann ich doch machen! Ich kenne die Familie und …«

»Ruhen Sie sich lieber aus. Ich gehe gern zu den Leuten.« Severin machte, dass er aus dem Haus kam. Er brauchte diese Zugewandtheit zu den Gemeindemitgliedern. Natürlich nagte noch Holzers Kritik an ihm: Ob er wirklich die Menschen, für die er sorgen sollte, zu hart rannahm?

Severin hastete die Dorfstraße hinauf. Wolken verdeckten den Mond, der vorhin noch so hell in sein Zimmer geschienen hatte. Obwohl die Nacht Kühle gebracht hatte, wurde Severin den Eindruck nicht los, dass es schwül war, drückend, als wolle der Himmel sich entladen. Aber nirgendwo grollte Donner. Kein Tropfen Regen fiel herab.

Der Mauronerhof lag komplett dunkel da. Mit seiner Taschenlampe leuchtete Severin den Weg zur Tür aus. Merkwürdig. Sollten sie sich nicht um den kranken Großvater kümmern? Wenn im Dorf nachts Licht in einem Haus brannte, war jemand krank, das hatte er schnell gelernt. Dieser Hof lag vollkommen still in der Schwärze der Nacht. Auch aus den Ställen drang kein Laut. Kurz brachen die Wolken auf, der Mond schien blendend hell auf den Hof, dann wurde es wieder finster. Severin schauderte.

Hinter sich hörte er ein Rascheln. Doch als er sich umwandte, war da nichts. Niemand. Einfach nur die Nacht.

23.

Bestimmte Sachen sprachen sich in Millisekunden herum. So schien es Vitale. Er hatte den Anruf in Bari erledigt, von dem die Santoro nichts wissen durfte. Brusatis Anweisungen waren ebenso messerscharf wie seine Fragen.

Ein Anschlag auf einen Polizeibeamten? Wer hatte den in Auftrag gegeben?

Vitale hatte sich rausgewunden. Obwohl er es sich ungern eingestand: Er hatte Angst vor Giulia Santoro. Deshalb fühlte er sich wie auf dem elektrischen Stuhl, als er vor ihr in ihrem Büro saß.

»Hast du eigentlich eine Vorstellung davon, wie ich jetzt dastehe? Du bringst das mit dem Capo in Ordnung! Ich brauche keinen wütenden Commissario, der mich wie eine Hornisse umschwirrt. Und außerdem mache ich mich nicht deinetwegen da unten im Süden unglaubwürdig, verstanden?«

Vitale nickte. »Läuft das hinter dem Rücken der Famiglia?«

Die Santoro kam um den Schreibtisch herum.

»Was meinst du damit?«

»Nur ... wenn ich etwas mache, was die nicht wissen dürfen, dann muss ich doch wenigstens wissen, von wem der Auftrag kommt, weil ...«

»Du arbeitest für mich.«

Ihn fröstelte. »Sicher, Signora, nur ...«

»Gibt es eine Spur, die die Polizei zurückverfolgen kann?«

»Nur den Mechaniker. Der glaubt, dass der Auftrag von der Famiglia kommt, und wird deswegen schön den Mund halten.«

»Zu riskant. Sorg dafür, dass er verschwindet. Und kümmere dich um den Capo!«

»Ja, Signora.« Er erhob sich. Hinter dem Schreibtisch stand das Krokodil im Halbschatten und grinste ihn an.

24.

Sie musste dann doch eingeschlafen sein. Nachdem das Donnergrollen, gefolgt von einem wenige Minuten kurzen Gewitter, endlich abgeklungen war, hatte auch Sonja loslassen können.

»Unbarmherziges Miststück!«, brummelte sie, als das Handy sie pünktlich um sechs aus dem Schlaf riss. Noch eine gute Stunde hatte sie mit Katharina zusammengesessen. Die Schuldgefühle ihrer Schwiegermutter schienen übermächtig. Immer wieder machte Sonja ihr deutlich, dass die heutige Katharina die junge Frau, die sie damals gewesen war, nicht verurteilen durfte. Aber es fiel Katharina schwer, an dieser Stelle anzusetzen. Vielmehr machte ihr zu schaffen, dass ihr Sohn vom Pech verfolgt gewesen war. Bis heute.

Sie hatten beide geschwiegen, ein wenig geredet, wieder geschwiegen. Katharina brauchte Sonjas Nähe, um sich zu beruhigen, und erst, als Sonja sicher sein konnte, dass sie sich stabilisiert hatte, war sie in ihr Zimmer gegangen. Es waren ihr immer noch zu viele Dinge durch den Kopf gegangen. Vor allem das eine: Was sollte aus ihrem festen Entschluss werden, Julian vor die Tür zu setzen?

Wenngleich ihr seine Mitleidstour suspekt war, war er doch Katharinas Sohn. Ihm keine Chance in diesem Haus zu geben, wäre schofel. Sonja würde sich zwingen müssen, diesen Zwiespalt fürs Erste zu akzeptieren. Sie hatte kein Vertrauen zu Julian aka Felix; genauso wenig konnte sie ihrer Schwiegermutter den gerade wiedergefundenen Sohn nehmen. Zudem mussten sie gemeinsam entscheiden. Sonja, Laura, Katharina. Ganz klar, auf welche Seite sich Laura schlagen würde. Einfach schon um ihrer Großmutter willen.

Gähnend kämpfte sich Sonja aus den Federn. Als sie ans Fenster trat, sah sie einen strahlend schönen, neuen Sommertag heraufziehen. Kurz dachte sie an die Kajakfahrer. Ob sie heute auch ihre Runden auf dem Obergellner See drehen würden? Oder waren sie noch zu gefangen von der Leiche, die ihnen gestern quasi unters Paddel geraten war?

Ihr Blick fiel auf den Streifenwagen unten an der Einfahrt. Hoffentlich war Matteos Nachtruhe erholsamer gewesen. Trotz all der Sorgen musste sie schmunzeln. Sie dachte daran, welche Qual es schon für den Capo bedeutete, seinen geliebten Audi TT über Schotter oder einen Waldweg zu steuern. Und nun war das Objekt seiner übergroßen Zuneigung vollends zerstört! Verdammt, lustig war das nicht. Ein wenig komisch schon. Wenn man es sich zugestand.

Als ihr Handy klingelte, wusste sie, dass er es war.

»Matteo?«

»Morgen. Alles gut bei euch?«

»Geht so. Und bei dir?«

»Ich habe im Hotel übernachtet.«

»Hast du …«

»Aus Sicherheitsgründen. Ich war gestern noch in Rossis Restaurant.«

»Genau so etwas hatte ich befürchtet.« So viel also zur Hoffnung auf eine ruhige Nacht für Matteo.

»Es ist Ersatz da.« Giulia Santoro aus Bari hat seine Position übernommen.«

»Eine alte Bekannte?«

»Persönlich bin ich ihr nie begegnet, sie war länger in den USA, deswegen hat sie wohl bisher nicht dazwischengefunkt. Ihr Ruf jedoch ist bis zu mir durchgedrungen. Sei vorsichtig, Sonja! Sie wird sich an Rossi festbeißen und alles unternehmen, um herauszufinden, wo er ist. Wenn wir offiziell weiterfahnden, ohne ihn zu finden, dann zählt sie eins und eins zusammen.«

»Du meinst, sie ahnt, dass wir ihn schon festgesetzt haben?«

Sonja klemmte das Handy unter ihr Kinn und suchte sich frische Kleider aus dem Schrank.

»Wäre möglich. Der Anschlag gestern, der sieht nach Vendetta aus. Blutrache. Du verstehst?«

Sonja seufzte leise. Mitunter kamen ihr Matteos Verbissenheit und sein Hass auf die Mafia übertrieben vor. Wenn sie nicht gestern mitbekommen hätte, wie schnell ein Polizist abserviert werden konnte. Dass Matteo überlebt hatte, war reines Glück. »Ich habe Laura Bescheid gesagt und sie gebeten, die Augen offen zu halten. Außerdem stehen die Kollegen bei uns auf der Auffahrt.«

»Schön. Dann rüste dich: Es gibt einen neuen Toten. Aufgefunden heute in aller Herrgottsfrühe auf dem Mauronerhof oberhalb von Obergelln.«

»Auch das noch.«

»Jonas hat sich schon auf den Weg gemacht. Könntest du da allein rauffahren? Ich will mich noch einmal in der Werkstatt umsehen.«

»Du kannst es nicht lassen, mit dem Feuer zu spielen, was?«

»Nicht spötteln, Principessa!«, gab ihr Matteo leicht belustigt raus. »Bis später in der Questura.«

Sonja legte auf. Matteos berufliches und privates Leben war von der fixen Idee durchdrungen, der Mafia so viele Niederlagen wie möglich aufnötigen zu müssen. Zu einem gewissen Grad konnte sie ihn verstehen, aber sie wusste auch, wie gefährlich seine Kompromisslosigkeit werden konnte. Als sie eine Viertelstunde später frisch geduscht aus dem Bad kam, ging es ihr schon besser. In der Küche hatte Laura Kaffee aufgesetzt.

»Buongiorno, Mama!«

Sonja küsste ihre Tochter spontan auf die Wange. »Buongiorno. Wo ist Katharina?«

»Noch in ihrem Zimmer. Sie ist okay. Ich habe kurz bei ihr reingeschaut.« Laura stellte zwei Tassen auf den Tisch. »Was machen wir jetzt mit Felix?«

»So eindringlich, wie du mich ansiehst …«

»Im Ernst. Wir können doch nicht …«

»Nein, können wir nicht. Katharina braucht ihre Chance. Sie und Julian, Verzeihung, Felix, müssen sich erst mal kennenlernen. Obwohl ich kein gutes Gefühl dabei habe.«

»Warum nicht?«

»Weil er sich die Identität eines anderen erschlichen hat, um sich bei uns reinzuschmuggeln, deshalb!« Sonja goss sich Kaffee ein. Allein der Duft belebte sie. Sie dachte an den Toten bei Obergelln, daran, dass sie längst unterwegs sein sollte. Jonas würde das Ding schon schaukeln. Täte ihm gut, wo er doch gestern erst Druck gemacht hatte, weil Matteo und Sonja ihm angeblich nicht vertrauten, ihn nicht mit rannahmen, ihm keine Verantwortung übertrugen. Und Laura brauchte jetzt diese Minuten mit ihrer Mutter, nach den haarsträubenden Neuigkeiten, die ihr falscher Verwalter ihnen gestern Nacht eröffnet hatte.

»Einmal Polizistin, immer Polizistin, oder?« Es klang nicht vorwurfsvoll. Eher nachdenklich.

»Mal ehrlich: Was hätte dagegengesprochen, wenn er als der gekommen wäre, der er eben ist?«

»Hättest du ihn dann angestellt?«

»Wenn Katharina vorher seinen richtigen Namen gewusst hätte, wäre es ihr überlassen geblieben, ob sie ihn sehen will oder nicht. So kam sie aus der Situation gar nicht mehr raus, wurde brutal konfrontiert.«

Laura nickte langsam. »So habe ich das noch nicht gesehen.«

»Hab ein Auge auf ihn. In Ordnung? Wir können jetzt nichts ad hoc entscheiden.«

»Klar.« Laura blickte ihre Mutter mit großen Augen an. »Verdammt, jetzt auch das noch!«

25.

Das Bild ging nicht aus ihrem Kopf. Katharinas halb glückliches, halb angstvolles Lächeln, als sie ihr eröffnete, dass sie Julian in ihrer Familie willkommen heißen würde. Um ehrlich zu sein: Sie tat es mehr für Katharina als für Julian. Nein, Felix. Verdammt, dieser falsche Name hatte sich in ihr festgesetzt. Sie würde auch nicht lockerlassen, würde das neue Familienmitglied beobachten. Irgendwie war ihr nicht wohl bei der Sache. Wo auch immer das nächtliche Gewitter niedergegangen war – schon morgens flirrte die Hitze, und hinter ihrem Wagen stieg eine Staubwolke auf. Sie hatte alle Fenster heruntergelassen, ließ die Haare im Wind flattern. Matteo wollte in die Werkstatt. Konnte er nicht warten, bis sie dazustieß? Nahm er den Anschlag persönlich, sah ihn als einen Fehdehandschuh, der ausschließlich ihm galt, nicht dem Ermittlerteam? Es fiel Sonja schwer, ihre Gedanken beisammenzuhalten. So viel war geschehen, sie brauchte Zeit, damit die Dinge zueinander passten. Zu schnell fuhr sie ein Stück den Obergellner See entlang. Die ersten Schlauchboote schaukelten schon auf dem Wasser. Dann stieg die Straße steil an, sie musste sich auf den Gegenverkehr konzentrieren, keine leichte Sache, die Fahrbahn war zu eng für zwei Fahrzeuge. Wenn ein Wagen entgegenkam, musste man zu einer Ausweichbucht manövrieren.

Als sie durch Obergelln fuhr, sah sie niemanden auf der Straße. Die Kirche lag verlassen im Sonnenlicht. Es gab keinen Menschen, den sie nach dem Weg zum Mauronerhof fragen könnte. Sie rief Jonas an:

»Wie komme ich zu euch?«

»Der asphaltierten Straße folgen. Dann über den Feldweg rechts den Hang hoch, hinter dem Wäldchen liegt der Hof.«

Sie hörte Plastik knistern.

»Gut, danke, ich bin gleich da.«

»Es ist der Pfarrer.«

»Was?« Sonja trat vor Schreck abrupt auf die Bremse. Mit lautem Kreischen blieb der Wagen stehen. »Um Gottes willen. Der alte oder der junge?«

»Der junge, Severin. Er ist erstochen worden. Ich habe gerade die Tatwaffe eingetütet.«

Erschüttert starrte Sonja auf das Lenkrad. Sie brauchte ein

paar Sekunden, um sich zu sammeln. Hatte der junge Pfarrer nicht gerade noch auf der Bank unten bei der Kirche gesessen und ins Tal geblickt?

»Also, wie gesagt, ich bin gleich da.« Sonja gab Gas. Im letzten Haus von Obergelln wackelten die Gardinen, als sie vorbeifuhr.

Jonas' Beschreibung folgend, fand sie den Hof sofort. Sie stellte den Wagen neben den Vans der KT ab. Peter Kerschbaumer stand dort und sprach mit einem Techniker.

»Wir sind hier schon fertig, Commissario«, sagte der und winkte ihr zu.

»Zeigt mir mal die Tatwaffe.«

»Ein Küchenmesser.« Er hielt es ihr hin. »Kein ganz einfaches, wir überprüfen die Marke.«

»Ist die Pathologin hier?«

Der Mann wies hinter sich. »Oben, beim Haus.«

»Danke.« Sonja stieg, Kerschbaumer zunickend, der reserviert zurücknickte, den Hang weiter hoch, wo sie Jonas vor dem Mauronerhof stehen sah. Alles lag vollkommen still da. Aus den Ställen drang kein Laut. Neben der mit einer Plane bedeckten Leiche hockte Heidi Grüner, die Pathologin und tippte auf ihrem Tablet.

»Wo sind denn die Leute alle?«, fragte Sonja. »Und die Tiere?«

»Die haben das Vieh schon vor Wochen auf die Sommerweiden getrieben«, erklärte Heidi und strich sich die blonden Strähnen hinter die Ohren. »Das Messer drang zwischen dem ersten und zweiten Halswirbel ein. Der Pfarrer war sofort tot. Da hat jemand konsequent getötet.«

»Wer hat den Notruf gewählt?«

»Der alte Mauroner«, antwortete Jonas, während er in seinem Notizbuch blätterte. »Heute um halb fünf. Der ist immer früh dran. Er kam aus dem Haus und da lag der tote Pfarrer in seinem Blut.«

Sonja kniete sich nieder und hob die Plane, die die Leiche verdeckte. »Verdammt.«

»Ich habe bei Holzer in Obergelln angerufen. Der sagt, gestern Abend sei ein Anruf reingekommen, dass der Großvater hier auf dem Hof im Sterben läge. Der ist allerdings putzmunter. Aus der Familie hat niemand angerufen. Sagen die.« Jonas wies auf den Hof.

»Wir müssen rausfinden, woher der Anruf kam.«

»Dazu brauchen wir noch Severins Handy. Er hatte es wohl nicht dabei, als er hier raus fuhr, jedenfalls haben wir keins gefunden. Holzer sagt, der Anruf kam nicht auf die Pfarrhausleitung.«

»Zeugenaussagen?«

»Keiner hat etwas gehört und gesehen.« Jonas steckte das Notizbuch weg. »Die gehen mit den Hühnern ins Bett und stehen früh auf.«

»Ich schätze den Todeszeitpunkt in etwa auf 23 Uhr. Zeit zu schreien hatte unser Opfer nicht mehr«, sagte Heidi in bedauerndem Ton. »Das ging ganz schnell. Das Messer hat das Rückenmark richtig durchtrennt. Tja. Ein junges Leben. Ausgelöscht. Wie das von der Teresa.«

»Wieder ein Angriff mit einem Messer.«

»Wir überprüfen, ob die aktuelle Tatwaffe auch die sein könnte, mit der die Teresa umgebracht wurde.«

Sonja nickte. »Das wäre wenigstens mal ein Anfang. Jonas, habt ihr irgendwas über Teresas Privatleben rausbekommen können? Wenn wir einen Ansatz hätten, was diesen eventuellen Geliebten betrifft, kämen wir vielleicht weiter.«

»Nichts.« Jonas schüttelte den Kopf.

»Seltsam, oder?« Heidi schob das Tablet in einen Rucksack. »Wenn es wirklich eine heimliche Beziehung gegeben hat, muss die topsecret gewesen sein. Ich finde das schwierig, hier in der Gegend, eine Liebschaft so absolut geheim zu halten!«

»Wo ist eigentlich der Capo?«, fragte Jonas.

»In der Questura.« Sie hatte keinen neuerlichen Diskussionsbedarf.

Heidi Grüner stand trotz ihrer Korpulenz behände auf und packte ihre Sachen zusammen. »Signori, ich darf mich verabschieden. Ihr hört von mir.«

»Danke, Heidi.«

Sie lächelte in die Runde.

Jonas nickte nur. Als die Pathologin in ihr Auto stieg, fragte er:

»Was ist jetzt mit Rossi?«

»Wieso mit Rossi?«

»Sperrt ihr mich schon wieder aus?«

Sonja holte tief Atem. Es strengte sie an, von männlichen Mimosen umgeben zu sein, die ihre Launen nicht in den Griff bekamen und Emotionen am Sieden hielten, anstatt sich im Sinne der Sache um eine Lösung zu bemühen. Dennoch konnte sie es sich nicht leisten, Jonas als loyalen Mitarbeiter zu verlieren.

»Stimmt es wirklich, dass du dich wegbewerben willst?«, fragte sie versöhnlich.

»Hat mein alter Herr geplaudert?«

»Warum, Jonas?« Aus den Augenwinkeln nahm Sonja wahr, wie im Mauronerhof ein schmales Fenster geöffnet wurde. Unwillkürlich senkte sie die Stimme. »Es tut mir leid, dass du verletzt worden bist. Es war ein Undercovereinsatz. Wer da eingeweiht wird, ist nach wie vor eine Ermessensfrage. So professionell bist du, um das zu wissen, oder?«

Mürrisch nickte Jonas.

»Matteo hat bei der Sache sein Leben riskiert. Weißt du noch, wie er zugerichtet wurde? Also hör auf, die beleidigte Leberwurst zu spielen!«

Ein Leichenwagen kam im Schritttempo den Hang hinauf.

»Was war das für eine Sache, gestern, mit dem Capo? Wir fragen uns, worum es dabei ging. Wieso fliegt ein Auto in die Luft? Mitten am Tag, mitten in Bozen?«

»Wir?« Scharf sah Sonja Jonas an. »Wen meinst du damit?«

Jonas wurde rot. »Na, wir ... Kollegen und ...«

»Sofia?«

»Was?«

»Ihr seid ein Paar, oder?«

»Ehrlich gesagt, Sofia überlegt auch, ob sie den Dienst quittiert. Sie sagt, sie hätte nie mit der ganzen Gewalt gerechnet. Es ist hart für sie, damit zurechtzukommen«, gab Jonas widerwillig Auskunft.

»Wenn du mich fragst, ich halte Sofia für eine fähige Polizistin.«

»Das würde sie bestimmt gern aus berufenem Mund hören. Was lief da gestern?«

»Jemand hat versucht, Matteo umzubringen. Der meint, es hängt mit Rossi zusammen.«

»Also haben wir Rossi?«, bohrte Jonas nach.

»Nein. Wir haben ihn nicht. Außerdem wissen wir nicht, ob sich diese Racheaktion gegen den Capo allein oder gegen uns alle richtet. Sei vorsichtig. Klar?«

»Klar.«

»Bist du wieder im Team? Ich möchte dich nicht missen, verstehst du, Jonas?« Auch wenn sie zuvor nicht ganz ehrlich zu ihm gewesen war, dies meinte sie von ganzem Herzen.

Jonas räusperte sich. »Bin ich.«

Er hat es nicht leicht gehabt, dachte Sonja. Die Sache mit seinem Bruder, mein Gott. Sie hatten alle ihre Schläge abbekommen in den letzten Jahren.

Der Leichenwagen hielt wenige Meter neben ihnen. Zwei Männer stiegen aus. »Können wir?«

»Bitte.« Sonja wandte sich ab.

Jonas' Handy klingelte, als sie bereits zu ihrem Wagen ging.

»Verdammt!« Er winkte Sonja, zu warten. »Verstehe. Gut. Wir kommen hin.«

»Was ist?«, rief sie, als er das Handy einsteckte.

»Klingt irreal. Wir haben noch eine Leiche.«

26.

Matteo parkte vor der Werkstatt. Einen Augenblick blieb er sitzen, lauschte auf die Geräusche von der Straße, vernahm nicht allzu weit weg einen Zug, der ratternd auf die Reise ging. Beobachtete die gegenüberliegende Straßenseite. Natürlich gab es hier mehr als genug Versteckmöglichkeiten. Jemand, der Erfahrung hatte, konnte sich in dieser Gegend so gut wie unsichtbar machen. Nur Geschäfte, Werke, Durchgangsverkehr. Der Mann, der ihm die Bombe eingebaut hatte, hatte nicht zum ersten Mal eine solche Aktion geplant und durchgezogen. Er war ein Profi. Einer, der rechtzeitig verschwand. Einer, dem wahrscheinlich bereits der Befehl erteilt worden war, den Mechaniker aus dem Verkehr zu ziehen.

Er hasste diesen Gedanken: Dass es kaum gelang, Leuten

wie der Santoro oder Rossi das Handwerk zu legen. Immer auf der Verliererseite zu sitzen. Langsam stieg Matteo aus dem Punto. Ein ungutes Gefühl umfing ihn. Doch der Attentäter wäre nicht mehr hier. Keinesfalls würde er noch einmal versuchen, Matteo mit einer Autobombe um die Ecke zu bringen. Es gab genügend andere Wege.

»Buongiorno!« Stracks marschierte er in das Büro des Werkstattleiters.

»Commissario!« Johannes Hofer sah heute nicht mehr ganz so krank aus wie gestern. »Sie müssen mir glauben, wie unendlich leid es mir tut ... ich war gestern gar nicht imstande, Ihnen das zu sagen ...«

»Haben Sie was von Marino gehört?«

»Nein. Er ist heute nicht zur Arbeit gekommen. Krankgemeldet hat er sich auch nicht.«

»Gibt es irgendeinen Ort, wo ich ihn finden könnte? Bei sich zu Hause ist er nicht.«

Hilflos zuckte Hofer die Schultern. »Ich habe keine Ahnung, wirklich nicht. Das habe ich schon dem Beamten Ihrer Sonderermittlungsgruppe gesagt.«

Matteo fühlte seinen Puls beschleunigen. »Was für ein Beamter?«

»Na, der mit dem Feuermal.«

»Wer?«

»Ein Polizist mit einem Feuermal, das guckte hier am Hals aus dem Hemdkragen. Wir hatten kaum geöffnet, da tauchte der schon auf und sagte, es gäbe eine Sonderuntersuchung wegen der Explosion und er müsste alles noch einmal durchkauen, was ich Ihnen gestern gesagt habe.«

Das war so gut wie null, schoss Matteo durch den Kopf. »Und was haben Sie dem gesagt?«

»Dass ich nicht weiß, wo Marino steckt. Ich habe ihm die Privatadresse gegeben.«

Da habe ich ihn Gott sei Dank aufgescheucht, dachte Matteo. Sonst wäre der Mechaniker jetzt schon tot.

»Es gibt keine Sondereinheit, Hofer! Der Kerl hat Sie angelogen. Der gehört offenbar zur Mafia und hat den Auftrag, Giuseppe Marino zu töten, damit er nicht mehr reden kann. Weil der Anschlag nämlich missglückt ist und ich noch lebendig vor Ihnen stehe.«

»Mein Gott, ich kann Ihnen gar nicht sagen ...« Hofer rang die Hände. »Die Mafia! In meiner Werkstatt wurde immer ehrlich gearbeitet, Commissario ...«

»Dann helfen Sie mir endlich. Wo könnte Marino untergetaucht sein? Hat er Freunde, Bekannte, irgendwen, bei dem er sich verkriechen kann?«

»Privat kenne ich meine Leute nicht. Vielleicht fragen Sie besser die Mechaniker oder Frau Gretter.«

»Passen Sie mal auf.« Matteo trat nahe an Hofer heran. Dessen Lider flatterten. »Stecken Sie mit drin? Haben Sie ab und zu ein Auge zugedrückt, wenn spezielle Dienstleistungen erbracht wurden? Oder die Hand aufgehalten, damit jemand ein paar extra Euronoten drauflegte?«

»Beim Heiligen Herzen Jesu, nein, auf keinen Fall, Commissario. Wir sind ehrliche Handwerker.«

Matteo packte den Mann am Kragen: »Dann denken Sie scharf nach. Wo – ist – Marino? Ich kann Sie vorladen, kann Sie in eine Zelle stecken. Beihilfe zum Mord, nennt man das.« Er griff zu hoch, das wusste er. Doch seine Drohung zeigte Wirkung.

»Also, es gab da einen Angestellten, der ist schon seit ein paar Monaten nicht mehr bei mir. Mit dem hat er sich gut verstanden.«

»Name und Adresse. Sofort.«

»Das ist der Pircher Jakob. Wohnt in Neumarkt.«

Matteo ließ Hofer los. Umständlich blätterte der in einem

spiralgebundenen Karteikartenverzeichnis, bis er die Adresse gefunden hatte. Matteo riss ihm den Zettel aus der Hand.

»Ich schicke einen Kollegen mit einem Laptop her. Der fertigt ein Phantombild an.«

»Aber ich habe den Mann doch kaum gesehen, nur das Feuermal ist mir aufgefallen ...«

»Dann sehen Sie zu, dass Sie sich erinnern. Sie haben mich verstanden?« Matteo war schon an der Tür.

Hofer nickte bloß.

Als Matteo zu seinem Leihwagen zurückging, rief Sonja an.

»Wo, sagst du?«, fragte er, als er ein paar Sekunden gelauscht hatte. »Schick Jonas hin. Ich habe noch einen Besuch zu machen.« Ehe seine Kollegin noch etwas einwenden konnte, beendete er das Gespräch.

27.

Jonas war längst losgefahren, während Sonja noch ein paar Absprachen mit den Kollegen traf. Als sie endlich in ihren Wagen stieg, düsteren Gedanken wegen Matteos Alleingängen nachhängend, tauchte Peter Kerschbaumers massige Gestalt neben ihrem Auto auf.

»Einen Augenblick, Sonja! Es gibt Neuigkeiten in Sachen Messer.«

»So schnell?«

»Ja, da schaust.« Er grinste schief. »Es handelt sich um ein Spezialmesser für die Gastronomie, ist Teil eines Dreiersets. Der Großhändler in Trento hat uns eine Liste gemailt mit den Adressen der Kunden, die das Set in den letzten zwölf Monaten bei ihm bestellt haben. Eines ging an den Gamper Joachim hier im Ort.«

»Gute Arbeit, Peter, danke. Das ist zumindest eine vielversprechende Spur.«

»Ich habe die Techniker schon angerufen. Die sollen sich in der Wirtshausküche umsehen. Ein paar Fingerabdrücke sind auch auf dem Griff. Trotzdem hab ich da meine Zweifel. Ob der Gamper wirklich den Pfarrer umbringt? Warum, um Himmels willen?« Peter Kerschbaumer runzelte die Stirn und sah noch verknitterter aus als normalerweise.

»Immerhin gibt es Zeugenaussagen, wonach Gamper den Pfarrer nach der Trauerfeier tätlich angegangen haben soll.«

Unzufrieden hob der Carabiniere die Hände. »Wenn das reicht … Der Gamper hat sich vielleicht provoziert gefühlt. Immerhin ist seine Frau gerade ermordet aufgefunden worden. Also hat er seine Wut rausgelassen. Aber das war's dann auch.«

Sonja stimmte ihm im Stillen zu, beschloss jedoch, dem Obergellner Wirt ordentlich auf den Zahn zu fühlen. Ein Zufall konnte es jedenfalls nicht sein: Erst fand man Teresa Gamper tot im See, kurz darauf musste der Pfarrer sein Leben lassen …

»Ich rechne übrigens damit, dass Jonas im Team bleibt.«

»Ach?« Kerschbaumers Gesicht hellte sich auf.

»Ja, wir haben offen miteinander geredet. Ist doch nur fair, wenn wir uns gegenseitig eine Chance geben, oder?« Sonja lächelte Kerschbaumer an. Sie mochte ihn, seit sie in Bozen angefangen hatte, schätzte seine hilfsbereite, unaufdringliche Art. Es ging nicht an, die besten Leute zu verlieren, nur weil sich ungute Gefühle in das Miteinander schlichen. Männer und Emotionen!, seufzte sie innerlich.

»Dann hoffen wir mal. Der Bursche braucht ein bisschen Ermutigung.«

Du auch, nehme ich an, dachte Sonja. Wir alle, letztlich. Peter hatte seinen Sohn Ludwig verloren, Jonas den Bruder. Sie den Mann. Matteo hätte gestern um ein Haar sein Leben gelassen. Wie absurd ihr das vorkam! Gänsehaut kroch über ihre Arme. Schnell sagte sie:

»Es gibt noch einen Leichenfund unten in Bozen. Jonas ist schon dort. Ich fahre jetzt auch hin, wenn ich dem Gamper ein paar Fragen gestellt habe. Zuerst will ich allerdings in Obergelln bei Pfarrer Holzer reinschauen. War schon jemand bei ihm?«

»Von uns nicht, aber er weiß garantiert bereits Bescheid. Du weißt, ein kleines Dorf, Flurfunk.«

»Ich möchte trotzdem mit ihm sprechen.«

»Und der Capo?«

Sonja wusste, dass der Carabiniere jede Ausflucht im Nu durchschauen würde.

»Auf Alleingang.«

»Wenn das mal kein böses Ende nimmt.« Er berührte Sonja sanft am Arm. »So was geht nicht spurlos an einem Menschen vorbei, auch nicht an Matteo.«

»Wem sagst du das.« Sie nickte ihm zu. »Danke. Bis später.«

»Bis dann.«

Sie ließ den Motor an, wobei ihr die Finger zitterten, was sie erst bemerkte, als sie auf dem Hang wendete und den holprigen Weg bis hinunter nach Obergelln fuhr. Was für ein Blödsinn. Niemand konnte in der Zwischenzeit eine Bombe in ihren Wagen gebaut haben.

Wenige Minuten später hielt sie vor dem Pfarrhaus.

Holzer schien auf sie gewartet zu haben. Er öffnete ihr die Tür, bat sie wortlos herein. In der guten Stube setzte er sich umständlich auf ein graugrünes Sofa und bot Sonja immer noch schweigend einen Platz an. Ihr Blick fiel auf ein großes Holzkruzifix an der Wand mit einem sich gegen den Tod aufbäumenden Christus. Darunter lehnte ein Paar Krücken.

Sie überbrachte die Todesnachricht so behutsam sie konnte, doch Holzer winkte ab, als sei dem nichts hinzuzufügen.

»Die Mauroners haben mir schon alles gesagt«, brummte er. So etwas wie Mitgefühl schien er nicht zu erwarten.

»Sicher fragen Sie sich das selbst: Wer hätte einen Grund, Severin umzubringen?«

»Niemand. Keiner von hier. Das steht fest.«

»Sie kennen die Leute im Ort in- und auswendig, nicht wahr?«

»Lange genug war ich hier. Leider geht es mit dem Laufen schlechter. Ich bin nicht mehr der Jüngste, deswegen hat mir der Bischof den Severin geschickt, damit der langfristig die Gemeinde übernimmt. Jetzt, im Sommer, ist das Leben hier oben nicht so schwierig, aber halten Sie mal eine Beerdigung im Winter, da kann ich mich auf dem Friedhof kaum noch auf den Beinen halten.«

»War der Severin denn der richtige für Obergelln?«

»Wie meinen S'?«

»Ich habe gehört, dass es nach der Trauerfeier für die Teresa Gamper Ärger gab.«

Holzer winkte ab. »Der Gamper Joachim stand immer noch unter Schock. Der konnte erstmal nicht akzeptieren, dass seine Frau wirklich tot war. Sie war verschwunden, na gut, er hat sie vermisst. Nichtsdestoweniger gab es ja immer noch Hoffnung, dass sie wieder auftaucht. Er wollte wohl vor allem, dass sie noch lebt, auch wenn sie nicht mehr bei ihm ist. Dass sie irgendwo glücklich ist. Der hat seine Teresa wirklich geliebt. Hat sich nur saudumm angestellt.«

»Inwiefern?«

»Er hätte ihr wahrscheinlich öfter sagen sollen, dass sie ihm was bedeutet.«

»Glauben Sie, dass Severin den Gamper Joachim provoziert hat?«

Holzer beugte sich vor. »Der Severin hat sich ungeschickt verhalten. Vom ersten Augenblick an, als er zu uns kam. Statt dass er versucht hat, die Leute zu verstehen, zu begreifen, was in ihnen vorgeht, warum sie sind, wie sie sind, hat er sie niedergemacht. Besonders im Bürgermeister hat er ein Feindbild gesehen.«

»Warum?«

»Na, tun Sie doch nicht so, Frau Schwarz. Der Severin hat ein anderes Weltbild im Kopf als der Preindl. Das müssen Sie doch gemerkt haben.«

»Sie meinen, der sozial gesinnte Severin konnte nicht mit dem Großkapitalisten Preindl?«

»Dem Preindl gehören drei Viertel vom Dorf oder noch mehr. Aber er ist mit Severins Abneigung souverän umgegangen, hat sogar bei ihm gebeichtet. Verstehen S', als Pfarrer können Sie nicht gegen die Leute arbeiten. Sie müssen mit ihnen leben und die Tage kommen und gehen lassen und dann können Sie einen Impuls einbringen. Behutsam. Nicht mit der Brechstange, was der Severin wollte.«

»Er ist mit einem Messer erstochen worden. Jemand hat ihn zum Mauronerhof gelockt, in die einsamste Ecke des Ortes, mit der Ausrede vom sterbenden Großvater. Nachts, allein. Da hat sich jemand gut vorbereitet. Das kann auch nicht jeder.«

»Nein, da haben S' recht. Nicht jeder ist so kaltblütig.«

»Oder so gut organisiert.«

Holzer winkte ab. »Ich weiß nicht, wen ich Ihnen nennen soll. Gemocht hat den Severin keiner. Und dann gab es auch Gerüchte.«

»Was für Gerüchte?«

»Den Severin haben Zweifel geplagt. Mehr kann ich Ihnen nicht sagen. Beichtgeheimnis.«

»Wissen nur Sie das mit den Zweifeln? Oder war das auch Ortsgespräch?«

»Hören Sie sich um. Ich gebe nichts auf Klatsch.«

»Ich möchte mir noch Severins Zimmer ansehen. Und sein Handy mitnehmen, damit wir es auswerten können.«

»Bitte. Die Treppe rauf und gleich die erste Tür links.«

»Danke.« Sonja erhob sich.

Die Treppenstufen knarrten unter ihr, als sie in den ersten Stock hochstieg. Severins Zimmer war picobello aufgeräumt. Anscheinend war er noch nicht im Bett gewesen, als der vermeintliche Hilferuf vom Mauronerhof ihn erreichte, denn das Bettzeug war fein säuberlich von einem Plaid bedeckt. Sein Handy lag auf dem Nachtkästchen. Der letzte Anruf war der einer unbekannten Nummer. Kurz vor halb eins. Anschließend hatte er das Telefon weggelegt und sich auf den Weg gemacht.

Sonja inspizierte den Schreibtisch, fand einen Terminkalender und steckte ihn ein; der Kleiderschrank enthielt ein paar dunkle Anzüge, Hemden und Wäsche. Die Soutane hatte Severin getragen, als er letzte Nacht weggegangen war. Sie klemmte den Laptop unter den Arm und ging nach unten. Das düstere Schweigen im Pfarrhaus bedrückte sie. Unvermittelt sehnte sie sich nach dem Sonnenlicht draußen, und sogar das unfreundliche Dorf erschien ihr anheimelnd.

28.

Matteo stellte seinen Leihwagen mitten in Neumarkt ab, um sicherzugehen, dass niemand daran herummanipulieren würde. Dann machte er sich auf den Weg zu der Adresse, die Hofer ihm gegeben hatte. Er schlug ein paar Haken, achtete auf mögliche Verfolger. Doch schnell wurde ihm klar, dass ihm niemand auf den Fersen war.

Die Sonne brannte vom Himmel, als er das Haus erreichte, in dem Jakob Pircher wohnte. Laut Klingelschild im Erdgeschoss. Matteo pirschte sich von der Seite heran. Sah zwei Männer an einem Tisch sitzen und Kaffee trinken. Erkannte Giuseppe Marino, der andere war anscheinend sein Freund. Er zwang sich, seinen Atem zu verlangsamen. Das hier würde er nicht vergeigen, wenngleich er sich auf dünnem Eis bewegte. Doch ihm ging es nicht um Vorschriften, sein vorderstes Ziel war, seinen Zeugen zu schützen. Ohne Marino gäbe es keine Möglichkeit, an die Drahtzieher heranzukommen.

Matteo schlich zur Haustür zurück und drückte auf die Klingel.

Kurz darauf erklangen Schritte. Marinos Freund.

Matteo hatte ihn im Polizeigriff, ehe auch nur ein Laut aus dessen Kehle drang.

»Kripo Bozen. Halten Sie ruhig, Mann.«

»Was ist denn los?«

»Ich bin hier, um Ihren Freund Giuseppe zu beschützen. Hat er Ihnen erzählt, was gestern in Bozen los war?«

»Ich …«

»Mund halten. Die Mafia ist ziemlich schnell, wenn Gefahr besteht, dass einer singt. Ist das angekommen?«

Der Mann nickte.

»Sie bleiben hier. Ich kümmere mich um Ihren Freund.«

»Okay.« Pircher ging in die Knie, als Matteo ihn losließ.

»Und keine Spielchen!«

Matteo schob die Tür ganz auf und trat ins Haus. Auch die Wohnungstür stand einen Spalt offen.

»War was?«, fragte Marino, der mit dem Rücken zur Tür stand und die Kaffeetassen in die Spüle stellte.

»Hände heben, Marino. Kripo Bozen.« Matteo entsicherte seine Pistole.

Der Mechaniker fuhr herum. Tastete hinter sich, als suchte er ein effektives Wurfgeschoss.

»Lass den Blödsinn! Du bist so gut wie tot. Das muss dir doch klar sein.«

Marinos linkes Augenlid zuckte.

»Hast du die Bombe in meinem Auto installiert?«

»Das war ich nicht. Ich habe nur die Klamotten mit dem Typen getauscht. Der ist dann rein und hat was an Ihrem Audi gemacht. Aber ich wusste nicht, dass das eine Bombe war. Das müssen Sie mir glauben.« Der Mechaniker zitterte.

»Ich muss gar nichts. Dir ist doch klar gewesen, dass da ein linkes Ding läuft. Wer war der Kerl?«

»Ich sage gar nichts.«

»Wie du willst.« Matteo griff nach den Handschellen. »Los, umdrehen!«

Willenlos folgte Marino den Anweisungen.

»Du kommst in Untersuchungshaft. Unter falschem Namen und falscher Anklage, damit die Mafia dich nicht findet. Die machen dich sonst sogar im Knast kalt. Eigentlich seltsam, dass ich dir das sagen muss.«

29.

In der Küche des Gamperwirts ging die Kriminaltechnik still und konzentriert ihrer Arbeit nach. Lisa Mayn, die Kellnerin, stand in einer Ecke. Sie machte ein grantiges Gesicht, als Sonja hereinkam.

»Morgen, Frau Mayn, wo ist denn der Joachim Gamper?« Missmutig wies sie hinüber in die Gaststube. Dort lehnte der Gamper an einem Tisch.

Sonja grüßte ihn mit einem Nicken. Er hatte geweint. Seine Augen waren ganz rot.

»Als Nächstes werden Sie mir vorwerfen, dass ich die Teresa umgebracht hab.«

»Haben Sie?« Sonja verschränkte die Arme.

»Was glauben S' denn!« Er sagte es nicht zornig, eher resigniert und müde.

»Glauben war das Geschäft von Pfarrer Severin, der ist jetzt tot.« Sonja trat näher an den Wirt heran. Er roch streng, nach Schweiß, nach tagelanger Vernachlässigung. »Herr Gamper, die Tatwaffe, mit der der Pfarrer ermordet wurde, stammt aus Ihrer Küche!«

Er zuckte die Achseln.

»Und Ihre Fingerabdrücke sind dran.« Das stand noch nicht fest, aber ein kleiner Bluff würde nicht schaden, wenn sie ihn aus der Reserve locken wollte.

»Ach, das ist ja sehr verwunderlich!« Er starrte Sonja verächtlich an. »Wenn es mein Messer ist …«

Die Kellnerin kam ihnen nach. »Das Messer hätte jeder nehmen können. Hier steht doch immer alles offen! Sogar nachts schließt niemand ab. Das wird jetzt anders werden, jetzt wo der Pfarrer ...« Sie schüttelte den Kopf.

»Den Pfarrer haben Zweifel geplagt, nicht wahr?« Sonja sah von einem zum andern.

»Es gab Gerüchte, dass der Severin was mit einer Frau hatte. Mit einer aus dem Dorf«, gab Gamper widerwillig Auskunft. »Ob das stimmt, weiß ich nicht.«

»Mit Ihrer Frau?«

»Mit der Teresa? Ach Quatsch! Und wenn es so wäre ...«

»Herr Gamper, spielen Sie doch nicht das Unschuldslamm! Wir finden Ihre tote Frau, nach der Trauermesse greifen Sie den Pfarrer an, und dann wird der umgebracht. Soll das ein Zufall sein?«

»Die Teresa und der Severin – nie und nimmer!« Die Lisa schüttelte den Kopf. »Der wäre doch gar nicht der Typ von der Teresa gewesen. Entschuldige, Gamper, wenn ich das jetzt so sag'! Wirklich, das ist eine saudumme Unterstellung ...« Hektische rote Flecken krochen ihren Hals hoch.

»Warum haben Sie den Pfarrer angegriffen, Herr Gamper?«

»Ich habe ihn nicht angegriffen, ich bin auf ihn los, hab ihn am Kragen gepackt, schon, das stimmt, ich war wütend, weil er schlecht über die Teresa gesprochen hat in der Messe und weil er gar nicht mitreden kann, der weiß doch nicht, wie das ist, wenn du deine Frau liebst, aber sie ihre eigenen Wege geht, weil deine Gefühle bei ihr nicht mehr ankommen.« Wie vor den Kopf geschlagen ließ sich der Wirt auf einen Stuhl sinken. »Da gibt es andere im Dorf, die viel mehr Grund hätte, den Severin aus dem Weg zu räumen.«

»Wen meinen Sie?«

»Der Preindl!«, ging Lisa dazwischen. »Der hält sich für Gott! Die Leute kuschen vor ihm, sie haben Angst. Wer eine

Arbeit im Sägewerk hat, hält besser den Mund. Da oben im Werk halten sie ganz bestimmt nicht alle Sicherheitsvorschriften ein, von wegen Arbeitsschutz und so. Hier im Wirtshaus wird manchmal was hinter der vorgehaltenen Hand gemurmelt. Richtig auspacken allerdings tut keiner.«

Der Wirt winkte ab. »Das Gerücht, dass der Pfarrer vielleicht sein Priesteramt niederlegen wird, das hat sich längst abgekühlt. Am lautesten haben die Leute getratscht, als die Teresa verschwunden ist. Aber der Severin war ja noch hier, wollte den Holzer ablösen, hat richtig um die Stelle gekämpft. Und als man die Teresa tot gefunden hat, ging das Gerede sofort wieder los. Dass vielleicht der Severin sie umgebracht hat, weil sie Forderungen an ihn gestellt hat. Er wollte doch lieber Priester bleiben und da hätte eine Frau nur gestört. Jedenfalls hat keinem gepasst, wie er sich immer als den reinen Christen hingestellt hat, der nie Fehler macht. Auch der Holzer mochte den Severin nicht, nur dass Sie's wissen, Frau Schwarz!«

Sonja schwirrte der Kopf. Der alte Pfarrer war ganz bestimmt nicht mit dem Severin auf einer Wellenlänge. Er machte nicht einmal einen Hehl aus seiner Abneigung. Wahrscheinlich war er bloß enttäuscht. Hatte gehofft, dass der junge Pfarrer die Gemeinde in seinem Sinn weiterführen würde, und musste dann feststellen, wie anders Severin das Evangelium auslegte.

»Ich brauche eine Liste aller Leute, die gestern im Wirtshaus waren. Auch Lieferanten oder Aushilfen – und die Gäste. Verstanden?«

Lisa und Gamper wechselten einen Blick und nickten.

»Bis später.« Sonja trat in die Sonne hinaus.

Lisa kam ihr nach.

»Frau Kommissarin, der Gamper hat den Severin nicht umgebracht und auch nicht die Teresa. Der kann schon mal aufbrausen, wissen S', aber er tut doch keiner Fliege was zuleide.«

»Schon gut, Lisa. Ich muss meine Arbeit machen.«

Sie nickte betreten.

»Ich wollte es nur gesagt haben, Frau Kommissarin.«

Sonja stieg in ihr Auto.

Sie zögerte, den Zündschlüssel überhaupt ins Schloss zu stecken, doch als Lisa sie neugierig ansah, weil sie nicht losfuhr, gab sie sich einen Ruck.

Der Motor sprang an und schnurrte wie gewohnt.

30.

Sonja verfranzte sich in dem Industriegebiet im Süden von Bozen, bis sie endlich die Brachfläche entdeckte, auf der Kripo und Kriminaltechnik den zweiten Einsatz des Tages absolvierten. Mit Erleichterung sah sie Matteos Leihwagen dastehen.

»Buongiorno, Principessa!« Matteo kam auf ihr Auto zu und öffnete die Fahrertür. »Darf ich einmal galant zu dir sein?«

»Du scheinst gute Laune zu haben.«

Er beugte sich vor:»Ich habe den Mechaniker festgesetzt. Falscher Name, falsche Anklage. Die finden ihn erstmal nicht.«

Sonja stieg aus.»Du bist der Capo.«

Er sah sie gespielt beleidigt an.»Du vertraust mir nicht.«

»Komm, lass gut sein.« Sie lächelte.»Warum habe ich eigentlich immer mit den Launen von Männern zu schaffen?«

Er machte ein betroffenes Gesicht.

»Falls du heute schon ein Gespräch mit Jonas geführt hast«, fuhr sie fort,»wird er dir hoffentlich gesagt haben, dass er im Team bleibt. Wäre schön, wenn dieser Status quo nicht schon wieder in Frage gestellt würde.«

»Du kannst auf mich zählen!« Er setzte seine Sonnenbrille auf und gab einmal mehr den Süditaliener, den Papagallo, den Dandy. Äußerlich so ganz das Gegenteil zum schweigsamen, zurückhaltenden, blonden Jonas in Jeans und Baumwollhemd. Und ohne Haargel.

»Hoi, Jonas!« Sonja ging auf ihn zu.»Was haben wir hier?«

»Die zweite Leiche des Tages heißt Plaikner, Hannes. 21 Jahre alt. Den Ausweis hatte er in der Jeansjacke.« Jonas deutete auf einen Leichensack.»Arbeiter von der Spedition dort hinten haben ihn gefunden. Umgebracht wurde er wahrscheinlich nicht hier. Die Spuren deuten eher darauf hin, dass man ihn hier abgelegt hat.«

»Arbeiter? Auf diesem Brachgelände?«

»Die wohnen da drüben und kürzen über das Gelände ab.«

»Todesursache?«

»Das konnte man mit bloßem Auge sehen. Dem ist der Schädel eingeschlagen worden. Er ist definitiv ein Junkie.«

»Nicht weit von hier liegt doch das alte Kasernengelände«, warf Matteo ein. Sonja sah ihm an, dass er nicht länger hintanstehen wollte. Für Matteos Geschmack führte Jonas das Wort schon zu lang.»Die Gebäude sind weitgehend verfallen. Im Sommer hausen die Fixer drin. Die Kollegen von der

Drogenfahndung haben dort erst neulich eine Razzia gemacht. Allerdings wurde nicht viel Stoff sichergestellt. Anscheinend waren die Dealer gewarnt.«

»Also noch ein Maulwurf?«, staunte Sonja.

»Maulwurf?« Jonas sah sie fragend an.

»Es gibt Gerüchte, dass sich irgendwo in der Questura ein undichtes Leck befindet«, ging Matteo dazwischen. »Lasst uns auf das Kasernengelände rübergehen. Vielleicht finden wir jemanden, der mit uns redet.«

Jonas blickte zweifelnd drein, und Sonja verstand, weshalb: Sollte einer der Junkies, die in den Abrisshäusern auf dem Areal untergekrochen waren, überhaupt in dem Zustand gewesen sein, einen Mord zu beobachten, stand kaum zu erwarten, dass er darüber der Polizei Auskunft geben würde.

Sie kämpften sich über strohiges Gras, an vertrockneten Sträuchern vorbei. Zerfetzte Plastiktüten lagen herum, undefinierbare Teile aus Metall. Es roch nach Verwesung, an manchen Stellen mussten sie Ölpfützen ausweichen.

»Hier sollte man auch mal das Umweltamt herschicken«, brummte Jonas unzufrieden.

Sonja sah sich um: Im Hintergrund ragte der Schlern in den blauen Himmel, aber das Grundstück unter ihren Füßen zeugte von einer Welt, die der Postkartenidylle diametral entgegengesetzt war. An vielen Orten Südtirols stießen ihr diese Widersprüche auf: Einerseits boten Hotels biozertifizierte Ferien an, andererseits sickerte Altöl einfach so ins Erdreich. Bozen in seinem engen Tal brauchte Platz für seine Industrie. Werke, die sich erweitern wollten, stießen schnell an ihre natürlichen Grenzen. Deshalb behalf sich mancher Unternehmer, indem er inoffiziell Kontakte spielen ließ.

Sie erreichten das Kasernengelände. Der Zaun war längst niedergerissen und von Unkraut überwuchert. Aus leeren Fensterhöhlen starrten die heruntergekommenen Gebäude die

Polizisten böse an. An manchen Stellen sah man verstümmelte Verbotsschilder an einem rostigen Zaunrest: *Zutritt verboten. Divieto di accesso.* Eine Katze schoss hinter einem Busch hervor und verschwand maunzend hinter einer Mauer. Kurz glaubte Sonja, einen Schatten zu sehen, der in der gleichen Richtung in Deckung ging. Beobachtete sie jemand? Es lief ihr kalt den Rücken hinunter.

»Hier ist keiner. Höchstens drinnen«, stellte Jonas fest. Entschlossen stapfte er auf einen Eingang zu. Die Tür war schon vor langer Zeit herausgerissen worden, an den verrosteten Angeln hing eine Peace-Fahne. Sonja folgte ihm. Es stank nach Fäkalien. Langsam bahnten sie sich ihren Weg durch das Erdgeschoss. Das Gebäude war so zerstört, dass Sonja meinte, jede Minute könnten Stücke von Putz oder Schwereres herunterfallen. Über sich hörten sie Getrappel.

»Das hört sich nicht nach Menschen an«, murmelte Matteo.

»Nein. Eher Ratten«, bestätigte Jonas. »Verdammt, hier liegen Matratzen herum und ein paar Klamotten.« Er deutete auf einen Haufen in einer Nische. »Wer hier campiert, muss wirklich völlig am Boden sein.«

Matteos Handy klingelte.

»Peter? Ja? In Ordnung, durchkämmt mal die Ruinen auf dem alten Kasernengelände. Ich schätze jedoch, die Signori sind schon ausgeflogen.« Er steckte das Handy weg. »Kerschbaumer soll sich ein paar Leute schnappen und systematisch nach Junkies suchen. Am besten morgen früh, wenn die noch alle wie tot in den Seilen hängen. Lasst uns zurückgehen. In der Questura wartet Arbeit.« Er drehte sich um und schritt flott aus, Richtung Eingang.

»Der Capo hat ein bisschen die Krise, was?«, raunte Jonas Sonja zu.

»Ich bitte dich, nach dem, was gestern passiert ist …«

Jonas guckte schuldbewusst drein. Sie verließen das Gebäude. Sonja streckte den Rücken. Die Sonne schien ihr ins Gesicht. Sie war dankbar dafür.

»Jonas«, rief Matteo, der schon ein paar Schritte weiter war, »sei so nett, geh Heidi Grüner ein bisschen auf die Nerven, wir brauchen Ergebnisse aus der Rechtsmedizin, okay? Verlässliches. So schnell wie möglich. Auch, was die Sache mit Teresas Stichwunde angeht.«

»Ich bleib dran. Sag mal, was ist das für eine Geschichte mit dem Maulwurf?«

Matteos Ausdruck war hinter der Sonnenbrille nicht zu lesen. Statt auf Jonas einzugehen, drehte er sich um und kämpfte sich im Storchengang den Weg zurück, den sie gekommen waren. Immer noch konnte Sonja das ungute Gefühl, beobachtet zu werden, nicht abschütteln. Sie nahm den jungen Kollegen beim Arm.

»Jonas, das muss absolut unter uns bleiben. In der Questura sind Akten verschwunden. Matteo und ich haben es noch nicht offiziell gemeldet, weil die Unterlagen, die wir vermissen, so gar nichts miteinander zu tun haben.«

Es ist eine Notlüge, dachte sie. Aber sie musste vor Jonas den Schein aufrechterhalten, dass er einbezogen war. So oder so.

»Verdammt.«

»Also, kein Wort, auch nicht zu deiner Freundin.«

»Sie heißt Sofia!«

»Auch nicht zu Sofia. Kann ich mich auf dich verlassen? Das ist zuerst und vor allem eine Sache der Kripo.«

Ein störrischer Zug schlich sich in Jonas' Gesicht, doch er nickte. »Natürlich.«

»Komm, gehen wir an die Arbeit. Hier können wir nichts ausrichten.« Ein letztes Mal ließ Sonja den Blick über die

Abbruchgebäude schweifen. Nichts und niemand war zu sehen. Die Sonne brannte herunter, irgendwo brach sich das Licht in einem Fensterrest.

»Fährst du noch einmal mit mir nach Obergelln?«, bat Sonja.

»Glaubst du, dass der tote Junkie und die Mordopfer dort oben zusammengehören?«

»Eher nicht. Dieser Plaikner hatte vermutlich Schulden bei seinem Dealer. Jedenfalls: Ich habe vorhin noch mit dem Gamper geredet. Es gibt ein Gerücht im Dorf, wonach der Pfarrer vorgehabt hätte, sein Priesteramt wegen einer Frau aufzugeben. Und am Bürgermeister haben weder der Wirt noch seine Kellnerin ein gutes Haar gelassen.«

Sie waren wieder auf dem Brachgelände angekommen. Ein Leichenwagen fuhr gerade weg. Sonja sah zurück. Trostlos war dieser Ort, von einer tiefen, erschütternden Leere. Heute Morgen, in Obergelln, war ihr die Gegend feindselig und beklagenswert vorgekommen. Doch sein Leben in einer solchen Einöde zu verlieren, schien noch deprimierender. Sie seufzte tief. Die Yuppies deckten sich anderswo mit Drogen ein. Für sie gab es die sauberen, teuren Partydrogen, die erst spät ihren Tribut forderten. Konsumenten konnten ihre Abhängigkeit oft jahrelang verbergen. Aber diejenigen, die auf Höhe des Asphalts angekommen waren, hatten höchstens die Mittel für die Billigware. Verschnittenen, gestreckten, unechten Stoff, den sie an Orten wie diesen spritzten oder kifften.

»Gibt's noch ein Problem? Ich meine, nicht dass wir gerade keine hätten«, wagte Jonas, der ihr grüblerisches Gesicht sah, sich vor.

Sie lächelte unwillkürlich.

»Nein. Es sind wirklich harte Tage. Und zu Hause habe ich noch ein Hühnchen mit meinem Verwalter zu rupfen.«

31.

Daheim in Frankfurt hätte sie über das Zuhause der Preindls sofort das Urteil gefällt: Gelsenkirchener Barock. Ob der Ausdruck in Südtirol jemandem ein Begriff war, wusste sie nicht, vielleicht würde sie Jonas später fragen. Von außen passte sich der zweistöckige Bau in die Architektur der Gegend ein, doch die Innenräume sprachen vom Gegenprogramm: viel Schnickschnack, plüschige Sofas, Gold, Spiegel, eine Maßkrugsammlung in einer Glasvitrine, bauschige Vorhänge, alles überkandidelt, teuer, erdrückend.

Der Bürgermeister hatte sie hereingeführt, er sah bleich aus, und Sonja ertappte sich bei dem Gedanken, warum der Tod des Pfarrers ihn offensichtlich so erschütterte, wo Preindl sich mit Severin doch nicht grün gewesen war.

Noch so ein Ausdruck.

Frau Preindl hielt eine Kaffeekanne bereit, der Esszimmertisch war gedeckt, Kuchen, Stoffservietten, Porzellan, Goldrand.

»Setzen Sie sich. Meine Frau und ich können es noch gar nicht glauben.«

Kurz schweifte Sonjas Blick zu Frau Preindl. Die lächelte zaghaft. Sonja fiel auf, dass sie stark geschminkt war.

»Es erstaunt mich, dass der Mord an Severin Sie so betroffen macht. Sie hatten doch eine Dauerfehde mit ihm.«

»Ich bitte Sie, er war mein Pfarrer.« Preindl unterdrückte mit Mühe ein Aufbrausen. Seine Augenbrauen zuckten. »Ich bin bei ihm in die Messe und zu ihm zur Beichte. Pfarrer Holzer brauchte einen Nachfolger, das war nun wirklich für jeden ersichtlich, der gute Holzer beißt stets und ständig die Zähne zusammen, damit man ihm nicht ansieht, wie schwer es ihm seine Arthritis macht.«

»Severin hat die Dinge anders gesehen.« Wieder sah Sonja beiläufig zu Frau Preindl. Die senkte den Kopf, als sei sie zu schwach, den Blickkontakt mit der Polizistin noch einmal auszuhalten.

»Er hatte ein Problem mit mir, ich keines mit ihm. Er ist – war – jung, und Sie kennen doch sicher den Spruch: Wer mit 20 kein Sozialist ist, ist unmenschlich, und wer mit 40 noch Sozialist ist ... Schwamm drüber. Ihm hat mein Einfluss im Dorf nicht gepasst.«

»Ist Ihr Einfluss denn zum Schaden der Kirche?«, fragte Jonas und klang dabei ehrlich interessiert.

Baff starrte Preindl ihn an. »Zum Schaden der Kirche? Junger Mann, was reden Sie eigentlich?«

»Es ist doch nur gut, wenn die Fäden zusammengehalten werden, wie? Und das macht in der Regel einer, der die Verantwortung übernimmt, der den Mut dazu hat.« Jonas lächelte freundlich.

Man könnte ihn zum besten Schwiegersohn des Jahres küren, dachte Sonja.

Preindl biss an. »Ich bin der Bürgermeister und habe eine besondere Verantwortung. Im Gemeinderat habe ich mich sogar dagegen eingesetzt, dass Severin abberufen wird. Sie können die Protokolle einsehen.«

»Abberufen? Ging es dabei um das Gerücht, dass Severin sein Priesteramt aufgeben wollte?«

»Na, dann hätten sie ihn postwendend aus dem Amt gejagt«, schmunzelte Preindl. »Dieses Gerücht taucht doch ohnehin in fast jeder Ortschaft auf, wenn der Pfarrer mal länger als nur drei Minuten mit einer Frau redet. Wenn er jung ist. Wenn er gut aussieht. Ich finde ja nicht, dass der Zölibat in unserer Zeit noch angemessen ist. Na ja, was kann ich dafür ...«

»Haben Sie auch von dem Gerücht gehört, Frau Preindl?«, wandte sich Sonja an die Frau, die bisher geschwiegen hatte. Die Tatsache, dass jemand sie direkt ansprach, schien sie noch mehr zu erschrecken als die bloße Anwesenheit der Polizisten. Sie öffnete den Mund, verhaspelte sich. Preindl mischte sich ein:

»Als die Teresa hier das Dorf aufgemischt hat, da wurde natürlich geklatscht: Wie der Pfarrer sich dazu verhalten wird, das war die Frage. Und kaum war sie verschwunden, da kochten die Theorien hoch: Ob sie nicht doch die Geliebte vom Severin war. Völliger Blödsinn! Niemand hatte die beiden zusammen gesehen, außer dass die Teresa in die Kirche ging, sonntags, mit ihrem Mann.«

»Wir haben gehört, dass das Gerücht jetzt keinesfalls verstummt ist. Das stimmt doch, oder, Frau Preindl?«

Eine simple Ja-Nein-Frage würde sie wohl beantworten können, hoffte Sonja.

»Ja«, piepste Frau Preindl.

»Wie war denn Ihr Verhältnis zum Pfarrer?«

Preindl ging hoch wie eine Artilleriegranate. »Jetzt hören Sie doch auf, hier was zu konstruieren! Wir sind ein Dorf. Eine Gemeinde. Wir kümmern uns umeinander. Als Bürgermeister muss ich Sorge tragen, dass keiner zu kurz kommt.«

»Die meisten Gewalttaten werden von Menschen begangen, die in einer engen Beziehung zum Opfer stehen«, sagte Jonas, immer noch gut gelaunt.

Preindl blieb der Mund offen stehen.

»Wo waren Sie gestern gegen halb eins?«, fragte Sonja.

»Mein Mann war die ganze Nacht hier«, mischte sich Frau Preindl ein.

Holla, sie kann sprechen, dachte Sonja, ausgerechnet das Alibi liefert sie ihm. Gut abgerichtet.

»Herr Preindl, stimmt das?«, fragte sie.

»Da bleibt mir doch das Wort im Hals stecken«, polterte der los. »Was erlauben Sie sich eigentlich?«

»Sie waren die ganze Nacht zu Hause?«

»Allerdings!«

Seine Frau nahm die Kaffeekanne und verließ das Zimmer. Sonja konnte den Eindruck nicht abschütteln, dass sie von Trauer überwältigt war.

»Wer käme denn noch als Täter in Frage?«, erkundigte sich Jonas. »Sie sagten, es habe in der Gemeinde Leute gegeben, die sich Severins Abberufung gewünscht hätten.«

»Pardon.« Sonja erhob sich. »Die Toilette?«

»Auf dem Gang, neben der Eingangstür!« Preindl wedelte mit der Hand, als wollte er Sonja liebend gern noch weiter weg scheuchen.

»Der Wirt ist auf den Severin losgegangen«, begann Jonas. Sobald Sonja sich entfernte, verfiel er in Dialekt. Als wagte er nicht, in Anwesenheit seiner deutschen Kollegin zu sprechen, wie ihm der Schnabel gewachsen war.

32.

Er konnte nicht nachdenken. Wenn ihn jemand anstarrte, konnte er einfach nicht nachdenken. Wütend schlug er auf die Matratze. Staub wirbelte auf. Obwohl es hier unten im Keller kühl war, stand ihm der Schweiß auf der Stirn. Sein Shirt klebte ihm am Leib.

»Was starrst du mich so an? Erwartest du ein Wunder? Hau einfach ab!«

»Scheiße gelaufen.«

Als ob er das nicht wüsste. Aber vorwurfsvolle Blicke halfen nicht, ihm das Grübeln zu erleichtern, er drehte sich nur immer mehr im Kreis.

»Wir könnten es einfach lassen.«

»Spinnst du? An dem Plan habe ich wochenlang gearbeitet. Alles ist bereit.«

»Trotzdem: Wir könnten es lassen.«

»Dann wäre alles umsonst, kapierst du das nicht? Für Weicheierei bin ich nicht geschaffen. Ich hole mir meinen Anteil jetzt.« Außerdem brauchte er Stoff, nicht nur für sich, die Parasiten wie dieser Fleischberg vor ihm hingen ihm am Rockzipfel, er musste andere durchfüttern. Also Geld. Geld war die Lösung. Geld, das ihm zwischen den Fingern zerrann.

»Ich weiß nur, dass gar nichts passiert wäre, wenn wir es einfach gelassen hätten.«

»Und wovon zahlen wir?« Er machte eine großspurige Geste, als präsentiere er ein Schloss. Nicht nur diese verwahrloste Bleibe. Ein Schloss! Obwohl er sich nach der Aktion heute Nacht immer noch völlig fertig fühlte, stahl sich ein Grinsen auf seine Lippen.

»Die Bullen waren hier, Mann. Die sind überall durch! Dass die den Keller nicht gefunden haben ...«

»Warum warst du auch so bescheuert, dich verfolgen zu lassen!«

»Ich ...«

»Halt jetzt den Mund!« Hätten die Bullen den Keller entdeckt, wäre das natürlich der GAU gewesen und das Ende der vielversprechendsten Idee seit Langem. Glück gehabt, sie hatten den Keller nicht gefunden, und deshalb war noch alles offen, es bestanden Chancen, hervorragende Chancen, und dann wäre das mit dem Hannes auch nicht umsonst gewesen.

»Verpiss dich einfach, tu mir den Gefallen, ja?«

Als endlich die Tür klappte, lehnte er sich zurück. Eine Linie ziehen, das wäre jetzt gerade recht, ein bisschen Luft in die Situation reinpumpen. Na, besser, er hielt sich zurück. Mit den Drogen, das war so eine Sache, klappte nicht immer, wie man das wollte, und im Augenblick brauchte er allen Grips, um die Dinge am Laufen zu halten. Davon, am Gängelband geführt zu werden, hatte er seit Langem genug. Ab jetzt würde es anders laufen, er würde sich seine Chancen nicht nehmen lassen. Im Gegenteil, nach den Jahren, in denen er sich in die zweite Reihe hatte drängen lassen, kam jetzt seine Stunde, und er würde deren Gunst nutzen. Dazu brauchte er, wenn es hart auf hart kam, nicht einmal Hilfe.

Mit dem Hannes, das war nicht schön. Doch sie hatten die Sache gemeistert, er war Herr über die Lage geblieben. Kein Zweifel, dass das ein zweites Mal auch klappen würde. Zur Not natürlich nur. Besser, man hatte Verbündete. Die konnte man sich im Zweifelsfall auch vom Hals schaffen. Es gab immer einen Ausweg. Und nur darauf kam es an.

33.

Sonja zog die Esszimmertür hinter sich zu. Statt zur Toilette folgte sie den Geräuschen einer Kaffeemaschine. Die Tür zur Küche stand offen. Sonja klopfte leise an den Rahmen.

»Frau Preindl?«

Die fuhr herum. »Haben Sie mich erschreckt!«

»Ich wollte zur Toilette.«

»Den Gang runter, neben der Eingangstür.«

»Frau Preindl, warum erschüttert Sie der Mord an Severin so?«

»In Ihrer Welt ist Mord und Totschlag an der Tagesordnung. In meiner nicht. Und das in diesem Dorf.«

»Was genau hat Ihr Mann gegen Severin?«

Maria Preindl senkte den Kopf. »Sie haben es doch sicher mitbekommen. Der Severin hat meinen Mann vor der ganzen Gemeinde schlecht gemacht. Nicht nur einmal. Der hatte die fixe Idee, dass alles Böse von meinem Mann ausgeht.« Sie schaltete die Kaffeemaschine aus und füllte den Kaffee in die Thermoskanne um.

»Er hat Ihren Mann nicht schlecht gemacht. Er hat die Wahrheit gesehen! Frau Preindl, schlägt Ihr Mann Sie?«

Mit einem lauten »KLANK« stellte Maria Preindl die Kanne ab.

»Was ist denn die Wahrheit? Fragen Sie niemals einen Kirchenmann danach. Die sind zu weit weg. Nur Rituale, seltsame Regeln, die sie einhalten müssen. In der Kirche bekom-

men Sie keine Hilfe. Da werden die Wunden nur übertüncht.«
Maria begann zu weinen.

Sonja atmete tief durch. Preindl schlug seine Frau – und die
hatte sich offenbar irgendwann an den Pfarrer gewandt, um
Hilfe gesucht, war aber abgewiesen worden; oder die Inter-
vention des Pfarrers im Hause Preindl hatte alles nur noch
schlimmer gemacht.

Die Wohnzimmertür ging. Schwere Schritte erklangen auf
dem Gang. Hastig wischte Maria Preindl sich die Tränen von
den Wangen. Ein wenig Make-up verwischte. Sonja sah den
grün verfärbten Fleck auf ihrem Wangenknochen.

»Was haben Sie mit meiner Frau zu schaffen?«, donnerte
Preindl.

»Wir unterhalten uns. Probleme damit?«

»Ich habe was dagegen, dass Sie in mein Haus kommen und
meiner Frau und mir allerhand unterstellen und uns sogar ver-
dächtigen. Sie gehen jetzt besser.«

»Wir können Sie auch in die Questura vorladen.«

»Tun Sie das. Nur so viel: Ich bin zwar nur ein kleiner
Bürgermeister, aber ein paar Beziehungen habe ich schon.«

Sonja warf Jonas einen Blick zu. Der hob die Augenbrauen.

»Soll ich es ihm sagen, Commissario?«

»Ich bitte darum.«

»Bei Mordfällen erstellen wir eine Rangliste der Verdäch-
tigen.«

Preindl glotzte Jonas verständnislos an.

»Und wenn uns jemand mit Beziehungen kommt«, fuhr
Sonja fort.

»Landet er automatisch auf Platz 1«, ergänzte Jonas.

»Wir sehen uns. Lassen Sie in der Zwischenzeit schon mal
Ihre Beziehungen spielen«, grüßte Sonja freundlich, bevor sie
mit hoch erhobenem Kopf zur Tür hinausspazierte.

Jonas folgte ihr grinsend. »Der führt sich auf wie ein kleiner Rossi!«

»Und du bist wohl ein bisschen sehr auf die Mafia fixiert?« Es sollte launig klingen. Doch Jonas starrte Sonja alarmiert an.

»Was meinst du denn damit?«

»Na, weil du ihn ständig erwähnst.« Sie stieg in den Wagen. »Lass uns lieber überlegen, wie wir in dem Fall weiter ermitteln.«

34.

Sonja hatte darauf bestanden, nach dem Besuch bei Preindls noch einmal mit Holzer zu sprechen.

»Ich glaube ja nicht, dass das viel hergibt«, hatte Jonas entgegnet, und im Nachhinein musste Sonja ihm recht geben. Sie verließ gerade das Pfarrhaus und ging auf Jonas zu.

»Du lagst richtig, Jonas. Er rückt mit nichts raus.«

»Sag ich doch. Im Endeffekt berufen die sich auf das Beichtgeheimnis und damit hat sich's.«

»Er behauptet, Severin habe tatsächlich, wie hat er es ausgedrückt, Versuchungen erlebt, diesen aber widerstanden und nie vorgehabt, sein Priesteramt niederzulegen.«

Ein Streifenwagen fuhr vor. Jonas' Gesicht begann zu leuchten. Sonja wollte schon eine herausfordernde Bemerkung machen, denn auch sie konnte sehen, dass Sofia am Steuer saß. Allerdings klingelte ihr Handy, und sie ging ein paar Schritte beiseite.

»Ja, Matteo?«

»Der Mechaniker will einen Deal, Straffreiheit gegen Informationen.«

»Wie soll das gehen? Der Anschlag wurde als Unfall deklariert. Da gibt es erstmal kein offizielles Ermittlungsverfahren.«

Der Streifenwagen hielt und Sofia stieg aus. Obwohl sie und Jonas sich bemühten, einander neutral gegenüberzutreten, konnte jeder sehen, dass es zwischen den beiden bitzelte. Sonja dachte an die Zeit, als sie und Thomas sich einander annäherten, die erste Verliebtheit auskosteten, die Unsicherheit, die Fragen, die Hoffnungen. Es tat weh, doch gleichzeitig spürte sie, dass sie dankbar sein konnte, diese Erfahrungen überhaupt gemacht zu haben.

»Du verstehst dich doch gut mit der Staatsanwältin. Kannst du sie nicht im Vertrauen mal ansprechen? Vielleicht lässt sich was drehen«, lenkte Matteo sie zurück in die Gegenwart.

»In Ordnung. Mache ich, sobald ich in der Stadt bin. Jonas und ich waren vorhin bei Preindl und ich habe eben noch mal mit Holzer gesprochen.«

»Irgendwelche Erkenntnisse?«

»Ich fürchte nein. Dünnes Eis. Die verschweigen hier alle was. Die Handys geben laut KT auch nichts her.«

»Pass auf dich auf.«

»Du auch auf dich. Ciao, Matteo!« Sonja legte auf, als Sofia ihr kurz zuwinkte und wieder in den Streifenwagen stieg.

»War was?«, fragte sie Jonas, der dem Fiat hinterhersah.

»Das war die KT. Die Handys geben nichts her. Weder Teresas noch das vom Pfarrer. Absolut nichtssagend.«

Sonja wies mit dem Kinn auf den davonfahrenden Streifenwagen.

»Was Ernstes?«

Jonas errötete. »Merkt man das?«

»Merkt man.«

Er grinste. »Ziemlich ernst.« Er deutete auf Sonjas Mobiltelefon, das sie immer noch in der Hand hielt. »Und?«

Sonja zögerte für den Bruchteil von Sekunden. Sie wollte das wiedergewonnene Einverständnis mit Jonas nicht gleich wieder verlieren.

»Ja, allerdings ist das ein bisschen kompliziert.«

»Schon klar.«

»Matteo hat jemanden festgenommen. Den Mechaniker, der für seinen Audi zuständig war. Unter falschem Namen, damit die Mafia erstmal in die Röhre schaut.«

Jonas seufzte. »Wenn der Capo über die Mafia spricht, habe ich manchmal den Eindruck, er treibt aus alter Gewohnheit immer wieder dieselbe Sau durchs Dorf.«

»Er versucht jetzt, Straffreiheit für den Mann auszuhandeln, wenn der im Gegenzug aussagt, wer ihn beauftragt hat.« Sie steckte das Handy weg. »Und wir? Sollen wir den Wirt vorläufig festnehmen? Immerhin sind seine Fingerabdrücke auf der Tatwaffe.«

»Nicht sehr verwunderlich. Es ist sein Messer.«

»Einen besseren Täter haben wir im Augenblick nicht.«

»Das haut uns der Haftrichter um die Ohren.«

»Andererseits gewinnen wir Zeit. Unter Druck packt der Gamper vielleicht aus. Kannst du die Streife zum Wirtshaus zurückrufen? Ich muss nach Hause.«

»Mache ich.«

»Und, Jonas?«

»Hm?«

»Ich finde es schön, dass wir wieder miteinander reden.«

»Geht mir genauso.«

»Bis morgen dann.«

»Bis morgen!«

35.

Sie hatten beim Wirtshaus gewartet. Sie und Ludolfer. Der wollte endlich zurück nach Bozen, aber die Kripo – Jonas – hatte sie zurückbeordert.

»Immer diese Warterei!«, schimpfte Ludolfer. »Noch dazu vor dem Wirtshaus. Mir knurrt der Magen. Gekocht wird hier wohl nicht mehr.«

»Wird schon nicht mehr so lange dauern!«, erwiderte Sofia. Sie fühlte sich glücklich, richtig high. Mit Jonas zu reden, im Dienst, und wenn es nur ein paar Minuten waren, möbelte sie auf.

»Ja, jung müsste man sein«, brummte der Kollege.

»Hm? Spinnst jetzt?«

Er grinste. »Du bist verliebt über beide Ohren. Glaub mir, auch ein älteres Semester wie ich hat seine Erfahrungen mit der Liebe.«

Sofia lachte. »Wenn du meinst.«

»Jetzt geh schon an dein Handy!«

»Ach so.« Sie hatte gar nicht darauf geachtet, dass es klingelte. Anscheinend schwebte sie wahrhaftig in anderen Sphären. Sie kramte das Telefonino aus der Hosentasche. Unbekannter Anrufer. Jäh verflüchtigte sich das Glücksgefühl von eben. Verdammt! Ausgerechnet jetzt, wo sie mit Ludolfer im Auto saß. Wobei …

»Nicht so wichtig!«, verkündete sie. Drückte auf »Ablehnen«. Die konnten sie doch alle mal. So leicht würde sie sich nicht mehr unterkriegen lassen! Ein leises Triumphgefühl stieg in ihr hoch.

»Wie du meinst. Da kommt übrigens dein Verehrer!«

Sofia stieg aus. Jonas kam mit geschäftsmäßiger Miene auf sie zu.

»Wir nehmen den Wirt fest.«

»In Ordnung.« Sofia machte Ludolfer ein Zeichen. »Warum hat sich der Capo eigentlich den ganzen Tag rargemacht?«

»Der hat einen Mechaniker verhaftet. Einen aus der Werkstatt, wo er sein Auto zur Reparatur hatte.«

»Ich dachte, das war ein Unfall? Oder verraten dir die Großkopferten wieder nur die halbe Wahrheit?«

»Es war ein Anschlag, wurde nur offiziell als Unfall deklariert. Der Mechaniker will Straffreiheit, wenn er auspackt.«

»Verstehe. Ein Deal.« Sofia lächelte. Sie konnte einfach nicht anders.

36.

Sonja fühlte sich furchtbar ausgelaugt, als sie von Obergelln aus Richtung Eppan fuhr. Der abendliche Berufsverkehr rund um Bozen und in der Stadt legte ihr Ketten an. Ungeduldig schloss sie die Fenster, schaltete die Klimaanlage an und ließ das Radio spielen. Sie glaubte nicht, dass Joachim Gamper ein ausreichend starkes Motiv hatte, um den Pfarrer umzubringen. Noch dazu geplant, mit einem Anruf in der Nacht, einer ausreichend funktionierenden Legende, einer sorgfältigen Vorbereitung. Der Gamper-Wirt schien ihr eher der Typ zu sein, der im Zorn auf jemanden losging, zum Glück in diesen Fällen aber kein Messer mit sich führte. War das Messer von jemandem entwendet worden, um den Verdacht gezielt auf Gamper zu lenken? Sie war todmüde, schauderte bei dem Gedanken, morgen sehr bald loszumüssen, um sich den Gamper vorzuknöpfen, möglichst mit Matteo. Nicht, dass sie sich ein Verhör des Wirtes nicht zutraute. Sie hätte ihren Kollegen bloß gern ein wenig mehr im Blick. Matteos Alleingänge machten ihr Angst. Und wer wusste schon, was ihr zu Hause bevorstand?

Während sie an der nächsten Ampel festhing, rief sie die Staatsanwältin an und schilderte die Lage. Olivia Cavalleri versprach, sich zu kümmern. Wie ein Deal mit dem Mechaniker aussehen konnte, würde man sehen müssen. Obwohl Matteo sich viel erhofft, dachte Sonja, während sie sich bedankte und das Gespräch beendete.

Endlich erreichte sie Eppan und hielt wenig später an der

Einfahrt zum Weingut, um die beiden Streifenpolizisten zu begrüßen, die an diesem Abend auf sie und ihre Familie aufpassen würden. Grün lagen die Weinberge vor ihr. Die sanften Schwünge, die frischen Farben ließen ihr Herz höher schlagen. Der Anblick dieser Landschaft schien ihr neue Energie einzuspeisen. Als sie schließlich zum Haus hochfuhr, sah sie einen nagelneuen Traktor vom Weinberg her in ihre Richtung tuckern.

Katharina kam aus dem Haus.

»Hoi, Sonja!«

»Katharina! Warum haben wir einen Traktor gemietet? Ist der alte endgültig hinüber?« Im Kopf zählte sie bereits die Ausgaben zusammen.

»Gekauft, nicht gemietet!« Katharina, die gestern noch voller Verzweiflung gewesen war, berührte Sonja mit leuchtenden Augen aufgeregt am Arm.

»Von welchem Geld?« Aus den Augenwinkeln sah Sonja Laura herüberkommen, staubbedeckt und mit einem Bündel Werkzeuge unter dem Arm.

»Ich habe dir doch von dieser Genossenschaftsbank erzählt, die Julian mir empfohlen hat.« Sie senkte die Stimme. »Wir haben geredet, der Julian und ich. Heute, vormittags. Das hat gutgetan.«

Sonja wappnete sich. Natürlich war ihre Schwiegermutter in den Grundfesten erschüttert. Ihr ein Leben lang so sorgsam gehütetes Geheimnis war ihr jäh um die Ohren geflogen, dazu kam der Schock, dass es ihren weggegebenen Sohn so schlecht getroffen hatte. Die Herzkrankheit. Das alles durfte Sonja ihr nicht vorwerfen, obwohl der Gedanke, dass Julian eine Bank empfohlen hatte, ihr bereits die Galle überlaufen ließ.

»Ich musste ihm doch erklären, wie das war, damals, als die Frauen in den Städten auf die Barrikaden gingen, aber wir hier auf dem Land immer noch hinter dem Mond lebten.

Eine Frau mit einem Kind, allein … Ich glaube, Julian hat das verstanden.«

Sonja nickte abwesend.

»Wie konnte ich ahnen, dass er von Pflegefamilie zu Pflegefamilie geschoben wurde. Nie ein Zuhause fand. Es tut mir so leid.«

Laura stieß zu ihnen. »Hallo, Mama! Hast du schon gesehen?« Sie wies hinter sich, wo der Traktor mit Julian am Steuer vor dem Geräteschuppen stehenblieb. Das satte Dieselgeräusch erstarb.

»Ich bin sicher, er hat es verstanden, Katharina. Bitte, sag mir jetzt, wo kommt das Geld her?«

»Ich räume das mal auf.« Laura hob demonstrativ ihr Werkzeug hoch und brachte sich aus der Schusslinie.

»Ich habe einen Kredit aufgenommen.« Katharina verschränkte die Arme. »Die Zinsen sind kaum der Rede wert.«

Fassungslos starrte Sonja sie an. Sie knapsten mit dem Weingut am unteren Ende. Wenn es ihnen die Ernte verhagelte oder sie einfach nur schlecht ausfiel … Sie versuchte, ihre Stimme einigermaßen sachlich klingen zu lassen, doch der Vorwurf ließ sich schlecht unterdrücken. »Was ist mit Sicherheiten? Keine Bank gibt einfach so Kredit, und wir haben doch schon einen, den wir bedienen müssen!«

»Ich habe das Weingut belastet. Meinen Teil des Weinguts. Wir brauchen einen Traktor, Sonja! Wenn der alte endgültig den Geist aufgibt: Sollen wir dann die Trauben mit deinem Dienstwagen zur Genossenschaft bringen?«

Sonja schwieg einen Moment. Das Unglück war bereits geschehen, sie hatte Zeit genug, ihre Worte sorgfältig zu wählen. Doch Katharina kam ihr zuvor.

»Ich sehe ja ein, Julian ist nicht der, für den er sich ausgegeben hat. Das war sicher nicht richtig von ihm, aber als Verwalter macht er doch gute Arbeit! Wir schaffen die Ernte, Sonja, zahlen den Kredit zurück, und nächstes Jahr hat sich dann schon alles eingependelt ...«

Obwohl sie sich bewusst war, wie schmerzvoll diese Tage für Katharina waren – es gefiel Sonja nicht, in die Rolle des Spielverderbers gedrängt zu werden. Julians Art, sich Zugang zum Weingut zu verschaffen und seine Position auszunutzen, um ihre Schwiegermutter dazu zu bringen, einen Kredit aufzunehmen, ging ihr gegen den Strich. Zumal sie, als er hier angefangen hatte, die Devise ausgegeben hatte: keine neuen Schulden!

»Sehen wir mal«, sagte Sonja versöhnlich. »Ich brauche jetzt erst mal was zu essen.«

»Ich mache uns Pasta. Ja?«

Sonja nickte ihrer Schwiegermutter zu. »Gute Idee.«

Katharina betrachtete diese Phase tatsächlich als einen Neuanfang. Im Chaos ihrer Gefühle für ihren Sohn war das nur allzu verständlich. Sie sah Katharina nach, wie sie ins Haus ging, tatsächlich ein wenig beschwingt, von der Verzweiflung der letzten Nacht war keine Spur mehr.

Mit gemischten Gefühlen ging sie zum Geräteschuppen hinüber.

Julian blickte ihr entgegen, charmant lächelnd klopfte er auf die Motorhaube des Traktors. »Ist er nicht ein Prachtstück?«

Wie man es nimmt, dachte Sonja. Laut entgegnete sie: »Sie wissen, dass wir keine neuen Schulden aufnehmen wollten. Das war die Basis unserer Verhandlungen. Auch meine Schwiegermutter weiß das. Sie war dabei, falls Sie sich nicht erinnern.«

»Tja, anscheinend ist es Ihnen nicht gelungen, sie zu überzeugen!« Das Grinsen steigerte sich. Er schien sich seiner Sache ziemlich sicher. Die Wehleidigkeit des ungeliebten, abgeschobenen Kindes war wie weggeblasen.

Sonja entschied sich für Diplomatie.

»Ich freue mich, dass Sie und Katharina sich eine Chance

geben. Doch in Anbetracht der Tatsache, dass Sie nicht der erfahrene Verwalter sind, für den Sie sich ausgegeben haben, möchte ich nicht, dass Sie auf dem Weingut in dieser Form Einfluss nehmen.«

Leichte Risse durchzogen seinen Charme.

»Meine Mutter ist eine erwachsene Frau und kann für sich alleine entscheiden.« Gekränkt wandte er sich ab. »Das Weingut mag rechtlich mit mir nichts zu tun haben, aber moralisch zumindest steht mir ein Teil zu. Ich versuche nur zu helfen.« Damit stieg er auf den Traktor.

Sonja sah ihm nach, wie er in den Weinberg fuhr.

Einer Eingebung folgend hastete sie zum Gesindehaus. Julians Wohnung stand offen. Er schien noch weitgehend aus dem Koffer zu leben, eingeräumt hatte er jedenfalls wenig. Rasch durchsuchte sie seine Gepäckstücke, den Schrank, das Nachtkästchen. Sie fand, was sie suchte. Einen Ausweis auf den Namen Felix Brandner. Unterlagen einer gewissen BEWA Kredit AG. Immer wieder blickte sie aus dem Fenster, um sicherzugehen, dass Julian nicht in sein Domizil kam. Keine Gefahr, er hatte den Traktor auf dem Weg angehalten und sprach mit Laura. Die beiden lachten miteinander.

Sonja fotografierte sämtliche Papiere mit ihrem Handy ab und legte sie dahin zurück, wo sie sie vorgefunden hatte.

Ihr Misstrauen wuchs.

37.

Sofia war länger nicht bei ihrem Vater gewesen. Sie hatte Schichtdienste, war oft abends eingeteilt, und ehrlicherweise musste sie zugeben, dass sie auf diese Weise den Besuchen im Kiosk oder zu Hause in der ärmlichen Einzimmerwohnung ihres Vaters geschickt auswich. Außerdem verbrachte sie ihre Freizeit am liebsten mit Jonas. Wieder schlich sich dieses dumme Lächeln heran, das sogar schon ihrem Steifenkollegen Ludolfer aufgefallen war. Obwohl sie keineswegs alle Welt an ihren Hochgefühlen teilhaben lassen wollte, ließ es sich einfach nicht aus ihrem Gesicht verbannen. Verliebt zu sein brannte, brodelte, rauschte, sprühte nur so. Ein Gefühl, nach dem sie süchtig werden könnte!

Der Kiosk war natürlich längst geschlossen. Von der Autobahn tönte das Verkehrsrauschen herüber, nachts noch viel deutlicher als am Tag. Es war Ferienzeit. Die Touristen rasten durch Südtirol auf der Suche nach Erfrischung an den Adriastränden. Ihnen in Bozen blieben die Rentner. Die Bergfexe fuhren lieber ins Ahrntal oder ins Grödnertal. Sofia klopfte leise an die Tür, drückte die Klinke.

»Hoi, Papa!«

»Sofia!« Er sah sich um, auf einen Besen gestützt. »Schön, dass du kommst. Ich hatte heute gar nicht mehr mit dir gerechnet.«

»Tut mir leid, Papa, der Dienst …«

»Er winkte ab. Möchtest du einen Caffè?«

»Ja, ein Caffè wäre wunderbar.« Ihrer Meinung nach

braute ihr Vater Robert Lanthaler den besten Espresso von Bozen.

»Setz dich doch. Wie geht es dir?«

Sie war sich nicht sicher, ob sie von Jonas erzählen sollte. Zu viele andere Dinge waren zu klären. Aber das Flattern der Schmetterlinge in ihrem Bauch würde ihr Vater sehr schnell mitbekommen. Er hatte feine Antennen für Herzenssachen. Während er die Caffettiera mit Wasser füllte und Espressopulver in den Filter gab, sah sie sich um. Die nicht verkauften Tageszeitungen lagen bereits in dem Blechcontainer, den ihr Vater allabendlich vor die Tür stellte. Vom Gebäck, das er anbot, war nicht mehr viel übrig. Wie sie ihn kannte, wäre das letzte trockene Cornetto sein Abendessen. Sie musste ihn wieder einmal zu sich einladen. Ihre Wohnung war auch nicht viel größer als seine, aber so viel gemütlicher!

Kurzatmig stellte er Tassen bereit.

»Ist alles in Ordnung bei dir?«, fragte sie.

Er lächelte. »Bei mir geht alles seinen Gang.« Das Wasser begann zu kochen und ergoss sich in den oberen Behälter des Aluminiumkochers. »Sehr ereignisreich ist mein Leben nicht mehr. Da hast du sicher mehr zu erzählen.«

Sie sah, dass selbst das Sprechen ihn anstrengte. Die langen Tage im Kiosk waren eigentlich nicht das, was einem Mann mit seinen Erkrankungen guttun konnte. Wenn er jedoch 24 Stunden am Tag in den eigenen Wänden schmoren würde, könnte man ihn sofort zu Grabe tragen. Das war seine Einstellung; sie hatte es aufgegeben, ihm den Kiosk ausreden zu wollen.

Ein Geräusch an der Tür ließ sie herumfahren.

Ein breitschultriger Mann kam herein, ihm folgte eine Frau. Giulia Santoro!

Sofias Herz setzte einen Takt aus. Der Bodyguard schloss die Tür und drehte den Schlüssel um.

»Sie gehen nicht an Ihr Handy, Signorina Lanthaler. Hat Ihr

Vater Sie nicht gut erzogen? Ihnen nicht beigebracht, dass das unhöflich ist?« Die Santoro trat auf Sofia zu. Aus dem Ständer mit den Illustrierten griff sie sich ein Magazin und rollte es zusammen. Ein Hauch von Chanel Nr. 5 umwehte sie. Ganz die Dame von Welt.

»Ich hatte den lieben langen Tag Kollegen um mich rum. Zu riskant!«

»Unvernünftig. Wirklich.« Die Santoro verschränkte die Arme hinter ihrem Rücken und sah sich im Kiosk um, als handele es sich bei den angebotenen Waren um seltene Feinkost aus exotischen Ländern.

»Außerdem gibt es nichts Neues.«

Die Santoro reichte dem Bodyguard die Zeitschriftenrolle. Der machte nur einen Schritt, war schon bei Sofias Vater und rammte sie ihm ins Gesicht. Mit einem erstickten Ächzen ging Lanthaler zu Boden.

Sofia hatte bereits die Hand an ihrer Dienstpistole. Der Bodyguard war schneller.

»Machen Sie keinen Unsinn, Signorina Lanthaler.«

Bebend vor Wut kniete Sofia sich neben ihren Vater. Dem lief das Blut nur so aus der Nase. Sie reichte ihm ein Taschentuch.

»Man kann so gut wie jeden Gegenstand als Waffe benutzen, nicht wahr, Signor Lanthaler? Das lernt man auf der Straße oder im Knast. Und da werden Sie landen, wenn sich Ihre Tochter weiter so unhöflich beträgt.«

»Damit komme ich klar.« Sofias Vater presste das Taschentuch an seine Nase.

»Ihre Tochter eher nicht, wie es scheint. Aus Gründen, die ich nicht ganz verstehe, hängt sie an Ihnen.«

Lanthaler wollte etwas sagen, Sofia schüttelte kaum merklich den Kopf. Es hatte keinen Sinn, die Santoro noch mehr zu reizen.

»Wie sind Sie dazu gekommen, Polizistin zu werden? Hat die Tatsache, dass Ihr Vater ein Mörder ist, Sie dazu bewegt? Oder wollten Sie ihn schützen? Sehr klug stellen Sie das nicht an.«

Sofia schluckte. Jonas! Sie würde niemals ehrlich zu ihm sein können, nicht, solange Giulia Santoro sie in der Mangel hatte, und sie hatte nicht die leiseste Ahnung, wie sie aus der Falle herauskommen sollte, die ihr die Mafia gestellt hatte.

Sie richtete sich auf.

»Lass, Sofia«, flüsterte ihr Vater, aber sie traf ihre Entscheidung in diesem Moment und würde sie nicht revidieren.

»Der Capo hat den Mechaniker festgenommen. Er ist im Untersuchungsgefängnis.«

»Kommen Sie an ihn ran?«

»Nein. Es geht das Gerücht, dass er einen Deal will, also wird er bald aussagen. Dazu holen sie ihn in die Questura.«

»Ich muss wissen, wann das der Fall sein wird.«

»Wollen Sie den Transport überfallen?« Sofia spürte eine Welle von Hass auf diese Frau in ihrem makellosen Kostüm.

»Das geht Sie nichts an, Signorina.« Sie wies mit dem Kinn auf Lanthaler, der immer noch auf dem Boden kauerte. »Seine Nase ist gebrochen. Das sollte geröntgt werden. Bringen Sie ihn besser in die Klinik.« Sie warf Sofia einen mitleidigen Blick zu, und die verabscheute die Santoro dafür. Diese Frau würde immer am längeren Hebel sitzen! Tränen stiegen Sofia in die Augen, sie konnte kaum sehen, wie der Bodyguard die Tür wieder aufschloss und gemeinsam mit seiner Chefin in der Nacht verschwand. Sie hockte sich neben ihren Vater. Das Hochgefühl, die Zuversicht waren verflogen. Zurück blieb nur tiefe Verzweiflung. Sie legte den Arm um die Schultern ihres Vaters und weinte.

38.

Sonja hatte es an diesem Morgen enorm eilig, in die Questura zu kommen. Sie würde Peter Kerschbaumer bitten, Informationen zu Felix Brandner und zur BEWA Kredit AG zusammenzutragen in der Hoffnung, etwas zu finden, was es ihr leichter machte. Ginge es nur um sie allein, hätte sie ihren sogenannten Verwalter sofort vor die Tür gesetzt. Das wäre auch die einzige Option, dachte sie, als sie sich von Laura und Katharina verabschiedete und in ihren Wagen stieg. Die Sache mit dem Traktor und sein Einfluss auf Katharina brachten das Fass zum Überlaufen. Zwar wollte sie ihrer Schwiegermutter den Gefallen gern tun, Julian eine Chance zu geben, doch ihr einziger Beweggrund war Mitgefühl. Nach Thomas' Tod wollte sie ihr nicht schon wieder ein Desaster zumuten. Dabei könnte ich selbst ein wenig Zuspruch brauchen, dachte sie, als sie durch Eppan steuerte. Bozen lag im Morgendunst. Der Tag würde heiß werden.

Gleich am Eingang der Questura traf sie Peter Kerschbaumer und bat ihn, Brandner und die Kreditbank zu überprüfen. »Ich weiß, ihr seid auf dem Weg, das Kasernengelände durchzukämmen, aber es ist wirklich dringend.«

»Hängt das mit dem Mordfall in Obergelln zusammen?«

»Gut möglich. Danke, Peter, du hilfst mir sehr.« Sie mailte ihm die abfotografierten Dokumente, während sie zu ihrem Büro ging. Die geschäftigen Geräusche des Morgens glitten an ihr vorbei, als befände sie sich in einer Kapsel, die sie getrennt von allen anderen Menschen durch die Korridore treiben ließ. Zusätzlich zu den Morden in Obergelln, zu dem bevorstehenden Verhör des Wirts Joachim Gamper, von dessen Schuld sie absolut nicht überzeugt war, zusätzlich zu dem Maulwurfproblem, zu dem toten Junkie auf dem Industriebrachgelände lag ihr Julians Einmischung im Weingut auf der Seele. Sie spürte, dass er auf etwas aus war, dessen Ausmaß ihr noch gar nicht klar war, und verurteilte sich gleichzeitig dafür, dass sie Katharina den ersehnten Neuanfang mit ihrem Sohn vermasselte. Es fiel ihr schwer, dieses private Problem auf Halde zu legen.

Zum Glück war Matteo bereits im Büro. Er stand am Schreibtisch und beugte sich über eine dünne Akte.

»Morgen, Capo!«

»Buongiorno, Principessa!« Er sah nicht auf, lächelte nicht.

»Nanu, keine Charmeoffensive?«

Er klappte den Aktendeckel zu.

»Danke, dass du dich bei der Staatsanwältin eingesetzt hast. Die Papiere werden gerade fertiggemacht. Ich hoffe, dass wir den Mechaniker am späten Vormittag verhören können.«

Sonja nickte knapp. Lob von Matteo kam auch nicht allzu häufig.

»Schön, wenn wenigstens mal etwas so läuft, wie es soll. Übrigens haben Jonas und ich uns ausgesprochen. Die Versetzung ist vom Tisch. Er bleibt im Team.«

Matteo seufzte. »Ich fürchte, das wird Teil des nächsten Problems.«

Sonja erhaschte einen Blick auf die Akte.

»Streng vertraulich? Von der DIA?«

»Frisch aus Rom. Direzione Investigativa Antimafia. Die haben rausgefunden, wer der Maulwurf ist, von dem Rossi seine polizeiinternen Informationen bekam. Und von dem jetzt mutmaßlich die Santoro profitiert. Sofia Lanthaler.«

»Porca miseria!«

»Du solltest dich nach Neapel versetzen lassen. Fluchen kannst du schon mal ganz gut.« Der Capo grinste schwach.

»Um Himmels willen, Matteo, das bedeutet doppelte Schwierigkeiten: Jonas ist total in sie verliebt. Die beiden sind ein Paar. Er sagt, es ist was Ernstes.«

»Ernst ist es wirklich. Die Römer erteilen ausdrücklich die Anweisung, Sofia nicht festzunehmen, damit die Mafia nicht gewarnt wird. Denen würden wir damit ja quasi unter die Nase reiben, dass es einen Kronzeugen gibt.«

»Und dass es sich dabei um Rossi handelt, kapiert auch der letzte Volltrottel.« Genervt ließ Sonja sich auf ihren Schreibtischstuhl fallen. »Und jetzt?«

»Wir füttern Jonas mit falschen Informationen. Überwachen Sofia.«

»Nein, auf gar keinen Fall, nicht hinter Jonas' Rücken. Er muss wissen, was wirklich los ist.«

»Meine Güte, Sonja! Du kennst Jonas! In seinem Gesicht kannst du lesen wie in einem offenen Buch. Sofia würde den Braten sofort riechen.«

Es klopfte, die Tür ging auf.

Klassisch, ganz klassisch, dachte Sonja nur, als Jonas eintrat. Sie zwang ein Lächeln auf ihr Gesicht.

»Morgen!«, rief sie.

»Morgen zusammen.«

Matteo warf die Akte mit dem Deckblatt nach unten auf den Tisch. »Buongiorno, Jonas.« Er rieb sich übers Kinn.

Eine Rasur könnte er vertragen, dachte Sonja.

»Ist was?« Jonas sah von einem zu anderen.

Matteo wollte etwas sagen, doch Sonja kam ihm zuvor. »Ich habe immer noch Probleme mit meinem Verwalter. Und mit meiner Schwiegermutter.«

»Wie geht es ihr gesundheitlich?«

»Da ändert sich leider nicht viel«, antwortete Sonja unbestimmt. Sie hatte nur die Situation überspielen wollen. Welche Katastrophe sich mit Julian Bittner aka Felix Brandner auf ihrem Weingut zusammenbraute, würden die Kollegen bald genug erfahren. »Hast du Neuigkeiten?«

»Habe ich. Die Techniker haben Teresa Gampers Mailkonto geknackt. Die Mails auf ihrem Handy waren zwar alle gelöscht, aber es gab eine Sicherung in einer Cloud. Also, sie schrieb über Wochen an ihre beste Freundin, dass sie vorhat, mit einem Mann abzuhauen und ein neues Leben zu beginnen. Dummerweise hat sie nie den Namen des Kerls erwähnt, immer nur ›er‹ geschrieben. Die Freundin jedoch ist uns bekannt.«

»Pack's aus!«

»Lisa Mayn, die Kellnerin vom Gamper.«

Sonja stöhnte leise. »Verdammt. Die hat sich bisher ja geschickt im Hintergrund gehalten.«

»Könnt ihr beide das übernehmen? Ich habe noch Papierkram und will später den Gamper verhören.«

»Da wäre ich gern dabei«, entgegnete Sonja, stand aber auf, als Matteo ihr kaum merklich zublinzelte. »Gut, wir sehen zu, dass wir schnell wieder zurück sind.«

»Na dann.« Jonas klimperte schon mit seinen Autoschlüsseln. »Soll ich fahren?«

Sonja griff nach ihrer Tasche und folgte ihm aus dem Büro. Als sie am Pförtner vorbeigingen, hielt der ein Telefon an sein Ohr und winkte den beiden zu. »Momentino, Commissari, momentino. Der Capo ist in der Leitung. Kommando zurück! Sie müssen aufs Schloss Rauenfels fahren! Da ist ein Kind verschwunden, womöglich entführt worden.«

»Was?« Sonja wandte sich zu Jonas um. »Wo ist denn Schloss Rauenfels?«

»Im Grödnertal. Es gehört dem Sportler, diesem Born, wie heißt der noch mit Vornamen?«

»Martin«, half der Pförtner aus. »Martin Born, Extremsportler. Der hat das Schloss zusammen mit seiner Frau gerade erst gekauft, wenn mich nicht alles täuscht.«

»Das stimmt. Und jetzt will er das zu einer Sportstätte für Talente umbauen, was weiß ich. Die Zeitungen sind voll davon. Und im Internet geht das Projekt, das noch nicht einmal gestartet ist, viral, weil Born das alles natürlich nur stemmen kann, wenn er Sponsoren auftreibt.« Jonas guckte grimmig drein. »Als hätten wir noch nicht genug Touristen.«

»Er will sportlich begabten Kindern aus armen Familien Unterstützung bieten. Stammt selbst aus kleinen Verhältnissen, der Born«, widersprach der Pförtner, sichtlich indigniert ob Jonas' ablehnender Haltung. »Daran ist doch nichts Schlechtes.«

Sonja hatte keine Geduld für das Geplänkel der beiden. Sie hätte liebend gern sofort mit Lisa Mayn gesprochen, aber ein verschwundenes Kind duldete keinen Aufschub.

»Geht es um Borns Kind?«, fragte sie scharf.

Der Pförtner nickte. »Juna heißt die Kleine. Ist acht Jahre alt. Born hat noch zwei Kinder aus erster Ehe, die sind erwachsen.«

»Lass uns fahren, Jonas!« Sonja lief schon die Treppenstufen hinunter und trat in den heißen Morgen. »Warum bist du so kritisch?«

»Dieser Born hält sich für eine große Nummer. Er hat eine Firma, die verkaufen allerhand Sportequipment, veranstalten Sportevents. Borns Filius, Valentin, schlägt da wohl des Öfteren über die Stränge. Und seine Tochter ist auf Droge.«

»Ist das offizielles Wissen oder Gerüchteküche?« Sie folgte ihm zu seinem VW.

Jonas schloss auf. »Wahrscheinlich ein Cocktail aus beidem, wie üblich.«

Ein dunkler Wagen fuhr durch die Schranke und hielt

wenige Meter neben Jonas' Auto. Ein Uniformierter stieg aus, nach Anzahl des Lamettas auf seiner Brust zu schließen, musste er hochdekoriert sein. Mit zackigem Schritt eilte er auf den Eingang zu, wo ein Streifenpolizist respektvoll grüßte.

»Kanntest du den?« Sonja sah dem Mann neugierig hinterher.

»Nein. Du?«

Sonja schüttelte den Kopf. »Nein. Ich bin ja auch noch neu hier.«

Jonas grinste. »Ein paar Jährchen sind es doch schon.«

Sonja zuckte die Achseln. Manchmal fühlte sie sich immer noch mehr als fremd. Und fragte sich, ob sie jemals richtig dazugehören würde.

39.

Sie hatten es dann doch gemacht. Es war der einzig richtige Ansatz: Was du einmal geplant hast, solltest du zu Ende bringen, sonst klebt dir die verpasste Chance an den Fersen. Den Frust wirst du nie mehr los. Darum ging es und nicht um so altmodische Sachen wie Pflichterfüllung, Schlagworte, die sein Vater gern aus der Mottenkiste kramte, um ihn unterzubuttern. Sie hatten eine glasklare Intention. Es gab so viel Lohnenswerteres zu tun als das »Geschäft«. Und wo Geld war, sollte man etwas abzweigen, einen solchen Strom ließ man doch nicht einfach an sich vorbeifließen! Er machte es sich auf seiner Matratze bequem. Die Drogen waren nur ein Test gewesen, ob es möglich war, aus allem auszusteigen, bessere Prioritäten zu setzen. Vanessa fand das auch.

40.

»Das Schloss liegt wirklich in fantastischer Lage«, sagte Jonas, als sie Richtung Norden fuhren. »Muss ganz schön was gekostet haben. Vor allem, weil sie das Gemäuer zunächst renovieren müssen.«

»Wem hat es denn vorher gehört?« Sonja genoss den Blick auf die Landschaft, die nun Kilometer für Kilometer herber und rauer zu werden schien. Der italienische Einschlag Bozens zog sich merklich zurück. Keine Weinberge mehr, keine Obstbäume. Stattdessen Felsen, an deren senkrechten Wänden Wasserfälle ins Tal schäumten.

»Irgendein Amerikaner hat es vor Jahren gekauft, aber hielt

sich so gut wie nie hier auf. Wahrscheinlich ein Investment, das sich nicht ausgezahlt hat, also hat er es wieder abgestoßen.«

»Und dieser Born? Muss man den kennen?«

»Den Alteingesessenen ist er natürlich ein Begriff. Extremsportler. Seine Firma verkauft Sportartikel, ziemlich spezialisiertes und teures Zeug für Freaks. Bergsteiger, Skifahrer, Gleitschirmflieger, nur alles eine Nummer extremer eben.«

Sonja ließ den Blick schweifen. Links neben ihnen schlängelte sich die Autobahn durch das enge Tal. Auf den Spuren nach Süden war viel los, die Autostrada del Brennero stellte die Hauptverkehrsachse für deutsche Italienfahrer dar. Obwohl ihr Jonas' Fahrweise normalerweise viel zu langsam ging, tat es ihr gut, eine halbe Stunde zum Abschalten zu haben und zu den Gipfeln hinaufzublicken. Felsige Bergschädel, manche weiß bezuckert, trotz der Hitze in diesem noch jungen Sommer. Sie hoffte darauf, dass Kerschbaumer möglichst schnell Informationen für sie hätte, fürchtete sich aber zugleich davor. Julian auf Dauer als Verwalter auf dem Gut zu halten, kam ihr unrealistisch vor. Sie brauchte jemanden, der sich auch kaufmännisch auskannte und Kapriolen wie Katharinas Idee, die Hälfte des Gutes mit einem Kredit zu belasteten, nicht zuließ. Doch Julian rauszuschmeißen war gerade wegen Katharina nicht einfach. Sie seufzte leise.

»Ist was?«, fragte Jonas. Er steuerte den VW nun eine schmale Straße hoch. Die Steigung ließ es in Sonjas Ohren knacken. Dicht an dicht standen die Fichten. Der Wald wirkte dunkel und abweisend. Rechts ging es beinahe senkrecht nach unten. Krähen schnitten wie schwarze Phantome durch den blauen Himmel.

»Ich habe Probleme mit meinem Verwalter. Muss mir noch klar werden, wie die Lösung aussehen soll.« Sie hätte sich gerne Erleichterung verschafft, indem sie ihm von ihren Sorgen erzählte, doch etwas hielt sie zurück. Ein Wort, einmal gesprochen, kehrte nicht wieder. Nichts ließ sich zurücknehmen. Zudem nagte die Sache mit Sofia an ihr. Früher oder später mussten sie und Matteo Jonas reinen Wein einschenken.

»Hm«, machte Jonas. »Da drüben liegt das Schloss.« Er zeigte über einen schmalen Taleinschnitt hinweg zum gegenüberliegenden Hang. Die Morgensonne war auf ihrem Weg nach Süden gerade so weit gekommen, dass sie die Mauern anstrahlte.

»Liegt ganz schön einsam.«

»Meins wäre es nicht. In dem Gemäuer hier draußen, ohne Nachbarn … Stell dir das Schloss doch mal im Winter vor! Aber das turnt einen wie Born anscheinend an.«

Ein schnittiger roter Porsche kam ihnen entgegen. Kurz sahen sie das konzentrierte Gesicht eines jungen Mannes hinter dem Steuer. Sonja notierte das Kennzeichen.

»Ist das hier die einzige Zufahrt zum Schloss?«

»Es sei denn, du bist mit einem Mountainbike unterwegs, dann kannst du dich auf der anderen Seite der Schlucht ins Tal stürzen. Ich bin doch mal ein paar Rennen mitgefahren«, fuhr Jonas fort, eine Erinnerung, die ihm anscheinend peinlich war, so kleinlaut klang das plötzlich. Sonja dachte mit Unbehagen an die Zeit, als Jonas' Bruder Ludwig getötet worden war und Jonas in der Folge dem Alkohol zu heftig zugesprochen hatte. Der Mountainbikesport hatte ihn buchstäblich wieder auf die Bahn gebracht.

»Kann man ein Kind auf einem Mountainbike entführen?«

»Falls sie überhaupt entführt wurde. Schau die Landschaft an: Ein Kind kann sich hier überall verstecken. Oder weglaufen und nicht mehr heimfinden.«

Sie fuhren einen weiten Bogen um das Ende der Talfalte herum und erreichten schließlich die Zufahrt zum Schloss. Eine seltsame Mischung aus Märchenkulisse und Dracula-Atmosphäre, dachte Sonja, als sie ausstieg.

»Sind Sie von der Polizei?« Ein schlanker Mann in Slacks und einem hellblauen Hemd stürmte auf sie zu.

»Ja. Sonja Schwarz, Kripo Bozen, das ist mein Kollege Jonas Kerschbaumer. Und Sie sind Martin Born?«

Er nickte hektisch. »Gott sei Dank, dass Sie da sind. Meine Frau und ich sind völlig aufgelöst. Wir können Juna einfach nicht finden.«

»Wie alt ist Ihre Tochter?« Sonja und Jonas folgten Born über einen kiesbestreuten Vorplatz ins Haus.

»Juna ist acht. Sie betrachtet das Schloss als Abenteuerspielplatz. Wir hatten heute eine Gruppe Interessenten hier, haben sie herumgeführt. Wir sind auf der Suche nach Sponsoren, wissen Sie.«

Sie betraten das Schloss über eine Freitreppe. In der Halle war es kühl. Eine Frau kam auf sie zu. Zierlich, blond, im Sommerkleid.

»Meine Frau Marisa.«

Sonja schüttelte der Frau die Hand.

»Sie haben angegeben, dass Juna vielleicht entführt wurde. Was macht Sie da so sicher? Kann sie sich nicht bloß versteckt haben?«

»Einfach wegzulaufen, das passt nicht zu ihr. Wir haben sie wirklich überall gesucht, mindestens eine Stunde lang. Mein Sohn Valentin war auch hier. Er hat uns geholfen, musste jetzt aber zurück in die Firma.«

Sonja fiel auf, dass Marisa leicht den Kopf schüttelte.

»Wann sind Ihre Sponsoren denn weggefahren?«

»Vor zwei Stunden etwa. Da war Juna noch hier. Mit ihrem Rad ist sie in vollem Tempo durch die Gänge gezischt«, sagte Born. Es klang stolz.

Sonja wechselte einen Blick mit Jonas. »Haben Sie außerhalb des Schlosses gesucht?«

Born schüttelte den Kopf. »Nur auf dem Vorplatz. Nicht

sehr wahrscheinlich, dass sie alleine in den Wald oder den Pfad runter in die Schlucht gegangen ist.«

»Wo ist denn das Fahrrad?«, fragte Jonas.

»Das müsste … Marisa, hast du ihr Fahrrad gesehen?«

Seine Frau blickte konfus in alle Richtung. »Ich … nein.«

»Lassen Sie uns nachsehen«, schlug Sonja vor. Die Panik der Eltern war echt, kein Zweifel. Es gab Fälle, in denen Familien ein Kidnapping vortäuschten, und in Frankfurt hatte sie einmal einen Fall gehabt, wo ein Mann sein vierjähriges Kind aus Wut über dessen Trotz umgebracht und die Leiche in einer Biotonne am anderen Ende der Stadt abgelegt hatte, um dann die Polizei anzurufen und eine Entführung vorzutäuschen. Sie schauderte heute noch beim Gedanken an die zweiwöchige Suche nach dem Kind, mit Aufruf an die Entführer im Fernsehen, alles sehr tränenreich, der Mann war ein guter Schauspieler gewesen, und seine Frau hatte von nichts gewusst.

»Na gut, wenn Sie meinen …«

Born führte die kleine Gruppe um das Schloss herum, erklärte dabei den Aufbau der Anlage.

»Das Gebäude ist quasi in Kreisen angeordnet, wie eine Wagenburg. Wir haben den vorderen Teil einigermaßen hergerichtet, hinten werden Sie noch den alten Bauzustand sehen. Der Wald ist an einigen Stellen zu nah am Schloss, das sehen Sie ja. Wir müssen versuchen, einen Streifen rundherum zu roden. Ich warte noch auf die Genehmigung. Es ist ein Projekt für die Ewigkeit, fürchte ich …«

»Ich kann verstehen, dass ein Kind so ein Schloss wie einen riesigen Spielplatz erlebt«, sagte Sonja.

»Juna liebt es auch, sich in den Räumen vorne herumzutreiben. Der unrenovierte Teil ist allerdings abgeschlossen. Dort wäre es für ein Kind zu riskant, alles ist Baustelle.«

»Wohin führt diese Tür?«

Jonas war dicht an der Mauer stehengeblieben. Eine Tür quietschte leise in den Angeln.

»Den Gang runter sind ein paar Kammern, in denen wir den Müll aufbewahren, bis er abgeholt wird.« Marisa Born starrte auf die Tür. »Normalerweise schließen wir hier ab!«

Sonja war sofort elektrisiert. »Diese Tür ist sonst versperrt?«

»Ja! Das sagte ich doch.«

»Komm, Jonas!« Die beiden Kommissare eilten schon den engen Gang hinunter. Jonas ließ den Lichtstrahl seines Handys über die Wände gleiten. Feuchtigkeit glitzerte. Es roch muffig.

»Sind das die Müllräume?« Sonja wies auf zwei Türen rechts.

»Genau.« Born drängte sich an ihr vorbei. »Diesen Hintereingang nutzt nur die Müllabfuhr. Wir schließen alle zwei Wochen am Montag auf und sperren dann wieder ab.«

Sonja folgte Born bis zu einer Durchgangstür, die in einer kleinen Halle endete.

»Hier links liegt der unrenovierte Teil des Schlosses«, sagte Born. »Die nächste Tür würde hineinführen, aber, wie gesagt, wegen der Baustelle haben wir sie verriegelt.«

Sonja probierte die Klinke. Zu.

»Draußen an der Mauer ist es ja recht eng. Ein LKW kommt von der Auffahrt her gerade so durch, nehme ich an?«

»Sie laden den Müll auf und müssen rückwärts wieder raus. Wir wollen die Zufahrt als Versorgungseinfahrt nutzen, irgendwann später. Sollen wir wieder raus?«

»Besser ja.« Sonja fühlte sich durch die vielen Eingänge verwirrt. »Wir brauchen einen Plan der gesamten Anlage!«

»Kriegen Sie, kriegen Sie.« Born stieß die Tür nach draußen ganz auf. Die Angeln quietschten. Der Blick in den Wald ließ Sonja frösteln. Die Fichten standen dicht an dicht, wer immer in den Wald ging, wäre ohne Ortskenntnis ziemlich bald aufgeschmissen. Selbst ihr kam der Wald unheimlich vor. Ein Kind würde sich bestimmt nicht hineinwagen.

»Die Tür ist aufgebrochen worden!«, ließ sich Jonas vernehmen. »Mit einem Kuhfuß vielleicht. Schau, Sonja, hier liegen Holzsplitter herum!«

Marisa Born starrte den Polizisten an, alles Blut war aus
ihrem Gesicht gewichen.

»Sie meinen … dann ist Juna wirklich entführt worden?«

»Wir müssen die Spurensicherung holen. Normal ist es
jedoch nicht, dass sich jemand gewaltsam Zugang verschafft!
Wer könnte das sein?«

Die Borns sahen sich ratlos an. Die Bedeutung dieses
Gesprächs ging ihnen erst nach und nach auf.

»Wir tun alles, um Ihre Tochter zu finden, darauf können
Sie sich verlassen.« Sonja hatte schon ihr Handy parat. »Ich
rufe in Bozen an.«

41.

Später könnte er immer noch darüber nachdenken. Ob es Sinn
machte, zu zweifeln, seine eigenen Gedanken von der Leine
zu lassen. Später, wenn dieser Auftrag erledigt war.

Kaum zu glauben, wie so eine hochdekorierte Uniform
wirkte. Der Beamte, der auf Giulia Santoros Gehaltsliste stand,

begrüßte ihn respektvoll, salutierte, den Rücken durchgedrückt. Vitale ließ sich von ihm durch den breiten Gang im Erdgeschoss führen, bis er zur Hintertreppe gelangte. Dort schickte er den Mann weg und stieg auf den Dachboden, um vorzubereiten, was er brauchte.

Es dauerte keine zehn Minuten. Er schritt die Treppen wieder hinunter und schlüpfte in einem günstigen Moment in den Aktenraum neben Matteos Büro. Sein Kontakt hatte ihm beschrieben, dass es eine Verbindungstür zum Capo gebe. Der Mann hatte exakt gearbeitet. Jetzt kam es darauf an, wann sie den Mechaniker brachten. Vitale war geduldig. Warten machte ihm nichts aus. Er hatte das Notwendige in die Wege geleitet.

42.

Sonja beendete ihr Gespräch mit Matteo, der versprach, die Spurensicherung zu schicken, und trat durch den Vordereingang zurück ins Schloss, wo Jonas mit den Borns sprach.

»Was passiert denn jetzt?« Born sah Sonja böse an. »Wir können doch nicht hier herumsitzen und einfach nur abwarten.«

»Selbstverständlich nicht. Haben Sie Ihre Handys überprüft? Das Festnetztelefon? Bitte sehen Sie auch in Ihre E-Mails, ob sich der Entführer bereits gemeldet hat. Das wird eher früher als später passieren. Wann genau haben Sie Juna das letzte Mal gesehen?«

»Vielleicht … um halb elf!« Marisa Born fuhr sich durchs Haar. »Ja, die Gäste waren alle abgefahren und ich wollte Juna ihr Medikament geben. Oh mein Gott!«

»Was ist?«

»Juna leidet an einer Stoffwechselkrankheit. Sie braucht diese Spritze, einmal die Woche!« Marisa schrie beinahe. »Wenn sie die nicht bekommt …«

»Was ist das für eine Krankheit?«, fragte Sonja scharf.

»Morbus Gaucher. Dass sie daran leidet, ist erst vor wenigen Wochen festgestellt worden.«

Sonja schaltete schnell. »Wer weiß davon?«

»Nur meine Frau und ich«, antwortete Born. »Und unser Hausarzt. Wenn das Medikament nicht regelmäßig gegeben wird, bekommt Juna Fieberschübe. Auf lange Sicht kann sie Hirnschäden davontragen!«

Seine Frau schluchzte nur noch. Sie bemühte sich vergeblich, die Fassung wiederzugewinnen. Das Entsetzen übermannte sie. Born legte hilflos den Arm um sie.

»Ich verstehe, dass die Situation grauenhaft für Sie beide ist!«, sagte Sonja. »Trotzdem muss ich Sie bitten, sich jetzt um Ihre Handys und so weiter zu kümmern. Wir müssen alle Kanäle überprüfen, auch den ganz normalen Briefkasten.« Die beiden nickten unisono.

Sonja nahm Jonas beiseite:

»Ich will unbedingt noch nach Obergelln und mit Lisa Mayn reden. Kann ich dein Auto nehmen?«

»Und was mache ich?«

»Du wartest auf die Kriminaltechnik und nimmst das Privatleben der Borns auseinander. Was ist mit den Kindern aus erster Ehe? Haben die vielleicht irgendeinen Hass auf die neue Familie? Frag nach ihren Lebensbedingungen. Wer kommt als Kidnapper in Frage? Gibt es jemanden, der dauerhaft mit im Schloss lebt? Born soll sich erkundigen, ob in seiner Firma ein Schreiben oder ein Anruf eingegangen ist. Wenn die KT kommt, seht euch um, ob es so was wie einen Undercover-briefkasten gibt – einen Ort, wo der Entführer vielleicht gleich nach der Tat etwas abgelegt hat.«

»In Ordnung. Aber ich schätze, wir brauchen Verstär-kung. Wäre nicht schlecht, wenn ein ganzer Trupp Kollegen das Schloss und die nähere Umgebung absucht. Einer allein ist damit tagelang beschäftigt.«

»Fordere zwei, drei Streifen an. Lass dir am besten gleich noch Junas Zimmer zeigen. Gewinne einen Eindruck von ihr. Oft sind Entführer Vertrauenspersonen, die vor der Tat schon mit dem Kind in Kontakt sind, ohne dass die Eltern spannen, was dahintersteckt. Ich bin so schnell wie möglich zurück.«

Sonja übernahm Jonas' Autoschlüssel, fütterte das Navi mit den Daten von Obergelln und brauste über die enge Zufahrts-straße davon.

43.

Matteo beugte sich ärgerlich über sein Telefon. Man hatte ihm zugesagt, die Papiere sofort per Kurier zu schicken, aber bislang war niemand aufgetaucht.

Es klopfte an seine Bürotür.

»Ja?«

»Der Verdächtige ist eben aus dem Untersuchungsgefängnis gebracht worden, Commissario.« Der Uniformierte nickte Matteo zu.

»Bestens. Verfrachten Sie ihn in den Vernehmungsraum. Bleiben Sie bei ihm.«

Der Mann nickte und schloss die Tür.

Matteo rief beim Pförtner an, doch der bestätigte nur, dass nichts für ihn abgegeben worden war.

Seufzend wählte er die Nummer der Staatsanwaltschaft. Es dauerte zwei Minuten, bis er die Staatsanwältin am Apparat hatte.

»Signor Zanchetti, die Unterlagen haben vor zehn Minuten das Haus verlassen«, unterbrach ihn Olivia Cavalleri. »Lange kann es nicht mehr dauern.«

»Dann danke ich Ihnen.«

Matteo legte auf. Er hatte ein dummes Gefühl. Dass ausgerechnet jetzt dieses Kind verschwunden war! Nicht ganz fair, Sonja und Jonas hinzuschicken. Doch er musste den Deal mit Marino eintüten, solange der Fall heiß war. Zuvor hatte Kerschbaumer ihm gesteckt, dass die Medien nicht mehr stillhalten wollten. Es gab stündlich Anrufe bei der Pressestelle.

Die Reporter rochen den Braten: Wann war das letzte Mal ein Auto in Bozen explodiert? Wahrscheinlich hatte es das noch nie gegeben, und dass es ausgerechnet der Wagen eines Kripobeamten war, hatte sich trotz aller Vorsicht herumgesprochen. Er rieb sich den Bart. Sie würden den Vorfall offiziell als Anschlag behandeln müssen. Länger als einen Tag konnten sie die Medien nicht auf die Folter spannen. Besser, sie spielten mit offenen Karten, als dass im Internet die Chaostheorien blühten. Wenn er nur endlich die Papiere hätte und Marino auspackte! Nervös riss er die Bürotür auf und blickte auf den Gang. Ein normaler Arbeitstag, das übliche Tempo. Geschäftigkeit, keine Hast. Fetzen von Telefongesprächen.

Plötzlich hatte er den Eindruck, hinter sich im Aktenraum ein Geräusch zu hören. Er war drauf und dran, reinzuschauen, als Ludolfer von der Treppe aus auf ihn zugeeilt kam. Keuchend, schwitzend. Wie immer. Er wedelte mit einem Kuvert.

»Für Sie, Capo, von der Staatsanwaltschaft.«

»Finalmente!«, stöhnte Matteo. »Danke, Agente Scelto.«

Er warf seine Bürotür zu und riss den Umschlag auf. Blätterte durch die Dokumente.

»Puttana!« Wahrscheinlich glaubten die Südtiroler, sie könnten ihn verarschen. Ihn, den Neapolitaner! Bebend vor Zorn griff Matteo nach dem Telefon.

»Signora Cavalleri, das sind nicht die Papiere, um die ich Sie gebeten habe.«

»So leid es mir tut, mehr konnte ich nicht für Sie tun.«

»Der Zeuge will Immunität für *alle* seine Vergehen. Der macht sonst den Mund nicht auf!«

»Weisung vom Oberstaatsanwalt. Es ist mir unangenehm, Zanchetti, dass ich Sie enttäuschen muss.«

»Wer da im Hintergrund an den Fäden gezogen hat, damit rücken Sie natürlich erst recht nicht raus!«, schnaubte Matteo. »Vielen Dank für nichts, werte Signora.«

Er raffte die Unterlagen, die er bekommen hatte, zusammen, und machte sich auf den Weg zum Vernehmungszimmer.

44.

Zum Teufel! Vitale konnte seinen Zorn schwer zügeln. Fast wäre er im Raum gewesen, wenn Matteo sich am Telefon nur ein wenig mehr Zeit gelassen hätte. Er, Vitale, hatte schon die Spritze in der Hand, aber er brauchte einen günstigen Moment, um aus dem Aktenraum zu schleichen, ohne dass der Capo es merkte, damit er die Spritze setzen konnte.

Was für ein Mist! Jetzt würde er nur zu Teil zwei des Plans kommen und die Santoro hätte bestimmt kein Verständnis für diese Verzögerung.

45.

Das Wirtshaus lag genauso trist da wie die Male zuvor. Es roch nach Frittierfett und Kraut. Im Schankraum hockten zwei Männer vor ihrem Bier, die Hüte in die Stirn gezogen. Von Sonjas Ankunft nahmen sie keine Notiz. Nur die Kellnerin, die mit einer Tasse Espresso am Fenster stand, nickte zaghaft.

»Grüß Sie, Commissario. Wann kommt mein Chef wieder?«

»Gehen wir in die Küche.« Sonja hatte keinen Bedarf an fremden Ohren. Sie schob die Kellnerin vor sich her, schlug die Küchentür zu. »Frau Mayn, Sie haben uns verschwiegen, dass Sie Teresas beste Freundin waren und dass Sie beide sich per Mail intensiv ausgetauscht haben. Teresa Gamper wollte ihren Mann verlassen und mit einem anderen weggehen.«

Lisas Haltung versteifte sich. »Das stimmt doch gar nicht.«

»Wir haben die Belege dafür. Also?«

Mit einer erschöpften Bewegung stellte die Kellnerin die Tasse weg. »Sie gehen wieder weg, wenn Sie hier fertig sind mit Ihrem Fall. Ich muss mit den Leuten leben.«

»Mit dem Pfarrer nicht mehr. Der ist tot.« Sonja trat näher an Lisa heran. »Wollte Teresa mit Severin fortgehen?«

»Mit dem Pfarrer?« Lisa lachte leise auf. »Nein. Ganz bestimmt nicht.«

»Sie wissen also doch Bescheid. Mit wem dann?«

Lisa schwieg. Einer der Männer von draußen rief nach ihr. »Ich bringe den Säufernasen noch ein Bier, okay?« Lisa ging in den Schankraum hinaus.

Sonja rief bei Matteo an, aber der antwortete nicht. Sie hatten zu viele Baustellen. Die Kindesentführung im Grödnertal schlug ihr auf den Magen. Sie benötigten dringend Ergebnisse, irgendeinen Hinweis, zumal das Kind an dieser seltenen Krankheit litt und unbedingt seine Medikamente brauchte. Sonja tippte auf ein Problem innerhalb der Familie. Andererseits: Wenn Jonas richtiglag, galt Born als hohes Tier im Südtiroler Geldadel. Es gab immer und überall irgendwelche Einfaltspinsel, die sich ihren Anteil mit den widerwärtigsten Methoden sichern wollten. Wir brauchen unbedingt Verstärkung, dachte Sonja. Ich hänge in Obergelln fest, Matteo will den Mechaniker auspressen! Sie konnten unmöglich den ganzen Kidnapping-Fall auf Jonas abwälzen. Ob bereits eine Forderung von den Entführern eingegangen war? Und dann auch noch die Sache mit Sofia! Sie rief Jonas an.

»Wie sieht es aus?«

»Noch nichts Konkretes.«

»Mist! Besorge dir Verstärkung, Jonas. Ich bin gerade bei Lisa Mayn in Obergelln. Kann ein bisschen dauern.«

»Schon klar.« Es hörte sich bitter an.

»Bis später!« Sie legte auf, als Lisa zurückkam, sich müde eine Strähne hinters Ohr wischend.

»Wahrscheinlich muss ich auch weg, wenn Sie Teresas Mörder gefunden haben.« Die junge Frau griff lustlos nach einem Lappen und begann, die Arbeitsplatte zu säubern.

»Wollen Sie denn nicht wissen, wer Ihre Freundin auf dem Gewissen hat?«

Lisa zuckte die Achseln. »Lebendig macht sie das nicht.«

»Frau Mayn, Sie sind wahrscheinlich die Einzige, die uns helfen kann, Teresas Mörder zu finden!« Sonja hatte es eindringlich klingen lassen wollen, irgendwie musste sie an Lisa herankommen, die junge Frau war wirklich ihre einzige Hoffnung. Doch der Satz war geradezu kläglich aus ihrem Mund gekommen. Ich muss mich konzentrieren! Wütend auf sich selbst wollte sie schon nachlegen, als Lisa sagte:

»Der Bürgermeister.«

»Wie bitte?«

»Der Preindl war ihr Liebhaber, Sie haben schon richtig gehört.«

»Das muss ich erst mal verdauen.«

»Ging mir genauso.« Lisa schnaubte. »Er hat der Teresa die Ohren vollgejammert, wie einsam er ist, seine Ehe wäre am Ende, der Ort würde ihn deprimieren, die ganze Verantwortung als Bürgermeister und als Unternehmer auf ihm lasten, blablabla. Er hat ihr vorgemacht, er würde sich scheiden lassen. Seine Firma und seine Immobilien zu Geld machen und woanders neu mit ihr anfangen. So. Jetzt wissen Sie's. Und wenn der Preindl erfährt, dass Sie's von mir haben, kann ich einpacken. Oder Sie finden meine Leiche dann in einem halben Jahr unten im See.«

»Die Teresa war doch keine dumme Person! Hat sie ihm das alles geglaubt?«

»Sie war verzweifelt. Die hätte jedem aus der Hand gefressen, der ihr versprochen hätte, sie von hier wegzubringen. Hat es in Obergelln nicht mehr ausgehalten. Wenn das so weitergegangen wäre – ich sage Ihnen, in vier, fünf Jahren wäre sie eine alte, verbitterte Frau geworden. Wie alle hier.«

»Und Sie?«, fragte Sonja leise. Irgendwie hatte sie das Gefühl, sie müsste Lisa einen Weg ebnen, sich zu öffnen, wenigstens ein einziges Mal.

Lisa wischte den Einwand weg.

»Der Preindl hatte doch nie vor, wegzugehen. Sich eine andere Frau ans Bein zu binden. Bei einer Scheidung hätte er geblutet, finanziell meine ich. Hier im Dorf ist er der unumstrittene König! So einer fängt doch nicht bei Null anderswo wieder an!« Lisa schleuderte den Lappen in die Spüle. »Ich habe versucht, das der Teresa zu klarzumachen. Habe ihr gesagt, lass dich nicht täuschen, wenn er einmal eine Frau schlecht behandelt hat, wie die Maria, dann tut er das bei der nächsten genauso. Aber sie war euphorisch, wollte nichts davon hören.«

»Wer hat sie umgebracht? Und was hat der Pfarrer damit zu tun?«

»Der Gamper ganz bestimmt nicht. Den können Sie wieder rauslassen. Der hat seine Frau wirklich geliebt. Wenn sie nur glücklich geworden wäre, hätte er das hingenommen, dass sie abhaut.«

»Und Frau Preindl?«

Lisa musste lachen. »Glauben Sie im Ernst, die Maria nimmt ein Messer in die Hand und rammt es der Teresa rein? Wenn Sie ihren Ehemann umbringen würde, hätte sie allerdings mein Verständnis.«

»Er schlägt sie. Nicht wahr?« Sonja dachte an die Make-up-Schicht über dem grünlich verfärbten Fleck in Frau Preindls Gesicht und an ihre Verzweiflung, vor Kurzem, in der Küche ihres Hauses.

»Das weiß doch eh jeder.«

Aber keiner sagt etwas, dachte Sonja frustriert. Und irgendwie schlich sich Verständnis in ihre aufgewühlten Gedanken. Wer auch immer einschritt, würde nicht wirklich etwas verbessern, nur das Dorfgefüge ins Wanken bringen und anschließend das Weite suchen müssen. Womöglich hatte der junge Pfarrer den Mut gehabt, Preindl zur Rede zu stellen, ihm ins Gewissen zu reden. Der Bürgermeister hatte doch bei Severin gebeichtet, wenn sie sich richtig entsann, das hatte Holzer gesagt.

»Könnte die Teresa sich dem Pfarrer anvertraut haben? Als sie darunter litt, dass Preindl seine Versprechungen nicht einlöste?«, fragte sie die Kellnerin.

»Nein, bestimmt nicht. Teresa ging in die Kirche, wir alle gehen ja. Das ist so eine soziale Sache. Auf dem Land geht man sonntags in die Messe. Die hatte keinen Draht zu Kirche an sich. Und gebeichtet hat sie nie.«

»Was denken Sie persönlich über den Mord am Pfarrer?«

Lisa zuckte die Achseln. »Was soll ich da denken?«

»Es gibt ein Gerücht, wonach Severin im Zweifel war, ob er sein Priesteramt wegen einer Frau aufgeben sollte.«

»Das war nicht die Teresa. *Ich* war diese Frau.« Lisa zog sich einen Stuhl heran und setzte sich.

»Sie?« Sonja starrte sie perplex an. Setzte sich ebenfalls. Noch während sie fieberhaft überlegte, wie sie weiterfragen sollte, erklärte Lisa:

»Wir hatten nichts miteinander. Ich habe mich in ihn verliebt und er sich in mich, vielleicht nur ein bisschen, ein kurzer Schmetterlingsfrühling, mehr war da nicht. Ich glaube nicht einmal, dass er wirklich ernsthaft drüber nachgedacht hat, ob er sein Amt aufgibt. Eher so: Er hat einmal in seinem Leben gemerkt, dass es vielleicht noch was anderes gibt, als dieses freudlose Dorf und kirchliche Dogmen, die er dem Volk einimpfen wollte. Diese Erfahrung hat ihn durcheinandergebracht. Um mich ging es ihm dabei nicht; es war eher ein allgemeiner Zwiespalt. Weil er doch noch jung war und wahrscheinlich noch nie verliebt vorher ...« Sie blinzelte ein paar Mal. »Schade eigentlich. Und ich bin wirklich traurig, dass er nicht mehr lebt. Obwohl ich ihn mir längst aus dem Kopf geschlagen hatte.«

»Die Mordwaffe stammt aus dieser Küche.« Sonja stand wieder auf. Sie glaubte nicht an Lisa als Mörderin von Severin. Und irgendwas sagte ihr, dass die beiden Fälle zusammengehörten. Warum jedoch sollte Lisa ihre Freundin Teresa töten?

Die junge Frau schien die mitschwingende Unterstellung nicht aufzuregen. »Ich bitte Sie, das haben wir doch schon klargestellt: Hier steht immer alles offen, und wenn jemand den Verdacht auf den Gamper Joachim oder auf mich lenken wollte, ist ihm das wunderbar gelungen.«

»Lisa, dürfte ich Sie um etwas bitten? Behalten Sie unser Gespräch noch eine Weile für sich, ja?«

»Von mir aus. Aber schicken Sie mir den Gamper zurück. Es ist wirklich nicht angenehm, den ganzen Tag mit den Wermutbrüdern allein zu sein.« Sie wies auf die Tür zum Schankraum.

»Ich will sehen, was ich tun kann!«

Sonja verließ das Wirtshaus, setzte sich ins Auto und fuhr hinunter zum See. Sie musste so schnell wie möglich mit Preindl sprechen. Doch keinesfalls allein. Sie brauchte einen zweiten Beamten dabei, ein zusätzliches Paar Ohren, einen scharfen Beobachter. Der Capo wäre genau der Richtige. Sie hielt am Seeufer, stieg aus und ging ein paar Schritte. Wolken ballten sich über den Bergen im Westen. Der See indessen wirkte so fröhlich und sommerlich wie zuvor. Der Leichenfund hatte die Ferienstimmung nicht trüben können. Die Leute schwammen, grillten am Ufer, Hunde tobten herum, Kinder kreischten, weiter draußen sah man Kanus und Luftmatratzen, alles bunt, alles heiter.

Sie rief Kerschbaumer an.

»Seid ihr schon weiter, was den toten Junkie anbelangt?«

»Wir kommen gerade von dort, haben ein paar Kleindealer einkassiert und zwei, drei andere traurige Gestalten unter die Lupe genommen. Als Zeuge kommt keiner in Betracht. Allerdings …«

»Ja?«

»Wir haben zwei Knaben aufgegriffen, die sich da mit Kameras rumgetrieben haben. Angeblich haben sie Fotos für ein Schulprojekt gemacht.«

»In den Sommerferien?«

»Kam mir auch eigenartig vor. Doch zumindest der eine

von den beiden wirkte ziemlich glaubwürdig. Kein Junkietyp, eher der Sohn aus der guten Familie, der sich sozial gibt. Angeblich geht es bei diesem Projekt um sanierungsbedürftige Gebäude in und um Bozen.«

»Wenn die dort Fotos gemacht haben, Peter«, sagte Sonja nachdenklich, »ist denen vielleicht etwas untergekommen, was für den Mord an dem Junkie relevant ist?«

»Wir haben uns die Bilder zeigen lassen. Keine Junkies, nur Fotos von Ruinen, nicht nur vom Kasernengelände, auch andere Brachen sind drauf.«

Vielleicht sollte man in der Schule mal nachfragen, ob es so ein Projekt gibt, dachte Sonja, aber eigentlich haben wir anderes zu tun.

»Okay.«

»Wegen deiner Anfrage in Sachen BEWA bin ich dran. Wahrscheinlich weiß ich heute Nachmittag mehr.«

»Danke dir. Was ich noch sagen wollte: Jonas ist allein bei dem Entführungsfall Juna Born. Er braucht Unterstützung und hat hoffentlich welche angefragt.«

»Ich sehe mich um.«

»Danke! Bis später dann.«

Sonja wählte Matteos Nummer. Ohne Erfolg. Sie steckte ihr Handy weg. Ein Nachmittag am See würde sie auf andere Gedanken bringen. Aber sie hatte keine Zeit. Die Borns warteten.

46.

Matteo versuchte, seine Wut unter dem Deckel zu halten, als er zum Vernehmungsraum hinüberging. Er fühlte sich furchtbar unruhig, schob seine miese Laune auf den geplatzten Deal mit der Staatsanwaltschaft. Irgendjemand hatte ihm dazwischengefunkt. Die Polizei durfte sich mal wieder als kleines Licht fühlen. Jemand gestattet ihnen freundlicherweise, zu ermitteln, solange sie in bestimmten Räumen das Licht ausgeschaltet ließen.

Marino hockte zusammengesunken am Tisch im Vernehmungsraum. Matteo schickte den Uniformierten mit einem Wink hinaus. Knallte die Papiere auf den Tisch.

»Und jetzt will ich was hören!«, sagte er drohend, bevor er sich setzte.

»Darf ich es wenigstens lesen?« Der Mechaniker guckte Matteo vorwurfsvoll an.

»Ich bitte darum. Aber beeil dich! Ich habe nicht ewig Zeit.«

Marino las. Schließlich sah er hoch, sein Blick flackerte. Zum ersten Mal sah Matteo so etwas wie Angst in seinen Augen.

»Das ist nicht das, was wir besprochen haben.«

Matteo schlug mit der Faust auf den Tisch. »Zu mehr lässt sich die Staatsanwaltschaft nicht bewegen. Pech gehabt, Freundchen. Die wollen erst wissen, woran genau du beteiligt warst, bevor sie Straffreiheit gewähren. Du hast also noch eine Chance.«

»Nein, auf gar keinen Fall. Ich sage kein Wort. Wenn ich in den Knast komme, bin ich so gut wie tot. Ich überlebe keine Nacht, wenn ich den Mund aufmache.«

Matteo zwang sich, ruhig zu atmen. Dieser Volltrottel vor ihm hatte sich auf ein Himmelfahrtskommando eingelassen, und er, Matteo, musste nun mit dem Wahnsinnigen verhandeln, um jedes verlogene Wort, das Marino sich abringen würde, betteln, und das alles nur, weil die Staatsanwaltschaft in den Händen von Menschen war, die das eigentliche Gehalt anderswo bezogen ... Bei Typen wie Rossi. Oder Santoro.

»Die werden ohnehin versuchen, dich aus dem Verkehr zu ziehen, ob du redest oder nicht.«

Marino wurde bleich. Seine Lippen zitterten.

»Fang mir nicht zu flennen an wie eine verweichlichte Göre! Ich mache die Unterlagen fertig, du kannst gehen. Bist ein freier Mann.«

»Ist das Ihr Ernst?«

Matteo stand auf. »Ernster kann es mir gar nicht sein.«

Marino stöhnte. Dann straffte er seinen schlaksigen Körper. »Na gut.«

Matteo setzte sich wieder. Er schaltete das Aufnahmegerät an. Nannte Datum und Uhrzeit. »Ich höre.«

»Ich weiß nicht viel. Der Typ, der mir gesagt hat, ich solle die Klamotten mit ihm tauschen, hat mir seinen Namen nicht gesagt. Ein durchschnittlicher Mann, meine Statur, mir ist später nur aufgefallen, dass er ein Feuermal hatte, hier am Hals. Das habe ich selbst erst gesehen, als er sich umzog, unter seinen Sachen verschwand es zum größten Teil.«

»Weiter.«

»Er hat mir schon öfters kleinere Aufträge gegeben, vielleicht seit Ostern – ungefähr. Mal ein Auto irgendwo abstellen. Oder einen Unfallwagen reparieren. Diskret halt.« Marinos

Redefluss erstarb. Er knetete seine Finger. Bereute sichtlich, dass er sich hatte breitschlagen lassen, den Mund aufzumachen.

»Wie sieht das Feuermal genau aus? Hat es eine bestimmte Form? Kannst du den Mann sonst noch beschreiben? Gesichtszüge, Alter?«

»Vielleicht 40, nicht älter. Normales Gesicht, der fällt nicht auf, wenn man das Feuermal nicht sieht.«

Matteo verdrehte die Augen. »Welche Wagen hast du repariert? Typ? Schäden? Um was für Unfälle ging es da?«

Marino rieb sich die Nase. »Also, wenn ich mich richtig erinnere, das Erste war ein ...«

Es klopfte.

»Puttana! Was ist denn!«

»Entschuldigen Sie, Commissario, ein Anruf von der Guardia di Finanza.« Der Uniformierte sah verdrießlich drein. »Soll ich ihn auf Ihre Büroleitung legen?«

»Nein, ich nehme den Anruf im Vorraum an. Wer ist denn der Anrufer?«

»Ein Colonello Battisti.«

Matteo runzelte die Stirn. »Ich komme.«

Er verließ den Vernehmungsraum, während der Kollege bei Marino blieb. Im Vorraum griff er nach dem Hörer.

»Zanchetti?«

Stille in der Leitung.

»Hallo? Hier ist Matteo Zanchetti, mit wem spreche ich?«

Nichts.

Ärgerlich knallte Matteo den Hörer auf den Apparat. Diese altmodischen Dinger, die sie an manchen Stellen in der Questura noch hatten, an denen konnte man wenigstens gut seine Wut auslassen.

Draußen auf dem Gang ertönte plötzlich lautes Gebrüll. Zwei Männer, einer mit einem entzündlichen Mailänder Dialekt, schrien aufeinander ein, prügelten sich und trieben sich gegenseitig Richtung Treppe.

»Heute bleibt mir nichts erspart«, stöhnte Matteo. Er rannte den Gang hinunter. Zwei Uniformierte mühten sich ab, die Streithähne auseinanderzubringen. Matteo ging dazwischen. Schrie den Mailänder an, er sollte die Klappe halten. Zu dritt hatten sie die Bagage schnell unter Kontrolle.

»Wie die hier reinkamen, möchte ich auch mal wissen, knurrte der eine Uniformierte, als sie die Störenfriede abführten.

Matteo hastete zurück zum Vernehmungsraum. Irgendwie gefiel ihm das nicht. Der Anruf. Die Rauferei. Er rannte fast, stürmte durch den Vorraum.

Im Vernehmungszimmer lag der Polizist, der auf Marino hätte aufpassen sollen, am Boden. Er atmete flach. Marinos Oberkörper lehnte gegen den Tisch, sein Kopf hing seitlich auf seine Schulter.

Matteo fühlte seinen Puls. Der Mechaniker war tot.

»Verflucht!« Matteo drückte den Alarmknopf.

Zwei Beamte stürmten herein.

»Kümmert euch um den Kollegen. Sorgt dafür, dass niemand die Questura verlässt! Und bringt mir die Grüner her!«

»Scheiße!«, sagte einer, bevor er sich wieder in Bewegung setzte, um das Gebäude sperren zu lassen, während der andere dem Bewusstlosen den Puls fühlte und zugleich nach einem Notarzt telefonierte.

Matteo knirschte mit den Zähnen. Diesen Mord würde er der Staatsanwaltschaft genüsslich unter die Nase reiben, die trugen letztlich die Verantwortung. »Jemand hat einen Mörder hier reingelassen. In eines der am besten gesicherten Gebäude von Bozen. Erklärt mir das, Leute!« Er schob Marino die Hemdsärmel hoch. Am rechten Arm fand er eine winzige Einstichstelle.

47.

Sonja und Matteo verließen die Questura. Nachmittagsschatten krochen aus den Gässchen im Zentrum. In der nächstbesten Bar stellten sie sich an den Tresen.

»Zwei Caffè!«, orderte Sonja.

Matteo schob die Sonnenbrille auf seine Stirn. Sonja sah die tiefen Ringe unter seinen Augen. Frust, der sich in seinem Gesicht festgesetzt hatte. Wut über sich selbst.

»Es sah so konstruiert aus. Ich hätte es merken müssen. Schon als der Anruf reinkam. Guardia di Finanza, Madonna! Die haben mich genarrt.«

»Die?«

»Rossi. Santoro. Nenn sie, wie du willst. Ich habe den Mechaniker auf dem Gewissen. Abgesehen von der menschlichen Seite – die haben unseren einzigen Zeugen vor unserer Nase kaltgemacht! Und ob es der Kollege schafft, steht in den Sternen. Verdammt!«

Was sie beide nicht aussprachen: Die Information, dass Marino genau an dem Tag aus dem Untersuchungsgefängnis in die Questura gebracht werden würde, mussten die Drahtzieher von Sofia haben. Die die entsprechenden Daten nur von Jonas wissen konnte. Es ist zum Haareraufen, dachte Sonja müde. Wir sind immer einen Schritt hinterher.

Der Barmann stellte ihnen ihre Espressotassen hin. Matteo war am Verzweifeln, steckte fest in seinem Hass auf die Mafia, in seiner Verbissenheit. Sie musste seine Aufmerksamkeit wieder auf die anstehenden Probleme lenken. Sie hatten dringend mit Preindl zu sprechen, mussten einen Plan zurechtlegen, wie sie ihm beikommen wollten. Sonja wollte den Obergellner Bürgermeister keineswegs direkt mit Lisas Aussage konfrontieren. Besser, sie bezogen sich erst einmal auf die Mails aus Teresas Account.

»Matteo, wie sollen wir in Obergelln vorgehen? Allzu lange dürfen wir nicht warten. Lisa Mayn wird hoffentlich den Mund halten, aber früher oder später machen Gerüchte über eine Liebschaft zwischen Preindl und Teresa die Runde.«

»Schicken wir Peter Kerschbaumer hin.«

Sein Desinteresse an den Morden von Obergelln war mit Händen zu greifen.

»*Wir* müssen das machen, Matteo. Das ist *unsere* Aufgabe.« Sie beschloss, ihn mit Honig zu füttern. »Du hast jetzt einen gewissen Abstand zu dem Fall. Dir werden andere Dinge auffallen. Und Kerschbaumer wird auf dem Schloss der Borns gebraucht.« Sonja stürzte den Espresso hinunter, wollte am liebsten sofort ins Grödnertal hinauffahren. »Was soll mit Sofia werden? Es ist nur fair, wenn wir Jonas einweihen.«

Matteo trommelte mit den Fingern auf den Banco. »Un'altro caffè!«, rief er dem Barista zu. »Wir müssen noch etwas entscheiden. Die Pressestelle rotiert. Ständig kommen Anrufe rein wegen der Explosion bei der Werkstatt. Wir brauchen eine gute Legende.«

Sonja sah dem Barista zu, der den Filter ausklopfte und ein paar Schalter an seiner Maschine betätigte. »Wie wäre es mit der Wahrheit? Legenden werden früher oder später durchschaut, dann zerfleischen sie uns noch genüsslicher.«

Matteo sah nicht überzeugt aus. »Hast du Jonas angerufen? Hat sich was getan bei den Borns?«

»Bislang nicht. Er hat nur zwei Streifen als Verstärkung bekommen. Die KT hat bestätigt, dass die Hintertür erst kürzlich aufgebrochen worden ist. Die Spuren müssen noch ausgewertet werden. Keine Forderung bislang.«

»Grazie.« Matteo nahm seinen zweiten Espresso in Empfang. »Die Kollegen müssen etwas übersehen haben. Eine Kindesentführung, Sonja! Die bedeutet auch für den Kidnapper Stress! Der wird so schnell wie möglich an sein Geld wollen.«

»Steht Borns Unternehmen so gut da?«

Der Capo zuckte die Schultern. »Es ist doch immer das Gleiche: Das öffentliche Bild erscheint tadellos und glänzt wie Gold. Aber in Wirklichkeit musst du Abstriche machen.«

»Lass uns zum Schloss fahren, Matteo. Wir müssen uns da sehen lassen. Und auf der Fahrt besprechen wir, wie wir Jonas beibringen, dass seine Freundin ein Mafiaspitzel ist.«

48.

Wolken hatten das Grödnertal eingehüllt, eine Stimmung wie im Spätherbst legte sich über den Wald, machte ihn noch finsterer. Die Straßen waren menschenleer. Selbst die üblichen Campingmobile und Urlaubervans waren nicht zu sehen. Sonja fuhr schnell, während Matteo mit der Pressestelle telefonierte und Eckdaten herausgab.

»Es war ein Anschlag auf die Polizei, wahrscheinlich auf mich persönlich. Scheint im Zusammenhang mit dem verschwundenen Mafioso Rossi zu stehen. Die Mafia hat sich darauf versteift, dass die Kripo Bozen seinen Aufenthaltsort kennt, was jedoch nicht der Fall ist. Wir fahnden weiter nach Rossi, leider ohne heiße Spur. Hast du das?« Kurz lauschte Matteo, dann nickte er und sagte: »In Ordnung. Ciao.«

»Das ist also erstmal geklärt«, sagte Sonja. Konzentriert sah sie nach vorn. Die Straße stieg steil an. Demnächst würden sie Schloss Rauenfels auf der anderen Seite der Schlucht sehen. »Wenn sich eine Gelegenheit ergibt, nehme ich Jonas beiseite und sage ihm wegen Sofia Bescheid.«

Matteo zuckte die Achseln. Sonja hatte den Eindruck, ihm sei mittlerweile alles gleichgültig. Wenn sie nicht so knapp mit Personal wären, hätte sie darauf bestanden, dass der Capo erst einmal zwei Tage freinahm. Er brauchte einen klaren Kopf, Ruhe. Der Anschlag, der Mord an Marino – das alles war schwer zu verkraften, selbst wenn Matteo den knallharten Cop gab.

»Meine Meinung kennst du. Jonas wird diese Neuigkeit nicht lange für sich behalten können, und dann haben wir den Salat. Sobald wir Sofia festnehmen, und irgendwann wird uns nichts anderes übrig bleiben, ist die Santoro gewarnt.«

»Was der Mafia zugetragen wird, wissen wir ja nicht so genau. Auf welche Informationen ist Sofia denn eigentlich aus? Überprüft sie nur, ob wir wirklich keine Ahnung haben, wo Rossi sich aufhält? Hat sie das vielleicht schon herausgefunden? Und in welchem Zusammenhang steht das zu dem Anschlag auf dich?«

»Du kannst genauso gut im Fadenkreuz stehen, Sonja! Es war zwar mein Auto, aber wer sagt, dass sie nicht auch hinter dir her sind? Wir waren beide bei dem Einsatz dabei! Uns ist Rossi entwischt.«

»So kann man es auch ausdrücken!« Sonja lachte trocken.

»Ist das da drüben Borns Schloss?«

»Das ist es.« Sonja blickte zu dem in warmem Gelb beleuchteten Gemäuer hinüber. »Richtig märchenhaft.«

»Märchen sind nur an der Oberfläche schön, darunter modert die ganze Psychoscheiße.«

»Capo?«

»Was?«

»Kann ich was für dich tun?«

Er lächelte. »Principessa, lass uns den Mörder von Teresa und Severin finden.«

»Apropos, wer hat mit dem Gamper geredet?«

»Cazzo!«

»Also niemand. Bis morgen haben wir noch Zeit. Dann müssen wir ihn dem Haftrichter vorführen.«

»Der haut uns die Ermittlungen um die Ohren. Wir haben nichts gegen den Wirt in der Hand. Aber am Ende hat er seine Frau doch auf dem Gewissen.«

»Mir fehlt das Motiv. Wenn er den Nebenbuhler umbringen würde, das könnte ich einsehen. Aber Teresa? Und dann den Pfarrer?«

»Vielleicht dachte er, sie wollte mit dem Pfarrer weg.«

»Zu wackelig als Motiv, Matteo. Gamper hätte bei seiner Impulsivität den Pfarrer nicht erst nach einem halben Jahr beseitigt!«

»Dass die Leiche gefunden wurde, kann alles in ihm wieder aufgewühlt haben, so dass er sich auf Severin gestürzt hat. Wobei ich dir in der Sache zustimme. Wir brauchen den Preindl. Morgen sind wir in Obergelln. In aller Herrgottsfrühe.«

Sonja unterdrückte ein Seufzen. Sie war jetzt schon hundemüde, und dann stand da noch die Sache mit Julian im Raum. Sie hoffte auf schnelle Auskünfte von Peter Kerschbaumer. Matteo wollte sie erst einmal nicht einweihen.

»Noch mal wegen Sofia«, wagte sie sich vor. »Wir brauchen Jonas im Team. Er muss uns vertrauen. Deswegen verdient er die Wahrheit. Wenn er später rausfindet, dass wir ihn im Unklaren ließen, obwohl wir Bescheid wussten, haben wir ihn endgültig verloren.«

»Poveraccio«, brummte Matteo. »Armer Teufel.« Sonja bog auf die Zufahrt zum Schloss. Es begann zu nieseln. Streifenwagen parkten vor der Eingangstür. Ein schwarzer Geländewagen stand ebenfalls da. Ein Mann kam aus dem Schloss und ging auf den SUV zu.

»Guten Abend!« Matteo war schon ausgestiegen. »Darf ich fragen, wer Sie sind?«

»Guten Abend. Kilian Hörbinger, ich bin der Hausarzt der Familie Born. Und Sie?«

»Kripo Bozen, Matteo Zanchetti und Sonja Schwarz.« Der Arzt nickte. »Ich habe Frau Born etwas zur Beruhigung dagelassen. Noch hält sie sich ganz tapfer, aber wenn sie heute Nacht keinen Schlaf findet, ist sie spätestens morgen am Ende.«

»Können Sie uns was über Junas Krankheit sagen?«

»Morbus Gaucher ist eine Erbkrankheit, die mit einem Defekt im Fettstoffwechsel einhergeht. Zuckerhaltige Fettstoffe werden nur unzureichend aufgespalten. Es kommt zu Entzündungen. Ich hoffe, Sie finden den Kerl, der Juna entführt hat, so schnell wie möglich.«

»Bitte stellen Sie uns eine Liste der Medikamente zusammen, die in dem Fall benötigt werden. Wir müssen die Apotheken verständigen, damit die uns melden, falls jemand auffällige Käufe tätigt.«

»Ihr Kollege hat die Liste bereits. Der junge Blonde. Ich muss dann.« Er stieg in sein Auto.

»Aalglatter Typ«, brummte Matteo.

»Und unser Kollege ist ziemlich kompetent, oder?«, versuchte Sonja ihn aufzuheitern. »Hat die richtigen Fragen gestellt.«

Der Arzt ließ den Motor an. Als er wendete, tasteten die Scheinwerfer seines SUV über die Streifenwagen.

»Was ist das denn?« Matteo war in drei Schritten bei einem der Streifenwagen. Bückte sich. Zog etwas darunter hervor.

»Ach du ...«, begann Sonja.

»Was soll das sein? Eine Puppe?« Matteo hielt ein schmutzig-staubiges Ding hoch, Kopf, Rumpf, Glieder, wildes rotes Haar. »Sieht aus wie ein kleines Monster.«

»Das ist ein Sorgenfresser! Laura hatte mal so einen, als sie klein war. Soll Ängste und Traurigkeit von den Kindern fernhalten. Oder sie malen, was sie bedrückt, auf Zettel, und stopfen sie dem Sorgenfresser in den Bauch.« Sonja nahm Handschuhe aus ihrer Tasche. »Normalerweise haben die am Rücken eine Öffnung. Zeig mal.«

Sie fasste in das Innere der Puppe und hielt einen Zettel in der Hand.

»Porca miseria! Was steht da?«

»›Wir haben Juna. Warten Sie auf Nachrichten über Kommentare auf Born Sport IT/Tumlach.‹«

»Verdammt! Sofort in die KT schicken. Da hat jemand ordentlich Mist gebaut!« Bebend vor Zorn stapfte Matteo ins Schloss.

49.

»Wer hat den Streifenwagen gefahren, der ganz hinten steht?«, bellte Matteo, ohne irgendwen zu begrüßen.

Sonja eilte ihm nach, den Sorgenfresser in der Faust.

Sofia kam aus einem Zimmer. »Das war ich! Was ist?«

»Könnt ihr mir sagen, womit sie euch sediert haben?«

Sofia wurde blass. »Ich verstehe nicht …«

»Ihr seid hier wie die Brechstangen aufgetreten, oder? Fahrt über diese Monsterpuppe? Ein Spielzeug, das dem entführten Kind gehört? Und merkt es nicht einmal?«

Unwillkürlich streckte Sofia die Hand nach dem Sorgenfresser aus.

»Pfoten weg!«, brüllte Matteo. »Ihr benehmt euch wie die letzte Dilettantentruppe. Das wird Konsequenzen haben!«

Jonas kam aus einem anderen Zimmer. »Was ist denn los?«

»Sonja, zeig es ihm.« Matteo schäumte.

»Ein Streifenwagen ist über diese Puppe gefahren. Sie muss Juna gehören. Innen drin lag ein Zettel. Vom Kidnapper. Habt ihr die Netzwerktechnik schon aufgebaut? Anscheinend findet sich eine Forderung in einem Diskussionsforum im Netz.«

Aus den Augenwinkeln sah Sonja, wie Sofia wieder in einem Zimmer verschwand.

Born kam, seine Frau im Schlepptau.

»Frau Schwarz, was ist denn passiert?«

Beide wirkten fahrig, niedergedrückt und zugleich aufs Irrealste hoffnungsvoll.

Sonja stellte Matteo vor und fragte knapp: »Gehört diese Puppe Ihrer Tochter?«

Marisa Born lachte hysterisch auf. »Ja! Der Sorgenfresser. Den habe ich ihr am Lenker von ihrem Fahrrad befestigt.«

»Jonas, wurde ihr Rad gefunden?«, wandte Sonja sich an den Kollegen.

»Ist sichergestellt worden. Juna scheint auf ihrem Rad durch das Schloss gefahren zu sein und auch den Gang entlang, der zu der aufgebrochenen Tür führt. Der Kidnapper hat wahrscheinlich, nachdem er Juna in seine Gewalt gebracht hat, das Rad in den Wald geschmissen, da haben es die KTler gefunden. Nicht weit davon hing ein mit Gas gefüllter Luftballon in einem Baum. Vielleicht hat der Entführer sie damit aus dem Haus gelockt.«

Marisa Born stöhnte auf.

»Herr Born, was haben wir unter ›Born Sport IT/Tumlach‹ zu verstehen?«, fragte Sonja schnell. Natürlich tat ihr die Frau leid. Aber sie konnten nun keine Zeit verlieren.

»Das ist die Webseite meiner Firma. Wir verkaufen Sportartikel und betreiben auch eine Nachrichtenplattform, wo Informationen zu Sportereignissen, Fotos und Kommentare gepostet werden. Jeder kann mitmachen. Kundenbindung.«

»Was genau heißt ›Tumlach‹?«, ging Matteo dazwischen.

»Das war ein Sportevent, im Frühjahr. Eigentlich uralt, müsste längst gelöscht werden.«

»Dann lassen Sie uns sehen, was der Kidnapper für uns parat hat!«

»Bitte, hier, ins Wohnzimmer«, bat Born und ging voraus.

Matteo nickte Sonja zu und formte mit den Lippen das Wort »Jonas«.

50.

Vitale hatte Order, nicht ins Restaurant zu kommen, sondern zu dem Treffpunkt, der besonderen Fällen vorbehalten war.

»Und?« Die Santoro trug Hosenanzug und Seidenschal. Das Krokodil stand hinter ihr. Die geht kein Risiko ein, schoss es Vitale durch den Kopf. Sein Herzschlag beschleunigte. Noch hatte er sich im Griff.

»Den Zeugen habe ich erledigt. Der wird nichts mehr sagen. An den Capo kam ich nicht ran. Nicht in der Questura. Zu viele Leute.«

Er erkannte an den zusammengepressten Lippen seiner Chefin, dass die Nachricht ihr nicht in den Kram passte. Aber es war wirklich nichts zu machen gewesen.

»Wir haben nicht mehr viel Zeit. In Bari will man den Capo tot sehen. Und Rossi.«

Vitale nickte. Er erinnerte sich an die klare Order, nichts zu kommentieren, nichts zu hinterfragen. Falls die Bullen Rossi in die Finger bekamen, würden sie ihm eine Spezialbehandlung anbieten. Mit einer Kronzeugenregelung. Wenn Rossi nicht ganz dumm war, würde er singen. Dabei konnte es ungemütlich für Santoro werden sowie für einige Herdentiere, die in der Hierarchie über Santoro standen.

»Ich habe mich um dich gekümmert, Vitale. Als du es bitter nötig hattest. Das weißt du doch noch?«

»Selbstverständlich, Signora.«

»Ein alter Fischkutter mag ein ehrenwerter Arbeitsplatz sein. Nur leider lebt es sich dort auch gefährlich, nicht wahr?

Besonders wenn man nicht viel mehr ist als ein kleiner Handlanger.«

Vitale sah das hämische Grinsen des Krokodils. Du Dreckskerl, dachte er, aber sein Abscheu erreichte nicht sein Gesicht.

»Ich erwarte Loyalität von dir, Vitale. Mehr nicht.« Sie nickte, als müsste sie sich bestätigen, dass es vollkommen überflüssig war, ihren Mitarbeiter an seine Herkunft zu erinnern. »Da gibt es jemanden in Bari, der hat dasselbe einst für mich getan. Ich bin ihm dankbar dafür und werde ihn niemals enttäuschen. Es schadet nicht, im Gedächtnis zu behalten, wie alles begann. Du wirst die Rechnung begleichen. So schnell wie möglich. Haben wir uns verstanden?«

»Sì, Signora. Ich hatte nicht vor, Sie zu enttäuschen.«

»Gut. Der Mann in Bari ist im Moment vielleicht noch nicht so mächtig. In Zukunft wird er vorrücken und sich dann daran erinnern, wer an seiner Seite stand. Oder?« Sie drehte sich zum Krokodil um, dessen Mimik jäh einfror. Spöttisch sah sie wieder zu Vitale. »Du kannst gehen.«

Er drehte sich um. Für den Bruchteil einer Sekunde hatte Vitale das Gefühl, eine Kugel würde ihn zwischen die Schulterblätter treffen. Doch nichts geschah, als er aus der Tür in den Nieselregen trat.

51.

»Jonas?« Sonja legte dem jungen Kollegen die Hand auf die Schulter. »Ich muss mit dir kurz über den Mord an Severin reden.«

Sie war Matteo in das Wohnzimmer der Borns gefolgt, wo die Computerexperten bereits ein Netzwerk aufgebaut hatten, um die Telekommunikation der Borns zu überwachen. Jonas protokollierte etwas und scrollte gleichzeitig auf der Suche nach einer Telefonnummer durch sein Handy. Auch Sofia befand sich in dem Zimmer, konfus guckte sie einem Techniker über die Schulter.

»In Ordnung.« Er steckte sein Handy weg. »Was hat Lisa Mayn gesagt?«

»Lass uns rausgehen, ich brauche frische Luft.« Sonja bemerkte, dass Sofia den Kopf hob und ihr und Jonas nachsah. Kurz fasste sie zusammen.

»Krass!« Jonas schüttelte den Kopf. »Der Preindl Josef und die Teresa – wer hätte das gedacht! Komisch, dass die Teresa auf die leeren Versprechungen überhaupt reingefallen ist.«

»Wenn man etwas glauben will, glaubt man es auch. Was mich zum Thema bringt.«

»Was meinst du?« Sie verließen das Schloss, querten den Vorplatz.

Es hatte aufgehört zu regnen. Die feuchte, warme Erde roch gut, und der Wald schien zu dampfen. Tief atmete Sonja die würzige Bergluft ein.

»Wir wissen jetzt, wo in der Questura das Leck sitzt.«

»Nämlich wo?«

Sein freundliches, offenes Gesicht machte es ihr noch schwerer. Da muss ich durch, dachte sie. Jetzt.

»Sofia ist der Spitzel.«

»Du spinnst!« Er schlug sich mit der Hand an die Stirn. »Nie im Leben! Wie kommt ihr denn auf so einen Blödsinn!«

»Jonas, ich sage dir das im Vertrauen. Mir ist bewusst, wie hart das für dich ist. Und noch wird! Jedes Wort, das du mit ihr sprichst, wandert direkt zur Mafia weiter.«

Jonas schüttelte störrisch den Kopf. »Ich glaube kein Wort.«

»Die Information kommt von der DIA in Rom.«

»Ausgerechnet! Die spielen oft genug ein falsches Spiel!«

»Hast du Sofia von der Verhaftung erzählt? Von dem Mechaniker?«

Er ließ die Arme hängen. »Ja.«

»Konnte sie wissen, dass Marino heute vernommen werden sollte?«

Jonas war nur noch zu einem schwachen Nicken imstande.

»Sie bekommt Anrufe, mitten im Dienst, es ist ihr unangenehm vor den Kollegen. Der Ludolfer hat es mir erzählt. Ihm kam das längst seltsam vor. Er dachte, sie hat einen Kavalier, wie er sich ausdrückt. Meinst du, diese Anrufe kommen von …?« Er hielt den Atem an, als könnte jedes weitere Wort die Büchse der Pandora öffnen.

»Vermutlich.« Sonja sah zum Schloss zurück. Ob Sofia sie beobachtete?

»Was sollen wir jetzt machen?«

»Du darfst dir nichts anmerken lassen, Jonas! Das wird extrem hart für dich, aber wenn Sofia auffliegt, ist die Mafia gewarnt. Es ist besser, wir füttern sie mit genau durchdachten Informationen.«

»Ich habe mich schon immer gewundert, warum sie manchmal speziell nach dem Capo fragt. Wo er gerade ist und was er dann vorhat.«

Sonja sah ihn scharf an. »Ach ja?«

»Mir kommt das jetzt so hoch. Was für ein Scheiß!«

»Können wir uns auf dich verlassen, Jonas? Kein Wort zu Sofia. Verhalte dich so wie immer. Wenn sie nach Matteo fragt, bleib ungenau. Denk an den Anschlag! Er hatte unverschämtes Glück, überhaupt mit dem Leben davonzukommen!«

»Das vergesse ich bestimmt nicht.« Jonas schüttelte den Kopf. »Warum tut sie so was?«

Sonja richtete den Blick auf den schwarzen Wald: »Ich vermute, die haben irgendein Druckmittel.«

»Was soll das für eins sein?«

»Nur eine Frage der Zeit, bis wir es herausfinden. Bis dahin benutzen wir Sofia, damit wir bei der Mafia die Informationen unterbringen, die wir für richtig halten. Wir müssen das genau vereinbaren, eine richtige Strategie ausloten. Gib uns einen Tag Zeit. Matteo ist im Moment noch zu befangen nach dem Mord an Marino. Morgen fahre ich mit ihm nach Obergelln, den Preindl vernehmen. Bitte kümmere du dich hauptsächlich um die Borns. Reicht dir die Verstärkung aus Netzexperten und Technikern?«

»Bisher schon.« Er hob den Kopf. »Ich komme zurecht, Sonja.«

52.

Sonja und Jonas liefen gerade zum Schloss zurück, als Matteo aus der Tür trat, sich umsah und dann eilig zu seinen Kollegen trat. »Wo seid ihr denn! Hört mal, wir müssen den Borns klarmachen, dass wir im Moment nichts anderes tun können, als abwarten, bis die Entführer sich melden. Auf dieser Plattform im Netz war noch nichts. Nur uralte Kommentare. Verdammt unbefriedigend.«

Sonja nahm den Capo beim Arm. »Matteo, ich habe Jonas Bescheid gesagt!«

Jonas nickte düster.

»Wir hätten dir das gern erspart.« Matteo rieb sich das Gesicht. »Kannst du erstmal an dem Fall Born dranbleiben? Vielleicht drehe ich es so, dass Sofia ihren nächsten Dienst nicht auf dem Schloss antritt. Dann seht ihr euch nicht. Wenigstens nicht während der Arbeitszeit.«

»Ts«, machte Jonas. »Das hilft mir auch nicht weiter.«

»Keine Informationen zum Aufenthaltsort weder von Sonja noch von mir, verstanden?«

Jonas nickte. Die Verzweiflung stand ihm ins Gesicht geschrieben. »Die hat mit mir nur was angefangen, damit sie an der Quelle sitzt, oder?« Er sah zwischen Sonja und Matteo hin und her.

»Das muss nicht sein, Jonas. Zieh keine voreiligen Schlüsse. Die Nachricht war ein Schock für dich. Lass erst mal alles sacken. Es wird eine Lösung geben«, tröstete Sonja.

Ein Wagen fuhr vor. Peter Kerschbaumer stieg aus und kam, einen Stapel Papiere unter dem Arm, auf das Grüppchen zu.

»Zu Peter kein Wort!«, zischte Matteo. Laut sagte er: »Haben wir eine Aufstellung über alle Personen, die sich heute im Schloss aufgehalten haben? Außer uns und den Kollegen?«

»Etwaige Sponsoren, einige Zwölfender aus der Region, die Born heute durchs Schloss geführt hat, um seine Förderpläne vorzustellen«, sagte Jonas. »Außerdem sein Sohn Valentin. Das war der Kerl im roten Porsche, der uns auf der Straße entgegenkam, Sonja.«

»Kein Kindermädchen? Irgendwelche Handwerker?«

»Die Familie hat kein Kindermädchen. Und heute waren keine Handwerker auf dem Schloss. Interessant ist für uns allenfalls, dass Born mit seinem Sohn, dem aus erster Ehe, im Streit auseinanderging. Valentin braucht wohl immer mal wieder Geld für Projekte, die seinem Vater nicht gefallen.«

»Was für welche?« Matteo nickte Kerschbaumer zu. »Leider noch keine Forderung vom Entführer, Peter.«

»Schande.«

»Angeblich hat jemand eine Sportapp fürs Handy entwickelt, mit der man die Sportevents in der Gegend abfragen, sich für Wettkämpfe anmelden kann, was weiß ich«, fuhr Jonas fort. »Die will Valentin Born in den Google Store bringen, aber sein Vater lehnt ab, weil Valentin die App nicht selbst programmiert hat. Anscheinend fürchtet er, dass sein Sohn die Ideen von anderen ausnützt.«

»Da haben wir ein aussagekräftiges Konfliktpotenzial! Lass uns Born noch einmal nach Valentin fragen. Juna kennt sicher ihren Halbbruder und vertraut ihm, würde sich zum Beispiel bei ihm auch ins Auto setzen«, sagte Matteo.

»Es gibt noch eine Tochter aus erster Ehe, Vanessa. Sie ist in einer psychosomatischen Klinik bei Brixen. Frau Born steht auf Kriegsfuß mit ihr. Born allerdings legt für beide Kinder die Hände ins Feuer.«

»Wer würde das nicht tun«, murmelte Sonja.

Matteo und Jonas wandten sich zum Schloss.

»Kann ich dich kurz sprechen?«, unterbrach Peter Kerschbaumer.

»Natürlich.«

»Zum einen die Akte Felix Brandner: vorbestraft wegen Körperverletzung. Außerdem hat er wegen Betrugs gesessen.« Kerschbaumer reichte ihr den Stapel Unterlagen. »Steht alles genau drin.«

»Ach du Schreck!«

»Dann habe ich noch über diese BEWA Kredit AG nachgeforscht. Das ist keine Genossenschaftsbank, sondern ein Kreditbüro.«

Sonja hatte das Gefühl, der Boden unter ihr geriete ins Wanken. »Mit anderen Worten: Kredithaie.«

»Exakt. Sie stehen im Verdacht, mit Absicht dafür zu sorgen, dass Kredite nicht bedient werden, um an verlockende Grundstücke oder Immobilien zu kommen. Bisher konnte ihnen jedoch noch nie etwas nachgewiesen werden.«

Sonja schwirrte der Kopf. »Danke, Peter. Gibt es was Neues in der Sache mit dem toten Junkie?«

»Leider nein. Ehrlich gesagt, von den anderen Fixern kommt keiner als Mörder in Frage. Das sind völlig fertige Typen, die es mit einiger Mühe vielleicht schaffen würden, einem anderen den Schädel einzuschlagen. Ihn anschließend auf die Brachfläche zu schleppen, dazu wären sie allein körperlich gar nicht imstande.«

Sonja nickte. Es fiel ihr schwer, sich zu konzentrieren. Mit Absicht dafür zu sorgen, dass Kredite nicht bedient werden … Kerschbaumers Worte hämmerten überlaut in ihrem Kopf.

Sie konnte wirklich nur hoffen, dass zu Hause nicht schon etwas passiert war.

»Alles in Ordnung mit dir, Sonja?«

Kurz schwankte sie in ihrer Entscheidung, die Schwierigkeiten mit Julian für sich zu behalten. Aber im Augenblick konnte niemand von den Kollegen etwas für sie tun. Das eigentliche Problem war Katharina! Wenn ihre Schwiegermutter nicht so unter Schock stünde, könnte sie Julian einfach entlassen. Sie musste schnellstens Laura anrufen, damit die ein Auge auf beide hatte.

»Ja. Wir haben nur so viel um die Ohren. Morgen in aller Frühe müssen wir in Obergelln sein.« Sie berichtete kurz von Lisa Mayns Aussage. »Kannst du Jonas hier zur Hand gehen?«

»Natürlich.« Kerschbaumer nickte. »Vanessa Born, die Tochter aus erster Ehe, ist übrigens ebenfalls drogensüchtig.«

»Ach.«

»Sie ist seit Wochen stationär in einer Klinik in Brixen. Psychosomatik heißt in dem Fall nichts anderes als Sucht. Geschlossene Unterbringung, sie kann da nicht raus.«

»Also kommt sie als Entführerin nicht in Frage.«

Kerschbaumer wiegte den Kopf. »Junkies brauchen immer Geld, oder?«

»Nicht nur Junkies, Peter.« Sonja war froh über die Ablenkung. »Allerdings kann es nicht schaden, die Born-Kinder im Auge zu behalten. Valentin war hier im Schloss, als Jonas und ich zu den Borns fuhren, er kam uns in seinem Porsche entgegen. Doch zu dem Zeitpunkt hatten die Eltern schon die Polizei angerufen. Ich glaube kaum, dass er Juna im Auto hatte.«

»Er kann sie vorher entführt haben und dann cool ins Schloss gefahren sein.«

»Würde er eine Tür aufbrechen? Er hat doch sicher einen Schlüssel?«

»Er ist ein Insider, Sonja, das spricht erst mal gegen ihn. Jonas hat mir gesagt, das eine Nachricht in der Puppe des Kindes versteckt war.«

»Im Sorgenfresser, ja.« So einen bräuchte ich auch, dachte Sonja. Sie holte tief Atem. »Kriegt ihr das ohne mich hin? Ich möchte noch die Vernehmung vom Preindl vorbereiten.«

»Sicher.« Kerschbaumer warf ihr einen Blick zu, in dem sich alles Mögliche spiegelte: Fragen, Verständnis, sogar Mitgefühl.

»Danke. Bis morgen!«

53.

Die Fahrt nach Eppan zog sich. Die Dämmerung kroch aus den Tälern wie ein grauer Nebel. Es hatte aufgehört zu regnen, die Wolken verzogen sich. Im Westen leuchtete der Himmel in einem unwirklichen Violett, das minütlich blasser wurde.

Sonja trat aufs Gas, sobald sie die Straße Richtung Sankt Ulrich erreichte. Es blieb so viel Zeit auf dem Weg! Früher, als sie noch in Frankfurt arbeitete, hatte sie sich über den innerstädtischen Verkehr mit seinen Staus und Baustellen geärgert. Doch hier, in Südtirol, gab die Natur den Takt vor. Man hatte die engen Straßen den Bergen abgerungen, mehr Platz gab es nicht.

Sie rief Laura an.

»Alles gut bei euch?«, fragte sie, als die Stimme ihrer Tochter aus der Freisprechanlage drang.

»Wir haben gerade Schluss gemacht für heute. Kommst du? Katharina hat einen Auberginenauflauf im Ofen.«

»Klingt verlockend. Kann jemand mithören?«

»Nein. Warum?«

»Hör mal, wo hat Julian den Traktor gekauft? Bei welcher Firma?«

»K&G, wenn mich nicht alles täuscht.«

»Kannst du morgen mal nachfragen, ob die den auch gebraucht zurücknehmen würden?«

»Was ist denn los, Mama?«

Sonja wählte ihre Worte sorgfältig. »Diese BEWA Kredit AG verfolgt eine Abzockemasche. Ich habe Erkundigungen eingezogen. Schon öfter haben sich Kunden beschwert, dass dort nicht mit lauteren Methoden gearbeitet wird.«

»Mama, wir *brauchen* einen funktionsfähigen Traktor, das ist das, was *ich* weiß.«

»Natürlich. Aber kannst du da für mich mal vorfühlen? Wir haben eine Kindesentführung im Grödnertal, das ist kein Spaß.«

»Oh mein Gott!« Laura hörte sich ehrlich entsetzt an. »Was für ein Kind denn?«

»Ein achtjähriges Mädchen. Und sie ist auch noch krank. Ohne Medikamente stehen die Aussichten schlecht.« Sonja fühlte, wie gut es tat, über die Sorgen zu sprechen, die sie den ganzen Tag mit sich herumschleppte. Selbst wenn sie nicht das volle Ausmaß der diversen Katastrophen schilderte, der Anschlag, die Morde in Obergelln, das Kidnapping, nahm das Gespräch ihr einen Teil der Last von den Schultern.

»Ich rufe gleich morgen dort an. Bei K&G, meine ich«, versprach Laura.

»Vielleicht gehst du lieber persönlich hin. Du kennst doch den Juniorchef, war der nicht eine Klasse über dir?«

»War er.« Laura lachte leise. »Bozen ist ein Dorf.«

»Kann man wohl sagen. Und bitte kein Wort über diese Sache zu den anderen. Ich bin in einer halben Stunde daheim.«

Sonja legte auf. Die Nacht brach über das Tal herein, als sie auf die Autobahn auffuhr. Sie hoffte, dass auch der Reisestrom der Sommertouristen zu dieser späten Stunde abgeebbt war. Bis sie ab morgen früh wieder nach Süden fluteten. Und manche von ihnen bereits den Rückweg antraten. Jäh spürte sie die Freude darüber, in dieser Landschaft bleiben zu können, nicht die Tage zählen zu müssen. Ein Augenblick des Überschwangs, von denen es seit Thomas' Tod nur sehr wenige gab. Zu düster war ihr die Zukunft lange Zeit erschienen, einfach nur ein Kampf, den es zu bestehen galt. Und ausgerechnet jetzt, in diesem ganzen Chaos, flammte in ihr ein Augenblick der Fröhlichkeit auf. Ja, sie würde es schaffen, würde die Sache mit dem Kredit klären, und zwar so, dass sie die BEWA Kredit AG gleich ans Messer lieferte. Sie würden Juna finden und morgen früh dem Obergellner Bürgermeister die Hölle heiß machen. Sonja stellte das Radio an. Ein Wagen hupte hinter ihr, sie war unbemerkt nach links abgedriftet. Entschuldigend hob sie die Hand, lenkte nach rechts. Der Porsche raste an ihr vorbei, wobei der Fahrer ihr einen Vogel zeigte. Deutsches Kennzeichen. Aus Gewohnheit merkte sie es sich. Drecksäcken wollte sie niemals ungestraft das Feld überlassen.

Als sie auf die Einfahrt zum Weingut einbog, winkte sie den Polizisten, die immer noch an derselben Stelle postiert waren. Ihr knurrte der Magen, und sie fragte sich, wie die Kollegen sich eigentlich versorgten. Sie würde Laura nachher bitten, den beiden ein paar Tramezzini vorbeizubringen.

Nahe am Haus stand der alte Traktor. Die Motorhaube geöffnet. Er wirkte ausgeweidet auf sie. Aufgegeben. Das warme Gefühl, das sie auf der Autobahn überkommen hatte, zog sich merklich zurück. Beim Aussteigen spürte sie die kühle Luft auf der Haut und fröstelte unwillkürlich.

Als Thomas noch lebte, hatten sie oft unter dem Apfelbaum im Garten getafelt. Eine Karaffe Wasser, eine Flasche Wein, ein paar gute Gespräche. Die Erinnerung an all das, was sie verloren hatte, tat so weh, dass sie lieber gar nicht mehr nachdachte und sofort zum Nächstliegenden überging.

»Sonja!«, rief Katharina erfreut, als ihre Schwiegertochter hereinkam. »Du kommst gerade rechtzeitig, bevor diese hungrige Meute meinen ganzen Auflauf verschlingt.«

Sie lachte, als sie aufstand, um Sonja ihre Portion zu bringen. Aus den Augenwinkeln sah sie auf Julian. Dem stand ein charmantes Grinsen im Gesicht, wie so oft. Sonja musste sich zusammennehmen, um ihn nicht sofort zum Duell herauszufordern.

»Danke«, sagte sie mit gezwungenem Lächeln, als sie ihren Teller in Empfang nahm. »Das duftet wunderbar, Katharina!«

»Schmeckt auch klasse.« Laura zwinkerte ihrer Mutter zu.

»Das habe ich nicht anders erwartet. Katharina ist eben eine hervorragende Köchin!« Sonja griff nach Messer und Gabel. »Meine Güte, habe ich einen Hunger.«

»Habt ihr den Mörder?«, fragte Laura.

»Was meinst du?«

»Den von dem Obergellner Pfarrer. Als ich vorhin einkaufen war, hat wirklich jeder darüber geredet.«

»Spricht sich schnell herum, scheint mir«, murmelte Sonja. Der Auflauf schmeckte wirklich vorzüglich. Sie war so hungrig, dass sie sich zusammennehmen musste, um nicht wie ein Brunnenputzer alles in sich hineinzuschaufeln.

»Mein Gott, den Pfarrer! Wer tut so etwas«, sagte Katharina. Ungefragt goss sie Sonja ein Glas Vernatsch ein.

Die lehnte nicht ab. Den Verdacht, das leckere Essen und der Wein würden ihr die Konzentration nehmen, die sie in der Auseinandersetzung mit Julian brauchen würde, schob sie beiseite. Nur dieses eine Glas. Mehr nicht.

»Belastet Sie diese Arbeit nicht?«, fragte Julian unvermittelt.

»Nein.« Sonja schob den leeren Teller weg. »Nicht mehr, als es einen Programmierer belastet, wenn im Code ein Fehler steckt.«

Julian zuckte die Achseln, anscheinend war ihre Antwort recht scharf gewesen.

»Noch eine Portion, Sonja?«, fragte Katharina.

»Danke nein, es war köstlich. Und mehr als reichhaltig.« Sie lächelte ihre Schwiegermutter an und kam sich wie ein Schlachter vor, der dem Kalb gleich den Garaus machen würde. »Herr Bittner, nein, Herr Brandner, wir haben noch etwas zu besprechen.«

Das Grinsen wackelte etwas. »Ach ja?«

»Was ist denn jetzt schon wieder, Sonja?«, seufzte Katharina.

»Sie haben uns verschwiegen, dass sie im Knast waren. Wegen Betrug. Und dann ist da noch eine Vorstrafe wegen schwerer Körperverletzung.« Sonja sah, wie ihre Schwiegermutter zusammenzuckte.

Julian wurde blass. Das Lächeln erstarb.

»Ich habe doch gesagt: Ich habe schlimme Zeiten erlebt.«

»Schlimme Zeiten sind eine Sache. Eine Gefängnisstrafe ist eine andere, und das dürfte Ihnen selbst klar sein, ohne dass wir darauf näher eingehen.«

Er leckte über seine Lippen, krampfhaft nach einer Erwiderung suchend, die ihm nicht einfallen wollte. Dann schob er seinen Stuhl zurück. Aschfahl sagte er:

»Ich packe meine Sachen.«

»Jetzt wartet doch alle mal!« Das war Laura, lauter, entschiedener als sonst.

»Mein Leben war immer so, Laura. Wenn ich dachte, ich sehe endlich mal Licht am Ende des Tunnels, brach die Decke ein. Wieder alles dunkel.« Er stand auf. »Ich hätte es ahnen können.«

»Felix«, begann Katharina.

Er schnitt ihr mit einer Handbewegung das Wort ab. »Es ist ziemlich schwierig, wieder auf die Füße zu kommen, wenn man einmal Mist gebaut hat.«

Widerstrebend stellte Sonja fest, dass er ihr den Wind aus den Segeln nahm. Noch schwerer wog, dass Katharina völlig versteinert am Küchenbuffet lehnte. Ein Bild des Elends. Tränen liefen ihr über die Wangen, als Julian die Küche verließ.

»Es ist nur meine Schuld«, flüsterte sie. »Weil ich ihn weggegeben habe, wurde er von einer Station zur anderen geschoben. Er konnte kein Vertrauen entwickeln. Nichts. Wenn du jemanden zur Rechenschaft ziehen willst, Sonja, dann mich. Aber nicht Felix.«

»Er ist kein kleiner Junge mehr, Katharina. Er ist ein erwachsener Mann, der seine Entscheidungen in Eigenverantwortung trifft. Gute oder schlechte, das kann er nicht auf dich schieben.«

»Als wenn du das nachvollziehen könntest!« Wütend band Katharina ihre Schürze ab und schleuderte sie auf den Tisch. »Du hattest eine behütete und glückliche Kindheit. Was weißt du schon!«

Als sie die Tür hinter sich zuschlug, sah Laura ihre Mutter erschöpft an.

»Sie ist nicht in der Stimmung, sich von der Vernunft leiten zu lassen.«

»Schwere Körperverletzung, Laura! Weißt du, was das heißt? Er hat einem Mann fast den Schädel eingeschlagen.« Kurz kam ihr Plaikner, der tote Junkie auf der Brachfläche in den Sinn. Unsinn, was sollte Julian mit dem zu tun haben …

»Versuch doch, Felix eine Chance zu geben. Für Oma«, bat Laura. »Wenigstens so lange, bis …« Sie verfiel in Schweigen.

»So lange, bis was? Bis wir das Weingut verlieren, weil wir den Kredit nicht bedienen können?«

»Aber wir brauchen unbedingt einen Arbeiter. Felix schafft was weg, Mama, er hat Ausdauer und Kraft. Außerdem finden wir doch so schnell gar keinen Ersatz.«

Ein Argument, unbestreitbar.

»Ich rede mit ihm. Er kann bleiben. Das ist das allerletzte Mal. Noch eine Heimlichtuerei, und er kann einpacken. Definitiv.«

Laura lächelte erleichtert.

54.

Die Klingel schrillte grell. Das Apartmenthaus in Gries im Bozener Norden war erst vor einem Jahr fertig geworden, Matteo erinnerte sich an einen Zeitungsbericht über Korruption, wieder mal, sie lebten in Italien, autonomes Südtirol hin oder her. Immobilien garantierten satten Gewinn, aber an die passenden Grundstücke kam man nur, wenn man die entsprechenden Kontakte in der Regionalregierung hatte. Matteo trat ein paar Schritte zurück. Anscheinend waren nicht alle Wohnungen bezogen, nirgendwo sah er Licht. Genervt drückte er noch mal auf die Klingel, neben der »V. Born« stand. Valentin. Oder Vanessa?

Die Gegensprechanlage knisterte. Eine verschlafene Stimme knurrte: »Wer ist denn da?«

»Polizei. Machen Sie auf.«

Der Türöffner ging. Matteo nahm zwei Stufen auf einmal. Im zweiten Stock lehnte unverkennbar Valentin Born in der Tür. Die jüngere, allerdings um Klassen schlaffere Version seines Vaters. Er schien geschlafen zu haben, obwohl er Anzughose und Hemd trug, beides verknittert. Außerdem hatte er eine Fahne.

»Matteo Zanchetti, Kripo Bozen. Es geht um die Entführung Ihrer Schwester Juna.«

»Hä?« Valentin rieb sich das Gesicht. »Um Himmels willen, glauben Sie, dass ich dem Kind was tun würde?«

»Lassen Sie uns reingehen.«

Valentin zuckte die Achseln. Er wirkte weder besorgt noch besonders auf der Hut.

Matteo folgte ihm in die Wohnung. Alles hell, Leder, Edelstahl, offene Küche, ein riesiges Panoramafenster, hinter dem man in der schwarzen Nacht den Rosengarten erahnen konnte. Daneben führte eine Tür auf einen Balkon. »Tolles Apartment.«

»Ja, ist ok. Also, was wollen Sie?«

»Wann haben Sie erfahren, dass Juna entführt wurde?«

»Entführt?« Valentin ließ sich auf das Sofa fallen, auf dem er augenscheinlich zuvor geschlafen hatte. Ein zerdrücktes Kissen und eine Decke lagen auf dem Boden.

»Sie ist verschwunden. So weit sind Sie informiert?«

»Das schon. Ich war heute Vormittag bei meinem Vater. Sie haben Juna gesucht und nicht gefunden. Deshalb waren alle aufgelöst, aber Marisa meinte, die Kleine versteckt sich gern im Schloss, sie sieht die ganze Anlage als Abenteuerspielplatz.«

»Wie lange waren Sie bei Ihrem Vater?«

»Nicht sehr lange. Ich kam gegen zehn, und eine Stunde später ungefähr bin ich wieder gefahren.«

»Wohin?«

»In die Firma.«

»Sie arbeiten bei Born Sport IT mit?«

»Ja. Was sollen diese Fragen!« Valentin starrte Matteo benommen an.

»Wir haben mittlerweile die Nachricht eines Entführers.«

»Was?« Valentin schoss hoch. »Das gibt's doch nicht.«

»Wie ist Ihr Verhältnis zu Herrn Borns zweiter Frau?«

»Pfff. Wir haben uns nicht viel zu sagen.« Der junge Mann ging zum Küchentresen und ließ Wasser in ein Glas. »Sie auch?«

Matteo schüttelte den Kopf.

»Mein Vater ist eine große Nummer in Bozen. Die Leute bewundern ihn, weil er mutige Sachen macht. Paragliding und ich weiß nicht was. Ich fand das als Kind schon immer schrecklich. Er wollte mich auf Touren mitnehmen, doch ich habe nicht denselben Mumm in den Knochen. Warum sollte ich mich von einem Berg stürzen, nur getragen von ein bisschen Nylon? Nicht meins.« Er trank gierig.

»Hat er Sie dafür verachtet?«

»Enttäuscht war er, dass weder ich noch meine Schwester Vanessa auf diese Extremsportelei abfuhren. Natürlich empfand er meine Verweigerung als schlimmer, ich war der Junge.«

»Keine gute Kindheit?«

»Das würde ich nicht sagen. Ich war einfach nicht so, wie mein Vater mich gern gehabt hätte. Da hat er dann das Interesse an mir verloren und sich in seine Aktionen und Events gestürzt, die Firma hochgezogen und eine Menge Geld gemacht.«

»Dieses Apartmenthaus …«

»Gehört meinem Vater. Ich zahle Miete.«

»Sie scheinen hier ziemlich allein zu sein. Keine Nachbarn.«

»Nicht viele.«

Matteo trat an das Panoramafenster. Die Einrichtung vom Feinsten, die Lage top. Dennoch keine Mieter, keine Käufer. Zu teuer. Die Krise hatte Italien noch im Griff, die Leute konnten sich auch in Südtirol, das vergleichsweise gut dastand, nicht alles leisten.

»Sie arbeiten in der Firma, sagten Sie?«

»Marketing und Öffentlichkeitsarbeit.«

»Gefällt Ihnen das? Wo Sie doch den Sport nicht so mögen?«

Valentin stellte wütend sein Glas weg. »Sie drehen einem echt die Worte im Mund herum. Ich habe nie gesagt, dass ich Sport nicht mag. Ich fahre zum Beispiel sehr gern Ski. Das *Extreme* ist nicht mein Ding. Raten Sie mal, wie oft mein Vater in der Notaufnahme gelandet ist, weil irgendwas nicht so geklappt hat wie geplant.«

»War Ihre Mutter darüber auch sauer?«

»Meine Eltern haben sich auseinandergelebt. Dann hat mein

alter Herr Marisa kennengelernt. Jung, hübsch, er konnte noch mal von vorn anfangen.«

»Ihre Mutter …?«

»Hat auch wieder geheiratet und lebt jetzt in Innsbruck.«

»Wie haben Sie die Scheidung erlebt?«

»Eigentlich war für Vanessa und mich erst mal alles besser. Plötzlich hatte unser Vater Zeit für uns. Aber sobald es mit Marisa ernst wurde, waren wir abgemeldet.«

»Und als Juna zur Welt kam, erst recht.«

Valentin zuckte die Achseln. »Wenn Sie so wollen … Na ja, was man in der Kindheit an Vaterbindung verpasst hat, kann man sowieso nicht mehr richtig nachholen.«

»Klingt altklug.«

Valentin guckte ehrlich überrascht. »Finden Sie das nicht?«

»Sie hatten einen Streit mit Ihrem Vater. Heute Vormittag. Es ging um Geld.«

Valentin schlug mit der Faust auf den Tresen. »Verdammt! Ist ja klar, dass Sie sich daran festbeißen. Ich habe ihn um eine Anschubfinanzierung gebeten. Habe einen Programmierer an der Hand, der uns eine App für unsere Kunden machen will. Damit können sie einkaufen, bezahlen, ihre Ski im Herbst zum Überholen anmelden, Sportgeräte ausleihen, Produkte bewerten, sich zu Wettkämpfen registrieren. Das ist echt ein irres Ding, wir haben schon eine Betaversion. Aber um die App groß rauszubringen, muss eben Geld in die Hand genommen werden. Das lehnt er ab. Er findet, das sollte ich persönlich vorfinanzieren. Ich würde dann vom Gewinn, den wir über die App reinkriegen, eine Beteiligung bekommen.«

»Ist das nicht fair?«

»Ehrlich gesagt: Es ist Bullshit. Wie soll man denn den Gewinn aus der App trennen von dem, den wir mit der Internetplattform und dem stationären Geschäft machen?« Er schüttelte den Kopf.

»Sie sind frustriert.«

»Schon. Irgendwie.«

»Haben sich gedacht, jetzt brate ich dem Alten mal eins über. Haben Juna entführt. Wollen der Familie einen Schrecken einjagen.«

»Nein! Ich …«

»Noch ist nichts Schlimmes passiert, Herr Born! Wenn Sie es jetzt zugeben, sind Ihre Aussichten vor Gericht nicht schlecht.«

»Was soll ich denn zugeben?« Valentin beugte sich vor. Schlaksig, mit hängenden Schultern. Die Augen blutunterlaufen. »Ich habe Juna nichts getan. Ich lasse doch ein Kind nicht bluten für etwas, wofür es gar nichts kann.«

»Nicht Juna. Sondern den Vater. Der auch Ihr Vater ist.«

»Das ist doch wirklich totaler Bullshit.«

»Geben Sie mir Ihre Autoschlüssel! Ich möchte Ihren Porsche untersuchen lassen.«

»Das ist nicht mein Porsche. Der gehört meinem Kumpel.«

»Name, Adresse?«

»Eberhardinger. Wohnt zwei Straßen weiter.«

»Und der leiht Ihnen sein Auto?«

»Ich wollte zu meinem Vater raus, ohne Auto ist das ein Problem. Ich selbst besitze keins. Zur Arbeit fahre ich mit dem Bus oder dem Roller.«

»Haben Sie ein gutes Verhältnis zu Ihrer Schwester?«

»Kann man sagen. Vanessa ist in einer Klinik in der Nähe von Brixen. Wegen Drogen. Geschlossene Abteilung, sie kann nicht raus. Besuch wird kontrolliert.«

»Besuchen Sie sie manchmal?«

»Einmal die Woche.«

Matteo musste einsehen, dass er nichts ausrichten konnte. Nicht mehr in dieser Nacht. Entweder war Valentin harmlos oder kolossal ausgebufft. Er legte seine Karte auf das Sofa:

»Rufen Sie mich an, wenn Ihnen noch was einfällt. Verstanden?«

Valentin zuckte nur die Schultern.

Matteo verließ das Apartment. Vor dem Haus blieb er stehen, ließ den Blick hinaufschweifen zu Valentins Wohnung. Die Balkontür stand offen, Licht fiel heraus. Im Dunkeln ahnte Matteo Valentins schlaksige Gestalt. Der Schein eines Handydisplays beleuchtete sein Gesicht. Matteo verharrte im Schatten.

»Ruf mich zurück«, hörte er Valentins Stimme. »So schnell wie möglich.«

55.

Sonja war nicht klar, was sie geweckt hatte. Ihr Schlaf war so tief gewesen, dass es ihr vorkam, als erwachte sie aus einer Ohnmacht. Die Stille der Nacht erfüllte das Schlafzimmer, ein zarter Lufthauch bewegte die Vorhänge. Die Luft fühlte sich noch warm an, beinahe zu warm für eine Nacht hoch über Eppan.

Ein Lichtschein war zu sehen. Einer, den sie nicht kannte, der nicht hierhergehörte, in die dunklen Nächte, an die sie sich anfangs kaum hatte gewöhnen können und in denen oft nur einzelne Lichter von den Gehöften auf den Bergen zu sehen waren.

Es brannte im Weinberg!

Sonja fuhr hoch, kurz sah sie Sternchen. Sie riss einen Pulli vom Stuhl neben dem Bett und rannte aus dem Zimmer.

»Laura?«

Sie hämmerte an die Zimmertür ihrer Tochter.

»Was denn?«, kam es verschlafen.

»Feuer im Weinberg! Schnell!«

Katharinas Tür öffnete sich. »Was ist los?«

Sonja erschrak bei ihrem Anblick. Ihre Augen waren gerötet, ihr Gesicht verquollen.

»Es brennt.« Sonja hätte viel darum gegeben, jetzt Seelenmassage für ihre Schwiegermutter betreiben zu können. »Laura, ich weiß nicht, ob die Streife das Feuer sehen kann!«, rief sie ins Zimmer. »Bitte sag denen Bescheid.«

Laura kam heraus, einen Sweater über dem Pyjama. »Was kann das sein? Doch wohl nicht die Weinstöcke?«

Sonja war schon weiter. In der Wirtschaftsküche stand ein Feuerlöscher. Sie schnappte ihn sich und stürmte hinaus, rannte über den staubigen Weg Richtung Werkschuppen.

Die Brandstelle lag näher am Haus, als sie von oben vermutet hätte. Der Traktor! Sie starrte auf die Flammen, hinter denen sich schwarz die Silhouette der neuen Maschine abzeichnete. In ihrem Kopf war nur Platz für einen einzigen Gedanken: Katastrophe. Sie würden den Traktor nicht zurückgeben können, auch nicht als gebrauchten, er war ein Totalschaden. Sie müssten den alten flottkriegen. Lauras Worte klangen Sonja im Ohr: Wir brauchen einen Traktor. Wir brauchen einen Arbeiter.

Nicht nur einen.

Sonja kämpfte die aufkeimende Hysterie nieder. Später. Das

waren Aufgaben für später. Jetzt mussten sie erst mal zusehen, dass das Feuer nicht noch auf die Weinstöcke oder den Werkschuppen übergriff.

Wütend riss sie an der Verplombung des Feuerlöschers. Doch sie bekam die Sicherung nicht heraus. Der Hebel klemmte.

»Frau Schwarz! Wie konnte das passieren!«

Julian stürmte vom Gesindehaus herbei.

»Wüsste ich auch gern. Ich krieg den Feuerlöscher nicht in Betrieb.«

Er riss ihr das Gerät aus der Hand. »Verdammt. Da ist irgendwas verklemmt.«

»Wir versuchen es anders!«

Sie rannte zu einem nahen Holzstapel und zerrte die Plane herunter. Gemeinsam schafften sie es, sie über die Flammen zu werfen.

»Weg!«, schrie Julian.

»Vorsicht, Mama!«, hörte sie Lauras Stimme.

Unversehens schossen die Flammen seitlich unter der Plane hervor. Sonja rettete sich mit einem Sprung, geriet ins Stolpern. Julian hielt sie fest.

»Commissario, warten Sie!« Die beiden Streifenbeamten rannten den Weg herauf, ebenfalls einen Feuerlöscher im Anschlag. Der funktionierte. »Gehen Sie zur Seite!« Schaum trat zischend aus.

»Wahnsinn, was für ein Qualm!«, stöhnte Laura.

Die Flammen züngelten noch einmal, als wollten sie gegen die Schaumattacke protestieren, dann verlosch das Feuer. Plötzlich lag der Weg zwischen Weinbergen und Werkschuppen in tiefer Schwärze. Julian knipste eine Taschenlampe an. Das Grüppchen starrte mitgenommen auf die Traktorreste.

»Ist Katharina im Haus?«, murmelte Sonja.

»Sie ist hier«, kam Katharinas Stimme aus der Dunkelheit. »Mir wäre es lieber, du würdest im Haus bleiben.«

»Ach. Wäre es das?« Die Stimme ihrer Schwiegermutter klang eiskalt.

Sonja war zu gerädert, um einen Streit vom Zaun zu brechen. Ihr zitterten die Knie.

»Wie kann denn ein neuer Traktor in Flammen aufgehen?«, fragte Laura entsetzt.

»Gar nicht«, erwiderte der Beamte, der den Feuerlöscher in der Hand hielt. »Ich lege mich ungern fest, aber in dem Fall tippe ich auf Brandstiftung.«

»Genau. Eine andere Lösung gibt es nicht«, meldete Julian sich zu Wort. »Wer bitteschön zündet in der Gegend Landmaschinen an?«

»Das wüsste ich auch gern. Danke für die schnelle Hilfe.«

Er machte eine wegwerfende Handbewegung. Erst jetzt sah sie, dass er nur Boxershorts und ein ärmelloses Shirt trug, eilig in Gummistiefel geschlüpft war.

»Ärger mit den anderen Weingütern in der Gegend?«, fragte der zweite Streifenpolizist.

»Hm«, machte Sonja unbestimmt. Ihr ging der Anschlag auf Matteos Wagen durch den Kopf. Aber dies hier war einfach nur ein Brand, keine Bombe. »Rufen Sie die Spurensicherung her!«, wies sie die Streife an. »Und danke, dass Sie Feuerwehr gespielt haben. Ich verstehe wirklich nicht, warum unser Gerät nicht funktioniert hat.«

56.

Sonja hatte lange geduscht und anschließend die Espressomaschine in Betrieb gesetzt. Zum Frühstück ließ sie sich allein am Küchentisch nieder. Katharina war ohne ein weiteres Wort in ihrem Zimmer verschwunden. Wir müssen reden, dachte Sonja. Im Augenblick fühlte sie sich einfach nicht imstande, nach diesem Erlebnis auch noch Katharinas Kummer auf sich zu nehmen.

Trotz der ausgiebigen Dusche hatte sie immer noch den Eindruck, nach Ruß und Qualm zu stinken. Auch im Haus hing Brandgeruch. Sie hatte alle Fenster aufgerissen. Langsam wurde es dämmrig. Im Gesindehaus brannte Licht. Wahrscheinlich kratzte auch Julian sich die Spuren des Feuers vom Körper.

Laura kam herein. Kurz legte sie ihre Arme um ihre Mutter und drückte ihr Gesicht in Sonjas noch feuchtes Haar.

»Hm«, machte Sonja.

»Was sollen wir jetzt machen?« Laura ließ Espresso in eine Tasse laufen.

»Ich bin überfragt. Leider.«

»Wir müssen den alten Traktor wieder fit kriegen.«

»Hoffentlich schafft Felix das. Mach es dringend, wenn du mit ihm redest, ja?«

»Dass es dringend ist, weiß er wohl selber.« Laura klang missmutig. »Findest du nicht, dass du zu argwöhnisch ihm gegenüber bist?«

»Er hat sich hier eingeschlichen unter falschem Namen und

falscher Biografie. Er war im Knast, ist vorbestraft, und da geht es nicht um Lappalien. Körperverletzung ist kein Kavaliersdelikt!«

»Schon gut!« Laura hob die Hand.

Sonja sprach schon weiter: »Er hat Katharina den Kreditvertrag aufgeschwatzt, der uns das Weingut aus den Händen reißt, wenn wir nicht tilgen. Weißt du, was das für Katharina heißt?«

»Ich fände es auch nicht lustig«, gab Laura zurück. »Ich kann mir gar nicht mehr vorstellen, von hier wegzugehen. Mein Studium und alles ... mein ganzes Leben habe ich auf unseren Wein ausgerichtet.«

Sonja sah die Tränen, die sich in die Augen ihrer Tochter stahlen. Sie legte ihre Hand auf Lauras Arm. »Wir kriegen das schon hin. Behalte Felix im Auge. Ich traue ihm nicht. Und ich will wenigstens dir kein Theater vorspielen müssen, verstehst du?«

Laura nickte.

»Schlimm genug, wenn ich vor Katharina so tun muss, als wäre ich mit Julian einverstanden.«

»Mit *Felix*.«

Sonja stand auf. »Ich muss nach Obergelln. Matteo wollte mich um halb sieben abholen, er wird jeden Moment da sein.«

»Habt ihr schon eine Spur von dem Mörder?«

»Eine Spur schon. Wir hoffen, in den nächsten Stunden mehr herauszufinden. Bis heute Abend!«

»Ciao!«, rief Laura ihr nach.

Sonja hastete nach draußen. Vor der Tür stieß sie auf Katharina. Deren Gesicht war noch rußverschmiert. Der Morgenrock, den sie über den Schlafanzug gezogen hatte, stank nach Qualm.

»Katharina, wo kommst du denn her. Ich dachte ...«

»Du denkst ein bisschen viel.« Immer noch diese Ablehnung in ihrer Stimme.

»Du warst bei Julian?«

»Bei Felix.«

Sonja wusste nur zu gut, dass es gerade jetzt keinen Sinn hatte, mit ihrer Schwiegermutter zu reden. »Es ist ja noch mal gutgegangen. Ich hatte wirklich Angst, dass der Brand auf die Reben übergreift. So trocken wie momentan alles ist ...«

»Gut, dass Felix so schnell zur Stelle war.«

»Ja. Wirklich. Ich muss los. Der Mordfall in Obergelln.«

Katharina nickte nur knapp und verschwand im Haus. Seufzend machte Sonja sich auf den Weg die Einfahrt hinunter. Die Streife wurde gerade von einer zweiten abgelöst.

»Der Capo kommt gleich«, sagte Ludolfer.

»Buongiorno, Agente Scelto. Heute nicht mit Sofia im Dienst?«

Ludolfer verdrehte die Augen. »Sie ist krankgeschrieben.«

»Was?«

»Blinddarmreizung. Habe ich gehört.« Er zuckte die Achseln. »Was war denn das für ein Feuer heute Nacht?«

»Der Traktor hat gebrannt.«

»Seltsame Sache.« Ludolfer reckte die Schultern. Sein mächtiger Bauch geriet dabei in Bewegung, wogte auf und ab.

»Kann man wohl sagen. Sie haben ein Auge auf alles?«

Ludolfer legte die Hand an die Uniformmütze. »Selbstverständlich, Commissario. Wenn S' mich fragen, ein Traktor brennt nicht von allein.«

»Da haben Sie allerdings recht.«

Matteo prügelte seinen geliehenen Punto die Einfahrt herauf. Sonja ging ihm entgegen.

»Principessa!« Er stieß ihr die Beifahrertür auf.

»Danke, dass du mich abholst.«

»Der Traktorbrand hat sich schon überall herumgesprochen.«

»Am liebsten würde ich den für eine Weile vergessen. Was Neues bei den Borns?«

»Ein Team aus zwei Technikern war die ganze Nacht dort. Leider hat sich nichts getan. Die Untätigkeit macht die Eltern fertig. Und uns auch. In der Questura vernimmt Jonas noch den Gamper, dann fährt er ins Grödnertal.«

»Jonas vernimmt den Wirt?«

»Uns läuft die Zeit davon. Kein Haftrichter setzt uns den Gamper für länger fest.«

Sonja stöhnte. »Ich bin mir sicher, dass Joachim Gamper nichts mit dem Tod seiner Frau oder dem Mord an Severin zu tun hat. Da passt einfach nichts zusammen. Ich rufe Jonas an und bitte ihn, den Gamper nur pro forma so lange festzuhalten, bis wir mit dem Preindl geredet haben.« Sie griff nach ihrem Handy.

Jonas versprach, sein Mögliches zu tun. »Wir sollten uns auf die Entführung konzentrieren, Sonja«, sagte er. Seine Stimme hörte sich bedrückt an. Wahrscheinlich hatte er gar nicht geschlafen, aus Gram wegen Sofia. Überall nur Dramen, dachte Sonja verdrossen.

»Finde ich auch. Bitte kümmere dich so einfühlsam wie möglich um die Eltern. Ich würde wahnsinnig werden von der Warterei.«

»Mache ich. Kommt ihr denn ins Schloss?«

»Sobald wir mit dem Preindl fertig sind.«

»Der Kollege, der den Mechaniker bewachen sollte – der hat es übrigens nicht geschafft. Ist heute Nacht gestorben. Die Grüner hat eine erste Einschätzung gemailt. Die Injektion enthielt ein Nervengift, dass die Atemmuskulatur lähmt.«

»Verdammt!«

»Sag dem Capo Bescheid.«

»Mach ich.«

Sie legte auf.

Matteo warf ihr einen Blick zu. »Du siehst total fertig aus.«

»Danke, das wollte ich jetzt hören. Der Kollege, der Dienst hatte und auf Marino aufgepasst hat, als du rausgerufen wurdest, ist tot.«

»Cazzo!« Er stieß den Fluch zwischen den Zähnen hervor. »Wir haben nicht mal brauchbare Videoaufnahmen von dem Zwischenfall. Man kann nur erkennen, dass ein Mann in Uniform mit einer Spritze durch den Vorraum in den Verhörraum kam und zuerst den Kollegen anging und dann Marino. Er hat sein Gesicht immer geschickt von den Kameras ferngehalten. Ein Profi, einer, der so was nicht zum ersten Mal macht.«

»Was ist mit den beiden Störenfrieden? Die hat doch jemand zur Ablenkung geschickt!«, wandte Sonja ein.

»Allerdings! Die Personalien wurden aufgenommen. Beide sind in Taranto gemeldet. Das dauert, bis wir von denen in Apulien Informationen raufgereicht bekommen.«

Sie schwiegen eine Weile. Sonja fand, dass der schöne Sommertag, das satte, grüne Laub, die frischen Weiden, die Weinberge, das alles nicht zu dem passte, womit sie sich beschäftigen mussten.

»Ich war gestern noch bei Valentin Born«, meldete der Capo sich zu Wort. »Er wohnt in einem von den schicken neuen Apartmentblocks in Gries, die zur Hälfte leer stehen. Gehört seinem Vater. Er bezahlt angeblich Miete.«

»Born hat sein Geld in verfaulte Immobilien gesteckt?«

»Valentin steht mit dem Vater auf Kriegsfuß, fühlt sich vernachlässigt und ungerecht behandelt. Ehrlich gesagt hatte ich ihn als Kidnapper auf dem Radar, weil er ein Insider ist und Groll gegen den Vater hegt, aber ich habe den Eindruck, er kann keiner Fliege was zuleide tun. Erst recht keinem Kind.«

Sonja lehnte sich zurück und sah die Landschaft an sich vorbeiziehen. Allmählich machte sich der morgendliche Berufsverkehr bemerkbar. Zum Glück waren sie früh genug losgekommen, die schlimmeren Staus würden sich erst in einer halben Stunde aufgebaut haben.

»Die Schwester ist wegen Drogenmissbrauchs in einer psychosomatischen Klinik. Als Täterin kommt sie nicht in Frage, sie ist in der geschlossenen Abteilung. Valentin besucht sie manchmal. Übrigens hat er gar kein eigenes Auto. Der Porsche war von einem Freund geliehen.«

»Ach was!« Sie musste sich zusammennehmen, um nicht wegzudösen.

»Wohl dem, der solche Freunde hat.« Matteo lachte leise auf.

Sonja schlief ein.

57.

Matteo legte eine Vollbremsung vor Josef Preindls Haus hin. Es war kurz nach sieben, im Haus brannte Licht.

»Forza! Ran an den Speck!«

Es kam Sonja so vor, als ob er sich selbst mehr anfeuern müsste als sie.

Maria Preindl öffnete ihnen die Tür.

»Guten Morgen. Wir müssen dringend mit Ihrem Mann

reden.« Matteo hatte die Frau bereits zur Seite geschoben und spazierte in die Küche. Sonja folgte ihm.

»Ach, der Herr und die Frau Commissario!« Preindl, der in Hemd und Krawatte dastand und seinen Kaffee im Stehen trank, sah die Polizisten grinsend an. »Was haben Sie heute auf dem Herzen?«

»Wir müssen mit Ihnen über Teresa Gamper sprechen.« Matteo nickte zu Maria Preindl hinüber. »Vielleicht sollten wir das nicht im Beisein Ihrer Frau machen.«

»Wir haben keine Geheimnisse voreinander!« Der Bürgermeister wies auf die Stühle am Esstisch. »Wenn die Herrschaften sich setzen möchten.«

Alle blieben stehen. Der Bürgermeister zuckte gleichmütig die Schultern.

»Sie hatten ein Verhältnis mit Teresa Gamper.« Sonja schoss die Worte auf ihn ab wie Dartpfeile. Das selbstgewisse Tamtam des Mannes ging ihr auf die Nerven.

»Das ist richtig.«

Aus den Augenwinkeln sah Sonja zu Maria Preindl, die in der Tür stand und keine Anzeichen von Schock oder auch nur Überraschung zeigte.

»Sonst noch was?« Preindl stellte die leere Tasse weg.

»Sie haben Teresa versprochen, mit ihr zusammen Obergelln zu verlassen und anderswo ein neues Leben anzufangen.«

»Auch das ist richtig.« Preindl feixte jetzt. »Ist ja nicht verboten.«

»Sie haben der Frau Hoffnungen gemacht und sie dann enttäuscht. Wie hat Teresa reagiert?«

Preindl hob beide Arme. »Herrje, wie soll sie reagiert haben? Sie war geknickt, aber sie war auch eine gestandene Frau. Kein Kind von Traurigkeit. Nachdem ich ihr reinen Wein eingeschenkt hatte, hat sie sich ziemlich schnell einen anderen gesucht.«

»Und wen?«

»Woher soll ich das wissen?«

»Den Pfarrer?« Matteo fixierte Preindl scharf. Sonja registrierte mit Befriedigung, dass dem Bürgermeister der Augenkontakt unangenehm wurde.

»Den Pfarrer?« Preindl lachte trocken. »Das will ich nicht hoffen.«

»Ich will Ihnen sagen, wie es war«, ging Matteo auf ihn los. »Sie haben Teresa umgebracht, weil sie an Ihnen hing wie eine Klette. Sie hat sich nicht einfach abspeisen lassen mit Vertröstungen. Hat Ihnen die Meinung gegeigt und daraufhin waren Sie genervt und haben Sie umgebracht.«

»Bei allem Respekt, Commissario! Wieso soll ich eine Frau umbringen, mit der ich eine Affäre hatte?«

»Teresa hat sich beim jungen Pfarrer ausgeweint – also mussten Sie den auch um die Ecke bringen.«

»Ich höre mir diesen bestialischen Quatsch nicht länger an. Maria, mein Jackett! Ich muss in die Firma.«

Maria Preindl stand wie festgewachsen in der Tür.

»Maria! Mein Jackett!«, brüllte Preindl.

»Bleiben Sie mal auf dem Teppich, Herr Preindl«, sagte Sonja scharf.

»Wenn Sie irgendwelche Beweise für Ihre Anschuldigungen hätten, würde ich jetzt Handschellen tragen und im Wagen nach Bozen sitzen. Sie kommen nicht voran mit diesem Fall und lassen Ihren Frust an mir aus.«

Preindl marschierte zur Tür, schob seine Frau weg, kramte in der Garderobe herum, bis er sein Jackett fand, und schlüpfte hinein. »Und Sie verlassen jetzt mein Haus. Sofort.«

58.

Vielleicht lag es daran, dass er so behütet aufgewachsen war; jedenfalls war es das, was alle immer behaupteten. Hieß nichts anderes als: Es ist Geld da. Es ist ein Haus zum drin Wohnen da. Es steht Essen auf dem Tisch. Das hast du alles der Firma zu verdanken. Und deinem Vater. Der arbeitet, damit du es warm hast. Damit du satt bist.

Gegessen hatte er meist allein. Irgendwann hatte er dann nicht mehr gegessen. Lange Zeit hatte er mit niemandem darüber gesprochen. Es ging ja irgendwie weiter. Er saß allein am großen Tisch. Die Haushälterin hatte irgendwas gekocht. Ob es ihm nicht schmeckte, wurde er gefragt, doch darum ging es nicht. Das war nicht das Problem. Er hasste es einfach, nur seine Kaugeräusche zu hören und das Kratzen von einer einzigen Gabel auf dem Porzellan.

Später machte er dann den Mund auf. Mit Vanessa konnte er reden. Die hatte ihre eigenen Erfahrungen, nicht viel anders als seine. Der Frust. Die Einsamkeit. Die Resignation. Das ständige Gefühl, gegen Schaumstoff zu laufen. Nichts ließ sich greifen. Niemand hielt dagegen. Sie blieben ihm gegenüber einfach gleichgültig.

So fing alles an.

Sie hätten viel früher miteinander reden sollen. Aber die richtig guten Erfahrungen ließen sich halt nicht erzwingen.

Vanessa hatte in allem mehr Mumm in den Knochen als er. Sie hatte Pläne. Etwas Gemeinsames aufziehen. Etwas Großes, das Mut erforderte, und das den anderen, die an dem ganzen Dreck schuld waren, ordentlich Angst machte. Ihnen den Boden unter den Füßen wegzog.

Jetzt konnten sie nicht mehr so tun, als wenn die Welt, die Gesellschaft oder ein Naturgesetz für ihr Verhalten verantwortlich war. Jetzt ging es ums Ganze.

59.

Der Plan war simpel. Matteo fuhr zum Sägewerk, um dort zu beobachten, wann Preindl käme. Sonja wartete auf der Bank beim Friedhof. Ihr Blick glitt zum Schlern hinüber. Tief unter ihr lag grün der See.

Die schwarzgekleidete Frau, die sich an der Bepflanzung eines Grabs zu schaffen machte, beachtete sie nicht. Ein Hauch von Verachtung und Kälte lag in der Luft. Sonja ahnte, was in den Leuten vorging. Die inkompetente Polizei brachte den Ort durcheinander, ohne den Fall zu lösen. Der Mörder würde seiner Wege gehen.

Als Matteo anrief, um zu sagen, dass die Luft rein war, brauchte Sonja nur eine Minute zurück zum Haus der Preindls.

Maria Preindl öffnete verschüchtert die Tür.

»Mein Mann ist nicht mehr hier.«

»Ich möchte auch mit Ihnen sprechen.«

»Aber …« Hilflos versuchte die Frau, Sonja den Weg zu versperren. Vergebens.

Sonja schob Maria Preindl vor sich her, stieß dabei die Haustür zu. Im Wohnzimmer blieb sie stehen.

»Haben Sie einen Ehevertrag?«

»Wie bitte?«

Sonja holte tief Luft, um die Ruhe zu bewahren. Es war stickig im Wohnzimmer. Jäh bestürmte sie die Erinnerung an den Brand in der vergangenen Nacht.

»Wenn Sie keinen Ehevertrag haben, gehört Ihnen und Ihrem Mann dies alles gemeinsam. Das Haus. Die anderen Immobilien, die Firma. Sind Sie denn so abhängig von Ihrem Mann? Wirtschaftlich, meine ich?«

Maria Preindl wurde blass, doch in ihren Augen flackerte etwas auf. Ein plötzliches Begreifen. Es kam Sonja vor, als könnte sie einen Blick auf eine andere Frau werfen, die sich in der Schale der schüchternen, verhuschten Person verbarg.

»Ich weiß nicht, was Sie von mir wollen.«

»Doch. Das wissen Sie. Ich will, dass Sie gegen Ihren Mann aussagen. Sie sind doch im Bilde? Vielleicht hat er sich Ihnen gegenüber sogar offenbart?«

»Tut mir leid. Ich kann Ihnen nicht helfen.«

»Wie lange wollen Sie dieses Leben noch ertragen?« Sonja wies auf die Landhausmöbel, die dicken Sofakissen, die Maßkrugsammlung.

»Ich habe mein Leben selbst gewählt. Scheidung kommt für mich nicht in Frage.«

»In guten wie in schlechten Tagen, ich weiß.« Sonja setzte sich auf das Sofa. »Nur: Wie viele schlechte Tage wollen Sie noch ertragen? Er schlägt sie, betrügt sie. Teresa war doch nicht die erste Affäre?«

»Sie haben die Gamper Teresa nicht gekannt.«

»Möglich, dass es Ihnen egal ist, ob der Mörder gefunden wird. Aber Severin? Hat er einen solchen Tod verdient?«

»Niemand hat es verdient, dass man ihm ein Messer in den Rücken rammt«, entgegnete Maria Preindl. »Aber darum geht es nicht.«

»Worum dann?«

»Mein Mann hat doch den Pfarrer nicht umgebracht!«

Sonja beugte sich vor. »Severin war der Einzige im Ort, der sich von Ihrem Mann nicht hat einschüchtern lassen. Alle anderen kuschten, bloß Severin nicht. Musste er deshalb sterben?«

Endlich ließ sich auch Maria Preindl auf einen Sessel sinken. Zaghaft schob sie die Hände zwischen ihre Schenkel.

»Sie haben gut reden. Sie sind eine starke Frau. Haben die Möglichkeit, Ihren Platz im Leben zu ändern, wenn Sie das wollen. Ich habe keinen anderen Platz. Nur den hier. Und den gebe ich nicht auf.«

60.

Matteo war stinksauer und ließ seine Laune am Punto aus.

»Was für ein beknacktes Auto! Liegt total schlecht auf der Straße. Schau mal!«

Er kurbelte am Lenkrad, dass der Wagen schlingerte und Sonja gegen das Fenster gedrückt wurde, mit bester Aussicht auf den Abgrund rechts neben sich.

»Sei vorsichtig, Matteo!«

»Wir haben nichts gegen Preindl in der Hand!«

»Noch nicht. Ich koche seine Frau schon noch weich.« Ihr Handy klingelte. »Ja, Jonas?«

»Es ist eine Nachricht in dem Sport IT/Tumlach-Thread aufgetaucht.«

»Wie lautet die Forderung?«

Matteo drückte noch mehr aufs Gas. Zum Glück hatten sie die etwas breitere Straße auf Höhe des Sees erreicht. Wieder das grüne Glitzern, der imposante Rahmen der Berge. Rasch wandte Sonja den Blick ab. Sie konnte keine Verführungen zulassen.

»Die wollen zwei Millionen.«

»Das ist ein Wort.« Sonja stellte den Anruf auf »laut«.

»Der Gag ist, dass die Nachricht schon wieder auf einen Insider hindeutet. Sie wurde auf Kroatisch geschrieben.«

»Auf Kroatisch?« Aus den Augenwinkeln sah Sonja, wie Matteo die Stirn runzelte. »Kannst du Kroatisch?«

»Ich nicht, aber Martin Born. Seine Großmutter stammt aus Kroatien.«

»Wer kann das wissen?«

»Eins von den Kindern! Ganz klar!«, ging Matteo dazwischen. »Jonas, gibt es sonst noch was? Ansonsten fahren Sonja und ich direkt in die Klinik, wo Vanessa Born einsitzt.«

»Martin Born hat vor, gleich in seine Firma zu fahren, um mit seinem Geschäftsführer zu besprechen, wie sie an das Geld rankommen. Es steckt in der Firma, nicht im Safe.«

»Fahr mit ihm hin, Jonas!«, bat Sonja.

»Ich möchte mal wissen, wer zwei Millionen im Safe hat«, unkte Matteo.

»Was?«, kam Jonas' Stimme aus dem Lautsprecher.

»Wie weit seid ihr mit der Technik, könnt ihr rausfinden, wer das gepostet hat oder woher?«, fragte Sonja schnell.

»Bisher leider nicht. Das ist ein offenes Forum, jeder kann irgendwas reinschreiben. Die Experten sind dran. Ein anderes Problem besteht noch: Die Presse wird sich irgendwann für Schloss Rauenfels und den ganzen Auflauf hier interessieren.«

»Falls jemand fragt: Wir sprechen von einem Einbruch. Wie war es mit Gamper?«

»Ich habe ihn noch mal zu seiner Beziehung zu seiner Frau befragt und mich danach erkundigt, wo er war, als Severin umgebracht wurde. Da kommt nichts Neues. Da ist auch nichts, wenn ihr meine Meinung hören wollt.«

»Lasst ihn gehen.«

»In Ordnung.«

»Wie geht es Sofia?«

»Woher soll ich das wissen?« Bitter tröpfelten die Worte zu Sonja. »Wir haben uns gestern Nacht nicht gesehen. Ich war bis ultimo im Dienst.«

»Sie hat sich krankschreiben lassen. Weiß ich von Ludolfer.«

Jonas atmete hektisch ein: »Wie bitte?«

»Ja, wegen einer Blinddarmreizung. Sie sollte auf keinen Fall Lunte riechen, Jonas. Ich weiß, es ist hart, aber ruf sie an und frag sie, wie es ihr geht. Finde heraus, ob sie ahnt, dass wir sie enttarnt haben. Schaffst du das?«

Ein leises Seufzen erklang. »Ja. Schaffe ich. Bis dann.«

»Warte! Habt ihr die Apotheken abgegrast? Hat jemand Medikamente gekauft, die auf Juna passen würden?«

»Bis jetzt ist niemand aufgefallen. Das Problem ist, dass die Entführer vielleicht nicht wissen, welche Krankheit Juna hat. Wenn sie grippeähnliche Symptome bekommt, dann besorgen die ihr wahrscheinlich erst mal Hustensaft oder Paracetamol. Das wird ständig gebraucht und verkauft.«

»Dennoch, bleibt dran. Es ist momentan die einzige Chance!«

»Na gut. Also, bis später.« Jonas legte auf.

»Uff.« Sonja schloss die Augen. »Manchmal geht mir die Kraft aus.«

»Close your eyes and think of England.«

»Hm?«

»Du verlangst ganz schön was von ihm.«

»Ich bezweifle, dass er mit dem Spruch was anfangen könnte. Dazu ist er zu jung.«

»Wir sind auch nicht unter Queen Victoria geboren, Sonja!«, grinste Matteo. »Aber zu der Kroatisch-Frage. Wer weiß, dass Born Kroatisch kann?«

»Seine Familie. Enge Freunde. Es könnte aber auch fast jeder wissen. Born ist ein kommunikativer Typ und kennt halb Südtirol.«

»Fragen wir Vanessa danach.«

»Mit dem Gamper sind wir durch, was?«

»Zweifelst du, Principessa?«

»Nein, eigentlich nicht.«

»›Eigentlich ist eines von den seltsamsten deutschen Wörtern.«

Sonja grinste. »Wenn du mich fragst, ob ich den Gamper

doch für den Schuldigen halte: nein. Ich tippe auf Preindl. Er hat Teresa umgebracht, als sie ihm das Leben schwermachte, weil sie endlich merkte, dass er niemals vorhatte, mit ihr aus Obergelln wegzugehen. Da sehe ich ein klares Motiv. Doch warum Severin? Ich glaube kaum, dass der Pfarrer den Mord beobachtet hat und deshalb als Zeuge ausgeschaltet werden musste.«

Matteo aktivierte das Navi auf der Such nach der Brixener Klinik. »Vielleicht wusste er etwas anderes. Über Teresa. Über Preindl. Oder Maria Preindl weiß doch mehr über den Mord an Teresa und hat sich dem Pfarrer anvertraut.«

Die Navigationsansage schaltete sich schrill ein. Sonja verfiel in Schweigen. Morde wie der an Teresa waren ihr vertraut. Solche hatte sie im Laufe ihrer Karriere bei der Polizei zur Genüge bearbeitet. Beziehungen, zuerst alles verschmachtende Feuer, brachen irgendwann zusammen und hinterließen brennenden Hass, Abscheu, grausame Enttäuschung. Im Strudel widerstreitender Gefühle waren die meisten Menschen zu allem fähig. Dennoch griffen nur wenige zu einem Messer und mordeten. Dabei konnte sie sich kaum vorstellen, dass Josef Preindl Teresa wirklich geliebt hatte. Sie war vermutlich eine Art Hobby gewesen, ein schöner Zeitvertreib, er hatte ihre Aufmerksamkeit genossen, solange sie nichts von ihm forderte. Als sie darauf bestand, dass er seine Versprechen vom Neuanfang einlöste, wollte er sie loswerden. Nur wie Severin in das Muster passte, war ihr nicht klar. Wie konnte Severin etwas über den Mord wissen? Hatte Teresa sich ihm zuvor anvertraut? Lisa Mayn jedenfalls hatte in Abrede gestellt, dass Teresa viel mit Kirche anfangen konnte. Vielleicht sagte Preindl sogar die Wahrheit: Teresa hatte den Schwenk in Preindls Absichten womöglich schnell verdaut und sich anderswo Ablenkung gesucht.

Sie erreichten die Vororte von Brixen. Wie immer herrschte

zu viel Verkehr, Wohnmobile und große Vans mit Sportgerät auf den Dächern verstopften die Straßen, dazu die LKWs, die die Hotels belieferten, und Handwerker, die versuchten, zu ihrem Einsatzort zu kommen. Hupen, genervte Gesten aus Fahrerfenstern. Wie sie es drehte und wendete, selbst Maria Preindl als Täterin gefiel ihr nicht. Wenn man den Preindl mit einem Messer im Rücken gefunden hätte, wäre die Ehefrau natürlich eine Option. Aber der Pfarrer …

»Severin passt nicht ins Bild.«

»Hm?«

»Der Mord am Pfarrer. Ich verstehe einfach nicht, wer ihn umbringen wollte. Wer ein Motiv gehabt hätte.«

Matteos Handy klingelte.

»Das ist Peter Kerschbaumer. Hallo, Peter? – Haben die nicht die vorbereitete Presseerklärung rausgegeben? – Verdammt. – Der Mord an dem Junkie, habt ihr da was Neues? – Wäre ja auch zu schön gewesen!« Er legte auf. »Die Presse spinnt rum, irgendwer hat die Presseerklärung über den Anschlag auf meinen Wagen nicht rechtzeitig weitergereicht.«

Sonja seufzte. »So kann das nicht weitergehen. Wir brennen an allen Ecken und Enden.« Wir müssen wenigstens einen Fall lösen, dachte sie, als Matteo in eine Einfahrt bog. Große Fichten warfen Schatten. Vor ihnen lag ein weitläufiger Parkplatz, beinahe leer. »Klinik für Psychosomatik«, stand auf einem Messingschild.

»Sieht eher aus wie ein Luxushotel«, murmelte Matteo, als er den Wagen abstellte.

Sonja stieg aus. »Dann lass uns mal sehen, wie weit es mit dem Luxus her ist.«

61.

Vanessa hockte im Schneidersitz auf ihrem Bett, eine Decke um die Schultern. Langes, dunkles Haar hing strähnig um ihr Gesicht. Sie trug ein Shirt und eine ausgeleierte Stoffhose. In ihrem Zimmer, in dem außer dem Bett gerade noch ein Schrank und ein winziger Tisch mit einem Stuhl davor Platz hatten, befanden sich außer einem kleinen Stapel Bücher und einem Schreibblock keine persönlichen Dinge.

»Wir sind von der Kripo Bozen. Sonja Schwarz. Mein Kollege Matteo Zanchetti«, stellte Sonja vor.

»Die haben Sie reingelassen?«

»Warum sollten sie nicht?«

»Naja. Sie sind die Staatsgewalt, die lässt man rein.« Vanessa lehnte sich zurück. Eine Wolke von Selbstgefälligkeit umgab sie.

»Wir möchten mit Ihnen über Ihre Halbschwester sprechen. Juna. Sie ist entführt worden.«

»Was?« Vanessa schoss hoch. »Das gibt es doch gar nicht!«

»Doch. Es ist leider wahr«, kommentierte Matteo.

»Wer entführt denn ein Kind?«

»Haben Sie eine Ahnung? Wer könnte dahinterstecken? Feinde in der Familie?«, fragte Sonja. Sie versuchte, Matteos Unruhe zu ignorieren. Er wanderte in dem kleinen Zimmer herum, guckte zum Fenster raus, spähte in die Nasszelle. Keine gute Voraussetzung. Sie hätte lieber allein mit Vanessa gesprochen.

»Genau genommen gibt es zwei Familien.« Vanessas Ton wurde wieder hochnäsig. »Meine Mutter, meinen Bruder und mich mit meinem Vater. Dann wurden wir abserviert. Und dann Marisa und Juna mit Herrn Martin Born.«

»Sie fühlen sich ausgeschlossen, oder?«

»Als Therapeutin würden Sie eine ganz gute Figur machen.« Vanessa lächelte überlegen. »Nein, Valentin und ich fühlten uns zunächst nicht ausgeschlossen, weil unser Vater nach der Scheidung endlich mal Zeit für uns hatte. Aber dann hatte er Marisa am Start. Und bald kam Juna.«

»Wie stehen Sie zu Ihrer Halbschwester?«

»Ich habe mit der Entführung nichts zu tun. Ich wusste das nicht mal.«

»Ihr Bruder besucht Sie doch ab und zu. Wann war er zuletzt hier?«, fragte Matteo.

»Letzte Woche. Sie können die Ärztin fragen, sie muss Besuche absegnen.«

»Valentin kommt regelmäßig zu Ihnen?«, erkundigte sich Sonja.

»Einmal pro Woche, manchmal schafft er es öfter. Hören Sie, ob Sie es glauben oder nicht: Marisa könnte ich zum Mond schießen, damit hätte ich kein Problem, aber ich würde nie einem Kind was antun.«

»Warum sind Sie hier?« Matteo baute sich breitbeinig im Zimmer auf.

»Was glauben Sie, was das ist? Ein Wellnesshotel?«

»Sie sind in einer geschlossenen Abteilung.« Er wies auf das vergitterte Fenster.

»Ich hatte Probleme mit Drogen. Es fing so schleichend an, erst haben wir gekifft. Dann kamen die härteren Dinger.«

»Wer ist ›wir‹? Ihr Bruder und Sie?«

»Ein Freund und ich. Valentin hat noch nie Drogen genommen. Der trinkt gern mal was. Ansonsten ist er clean.«

»Juna hat eine Stoffwechselkrankheit.« Matteo.

»Hä?«

»Morbus Gaucher, ist erst vor Kurzem diagnostiziert worden. Wenn das Mädchen nicht die nötigen Medikamente bekommt, wird sie bleibende Schäden davontragen.«

»Scheiße, das wusste ich nicht.«

»Können Sie Kroatisch?«

»Ich? Nein. Wieso?«

»Ihr Vater spricht die Sprache.«

Vanessa zuckte nur die Achseln. Sie wirkte verwirrt, wusste sichtlich nicht, wohin das Gespräch führen sollte.

»Er sagt, dass er Kroatisch von seiner Großmutter gelernt hat.«

»Ach, *die* Geschichte!« Sie machte eine wegwerfende Handbewegung. »Als Kind war er ab und zu in Kroatien. In den Ferien. Die Großmutter starb, bevor Valentin und ich geboren wurden.«

»Wer weiß denn noch, dass Ihr Vater Kroatisch kann?« Matteo trat ein paar Schritte näher an das Bett. Obwohl er noch weiter weg stand als Sonja, schien Vanessa seine Nähe nicht gut zu ertragen. Sie kauerte sich zusammen, wirkte unter ihrer Decke wie ein Tier, das in einer Höhle Schutz suchte.

»Meine Mutter weiß es. Valentin weiß es. Vielleicht weiß es jemand in der Firma? Ich habe allerdings nie von kroatischen Kunden gehört. Die meisten sind Italiener aus dem Süden, die nach Südtirol kommen, um hier richtig aufs Ganze zu gehen. Gleitschirmfliegen, mit dem Mountainbike durch die Berge rasen, genauestens vorbereitete Touren, super Sportgerät. So ist mein Vater.«

»Sie mögen Ihren Vater nicht?«, schaltete Sonja sich ein.

»Mein Vater ist wie ein großer Baum. Majestätisch, wenn man weiter weg steht. Dann ist er ein Mann zum Bewundern. Wer hingegen zu nahe an ihn ranrückt, der wird schnell erdrückt.«

»Warum lösen Sie sich nicht vom ihm und machen Ihr eigenes Ding?« Matteo.

»Wahrscheinlich bin ich hier, weil ich den Kampf ums Ablösen verloren habe, oder, Commissario? Mein armer Dad, er hatte so große Pläne für uns …«

»Den eigenen Vater zu enttäuschen, gelingt fast jedem Kind.« Matteo machte noch einen Schritt auf Vanessas Bett zu. »Aber seine Tochter zu entführen …«

»Ich war das nicht!« Vanessas Stimme wurde sehr schrill, sie rückte auf dem Bett an die äußerste Kante, weg von Matteo. »Ich komme hier überhaupt nicht raus! Denn wenn ich rauskönnte, dann wäre ich schon weg!«

62.

Sofia wusch sich das Gesicht und band den Zopf neu. Sie wollte ihrem Vater nicht verheult und halb verwahrlost unter die Augen treten. Dabei hätte sie wirklich nicht garantieren können, was geschehen wäre, wenn in der Flasche Braulio noch mehr als ein Drittel Kräuterschnaps gewesen wäre. Die Kopfschmerzen hielten sich in Grenzen. Die befreundete Ärztin hatte ein Einsehen. Sofia war ihr in diesem Moment einfach nur unendlich dankbar.

Der Capo hatte sie gestern vor allen zur Schnecke gemacht.

Dass sie sich verteidigte, war genau die falsche Reaktion; sie hätte seine Kritik einfach auf sich beruhen lassen sollen. Stattdessen hatte sie sich in Ausflüchten verheddert, darauf bestanden zu erklären, dass sie in aller Eile zum Schloss beordert wurden und noch gar nicht wussten, worum es eigentlich ging, so dass sie nicht darauf achteten, die Streifenwagen vor der Einfahrt und nicht direkt am Schloss zum Stehen zu bringen. Im Nachhinein fand sie es selber albern, so zu argumentieren. Sie hätten professioneller handeln können. Punktum.

Dass ausgerechnet Zanchetti sie so abkanzelte. Mit Schrecken hatte sie gefühlt, wie ihre Hand zum Handy gezuckt war. Santoro anrufen, ihr Bericht erstatten, die Mafia machen lassen … diese Verlockung, die sie gespürt hatte, entsetzte sie immer noch. Ein Vorgesetzter sah sich zu berechtigter Kritik veranlasst und hatte sie dabei nicht gerade mit Samthandschuhen angefasst. Was sollte sie auch erwarten? Sofia war eine einfache Polizeibeamtin, nicht bei der Kripo. Sie gehörte zum Fußvolk, wie Ludolfer sich oft ausdrückte.

Der Anschiss vom Capo war aber nicht das Schlimmste. Das Schlimmste war, dass Jonas ihr mit einem Mal die kalte Schulter zeigte. Wollte er ihr klarmachen, wie dumm sie gehandelt hatte, als sie über diese Monsterpuppe gefahren war? Sofia konnte es nicht glauben. Bestimmt steckte etwas anderes dahinter. Als sie ihn gefragt hatte, ob sie sich später am Abend sehen würden, hatte er sich abgewandt. Wollte abwarten, wie sich der Fall entwickeln würde. Hatte dabei verschämt den Blick gesenkt. Machte sich nicht mal die Mühe, eine bessere Ausrede zu erfinden. Sofia war zuerst schockiert und dann wütend gewesen.

Nach dem Dienst war sie nach Hause gefahren und hatte den Braulio getrunken, geweint, gehadert, Jonas ein paar Mal zu erreichen versucht, um dann resigniert ihr Handy auszuschalten.

Ihre Freundin Rita hätte sie vermutlich beruhigen können.

Hätte ihr Mut gemacht. Männer sind nun mal so. Aber wenn Sofia ehrlich war, hatte sie so lange keinen Kontakt mehr zu Rita, dass sie sich nicht traute, einfach bei ihr aufzukreuzen. Die unregelmäßigen Dienste machten Freundschaften nicht gerade einfach, und zudem hatte Rita Mann und Kind, lebte nach einem anderen Rhythmus. Ihre gemeinsamen Interessen lagen auf Eis. Andere Freundinnen hatte Sofia nicht. Ihre Energie in den letzten Wochen war für die Arbeit draufgegangen, für Jonas, für ihren Vater und für die ständige Erreichbarkeit. Santoro.

Sich selbst noch einmal im Spiegel begutachtend, trug Sofia ein wenig Mascara auf, stülpte sich ein Basecap über das volle Haar und schlüpfte in eine Wachsjacke. Sie würde in dem Ding verschmoren, aber nachdem sie offiziell als krank galt, hatte sie nicht das Bedürfnis, Kollegen oder Bekannten in die Arme zu laufen.

Der Kiosk war im Sommer zur Mittagszeit geschlossen. Sofia stellte fest, dass ihr Vater den Zeitungsständer mit der Tagespresse nicht hineingeräumt hatte. Die Arbeit wurde für ihn zunehmend anstrengend, und bei der Hitze im Tabacchi auszuhalten, tat ihm genauso wenig gut.

Als sie an die Tür klopfte, wurde beinahe sofort der Schlüssel umgedreht.

»Papa?«, rief sie halblaut.

Eine Hand packte ihren Arm und zerrte sie mit einem Ruck in den Kiosk. Hinter ihr schloss sich die Tür. Sofias Herz schlug bis zum Hals, doch sie hatte keine Angst um sich selbst. Die Santoro würde sie nicht umbringen lassen, sie brauchte sie. Aber ihr Vater!

»Papa?«

Robert Lanthaler lag auf dem Boden. In seinem Mund steckte ein Knebel, die Hände waren zusammengebunden. Sein eines Auge war zugeschwollen.

»Was wollen Sie von uns!«, schrie Sofia.

»Sie sollten sich ein wenig zusammennehmen, es wäre ungut, wenn man uns hörte.« Giulia Santoro trat aus dem Schatten des Regals mit den Zigaretten. »Haben Sie mir etwas zu sagen?«

Sofia riss sich vom Krokodil los und zog ihm den Knebel aus dem Mund. »Papa!«

»Kühlen Kopf bewahren, Sofia!« Er sprach leise, war heiser und erschöpft, aber seine Autorität gab ihr Kraft.

»Warum schlagen Sie ihn zusammen? Ist er Ihr Problem? Das bin doch eher ich, oder?«, stieß Sofia hervor.

»Haben Sie gedacht, ich lasse mich an der Nase herumführen?« Die Santoro trat noch einen Schritt näher.

Sofia roch ihr Parfüm.

»Ich führe Sie nicht an der Nase herum.«

»Ich weiß alles über Sie und Ihre Familie, Signorina. Ihr Vater geht auf jeden Fall nicht alleine in den Knast. Da können nen Sie sich ihm gleich anschließen. Und nicht nur Sie. Die Familie ist ja groß.«

»Es gibt keine Neuigkeiten vom Capo.«

»Die Presse schreibt, die Kripo geht jetzt doch von einem Anschlag aus.«

»Über kurz oder lang finden die Reporter raus, was sie wissen wollen.«

»Warum gehen Sie nicht an Ihr Telefon?«

So viel also zu der absurden Hoffnung, sich aus dem Würgegriff der Mafia befreien zu können, indem sie Giulia Santoro ignorierte!

»Weil ich es ausgeschaltet hatte.« Sofia suchte in der Schublade des Tresens nach einer Schere, um ihrem Vater die Fesseln aufzuschneiden. Weder die Santoro noch das Krokodil machten Anstalten, sie daran zu hindern. »Jonas hat sich zurückgezogen. Wir hatten Knatsch.«

»Das ist sehr unklug.«

»Diesmal lag es nicht an mir«, entgegnete Sofia trotzig und kniete sich wieder neben ihren Vater. »Wegen des Anschlags auf Zanchetti sind alle unter Strom. Ist nicht einfach, an Informationen zu kommen. Die Kripo macht ihr eigenes Ding.«

»Haben die etwas gemerkt? Werden Sie verdächtigt?«

Sofia schnitt die Klebebänder um die Handgelenke ihres Vaters auf. Sein Blick sagte ihr: Sei auf der Hut. Sie zwinkerte nicht einmal.

»Nein. Haben sie unter Garantie nicht. Wie Sie wissen, muss ich während des Dienstes vorsichtig sein, wenn ich private Telefonate annehme. Wenn sie was riechen würden, wäre ich längst verhaftet.«

»Warum hat Jonas das Interesse an Ihnen verloren?«

Die Worte taten entsetzlich weh. Sofia schluckte die Tränen hinunter. »Schätze, ich bin doch nicht so interessant für ihn, wie er es mir vorgegaukelt hat.«

Die Santoro sah zweifelnd drein. In diesem Moment hätte Sofia einiges darum gegeben, wenn die neue Statthalterin der Mafia in Bozen richtig gelegen hätte. Wenn es nur um etwas Dienstliches ginge. Doch Jonas' Benehmen gestern hatte eine andere Sprache gesprochen. Außerdem steckte ihr der Anschiss vom Capo immer noch in den Knochen. Sie war ehrgeizig genug, eine gute Polizistin sein zu wollen. Keine Anfängerin, die Beweismittel plattfuhr.

»Der Capo hält sich zurzeit häufig auf dem Schloss von Martin Born auf. Dem Sportler.« Die Worte kamen aus ihrem Mund, ehe sie sie zurückhalten konnte.

»Ach?«

»Seine Tochter ist entführt worden.«

Die Neuigkeit schien Giulia Santoro geradezu zu elektrisieren. Sofia bereute bereits, dass sie geredet hatte. Sie spürte den Blick ihres Vaters auf sich und schämte sich.

»Verhalten Sie sich vorsichtig! Wenigstens das werden Sie doch hinkriegen, oder?«

Sofia nickte.

»Und schalten Sie Ihr Handy nicht mehr aus. Geben Sie sich ein bisschen Mühe mit Jonas!«

Damit drehte die Santoro sich um. Das Krokodil öffnete ihr die Tür. Beide glitten hinaus in die gleißende Sonne.

63.

»Wir haben die Polizei im Haus?« Die große, breitschultrige Frau, die einen weißen Ärztemantel über dem dunkelblauen Kostüm trug, lächelte gezwungen. »Ich bin die Klinikleiterin. Dr. Giordano. Was kann ich für Sie tun?«

»Zanchetti, Kripo Bozen. Meine Kollegin Sonja Schwarz.« Matteo betrat das stylisch mit Edelstahl und schwarzem Leder aufgehübschte Büro der Klinikchefin und füllte es mit seiner Ungeduld sofort komplett aus.

Sonja war genauso nervös wie der Capo. Sie kamen nicht weiter. Man konnte zur Not ein Motiv konstruieren. Möglicherweise wollten sich die Born-Kinder am Vater für die Vernachlässigung rächen. Aber dem Motiv fehlte die Plausibilität. Zudem saß Vanessa in der Klinik fest.

»Wir haben soeben mit Vanessa Born gesprochen. Ihre Halbschwester Juna wurde entführt.«

Dr. Giordano machte ein erschrockenes Gesicht.

»Wir möchten Sie bitten, diesen Sachverhalt vertraulich zu behandeln«, fuhr Matteo fort. »Warum ist Vanessa hier?«

»Das fällt unter das Arztgeheimnis.«

»Sie ist drogenabhängig, nicht wahr?«

Dr. Giordano seufzte. »Ich kann Ihnen weder über die Diagnose noch über die Behandlung irgendetwas sagen. Das wissen Sie doch. Nehmen Sie Platz.«

Matteo ignorierte die Aufforderung. Auch Sonja blieb stehen. Sie warf einen kurzen Blick in den Park hinaus, wo eine ältere Frau eine junge untergehakt hatte. Beide spazierten im Schatten dahin, schweigend. Trotzdem kein sehr friedliches Bild, wenn man die bitteren Mienen der beiden ansah.

»Sicher können Sie uns Auskunft geben, warum sie in einer geschlossenen Abteilung lebt. Das gilt doch bestimmt nicht für alle Junkies«, fragte Matteo gerade.

»Bei ihr liegen besondere Umstände vor. Vanessa hat versucht, sich umzubringen.« Dr. Giordano, die ebenfalls noch stand, schob ein paar Papiere hin und her. Sonja stellte mit Erstaunen fest, dass sie größer war als Matteo.

»Warum hat sie das gemacht?«

»Commissario, dazu *kann* ich nichts sagen. Wir achten darauf, dass sie sich nicht erneut etwas antut.«

Sonja stellte sich neben Matteo. »Ihr Bruder Valentin – besucht der sie öfter?«

»Valentin Born ist mindestens einmal in der Woche hier. Wir begrüßen es sehr, wenn Angehörige den Therapieprozess unterstützen.«

»Da gibt es keine Limits? Er kann kommen, so oft er will?«

»Solange wir feststellen, dass die Besuche unsere Patientin stabilisieren, jederzeit zwischen 14 und 19 Uhr.«

»Wie lange bleibt er in etwa?«

»Wir haben ein Besuchsprotokoll, Sie können gerne Einblick nehmen. Meine Sekretärin druckt Ihnen die Seiten aus.«

Sonja nickte. »Kommen denn noch andere Besucher? Der Vater?«

»Nein, ihr Vater hat Vanessa hier angemeldet und die Formalitäten erledigt. Er musste das tun, sie war selbst nicht in der Lage. Seitdem war er nicht mehr im Haus.«

»Zeigt Vanessa Born Anzeichen von Gewaltbereitschaft?«

»Höchstens sich selbst gegenüber.« Dr. Giordano setzte sich auf ihren Schreibtischstuhl. »Allerdings ...«

»Ja?«

»Sie hat Handyverbot. Es hängt damit zusammen, dass sie in einer Chatgruppe aktiv war, in der potentielle Selbstmörder ihre Ideen austauschten, wie man sich am besten umbringt. Allerdings hat sie es geschafft, ihr Handy in die Klinik zu schmuggeln.« Die Ärztin öffnete eine Schublade. »Wir haben es gestern konfisziert.«

Matteo griff danach. Schaltete es ein. »Passwortgeschützt.«

Dr. Giordano zuckte die Achseln. »Sie hatte es im Bad versteckt, hinter einer losen Kachel.«

»Unsere Techniker bekommen das hin.« Matteo steckte das Handy ein. »Könnte jemand von außen das Telefon mitgebracht haben?«

»Das ist schon möglich, obwohl die Besucher Taschen und so weiter kontrollieren lassen müssen. Wegen der Drogen.«

»Vielleicht hat jemand das Handy als sein eigenes deklariert und dann einfach in der Klinik gelassen«, sagte Sonja.

»Vanessas Besucher müssen ihre Handys am Empfang hinterlegen.«

»Gibt es sonst noch etwas, das Sie uns über Vanessa sagen können?«, wollte Matteo wissen.

»Im Rahmen meiner offiziellen Möglichkeiten? Nein. Sie fühlt sich verloren und hat kein Grundvertrauen ins Leben. Solche Mädchen gleiten als Teenager leicht in irgendeine Form von Sucht ab. Magersucht, Nikotin, Alkohol, Internetabhängigkeit, Drogen aller Art. Eine Einbahnstraße. Umzukehren ist mühsam. Doch wenn jemand es will, ist es zu schaffen. Wir bemühen uns nach Kräften, sie dabei zu unterstützen.«

Matteo nickte der Ärztin zu. »Wenn Vanessa die Klinik verlassen wollte, wäre das möglich?«

»Wir haben rund ums Haus Videoüberwachung. Unsere Security ist sehr diskret, hat aber Anweisung, sofort zu melden, wenn ein Patient stiften geht. Das kommt nur sehr selten vor, und Vanessa hat überhaupt keine Anstalten gemacht, wegzulaufen.«

»Dürfen wir uns auf dem Außengelände umsehen?«, fragte Matteo.

»Natürlich.«

Sonja legte ihre Visitenkarte auf den Schreibtisch. »Wenn Ihnen noch etwas einfällt, rufen Sie bitte an!«

»Sicher. Buona giornata, Signori!«

Sonja ging zur Tür. Matteo riss sie galant für sie auf. Sie verkniff sich ein Grinsen.

»Lass uns die diskrete Security ansehen«, schlug er vor. »Meine Güte, war die Frau gepudert.«

Sonja lachte leise. »Sie macht einen guten Job. Und sie hat uns das Handy gegeben.«

»Glaubst du wirklich, dass Vanessa in einem Suizidchat unterwegs war?«

»Das ist mir ziemlich gleichgültig. Ich weiß nur, dass die Motivlage schief ist. Vanessa hat kein hinreichendes Motiv, Juna zu entführen. Warum sollte sie zwei Millionen fordern?

Zudem wirkt sie ziemlich neben sich, ist zugedröhnt mit Medikamenten. Die kriegt die Logistik von so einer Entführung doch gar nicht hin, Matteo.«

»Und Valentin? Besucht sie aus Bruderliebe?«

»Manche Geschwister erleben einen starken Zusammenhalt.«

»Beide haben eine schlechte Meinung vom Vater. Sie sind frustriert. Fühlen sich zurückgesetzt. Das ist ein plausibles Motiv, selbst wenn wir noch nicht wissen, wie es sich auf diesen Fall auswirkt.«

»Wer sich zurückgesetzt fühlt, will Aufmerksamkeit. Kein Geld.« Sonja drückte die Tür auf. Warme Luft strömte herein. Tief atmete sie durch. Das Klinikgebäude mit seinem puristischen Chique hatte sie mehr bedrückt, als sie zugeben wollte.

»Signori?« Eine Frau in Edeljeans und einem Blazer voller Strass eilte ihnen nach. »Die Besuchsprotokolle von Vanessa Born. Im Auftrag von Doktor Giordano.«

»Richtig.« Matteo griff nach den Unterlagen. »Danke.«

Die Sekretärin lächelte ihn mit strahlend weißen Zähnen an und schritt dann zurück ins Haus, ohne Sonja auch nur eines Blickes zu würdigen.

»Sieh mal!« Matteo fuhr mit dem Finger über die Tabellen. »Tatsächlich war nur Valentin bei ihr. Der Vater lässt sich nicht blicken. Dabei sitzt sie schon länger als einen Monat hier fest.«

Unwillkürlich rann Sonja ein kalter Schauer über den Rücken. Sie ging ein paar Schritte, blickte an der Fassade der Klinik hoch. Alles wirkte gediegen, elegant, zurückhaltend. Aber dass Vanessa sich wie eine Gefangene fühlte, konnte sie sofort nachvollziehen.

»Überall Kameras.« Sie nickte in verschiedene Richtungen. »Unten an der Einfahrt, an jeder Hausecke drei, die checken jeden Winkel, Matteo.«

»Sieh mal, Sonja, außer Valentin war auch mal ein anderer Mann bei Vanessa: Lukas Bannert. Ein paar Tage nach ihrer Einlieferung und dann letzte Woche.«

»Ein Verwandter?«

»Das finden wir raus.«

Ein Mann in der Uniform eines Sicherheitsunternehmens kam auf sie zu.

»Carlo Forlin. Die Chefin sagt, Sie haben Fragen zur Security?«

»Könnte ein Patient die Klinik ungesehen verlassen?«, fragte Sonja sofort.

»Unmöglich. Wir haben überall Kameras.«

»Wer überprüft die Bildschirme?«

»Wir sind immer drei Personen in der Schicht.«

»Wie lange bevorraten Sie die Aufnahmen?«, erkundigte sich Matteo.

»Eine Woche«, erklärte Forlin.

Matteo warf einen Blick in die Papiere. »Letzte Woche Dienstag, 15.30 Uhr. Haben Sie die Videos noch?«

»Kommen Sie.«

Die Polizisten folgten Forlin in ein mit modernster Technik ausgestattetes Zimmer, in dem gerade zwei weitere Securityleute vor Bildschirmen saßen.

»Erich, bitte den letzten Dienstag, 15.30 Uhr!«, wies Forlin einen Mann an.

Der ging zu einem Rechner, drückte ein paar Tasten.

»Hier.«

Sonja und Matteo beugten sich vor. Die Zeitanzeige zeigte 15.26. Ein junger Mann ging auf die Klinik zu. Er hatte die Hände locker in den Jeanstaschen, trug Nikes und ein kurzärmeliges Hemd. Der Blickwinkel der Kamera wechselte. Man sah den Mann nun am Empfang stehen und ein Papier abzeichnen. Kurz drehte er seine Jeanstaschen nach außen, wie um zu beweisen, dass er nichts Verbotenes dabeihatte. Dann betrat er das Haus.

»Um 16.15 Uhr ist er wieder gegangen«, sagte Matteo. »Zeigen Sie das bitte auch.«

Neuerliche Schwarz-Weiß-Bilder. Derselbe junge Mann, der sich am Empfang abmeldete und die Klinik verließ. Augenscheinlich war er nicht mit dem Auto gekommen, denn die letzte Einstellung zeigte ihn, wie er über den Parkplatz schlenderte und sich nach rechts zur Straße wandte.

»Danke.« Matteo nickte den Männern zu.

Als sie wieder in der Sonne standen, sagte Sonja:

»Der ist nicht auffällig.«

»Nein. Scheiße. Ich frage mich, woher sie das Handy hat!«, überlegte Matteo.

»Vielleicht von Valentin. Ein Smartphone kannst du dir an den Unterschenkel binden. Die Kontrolle am Eingang ist die Bezeichnung nicht wert. Verdammt, mir knurrt der Magen.«

»Lass uns was essen. Diese Klinik hat mich deprimiert.«

»Signori?« Forlin kam ihnen nach.

»Will der mit uns essen gehen?«, stöhnte Matteo.

»Sie hatten sich nach Vanessa Born erkundigt.«

»Und?«

»Ihr Vater, Martin Born. Der hat doch diese Firma. Born Sport IT. Mein Kollege hat mir gerade gesteckt, dass die kurz vor der Insolvenz stehen.«

»Ach?«

»Tatsache! Seine Frau ist Wirtschaftsprüferin. Aber ich habe nichts gesagt.« Er grinste, als habe er eine schlüpfrige Bemerkung gemacht, drehte sich um und verschwand im Klinikgebäude.

64.

Matteo hatte nach einem kurzen Mittagessen auf halbem Weg Sonja an der Questura abgesetzt. Sie würde sich um das Handy kümmern, damit sie schnellstmöglich herausbekamen, mit wem Vanessa gesprochen hatte. Wenigstens die Nummer von Vanessas Anschluss brauchten sie. Er schloss immer noch nicht aus, dass Valentin Born die Entführung seiner Halbschwester initiiert oder veranlasst hatte. Zwar begriff er, welche Vorbehalte Sonja hinsichtlich des Motivs hegte, wusste jedoch auch, wie stark Zurückweisung in der Jugend, noch dazu durch den eigenen Vater, einen Menschen prägen konnte. Wahrscheinlich fiel es seiner Kollegin doch nicht so leicht, sich in einen Mann hineinzuversetzen, überlegte er. Jetzt kam es erst einmal drauf an, Born die Pistole auf die Brust zu setzen. Vorhin hatte er bereits Jonas die Information weitergeleitet, wonach Born angeblich so gut wie insolvent war, den Kollegen jedoch gebeten, Born noch nicht damit zu konfrontieren.

Die Firma Born Sport IT lag am Rande von Bozen, ein Quader aus Glas und Stahl mit einem riesigen Parkplatz davor. Und das in einer Stadt, die eigentlich für nichts mehr Platz hat, dachte Matteo genervt. Er parkte und betrat das Gebäude.

»Commissario Zanchetti?« Eine junge Frau in Chinos, weißer Bluse und Sneakers kam auf ihn zu. »Ich bin Emily. Sie werden schon erwartet. Darf ich Sie zu Herrn Born bringen?«

»Ich möchte zuerst mit Valentin Born sprechen.«

»Ach so? Bitte, hier entlang.«

Matteo folgte ihr durch einen langen Gang, der sie einmal quer durch den Kubus zu führen schien. An den grau gestrichenen Wänden hingen großformatige Fotos von Born: mit Gleitschirm beim Start und nach der Landung, braun gebrannt auf der Marmolata, im Hintergrund die Bergstation auf der Punta Rocca. Born in einem eleganten hörsaalartigen Raum, im Anzug, das Auditorium ebenfalls Anzugträger.

»Sind die Herrschaften Sponsoren der Firma?«, fragte er Emily.

»Einige von ihnen. Herr Born hält oft Vorträge, auch im Ausland. Kinder und Jugendliche aus armen Schichten erreichen, ihnen durch den Sport dazu verhelfen, für ihre Ziele zu kämpfen: Das ist sein Thema.«

Meine Güte, dachte Matteo. Sein Handy gab Laut. Eine Nachricht von Sonja:

»Vanessas Smartphone ist bereits geknackt. Seit die Entführung bekannt ist, kamen etliche Anrufe von Valentin, die sie nicht beantwortet hat. Wahrscheinlich war das Handy da schon konfisziert. Ansonsten ist eine unbekannte Nummer auffällig. Wir arbeiten dran.«

»Hier ist Valentins Büro«, verkündete Emily. »Bis später!«

Matteo klopfte. Trat sofort ein.

Valentin hatte mit seinem Handy am Fenster gestanden. Erschrocken fuhr er herum.

»Buongiorno, Valentin!« Matteo schloss die Tür hinter sich. »Versuchen Sie gerade wieder, Ihre Schwester zu erreichen?«

Valentin schoss die Röte ins Gesicht. »Wie kommen Sie denn auf die Idee …«

Matteo scannte das Zimmer in ein paar Augenblicken. Der Schreibtisch leergefegt. Wenig Platz für mehr als einen Stuhl, einen Aktenschrank und ein bisschen EDV. Der Blick aus dem

Fenster ging Richtung Westen. Die Sonne schien herein. Später am Nachmittag würde es extrem heiß in dem Raum werden.

»Haben Sie Ihrer Schwester das Handy mitgebracht?«

Valentin stöhnte theatralisch, bevor er sein Telefon einsteckte. »Ja. Ich weiß, sie sollte keins haben. Ich wollte sie halt erreichen können. Wir sind eigentlich immer zusammen gewesen. Als Kinder, während der Schulzeit und danach. Es fällt mir schwer, von ihr getrennt zu sein.«

»Bullshit.« Matteo trat drohend auf Valentin zu. »Pazzie! Sie reden jetzt, Signor Born. Mit mir. Ansonsten führe ich Sie dem Haftrichter vor!«

»Ich habe nichts gemacht!«

»Sie haben mit Vanessa zusammen Junas Entführung geplant. Weil Vanessa in der Klinik festsitzt, blieb die Sache an Ihnen hängen.«

»Was für ein Schwachsinn!« Valentin straffte die Schultern. Plötzlich wirkte er viel größer. »Sie haben nicht den Hauch eines Beweises für Ihre Theorie. Sie stellen mir nach, fordern mich raus, locken mich in irgendwelche rhetorischen Sackgassen! Glauben Sie, ich merke das nicht? Ich würde niemals, niemals, niemals Juna was antun. Vanessa genauso wenig!«

»Als Sohn vom Boss haben Sie nicht gerade gute Karten!«, lenkte Matteo ab. Valentin war nicht so dumm, wie er angenommen hatte. »Wenn ich mir dieses Kämmerchen hier so ansehe …«

»Mein Vater ist der Meinung, ich muss ganz unten anfangen.«

»Sie sind doch kein begeisterter Sportler.«

Der junge Mann verdrehte die Augen. »Wer bei Alfa Romeo arbeitet, muss auch kein begeisterter Autofahrer sein.«

»Vanessa war in einem Suizid-Chat aktiv. Deswegen sollte sie kein Smartphone haben. Die Klinikleitung hat Bedenken, dass sie wieder in alte Muster rutscht.«

»Was die Klinikleitung denkt, ist mir wurscht. Ehrlich, ich kenne meine Schwester. Sie hat die Tabletten geschluckt, aber so wenig, dass ihr nichts passieren konnte. Sie wäre von der Dosis nicht gestorben! Mein Vater hat Vanessa aus dem Weg geräumt. Weil sie ein Störenfried ist, Marisa das Leben zur Hölle macht.«

»Born Sport IT ist so gut wie insolvent.«

»Wer behauptet das?«

»Dazu kann ich nichts sagen.« Matteo ging zur Tür. »Wir sprechen uns noch!«

65.

Sonja schrieb gerade die Berichte, die sie auf die lange Bank geschoben hatte. Zwischendurch war sie versucht, bei den Preindls anzurufen, unterließ es dann aber. Sie hatte immer noch keinen Hebel, um an den Bürgermeister heranzukommen. Verlässliche Zeugenaussagen, die ihn in der Nacht des Mordes an Severin gesehen hatten, waren nicht aufzutreiben.

Hier wie dort fehlt ein vernünftiges Motiv, dachte sie müde.

Es klopfte und Kerschbaumer trat ein. »Darf ich kurz stören?«

»Du darfst immer.«

»Die Presse spuckt schrille Töne wegen unserer verspäteten Meldung. Dass die Explosion von Matteos Wagen eben kein Unfall war.«

Sonja hob hilflos die Hände. »Mit den Medien ist es wie mit den Kindern: Was man macht, macht man verkehrt.«

Kerschbaumer lachte auf. »Je sensationslüsterner das Blatt, desto wilder sind die Vorwürfe. Dass wir die Öffentlichkeit hinters Licht führen, ist noch die mildeste Unterstellung.«

»In Zeiten von Fake News können wir uns überhaupt nicht mehr auf die Vernunft der Journaille verlassen. Eben weil jeder Trottel seinen Kram ins Netz stellt.«

»Die Pressestelle hat Anweisung, gemäßigt zu reagieren, damit nicht noch mehr Öl ins Feuer gegossen wird.« Kerschbaumer lehnte seinen massigen Körper gegen den Schreibtisch des Capos. »Der Brand auf eurem Gut: Die Kollegen haben Brandbeschleuniger gefunden. Sie überprüfen jetzt, wo der in Bozen und Umgebung gekauft worden sein könnte.«

»Also Brandstiftung.« Sie klappte ihren Laptop zu. »Ich wollte es nicht glauben.«

»Hast du einen Verdacht?«

»Mein Verwalter. Brandner. Nach der Sache mit der Vorstrafe, der Verurteilung, dem falschen Namen, unter dem er sich bei uns eingeschmuggelt hat, kann ich kein Vertrauen mehr zu ihm haben.«

»Ich glaube auch, ihr wärt sicherer, wenn du ihn rauswirfst.«

Sofia zögerte kurz, beschloss dann jedoch, das Geheimnis ihrer Schwiegermutter für sich zu behalten. »Ich habe Bedenken, dass ich ihn dann gar nicht mehr kontrollieren kann. Wenn er gegen uns intrigiert, haben wir ihn wenigstens im Blick. Laura schuftet den lieben langen Tag mit ihm im Weinberg. Außerdem haben wir die Kollegen da.«

Kerschbaumer sah zweifelnd drein. »Was ist eigentlich mit Sofia los? Blinddarmreizung? Ist das nicht was Schlimmes?«

»Gestern schien es ihr noch gutzugehen.«

»Ich bin kein Freund von Liebschaften innerhalb der Truppe.«

Sonja lächelte. »Mach dir nicht zu viele Sorgen. Jonas ist ein kluger junger Mann.«

»Aber in vielem noch ein Kind.«

»Das sagen Eltern wohl immer. Geht mir mit Laura genauso. Wir müssen ein bisschen Zutrauen haben.«

Kerschbaumer sah zweifelnd drein. »Was Neues im Entführungsfall?«

»Ich hoffe sehr, dass unsere Techniker mit dem Handy von Vanessa Born weiterkommen. Die Heimleitung hat es konfisziert. Offenbar hat der Bruder seit der Entführung mehrmals täglich versucht, sie zu erreichen, natürlich erfolglos.«

»Das muss nichts heißen. Familien halten zusammen, wenn es brennt.« Er machte eine entschuldigende Grimasse. »Kein passender Ausdruck, was?«

Sonja wischte seine Bedenken beiseite. »Es war noch eine andere Nummer auffällig. Die konnte bisher niemandem zugeordnet werden.«

»Ich mache den Jungs ein bisschen Dampf.«

»Sie sind unterbesetzt. Zwei müssen durchgehend im Schloss der Borns bleiben. Sag mal, Peter, weißt du etwas darüber, dass Born Sport IT kurz vor der Insolvenz steht?«

»Verdammt! Das wäre ja …«

»Matteo ist gerade bei Born in der Firma. Der Entführer scheint sich noch nicht wieder gemeldet zu haben, sonst hätte Matteo mir Bescheid gegeben. Also können wir noch keinen Einsatzplan für die Geldübergabe schmieden.«

Kerschbaumer stapfte zur Tür. »Weißt du, Sonja, ich glaube nicht an einen Kidnapper in der Familie. Pack schlägt sich,

Pack verträgt sich. Du weißt, was ich meine. Ich schätze eher, jemand neidet Born die Popularität und die Erfolge. Jemand, der finanziell in der Patsche steckt und gar nicht weiß, dass es ein Geldproblem in Borns Unternehmen gibt.«

66.

Solche Sachen überließ er doch lieber anderen. Er konnte nicht mit Kindern. Hatte keine Geschwister. Deswegen war ihm auch nie begreiflich gewesen, wie Vanessa und ihr Bruder dermaßen gut miteinander klarkommen konnten. Nun, Bedenken dieser Art brauchte er nicht mehr zu haben, Vanessa und ihr Bruderherz, das war Vergangenheit, die gingen getrennte Wege. Wobei Vanessa eindeutig die Coolere war, deswegen hatte er sich von Anfang an zu ihr hingezogen gefühlt. Liebe auf den ersten Blick würde er es nicht nennen. Vielleicht Faszination auf den ersten Blick. Er musste grinsen. Zu abstrakt für das, was ihn und Vanessa verband.

Sie schlichen durch die Kellergänge. Er bestand auf den Skimasken, denn das Kind würde sie später irgendwann bestimmt wiedererkennen, selbst wenn sie im Moment unter Schock stand. Als sein Kompagnon den Schlüssel drehte, ließ er ihm den Vortritt, spähte nur durch den schmalen Schlitz in das Kellerverließ.

Das Mädchen hockte auf der Matratze und starrte wie ein gefangenes Tier in das Licht der Taschenlampe.

Nicht sprechen!, formte er mit den Lippen, aber zum Glück war sein Kumpel ausnahmsweise mal geistesgegenwärtig. Das Kind erkannte bestimmt auch Stimmen wieder.

»Mir ist kalt«, wimmerte Juna.

Er sah den Schweiß auf ihrem Gesicht. Sie war aschfahl, das lag wahrscheinlich am Licht der Taschenlampe. Hier unten kam kein Sonnenstrahl rein.

Der andere stellte die Müsliriegel und die Wasserflasche auf den Boden, zog seine Jacke aus und legte sie Juna um die Schultern. Eine erstaunlich liebevolle Geste, die das Mädchen irgendwie beruhigte, und die ihm an seinem Platz im Schatten des Kellergangs eine Welle der Scham durch den Körper jagte.

Als sie wieder oben waren und die Skimasken herunterrissen, sagte Andi:

»Die ist krank. Hat Fieber.«

»Es dauert ja nicht mehr lang. Kinder halten so was schon aus.«

»Vielleicht sollten wir Arznei holen? In der Apotheke, meine ich.«

»Von welchem Geld denn, du Penner.«

»Sie ist doch nur ein Kind. Ihr geht's echt schlecht.«

Andis mitleidheischender Blick nervte.

»Es gibt nichts. Basta. Schau später noch einmal nach ihr.«

»Wenn du meinst.«

67.

Matteo parkte, grüßte den Pförtner und nahm zwei Stufen auf einmal zu seinem Büro.

»Buonasera, Principessa! Hast du dich in der Tür geirrt?« Sie hielt den Telefonhörer in der Hand und blickte ihn zerstreut an.

»Ich dachte, du wärst schon hier. Matteo, hat Born das Geld?«

Er warf sich auf seinen Stuhl, griff nach der San-Pellegrino-Flasche, die dort seit Tagen stand, und trank gierig. »Puttana, das schmeckt wie Gorgonzola. Ja, hat er. Seine Bank hat ausgeholfen. Er schwört, dass er das Sportförderprogramm mit Hilfe diverser Sponsoren ans Laufen kriegt, und dann rollt der Rubel wieder.«

Sonja grinste schwach. »Das klingt für mich nicht gerade solide. Wundert mich, dass eine Bank sich auf solche luftigen Zusagen einlässt.«

»Mich nicht, wenn ich mir die Liste der Sponsoren ansehe, die Born Sport IT bisher ihre Finanzspritzen zugedacht haben. Politiker, große Sportverbände, schwerreiche Bergsportclubs aus Italien, Deutschland und Österreich und viele andere prominente Geldgeber.«

»Wir brauchen einen Einsatzplan.«

»Die Kidnapper sind nicht doof. Sie ahnen, dass die Polizei informiert ist, und wollen so wenig Zeit wie möglich lassen, wenn sie den Übergabeort benennen, damit wir schlecht vorbereitet sind.«

»Eben drum.« Sonja stand auf, streckte den Rücken. »Ich schlage vor, dass wir beide dicht an Born dranbleiben, wenn er das Geld übergibt. Außerdem sollten wir mindestens sechs Zivilbeamte vorsehen. Das können wir jetzt schon in die Wege leiten. Wir brauchen die Leute auf Abruf.«

Matteo griff nach Zettel und Stift. »Wir werden auch motorisierte Kräfte brauchen. Soll Peter Kerschbaumer sich um die Koordination kümmern?«

»Gute Idee. Auf keinen Fall darf irgendwo eine Uniform oder ein Streifenwagen zu sehen sein!«

»Luftunterstützung fällt auch flach«, sagte Matteo, während er Notizen machte. »Zu laut, zu auffällig.«

»Maria Preindl hat mich angerufen.«

»Und?«

»Gerade eben. Sie hat gesagt, sie hätte nachgedacht. Und sie würde noch einmal mit mir sprechen wollen. Als ich sie fragte, ob ich gleich nach Obergelln kommen soll, ruderte sie zurück. Ihr Mann käme in Kürze nach Hause.«

»Bleib dran. Wahrscheinlich liegt ihr was auf dem Herzen. Der Preindl wird uns schon nicht stiften gehen.«

»Meinst du, wir kriegen eine Überwachung für ihn?«

»Jetzt? Sonja, wir haben Urlaubszeit, etliche Kollegen sind in Sommerferien, und der Bornfall bindet alles andere!«

Sonja griff nach ihrer Tasche. »Wenn du nichts dagegen hast, fahre ich nach Hause. Ich habe heute Nacht wenig Schlaf bekommen. Und wer weiß, was uns morgen erwartet.«

»Die Zeit läuft davon. Juna braucht ihre Medikamente, wahrscheinlich zeigt sie schon erste Symptome.«

»Die Apotheken sind informiert. Sehr viel mehr können wir nicht tun.«

»Fahr nach Hause! Ich melde mich, sobald sich etwas tut.«

Sonja hob die Hand zum Abschied und verließ das Büro. Matteo rief Jonas an.

»Hast du von Sofia gehört?«

»Nein, nichts, den ganzen Tag nichts.« Er klang unruhig und besorgt.

»Sie sollte keinen Verdacht schöpfen, dass wir von ihrer Spitzeltätigkeit wissen, Jonas. Ruf sie an und frag sie, wie es ihr geht. Lass sie nicht fallen.«

»Das sagt sich so leicht. Ich hab's auch schon probiert, aber sie geht nicht an ihr Handy.«

»Du bist ein guter Polizist. Zeig, was du draufhast, Jonas.« Matteo legte auf.

68.

Vor der Questura atmete Sonja tief durch. Den ganzen Tag hatte sie sich nach ein paar Minuten für sich selbst gesehnt. Doch jetzt lagen der Abend und die Nacht wie dunkle Drohungen vor ihr. Spontan entschloss sie sich, in die nächste Bar zu gehen und einen Espresso zu trinken. Nur für sich selbst eine Viertelstunde zu haben, um ihren Gedanken nachzuhängen. Um abzuschalten. Womöglich komme ich ja unerwartet auf eine ganz geniale Ermittlungsidee, dachte sie, als sie die Straße hinunterging und ein paar Carabinieri grüßte, die in die entgegengesetzte Richtung unterwegs waren. Dann rief sie sich zur Ordnung. Sie hatte sehr wohl das Recht, sich einen Caffè zu gönnen, einfach so, zu ihrem eigenen Vergnügen. Basta.

Maria Preindl hatte sich ehrlich angehört. Als wollte sie sich etwas von der Seele reden. Als habe sie lange gezögert, sich nach langen inneren Kämpfen durchgerungen, Sonja anzurufen. Wahrscheinlich hatte sie den ganzen Nachmittag vor dem Telefon gesessen, bis sie sich endlich aufgerafft hatte, die Nummer zu wählen. Leider so spät, dass ihr der Mut wieder abhandengekommen war.

Sonja betrat die Bar und bestellte einen Caffè.

»Commissario, Sie sind selten bei uns!« Der Barista grinste sie an.

»Viel zu tun.« Sie ließ den Blick über zwei junge Frauen schweifen, die im Hintergrund an einem Tischchen saßen und einen Spritz schlürften.

»Stimmt es, dass die Tochter von Martin Born entführt wurde?«

»Woher haben Sie das denn!« Sonja gab sich Mühe, ihre Überraschung zu verbergen. Anscheinend nicht gut genug.

»Bozen ist theoretisch kein Dorf. Praktisch eben schon.« Er beugte sich vor. »Auf Ihren Capo ist ein Anschlag verübt worden?«

»Davon müssen wir leider ausgehen.«

»Mafia?« Der Barista stellte den Espresso vor Sonja.

Sie griff mechanisch nach einem Tütchen mit braunem Zucker. »Kennen Sie sich im Milieu aus?«

Er hob die Hände. »Madonna, nein! Aber der Name Rossi ist ja in aller Munde, sozusagen, und dass Sie nach ihm fahnden, dass weiß hier auch jeder. Kommen ja genug von euren Leuten aus der Questura zu uns runter. Gefunden haben Sie ihn bisher nicht, stimmt's?«

Offenbar hatte er Bedenken, zu viel geredet zu haben, denn er machte sich an seinem Kaffeecockpit zu schaffen und achtete nicht mehr auf Sonja.

69.

Katharina hatte sich nicht blicken lassen, als Sonja nach Hause gekommen war. Laura machte es ihrer Mutter auch nicht gerade leicht, als sie beide in der Küche standen und sich Mühe gaben, aus den vorhandenen Vorräten eine Mahlzeit zu zaubern.

»Sie ist direkt nach der Arbeit in ihrem Zimmer verschwunden!« Lauras Stimme klang vorwurfsvoll.

»Es ist nicht einfach für sie.«

»Nein. Natürlich nicht.« Laura stellte einen Teller mit Salat auf den Tisch. »Du machst es ihr jedenfalls noch extra schwer.«

»Ich?« Sonja setzte sich.

»Mit deinem Misstrauen. Und der Art, wie du Felix für den Schuldigen an dem Traktorbrand hältst.«

»Laura, ich war den ganzen Tag nicht hier, wie kann ich schlechte Stimmung verbreiten?«

»Letzte Nacht vielleicht?« Laura häufte sich Grünzeug auf ihren Teller.

»Wir waren alle unter Schock und fassungslos. Da packt man niemanden mit Samthandschuhen an.« Sonja tat sich ebenfalls Salat auf. »Vorhin habe ich die Bestätigung bekommen: Der neue Traktor ist angezündet worden, die Spurensicherung hat Brandbeschleuniger gefunden. Jetzt fehlt uns nur noch ein Täter.«

»Du glaubst selbstverständlich, dass es Felix war.«

Sonja legte ihr Besteck beiseite. Sie konnte in dieser Atmosphäre kein Stück Tomate essen. »So gut solltest du meine Arbeit kennen. Ich gehe nicht nach dem, was ich glaube, sondern richte mich nach Evidenzen.«

»Warum würde Felix unseren Traktor in Brand setzen? Er setzt doch damit seinen Job und seine Zukunft auf dem Gut aufs Spiel.«

Da bin ich mir eben nicht so sicher, dachte Sonja. Sie hatte einen ganz anderen Verdacht, musste jedoch noch abwarten, ob Peter Kerschbaumer tiefer in die Struktur der BEWA Kredit AG einsteigen konnte. Erst, wenn sie die Beweise hatte, würde sie ihrer Familie reinen Wein einschenken.

»Was haben wir früher immer gesagt, Laura? Für die Wahrheit muss genug Platz sein. Das hat dich überzeugt.«

»Aber es ging ihm schlecht. Felix, meine ich. Er hatte einfach nicht die Chance …«

»So gut wie jeder Mensch hat die Möglichkeit, sich für die Wahrheit zu entscheiden.«

»Das sagt sich leicht, wenn man ein behütetes Leben hat.«

Sonja verging endgültig der Appetit. Eben noch hatte ihr der Magen geknurrt, doch dieses Gespräch mit ihrer Tochter widerstrebte ihr.

»Ich habe auch eine Reihe von sehr unangenehmen Erfahrungen gemacht, die letzte davon war, dass mein Ehemann vor meinen Augen aus dem Leben gebombt wurde. Dennoch gebe ich mich nicht als jemand aus, der ich nicht bin, ich saß nicht im Knast wegen Betrugs und bin nicht vorbestraft wegen Körperverletzung.«

Laura schossen die Tränen in die Augen. »Okay, schon gut, ich wollte nicht …«

»Friede? Ich brauche wirklich was zu essen. Mit Ärger im Magen schmeckt es nur nicht besonders gut.« Sonja biss die Zähne zusammen. Sie hatte sich hinreißen lassen, Thomas' Tod zu einem Argument in einer Diskussion mit ihrer Tochter zu machen. Nicht sehr fair.

Doch Laura unterbrach sie bereits: »Was ist mit dem entführten Mädchen?«

»Die Eltern haben das Lösegeld zusammen. Ärgerlicherweise hat der Kidnapper noch keine Angaben zur Übergabe gemacht.«

»Das ist wirklich furchtbar. Das Kind muss schreckliche Angst haben.«

»Manchmal versuche ich, diese Dinge für eine Weile zu vergessen.« Sonja griff wieder nach der Gabel.

»Hast du denn einen Verdacht, wer unseren Traktor angezündet hat?«

Sonja beschloss, Laura nicht weiter zu reizen. Ihre Tochter war hin- und hergerissen zwischen den Ansichten ihrer Mutter und Julians Charme, immerhin arbeitete sie den ganzen Tag mit ihm zusammen. Nur zu verständlich, dass der Verdacht gegen den Verwalter ihr weit hergeholt vorkam.

»Leider noch nicht«, wich Sonja aus. »Lecker, dein Dressing. Senf? Basilikum?«

Laura nahm die Ablenkung gern an.

»Senf und ein bisschen Estragon. Aus meinem Kräutergarten.«

»Wunderbar.«

Sonja trank einen Schluck Wein. Der Alkohol machte sie sofort schläfrig. Sie half Laura, das Geschirr abzuwaschen. »Ich bin ziemlich k. o. Was dagegen, wenn ich mich zurückziehe?«

»Mach nur, ich muss sowieso noch ein bisschen was für meine Semesterarbeit tun«, antwortete Laura.

Bevor Sonja nach oben ging, drehte sie eine Runde durch die Weinberge. Der ausgebrannte Traktor stand noch an derselben Stelle, das Flatterband der Polizei hing schlaff an den dünnen Pflöcken, die die Beamten in den Boden getrieben hatten. Es sah nicht gut aus für das Weingut. Sie würden den Kredit bedienen müssen, der Ertrag der Ernte würde, wenn sie gut war, zu einem Großteil dafür draufgehen. Es sei denn, sie konnte der Kreditbank betrügerische Absichten nachweisen. Und vor allem Julian aka Felix. Angespannt blickte sie zum Gesindehaus hinüber. Kein Licht. Anscheinend brauchte auch ihr Verwalter nach der Aufregung der letzten Nacht seinen Schlaf.

70.

Der Lärm einer Landmaschine riss Sonja aus dem Schlaf. Anders als in der Nacht zuvor hatte sie unruhig geschlafen, war immer wieder kurz hochgeschreckt, um in turbulente Träume zurückzusacken.

Sie stieg aus dem Bett. Die warme Luft draußen roch nach Sommer, nach Gras, nach Laub. Und im Hintergrund ratterte etwas. Ein Krach wie von einem Bagger. Um diese Zeit? Die Nacht lag wie ein dicker Teppich über dem Gut.

Schnell schlüpfte sie in Jeans und zog einen Pulli über, ohne die Lampe anzuschalten. Ihr Herz hämmerte. Irgendwas stimmte nicht. Sie hätte auf ihren Instinkt hören sollen, es wagen sollen, gegen Katharinas Willen Julian sofort vom Hof zu verbannen. Im Flur lehnte sie sich weit aus dem Fenster. Diese Seite lag zum Hang, und hier war der Lärm noch lauter.

»Das gibt's doch nicht«, murmelte sie. Sie sah die Lichter eines schweren Traktors im Weinberg. Eines Traktors mit einem mächtigen Aufbau hinten. Sie rannte die Treppen hinunter und raus aus dem Haus.

Das Gesindehaus lag im Dunkeln. Sie hörte das Rattern der schweren Maschine, das plötzlich verstummte, als drüben im Haupthaus Licht anging. Auch Laura und Katharina mussten aufgewacht sein. Sonja lief noch schneller. Wenn sie es schaffen könnte, denjenigen in flagranti zu erwischen, der hier sein Unwesen trieb ...

Doch sie war zu spät. Die Lichter des Laubschneiders erloschen, und sie konnte nur mühevoll mit Hilfe der Taschenlampe den Weg zu der Stelle finden, wo sich ein Bild der Verwüstung abzeichnete. Hier war nicht nur Laub geschnitten worden. Auf dem rissigen Boden lagen Rebzweige, halb reife Trauben und Blätter. Eine meterbreite unheilvolle Schneise tat sich vor ihr auf.

»Um Gottes willen«, stöhnte sie leise. Vom Haus her hörte sie Laura nach ihr rufen, aber sie war zu erledigt, um zu antworten. Hinter ihr erklangen Schritte.

»Was ist hier los?« Julian, wieder in Boxershorts. Sein Haar war vom Schlaf zerwühlt.

Wortlos zeigte Sonja auf den Laubschneider. »Können Sie mir das erklären?«

Fassungslos starrte ihr Verwalter auf das Chaos. »Das kann doch nicht wahr sein!«

»Haben Sie gesehen, wer das Ding gefahren hat?«

»Nein! Ich habe geschlafen. Was ist das nur für eine verdammte Sauerei!«

Sonja nickte bedächtig. Sollte er unschuldig im Bett gelegen haben, musste er den Lärm viel eher gehört haben, schließlich lag das Gesindehaus näher am Tatort. Hätte er es schaffen können, mit dem Laubschneider den Weinberg in Kleinholz zu verwandeln, um dann von der genau entgegengesetzten Seite zu ihr zu stoßen?

Sie griff nach ihrem Handy und wählte Kerschbaumers Nummer. »Es tut mir leid, Peter«, sagte sie, als er verschlafen antwortete. »Ich brauche Sie auf dem Weingut.«

71.

Sofia meldete sich am Morgen zum Dienst. In der Questura war man wegen der knappen Personallage erleichtert. Sie wurde sofort nach Schloss Rauenfels beordert und fuhr mit Ludolfer hin, um die Nachtstreife abzulösen.

»Blinddarmreizung?« Ludolfer machte es sich mit einem Panino auf dem Beifahrersitz bequem. »Die bist du ja schnell wieder losgeworden.«

Sofia reagierte nicht. Sie hatte ihren Vater noch in der Nacht ins Krankenhaus gebracht. Sein Schlüsselbein war angebrochen, der Allgemeinzustand nicht gut. Sie fragte sich, wie lange er noch den Kiosk führen konnte. Sollte er gezwungen sein, aufzuhören, würde er noch weiter abbauen. Er mochte den Kontakt zu den Kunden und sah in seiner Arbeit wenigstens eine sinnvolle Beschäftigung, um über den Tag zu kommen. Aber es war nur eine Frage der Zeit, bis Santoro ihre Schergen wieder schickte, um den alten Lanthaler zu terrorisieren. Sofia blieb nichts anderes übrig, als mitzuspielen, um ihren Vater zu schützen.

»He, sei doch nicht gleich sauer.« Schmatzend kaute Ludolfer das letzte Stück. »Hoffen wir mal, dass endlich eine neue Forderung von den Entführern eingeht. Born hat das Geld wohl zusammen.«

»Wie ist er so schnell an die Kohle gekommen?«

»Er kennt die richtigen Leute. So funktioniert Italien. Dein Schicksal liegt in der Hand derer, die du kennst. Hast du die Falschen am Hals, gehörst du der Katz'.«

Womit er recht hat, dachte Sofia frustriert. Die Schönheit des am frühen Morgen in sanften Nebeln badenden Tales konnte sie heute nicht genießen.

Als sie vor dem Schloss hielten, knisterte bereits die Aufregung unter den Kollegen der Nachtschicht.

»Es gibt eine Nachricht von den Kidnappern«, sagte der eine Beamte. »Außerdem hat Jonas irgendeinen Mist gebaut. Der Capo tobt. Bin froh, wenn ich hier wegkomme!«

»Mist gebaut?« Sofia starrte die Kollegen erstaunt an.

»Werdet ihr ja gleich mitkriegen.« Er legte die Hand an die Mütze. »Wir sind weg hier. Ciao!«

Der Streifenwagen fuhr ab.

Sofia war schon in der Eingangshalle.

»Mach das nie wieder!«, hörte sie die Stimme des Capos. »Ist das klar? Viel zu riskant!«

Marisa Born brach in Tränen aus, als Sofia ins Wohnzimmer kam.

»Guten Morgen.«

Niemand beachtete Sofia. Jonas hockte an einem der Computer, ein Techniker beugte sich über ihn.

»Was war denn?«, fragte sie den Capo.

»Die Geldübergabe soll heute Nachmittag in der Steinernen Stadt stattfinden. Sind Sie wieder gesund?«, fragte er, ohne ihre Frage zu beantworten.

»Absolut.«

»Na dann!« Er wandte sich dem Techniker zu. »Immer noch keine Chance, den Absender zu ermitteln?«

Der Mann schüttelte den Kopf. »Wir versuchen es weiter. Ist verdammt zeitaufwendig.«

»Zeit haben wir nicht. Herr Born, ist das Geldpaket bereit?«

Born, blass im Gesicht, zeigte dem Capo einen Rucksack. »Ist das mit dem Peilsender wirklich nötig? Wenn die Entführer nicht ganz dämlich sind, werden sie wissen, dass die

Polizei so etwas einsetzt, und vielleicht die Abmachung nicht einhalten!«

Marisa Born schluchzte laut. Ihr Mann nahm sie in den Arm.

»Frau Born, die Geldübergabe ist unsere Chance!« Matteo ging zu ihr, seine Stimme klang weich und freundlich, anders als Sofia ihn kannte. »Nur so können wir zu Juna geführt werden. Was, wenn die Kidnapper das Geld schnappen und einfach abhauen?« Er begleitete die Borns nach draußen. Der Techniker setzte sich wieder an einen Rechner und tippte auf der Tastatur.

»Morgen, Jonas!« Sofia stellte sich neben ihn. Spürte das Bedürfnis, ihm die Arme um die Schultern zu legen und sein blondes, stacheliges Haar an der Wange zu fühlen.

»Morgen«, knurrte Jonas.

»Was war denn los?«

»Er war ein bisschen übereifrig«, grinste der Techniker. »Wollte den Entführern ein Lebenszeichen von Juna entlocken, aber da hat er nicht mit dem Capo gerechnet. Der will den Fall auf die behutsame Weise lösen.«

Jonas wurde knallrot.

»Lösch mal lieber den Post!«, motzte er. »Sonst wird der Fall im Nu öffentlich und wir haben noch einen Trittbrettfahrer in der Leitung.«

»Schon geschehen.« Der Techniker schien gar nicht zu bemerken, wie peinlich Jonas seine Bemerkung war. »Hoffen wir, dass sie bald die genaue Uhrzeit durchgeben.«

»Können wir kurz draußen reden?«, fragte Jonas an Sofia gewandt.

»Ja, klar.« Eine Welle der Erleichterung machte sich in ihr breit. Sie würde das mit Jonas in Ordnung bringen. Bestimmt war es gar nicht so schwer. Wenn sie sich beide ein wenig Mühe gaben …

Jonas ging vor, öffnete die Tür zu einem Nebenraum.

»Jonas, es tut mir leid, wenn …« Sie umarmte ihn. Küsste ihn.

Er wich aus.

»Lass mich. Ich kann das nicht.«

»Was habe ich gemacht?« Etwas Schweres legte sich auf Sofia. Sie ließ ihn los. »Warum lehnst du mich ab?«

»Ich weiß, was du machst. Für wen du arbeitest.«

Sofia wurde schwindelig. Alles schien sich zu drehen.

»Wir wissen es alle«, fuhr Jonas fort und zog seine Waffe.

Sofia starrte in die Mündung der Pistole, hinter der sie Jonas' weißes Gesicht nur noch schemenhaft wahrnahm. Völlig paralysiert ließ sie zu, dass er sie zwang, sich auf den Boden zu setzen, ihr Handschellen anlegte und sie an der Heizung festmachte.

»Das ist nicht dein Ernst.«

»Und wie das mein Ernst ist. Du hast dich an mich rangemacht, um an Informationen direkt von der Kripo zu kommen, damit du sie spornstreichs an die Mafia weiterreichen kannst. Du hast mich nur benutzt.« Mit ein paar schnellen Griffen nahm er ihr Dienstwaffe, Handschellen und Handy weg.

»Das stimmt nicht, Jonas.« Tränen rannen ihr übers Gesicht, sie konnte nichts dagegen tun. »Ja, ich … mit Santoro hast du recht. Aber sie ist nicht der Grund, warum ich mit dir was angefangen habe. Es ging mir immer um dich. Um uns! Das musst du mir glauben.«

»Spar dir das für den Staatsanwalt!«

Sofia sah Jonas' verhaltene Wut und den Schmerz, den er damit zu verbergen versuchte. Was sollte das bedeuten, dass alle Bescheid wussten? Wenn sie aufgeflogen war, warum hatte man sie nicht längst verhaftet? In diesem Moment sah sie ihr weiteres Schicksal glasklar vor Augen. Sie würde verurteilt werden und lebenslänglich in den Knast gehen. Frühestens nach 15 Jahren rauskommen. Dann wäre ihr Vater tot. Sie würde ihn nie wiedersehen, außer vielleicht im Gerichtssaal, und den Schmerz würde sie niemals verwinden.

72.

Vitale kannte Giulia Santoro gut genug, um ihrer spärlichen Mimik abzulesen, wann sie zufrieden war und wann nicht. Heute, als er sie in ihrem Büro aufsuchte, spürte er sofort ihre Unruhe.

»Vitale, die Tochter von Martin Born ist entführt worden.«

»Von dem Sportler?«

»Esatto. Der Capo wird sich daher häufig im Schloss aufhalten. Du weißt, wo das ist?«

»Ein paar Sponsoren waren erst kürzlich bei Born. Bekannte Gesichter. Man hat Verschiedenes läuten hören.«

»Sportförderprogramm, precisamente.« Sie nickte Vitale zu, eine selten freundliche Geste. »Früher oder später kommt es zu einer Geldübergabe. Zanchetti wird es sich sicher nicht nehmen lassen, an vorderster Stelle dabei zu sein. Du weißt, was du zu tun hast?«

»Selbstverständlich.«

»Diesmal solltest du die Mission zu einem Abschluss bringen. Naturgemäß wird es von Beamten nur so wimmeln.«

»Die Kripo denkt womöglich, dass die Entführung auf unser Konto geht.«

Die Santoro ließ den Blick über ein Papier schweifen, das vor ihr auf dem Schreibtisch lag. »Dagegen habe ich nichts. Lass sie denken, was sie wollen. Aber wir können nicht zulassen, dass Leute auf unserem Gebiet wildern. Ich will wissen, wer dahintersteckt!«

73.

»Du hast sie angekettet? Bist du von allen guten Geistern verlassen?«, stöhnte Matteo. Er stand in dem Zimmer neben Sofia, die am Boden hockte, ein Häuflein Elend, und starrte seinen Kollegen fassungslos an.

Dass Jonas ihn aus dem Gespräch mit Born geholt hatte, war übel genug. Matteo wollte unbedingt, dass Junas Eltern hinter dem Vorgehen der Polizei standen. Er brauchte ihre Mitarbeit, ihr Vertrauen. Dafür musste er ihnen jeden Ermittlungsschritt dreimal erläutern, mit Engelszungen reden. Verdammt, er war selber angespannt, zumal nach Sonjas Anruf eben. Ein Anschlag auf den Weinberg! Etwas Absurderes konnte er sich nicht ausmalen.

»Ich konnte nicht anders«, sagte Jonas leise. »Mit gezinkten Karten will ich nicht spielen. Tut mir leid.«

Wenigstens ist er ehrlich, dachte Matteo.

»Mach sie los!«

»Ich konnte doch nicht riskieren, dass sie zu Santoro rennt und alles weitertratscht!«

»Was denn!« Matteo musste sich zusammennehmen, um nicht laut zu werden. »Dass wir eine Razzia im Ristorante Rossi planen?«

»Wir planen eine Razzia?«

»Nein, eben nicht! Jetzt mach ihr die Handschellen auf.«

Jonas beugte sich über den Heizkörper.

»Sie sollten mich am besten gleich verhaften«, sagte Sofia.

»Das habe ich erstmal nicht vor. Sonja muss jeden Augenblick hier sein. Auf dem Gut gab es schon wieder Ärger. Ein Verrückter hat mit einem Laubschneider im Weinberg sein Unwesen getrieben und die halbe Ernte vernichtet, bevor die Trauben überhaupt reif waren.«

»Was?« Jonas bekam den Mund nicht mehr zu. »Wieso geht die Santoro jetzt auf das Weingut los?«

»Woher soll ich das wissen«, antwortete Sofia an Matteos statt. Sie stand langsam auf, streckte den Rücken. »Die gibt mir keine Informationen, sie will welche von mir, kapierst du das nicht?«

Matteo wollte dazwischengehen. Enttäuschte Liebe und Schuldzuweisungen würde er jetzt nicht auch noch ertragen. Zum Glück kam Sonja in diesem Moment zur Tür herein.

»Die haben mir gesagt, ihr seid hier ... was ist los?«

»Jonas hat Sofia mit ihrer Spitzeltätigkeit für die Mafia

konfrontiert. Das ist los«, erwiderte Matteo mit gedämpfter Stimme.

Sonja sah von einem zum anderen. »Ich bin sprachlos.«

»Ja, jetzt müssen wir mit der veränderten Lage irgendwie zurechtkommen. Worum geht es Giulia Santoro, Signorina Lanthaler?«, fragte Matteo. »Hinter welchen Informationen ist sie her?«

»Es hat alles mit Rossi zu tun. Ständig will sie wissen, ob die Kripo schon weiß, wo er steckt, warum die Fahndung keinen Erfolg bringt. Außerdem fragt sie nach Ihnen, Capo. Wo Sie sich aufhalten. Solche Sachen.«

»Wahrscheinlich wusste sie von Ihnen, dass mein Wagen zur Reparatur musste?«

Sofia senkte den Blick.

»Mein Gott!« Sonja schüttelte den Kopf. »Ist Ihnen das nicht klar gewesen, Sofia? Sie liefern Kollegen ans Messer! Matteo hätte sterben können!«

»Dafür gehen Sie lebenslang ins Gefängnis«, sagte Matteo ruhig. Er klang ausgeglichener, als er sich fühlte. »Wenn Sie uns helfen, wirkt sich das allerdings strafmindernd aus. Wie möchten Sie sich entscheiden?«

»Was soll ich tun?«, fragte Sofia tonlos.

Matteo beugte sich vor. »Ist das ein Ja? Sie bleiben auf unserer Seite?«

»Natürlich.«

So natürlich ist das nicht, dachte Matteo. Aber sie hat eigentlich keine Wahl. Die Santoro wird sie fallen lassen wie eine heiße Kartoffel, wenn es eng wird. Und auch als Kronzeugin hat sie kein leichtes Leben. Falls sie am Leben bleibt.

»Sie werden für uns rauskriegen, warum Giulia Santoro meinen Kopf auf einem Tablett serviert bekommen will.«

Sonja ging dazwischen: »Fragen Sie sie bloß nicht direkt! Die riecht den Braten drei Meter gegen den Wind. Erbitten

Sie nur möglichst genaue Anweisungen. Vielleicht können wir dann erschließen, worum es ihr wirklich geht.«

»Lass uns noch einen Schritt weiterdenken«, schlug Matteo vor. »Sie tragen der Santoro zu, dass wir Rossi lokalisiert haben. Mal sehen, wie sie reagiert. Das Ganze hier bleibt erst mal unter uns. Wir behalten Sie im Auge, Signorina Lanthaler! Sobald Juna gefunden ist, sehen wir weiter.«

»Gut. Danke.«

»Und Sie berichten Sonja und mir, wenn die Santoro sich meldet. Wir müssen wissen, was genau sie will, und zwar unverzüglich, ist das klar?«

»Ist klar.« Sofia schlich aus dem Zimmer.

»Meine Güte!« Jonas schlug sich an die Stirn. »Das nimmt kein gutes Ende.«

»Ich glaube, du hast richtig gehandelt«, entgegnete Sonja. »Lange wäre es nicht gutgegangen, wenn du den Clown gespielt hättest.«

»Bestimmt nicht. Was war jetzt bei dir los heute Nacht?«

»Der halbe Weinberg ist zerstört. Die Ernte ist hin. Wir stecken bis Oberkante Unterlippe in Schulden. Aber das ist alles nichts gegen ein entführtes Kind.«

»Hilft ja nichts, die Dinge gegeneinander aufzurechnen«, sagte Matteo. »Gibt es keine Hinweise, wer dahintersteckt?«

»Peter kümmert sich drum. Die Spurensicherung hat keine Fingerabdrücke sichergestellt, wir haben nur viel zertretenen Boden und jede Menge Sekundärspuren. Der Laubschneider wurde auf dem Koflerhof gestohlen. Das macht alles überhaupt keinen Sinn.«

»Die Frage ist doch, wer von eurem Ruin profitiert.« Matteo strich sich über das Kinn. Eine Rasur täte gut. Oder ein gepflegter Friseurbesuch. Irgendwann, wenn dies alles vorbei wäre. »Hast du in dieser Hinsicht einen Anhaltspunkt?«

»Noch nicht so richtig. Lasst uns jetzt an Juna denken.«

»Bene. Unser Stand ist der Folgende: Die Geldübergabe soll heute Nachmittag in der Steinernen Stadt über die Bühne gehen. Wir warten noch auf die genaue Uhrzeit und Anweisungen zum Ort, wo Born das Geld hinterlegen muss.«

»Steinerne Stadt?«

»Ein Kletterparadies für Sportfreaks, natürlich entstanden unter der Südostwand des Langkofels«, erläuterte Jonas. »In den Sommermonaten steckt die Gegend voller Touristen und Einheimischer, die zum Bouldern kommen.«

»Wir müssen uns unter die Besucher mischen.« Matteo gefiel der Gedanke, dass bei der Übergabe irgendetwas schiefgehen könnte und der Zugriff für die Polizei dann extrem schwierig würde, überhaupt nicht.

Sonjas Handy klingelte. Matteo blickte in ihr angespanntes Gesicht, als sie ein paar Mal »ja« und »danke« sagte.

»Die Prepaid-Nummer, die Vanessa auf ihrem verbotenen Handy so oft angerufen hat, gehört Lukas Bannert«, berichtete sie.

»Dem Knaben, der sie ab und zu besucht hat?«

»Genau!«

»Wo ist er gemeldet?«

»In Eppan. Dass ich nicht lache.«

»Bannert?«, fragte Jonas verblüfft. »Alfred Bannert? Das ist doch der Inhaber von diesem Finanz- und Immobilienunternehmen. Der Grundstück für Grundstück aufkauft. Jedes zweite Bauprojekt in der Stadt und im Umland läuft auf ihn!«

»Kind aus gutem Haus.« Matteo grinste schief. »Knöpf dir diesen Lukas vor, Sonja. Wahrscheinlich spielt er beruflich auch Sohn, so wie Valentin Born.«

74.

Sonja drückte aufs Gas. Die Uhr am Armaturenbrett gab
10.15 an. Bis zum Nachmittag blieb noch genug Zeit. Sie
würde direkt von Bannert zur Steinernen Stadt fahren. Wie
immer fuhr sie zu schnell. Ein Traktor bog direkt vor ihr ein.
Sie fluchte, trat auf die Bremse. Der Trecker schlich vor ihr
her. Überholen war bei der gewundenen Straße keine Option.
Der nächtliche Angriff auf den Weinberg ging ihr durch den
Kopf. So wie es jetzt aussah, würden sie das Gut verlieren. Katharinas Kreditabschluss erwies sich als fatal. Sonja
fragte sich, wie es so weit hatte kommen können, dass ihre
Schwiegermutter eine derart weitreichende Entscheidung
im Alleingang getroffen hatte. Julian aka Felix hatte offenbar einen maßgeblichen Einfluss auf sie. Wenn Sonja es nicht
schaffte, die nächtliche Attacke aufzuklären und herauszufinden, was wirklich los war, konnte sie ihre Zelte in Südtirol
demnächst abbrechen. Man würde das Gut zwangsverstei-
gern. Was hielt sie dann noch hier? Andererseits – wäre sie
bereit, sich wieder in Deutschland einzuleben? Und hatte sie
überhaupt eine Chance, an ihrer alten Stelle neu anzufangen?
Lauras Ehrgeiz ging ihr durch den Sinn. Ihre Tochter steigerte sich mit so viel Herzblut in die Arbeit mit dem Wein,
hatte ihre Zukunftspläne komplett auf das Weingut ausgerichtet. Würde Katharina es verkraften, all dies zerstört zu
haben? Matteo hat recht, dachte sie. Ich muss herausfinden,
wer von der ganzen Misere profitiert. Und das sind anscheinend die Haie von der BEWA.

Ein Hupen hinter ihr. Sie hatte geträumt: Vor ihr lag ein gerades Stück Straße, sie trat aufs Gas, überholte den Traktor. Im Rückspiegel sah sie einen schwarzen SUV heranbrausen, der aber hinter ihr einscherte, als ein Wagen entgegenkam.

In Eppan hielt Sonja vor einer weißgestrichenen, modernen Villa, die circa 100 Meter zurückgesetzt von der Straße am Hang lag. Von der Dachterrasse musste man einen traumhaften Blick auf Bozen haben. Akkurat gepflegte Blumenrabatten leuchteten in der Sonne. Entfernt hörte sie ein Plätschern, als sie ausstieg. Mit dem zunehmend knappen Wohnraum und den Investoren aus aller Welt ließen sich offenbar gute Geschäfte machen.

»Bannert«, stand auf dem Zinnschild am Haus. Sie klingelte. Eine junge Frau in schwarzem Kostüm öffnete.

»Sonja Schwarz, Kripo Bozen. Ich möchte mit Lukas Bannert sprechen, bitte.«

Die junge Frau sah erschrocken drein. »Ich weiß nicht, ob das möglich ist.«

»Ist er nicht zu Hause?«

»Kommen Sie herein. Ich frage bei Herrn Bannert nach.«

Sonja folgte der Frau in die Eingangshalle.

»Warten Sie bitte einen Moment.« Sie verschwand durch eine Tür.

Sonja sah sich um. Ein riesiger Teakholztisch stand in der Halle, sechs Stühle drum herum, ein überdimensioniertes Blumenarrangement zierte das Ganze. Geldadel. Protz und Prunk. Wie würde ein Kind hier aufwachsen? Die Pubertät durchmachen und erwachsen werden? In dieser stylischen, blitzsauberen, unberührbaren Welt?

»Commissario, buongiorno.« Ein schlanker Mann im dunkelblauen Anzug trat heran.

»Buongiorno. Sie sind nicht Lukas Bannert, nehme ich an?«

»Ich bin sein Vater. Alfred Bannert. Lukas wohnt nicht mehr hier. Worum geht es?« Er rückte seine Krawatte gerade.

»Wenn ich um seine aktuelle Anschrift bitten dürfte.«

»Lukas hat keine aktuelle Anschrift. Zumindest keine, die ich kenne.« Blaue Augen hielten Sonjas Blick stand.

»Sagt Ihnen der Name Vanessa Born etwas?«

»Vanessa? Allerdings! Und nichts Gutes!« Bannert bemühte sich um eine gerade Haltung, aber Sonja entdeckte in den Fältchen um seine Augen und unter der aufgesetzten Eleganz eine tiefe Erschöpfung. »Vanessa und Lukas gingen in eine Klasse. Haben sich angefreundet und sind auch eine Weile miteinander gegangen, wie sich das nennt.«

»Warum sagten Sie, Ihnen fällt nichts Gutes ein, wenn von Vanessa die Rede ist?«

»Sie hatte einen miserablen Einfluss auf Lukas. Mittlerweile sind sie nicht mehr zusammen. Mit einer Drogensüchtigen ist eine Beziehung auch nicht ganz einfach.«

»Besteht kein Kontakt mehr zwischen Lukas und Vanessa?«

»Ich nehme es nicht an, aber wissen kann ich es nicht. Mein Sohn geht seine eigenen Wege.«

»Sie haben auch nicht die Adresse von seinem Arbeitsplatz?« Sonja stellte sich absichtlich dumm, um Bannert aus der Reserve zu locken.

»Lukas arbeitet nicht. Er verachtet Menschen, die das tun. Eine Weile habe ich ihn unterstützt, auch um meine Frau nicht vor den Kopf zu stoßen. Verständlicherweise hängt sie an ihrem Sohn.«

»Wann haben Sie Lukas zuletzt gesehen?«

»Im Mai muss das gewesen sein. Damals habe ich ihm erklärt, dass die Geldspritzen ein Ende haben. Worum geht es eigentlich?«

»Wir benötigen seine Zeugenaussage. Wenn Sie Ihren Sohn

sprechen, bitte teilen Sie ihm mit, dass er sich bei uns melden soll.«

»Zeugenaussage?« Ungläubig starrte Bannert Sonja an.

Gleich sagt er, Sie verkaufen mich doch für dumm, dachte Sonja. Doch der Mann presste die Lippen aufeinander und schwieg.

»Sie sagten, Vanessa habe einen schlechten Einfluss auf Lukas gehabt. Nimmt er auch Drogen?«

Bannert zuckte resigniert die Achseln. »Ich kann es nicht ausschließen. Wenngleich ich immer noch Hoffnung habe, dass er sich endgültig von dem Mist gelöst hat. Nun denn«, er straffte sich, »das hat ja wohl nichts mit einer Zeugenaussage zu tun.«

Sonja empfand Respekt für den Mann, der sich so gerade hielt, obwohl ihn allerlei Sorgen und Ängste niederzudrücken versuchten.

»Danke, Herr Bannert. Sollte Ihr Sohn sich bei Ihnen melden, geben Sie mir bitte Bescheid.« Sie reichte ihm ihre Karte. »Auf Wiedersehen.«

Erleichtert trat sie in das helle Sonnenlicht.

75.

Kaum saß Sonja im Auto, rief Matteo an.

»Unser Einsatzplan steht. Die Entführer haben die Geldübergabe auf 13 Uhr terminiert. Wir sind unterwegs zur Steinernen Stadt.«

»Habt ihr Born dabei?«

»Inklusive Sportausrüstung und Geld. Einige von unseren Leuten sind schon vor Ort, sichten, treiben sich als Touristen oder Sportler verkleidet herum. Ich habe Jonas vorausgeschickt, er hält die Stellung auf dem Piccolo Cervin, dem höchsten Felsen. Von dort aus kann er die ganze Gegend überblicken. Falls Born sich zu weit von uns entfernen muss, so dass wir ihn nicht mehr über Funk hören.«

Sonja startete den Motor. Das klang nicht nach optimalen Bedingungen. Nicht einmal nach besonders guten. Die vielen Leute, die sich an Ort und Stelle herumtreiben würden, die zerklüftete Landschaft …

»Bist du sicher, dass wir auf alles vorbereitet sind?« Sie fuhr los, froh, die freudlose Villa hinter sich lassen zu können.

»So weit das menschenmöglich ist.«

»Gibt es was Neues von Sofia?«

»Sie soll Santoro den Rossi-Bluff einimpfen, sobald die Signora sich meldet. Hoffen wir darauf, dass sie anbeißt.«

»Vielleicht sollten wir das nicht mehr am Telefon besprechen«, murmelte Sonja.

»Vielleicht, Principessa.« Matteo legte auf.

Als Sonja am Sellajoch ankam, schien die Sonne senkrecht vom Himmel. Die Hitze staute sich unter dem grandiosen Massiv. Sie parkte am Lift, wo sie zwei Kollegen erkannte, die dort in Sportkleidung Posten bezogen hatten. Sie grüßte mit einem knappen Nicken und hastete den kurzen Weg zur Steinernen Stadt hinauf. Der graue Dolomitfels reflektierte das Licht gleißend hell. Miserable Bedingungen, schoss es ihr durch den Kopf. Sogar von weiter weg mutete die Steinerne Stadt wie ein Labyrinth aus Skulpturen an, die ein mit LSD vollgepumpter Steinmetz geformt zu haben schien. Dabei war es ein gewaltiger Felssturz gewesen, der diese Ansammlung an unterschiedlich hohen Gesteinsbrocken verschiedener Neigung hervorgebracht hatte. Kein Wunder, dass unter Boulder-Cracks diese Stelle als besonders ansprechendes Klettergebiet empfohlen wurde.

»Sonja?« Matteo winkte ihr. Die Sonne blitzte in seinen dunklen Brillengläsern auf. »Born ist schon verkabelt und hat das Geld im Rucksack. Komm, wir schlendern, schießen Fotos. Wir wissen nicht, von wo uns die Entführer beobachten.«

»Glaubst du, die sind in der Nähe?« Sonja schloss zu ihm auf. Sie keuchte von der Anstrengung in der Mittagshitze.

»Ich bitte dich!« Er nahm sie beim Arm. Sie fühlte das Bedürfnis, ihn abzuschütteln. »Was war bei Bannerts?«

»Vanessa ist eine Schulfreundin von Lukas, der wiederum ist dem elterlichen Reichtum entflohen. Der Vater kennt die aktuelle Adresse nicht.«

»Wir können uns jetzt nicht darum kümmern.« Matteo reichte ihr ein Set Headphones. »Mach dich bereit.«

Sonja befestigte die Ohrenstöpsel. Irgendetwas ließ sie am Gelingen dieser Aktion zweifeln. Den Entführern musste doch klar sein, dass sie aus dem Gewirr an Felsen unterhalb der bedrückenden Langkofelwand nicht herauskämen. Dass die Polizei an zu vielen Stellen positioniert sein würde.

»Wo ist Jonas?«

»Auf ein Uhr, von dir aus gesehen. Schau nicht hin. Von da oben hat er beste Sicht.«

»Es geht los«, hörte sie einen Kollegen durch die Headphones sagen.

»Herr Born?«, fragte Matteo.

»Ja, ich bin bereit.«

»Folgen Sie den Anweisungen.«

»Sicher.« Born klang entnervt.

»Jonas, alles klar?«

»Bereit. Ich sehe euch gut.«

Die Worte schossen hin und her. Sonja nahm ihr Handy aus der Tasche. »Sollen wir nicht aussehen wie Touristen?«, murmelte sie.

Matteo lachte trocken. »Versuch's.«

»Born ist gut getarnt.« Jonas' Stimme. »Besteht keine Gefahr, dass ihn jemand erkennt und in ein Gespräch verwickelt.«

»Woher weiß er, an welcher Stelle er den Rucksack ablegen muss?«

»Am Fuß des Sasso Gabriel, er hat die exakten GPS-Daten.«

Der Schatten einer Gondel fiel auf Sonja. Sie hob den Kopf. Über ihr glitt die Bergbahn zur Langkofelscharte, bis auf den letzten Platz mit Touristen besetzt. Sonja blinzelte. Ein perfekter Urlaubstag, herrliches Wetter, ein paar Kilometer wandern, später eine Jause auf der Hütte zwischen Langkofelscharte und Fünffingerspitze. Die Aussicht auf ein Gläschen Wein am Abend, wenn der Sonnenbrand versorgt wäre ... Wie lange hatte sie so einen Tag nicht mehr erlebt?

»Wo haben sie wohl das Kind?«, fragte sie leise.

Matteo neben ihr brummte nur angespannt.

Borns Stimme kam aus den Ohrstöpseln: »Ich bin am festgelegten Ort.«

»Jonas, kannst du ihn sehen?«

»Kann ich.«

»Irgendwas Auffälliges?«

»Nein.«

Born meldete sich. »Hier steht eine Kiste. So eine wasserdichte Plastikbox.«

»Stimmt der Standort mit den Koordinaten überein?«, fragte Matteo.

»Ja, verdammt noch mal.«

»Bleiben Sie ruhig, Born!«

»Herrgott, es geht um mein Kind!«

»Öffnen Sie die Kiste.«

Durch die Headphones hörten sie leises Klappern. Sonja schoss ein Selfie von sich selbst. Nicht auffallen. Anspannung wegatmen. Auf das Beste hoffen. Eine Gondel schwebte vom Langkofel kommend herunter. Wieder glitt der Schatten lautlos über sie.

»Ein Handy! Da ist ein Handy drin! Und ein Zettel.«

»Was steht drauf?«

»Ich soll eine Sprachnachricht anhören.«

»Also!« Matteo gestikulierte. »Forza!«

»Zähme den Neapolitaner in dir!«, flüsterte Sonja.

Eine Weile war es still in den Kopfhörern. Dann Born: »Ich soll klettern. Mit dem Geld.«

»Wohin?«, riefen Sonja und Matteo zugleich.

»Richtung Langkofelwand. Verdammt!«

»Ist in Ordnung, Born«, sagte Matteo. Sonja sah in sein verzerrtes Gesicht, bemerkte die Anspannung und wie er trotzdem versuchte, Born Zuversicht zu vermitteln. »Falls der Funkkontakt abbricht, Jonas kann Sie sehen!«

»Was mache ich, wenn Sie nicht mehr zu hören sind?«

»Anweisungen befolgen!« Matteo nickte, als müsste er sich selbst bestätigen, was er sagte. »Sonja, sollen wir jemanden von unseren Leuten folgen lassen?«

»Zu gefährlich. Sobald er an der Wand hochklettert, sieht man ihn von allen Seiten deutlich. Wenn ihm jemand nachkommt, fällt das auf.«

Matteo verzog den Mund. »Porca miseria!«

Sonja wischte sich den Schweiß von der Stirn. Etwas stimmte nicht. Sie legte den Kopf in den Nacken, sah sich um. Irgendwo hoch über ihnen müsste Jonas hocken, gut beschirmt. Aber es gab zu viele andere Winkel mit guter Aussicht. Wer mochte sich dort verschanzt haben? Waren die Entführer überhaupt zu mehreren? Sie hatten so wenige Anhaltspunkte.

»Da ist Born!« Matteo zeigte nach vorn. »Verdammt schnell, der Knabe.«

»Kletterprofi eben.« Sonja sah zu, wie ein in Grün und Rot gekleideter Mann, mit Helm und Seil, an der Felswand hochturnte. »Ein Gecko könnte es nicht besser machen.«

Den Atem anhaltend sahen sie zu, wie Martin Born vorankam, sicherte, nach Halt in Felsspalten suchte.

»Jonas, was ist oben auf dem Grat?«

»Das ist ein richtiges Plateau, was ihr von unten wahrscheinlich nicht sehen könnt. Etliche Meter breit. Mit Gras bewachsen.«

»Können wir mit dem Wagen von der anderen Seite ran?«

»Nie im Leben. Da ist keine Straße, nicht mal ein Forstweg. Und der Hang fällt steil ab in die andere Richtung.«

»Was siehst du auf dem Plateau?«

»Jedenfalls keine Leute. Wie gesagt, der Hang fällt steil ab und ist zum Teil bewaldet, nicht sehr attraktiv fürs Bouldern. Außerdem liegen ziemlich dicke Felsbrocken herum. Verstecken könnte sich dort schon jemand.«

»Aber wie soll der raufgekommen sein?« Matteo zog eine Landkarte aus seiner Jeanstasche und entfaltete sie. »Und vor allem: Wie kommt er schnell genug weg, wenn er das Geld erst hat?«

»Muss ich passen.« Jonas klang zermürbt. »Irgendwas blendet von der gegenüberliegenden Seite. Von euch aus drei Uhr.«
Sonja rieb sich die Augen. Die Sonne stach. »Lass uns so lange wie möglich an ihm dranbleiben«, schlug sie vor und ging in die Richtung, wo Born nun nur noch wie ein Schatten hoch oben am Felsen zu erkennen war.

»Madonna!«

»Scheiße.« Sonja griff nach Matteos Arm.

Born rutschte ab. Sie sah, wie er mit einer Hand nach Halt suchte, während sein anderer Arm und ein Bein bereits durch die Luft ruderten. Dann rutschte er von der Wand.

»Madonna!«, stöhnte Matteo wieder.

Sonja sah bereits vor sich, wie sie Marisa Born neben der Nachricht von der gescheiterten Geldübergabe auch jene vom Sturz ihres Mannes überbringen mussten.

»Er fängt sich«, murmelte Matteo. Das Seil straffte sich. Born federte sich mit den Füßen ab. Für Augenblicke zappelte er am Seil, dann wurde er wieder ruhig und fing an zu klettern.

»Meine Güte!« Sonja merkte erst jetzt, dass sie die Luft angehalten hatte. »Das klappt doch hinten und vorne nicht.«

»Abbrechen?« Matteo sah sie an. »Nicht jetzt, oder?«

»Wir haben keinen besseren Plan, fürchte ich.«

»Born, sind Sie okay?«, sprach Matteo ins Mikro.

Keine Antwort.

»Die Verbindung ist weg. Mist!« Sonja kickte gegen einen Stein. »Jonas, wir haben den Funkkontakt zu Born verloren. Was siehst du?«

»Unverändert. Er klettert. Oben am Grat ist immer noch niemand.«

Mittlerweile hatte Born die oberste Felskante erreicht und wälzte sich auf das schmale Plateau.

Jonas berichtete weiter: »Er steht auf. Guckt sich um. Jetzt telefoniert er. Anscheinend kriegt er einen Anruf auf dem Handy ...«

»Und?« Matteo trat von einem Fuß auf den anderen.

»Er geht zielstrebig zu einem Felsen.«

Sonja konnte von unten nur Borns Kopf sehen. Als er sich bückte, schien das Plateau hoch über ihr menschenleer.

»Jonas?«, rief sie.

»Er packt irgendwas aus. Sieht aus wie eine Plane. Nein, wartet ... Accidenti, ich glaube, das ist ein Gleitschirm!«

Matteo ließ ein paar Flüche vom Stapel. »Clever! Verflucht, ist das clever! Jetzt müssen wir ihn endgültig abschreiben.«

»Er legt sich ein Geschirr an. Vorher hat er den Rucksack mit dem Geld vor seinen Bauch geschnallt. Hinter ihm liegt jetzt der Gleitschirm im Gras, bereit zum Start. Er will in nordöstliche Richtung abspringen!«

Sonja hörte Jonas' hektischen Atem überlaut in ihren Earbuds.

»Matteo, lass uns fahren! Irgendwie um diese Felsen rum, auf die andere Seite. Hier unten sind wir fehl am Platz!«

»Da ist keine Straße«, sagte Jonas, »ihr müsst die SS 242 weiterfahren und die nächste links nehmen, das dauert, da ist ein Bach, eine Brücke sehe ich nicht von hier ...«

Matteo und Sonja rannten bereits zum Parkplatz.

76.

Sie sollte ganz normal ihren Dienst versehen. Als wäre das so einfach. Sofias Herz hämmerte, als sie sich an diesem Morgen der Questura näherte. Wieder müsste sie den Arbeitstag mit Ludolfer verbringen, dessen Neugier ihr seit Wochen auf den Geist ging. Andererseits war er auch recht leicht hinters Licht zu führen. Sie dachte an den Capo, der ihr gestern noch weitere Anweisungen gegeben hatte. Alle steckten bis zum Hals im Entführungsfall Juna Born, und die Morde in Obergelln waren auch noch nicht aufgeklärt. So wie es aussah, würden sie keine weiteren Zeugen auftreiben, die Sache würde im Sand verlaufen und nie käme ans Licht, wer Teresa Gamper und den Pfarrer auf dem Gewissen hatte. Ein kalter Fall.

Dafür bin ich nicht zur Polizei gegangen, dachte Sofia müde. Worauf sich ihre Berufswahl überhaupt gründete, war ihr mittlerweile gar nicht mehr klar. Sie stieg die Treppen zum Eingang hoch. Der Pförtner grüßte freundlich-verbindlich, wie er jeden grüßte. Sofia atmete erleichtert auf. Also war es noch nicht durchgesickert. Wobei ja alles irgendwann durchsickerte. Nur eine Frage der Zeit. Ein Maulwurf wie sie hätte nichts Gutes zu erwarten. Und obwohl die Atmosphäre genauso wirkte wie immer, als Sofia in den ersten Stock hinaufstieg, hatte sie eine düstere Vorahnung: Als könnte jeden Augenblick ein Kollege mit Handschellen an sie herantreten und sie festnehmen.

Sie hatte nicht viel geschlafen in der letzten Nacht. Dass Jonas dachte, sie sei die Beziehung zu ihm nur eingegangen, um an Informationen zu kommen, tat weh. Die Aussichtslosigkeit, ihn vom Gegenteil zu überzeugen, schmerzte sogar noch mehr. Denn sie hatte nicht mit ihm geschlafen, weil Santoro das wollte. Sie selbst hatte sich in Jonas verliebt, alles war so leicht gegangen, sie hatte ihm gar keine Informationen abringen müssen. Jonas erzählte von selbst bereitwillig von allem, was ihn bewegte.

Wie es aussieht, habe ich ihn verloren, dachte sie traurig.

Als ihr Handy klingelte, war sie nicht einmal besonders erstaunt. Sie blieb auf dem Gang stehen und antwortete mit einem halblauten: »Ja?«

»Was ist los? Warum höre ich nichts von Ihnen?«

»Ich bin eben meinen Dienst angetreten.« Das entsprach ausnahmsweise der Wahrheit. »Sie haben Rossi.«

»Was?«

»Sie haben ihn nicht gefasst, nur mutmaßlich lokalisiert. Er soll sich in Spanien aufhalten.«

»Ich brauche die Adresse. Die Stadt! Straße, Hausnummer und am besten das Stockwerk auch noch.« Giulia Santoros Stimme klang anders als sonst, die unterdrückte Erregung schwang durch die Leitung.

»Man plant, Zielfahnder einzusetzen. Mehr weiß ich bisher nicht, im Moment sind alle Kräfte durch den Entführungsfall gebunden.«

»Ich hoffe, Sie finden das Kind bald.« Die Santoro legte auf.

77.

»Er rennt über das Plateau!« Jonas keuchte auf. »Verdammt, ist das knapp. Warum hebt er nicht ab? Scheiße ... er schafft es. Er schafft es! Ganz knapp über die Bäume weg!«

»Gib Gas, Principessa!«, brüllte Matteo. »Ich gehe aufs Handy, Jonas! Wir sind gleich außer Reichweite.«

»Er fliegt. Richtung Nordost. Gar nicht so einfach, wahrscheinlich kommt er mit dem Wind nicht klar. Er kämpft irgendwie. Jetzt ...«

»Puttana!« Matteo riss die Earbuds herunter. »Die Verbindung ist weg.« Hektisch klickte er auf seinem Handy herum, während Sonja bereits auf die Strada Statale einscherte, knapp vor einem Lieferwagen. Der gab Lichthupe.

»Hast du Jonas wieder?« Sonja versuchte sich zu beruhigen. Um ein Haar hätte sie einen Unfall verursacht.

»Jonas? Allora, wie sieht es aus?« Matteo aktivierte den Lautsprecher am Handy.

»Er fliegt um die Sellagruppe rum. Ziemlich genau nach Norden. Wahrscheinlich verliere ich ihn auch bald aus den Augen.«

»Wir sind auf der 242. Siehst du einen befahrbaren Weg, der uns ungefähr dahin führt, wo Born ist?«

»Wartet mal! Da kommt ein Wagen gefahren! Das gibt's nicht.«

»Jonas, verdammt, was ist los!«

»Born schwebt noch ziemlich hoch, aber er hat den Rucksack mit dem Geld nicht mehr umgeschnallt, den hat er jetzt am Arm baumeln. Wahrscheinlich will er ihn abwerfen. Der Wagen hält, ist von Norden gekommen, sorry, Kollegen, da kommt ihr nicht rüber, da ist nirgendwo eine Brücke, ihr schafft es höchstens zu Fuß.«

»Hier ist eine Abzweigung!« Sonja fuhr links ab. Der Weg war schmal und holprig. »Kannst du uns sehen, Jonas?«, rief sie in Richtung Matteos Handy.

»Ja, jetzt kommt ihr hinter dem Felsvorsprung raus. Der Weg führt euch zu weit nach links. Haltet in der nächsten Kehre und geht zu Fuß.«

»Da ist der Wagen. Ein Kombi!« Matteo zeigte nach rechts.

»Ein dunkler Kombi, ja. Das Nummernschild ist selbst mit dem Fernglas nicht zu lesen.«

»Jetzt sehe ich auch Born!« Sonja zeigte in den Himmel, wo ein orangefarbener Gleitschirm sanft dahinglitt.

»Sieht so friedlich aus«, murmelte Matteo. »Halt hier an, Sonja, wir versuchen es zu Fuß!«

»Da sind zwei Typen ausgestiegen und stiefeln am Bach entlang!«, kam Jonas' aufgeregte Stimme aus dem Handy. »Sie tragen Kapuzenshirts und Sonnenbrillen. Eher jung als alt, mittelgroß.«

Sonja trat auf die Bremse, Staub wölkte auf, sie sprang aus dem Wagen, die Hand an der Dienstwaffe. Matteo folgte ihr.

Born flog nun tiefer, aber er schien nicht im richtigen Winkel anzufliegen, um zu landen, drehte bei und versuchte es erneut.

Sonja rannte. Der Bach war weiter weg, als sie gedacht hatte. Sie hörte einen Knall, duckte sich intuitiv. Das Echo hallte von den Bergen zurück.

»Was war denn das?« Sie sah zu Matteo, der zu ihr aufgeschlossen hatte. Sie blieben stehen, keuchend. Die Hitze flirrte, der Gleitschirm glänzte vor dem blauen Himmel.

»Zum Teufel!« Matteo sah zurück.

»Seid ihr verrückt? Warum habt ihr geschossen?«, fragte Jonas aus dem Lautsprecher.

»Wir haben nicht geschossen! Bastardi!«

»Um Himmels willen! Born!« Sonjas Herz setzte für Sekunden aus. Borns Gleitschirm geriet ins Trudeln. Ein bunter Fetzen hatte sich gelöst und flatterte wild in der Luft.

»Er hat das Ding nicht mehr unter Kontrolle.« Matteo spurtete los.

Sonja folgte ihm, den Blick starr auf den Gleitschirm gerichtet, der nun schief in der Luft zu hängen schien. Born riss an Schnüren im verzweifelten Versuch, sein Fluggerät zu stabilisieren. Obwohl sie gebannt war von der Aussicht, dass Born abstürzen könnte, behielt sie die beiden Männer im Blick, die panisch zwischen Born und den sich nähernden Polizisten hin- und hersahen. Wir sind immer noch zu weit weg. Die Landschaft narrt einen, dachte Sonja. Fast schien es, als würden Landmarken und Menschen, denen sie sich näherten, trotz des sich verringernden Abstands immer kleiner. Da ließ Born etwas fallen.

»Der Rucksack!« Matteo, ein, zwei Meter vor Sonja, blieb abrupt stehen.

Der Rucksack war aus Borns Armen gekullert und fiel. Die beiden Männer, die bisher in Schockstarre am Bachufer gestanden hatten, spurteten los.

»Der landet im Wasser«, murmelte Sonja, während sie sich ebenfalls wieder in Bewegung setzte. Doch der Bachlauf war viel zu breit, um einfach darüberzuspringen. Sie musste eine Stelle finden, an der sie zu Fuß hindurchwaten konnte. Die Strömung war reißend, weiß schoss das Wasser über die Steine.

Matteo schrie in sein Handy: »Jonas, was siehst du?«, aber der Capo war schon zu weit weg, um die Antwort zu verstehen.

Der Rucksack platschte in den Bach. Die Männer rannten am Ufer weiter und einer sprang in den Bach, um nach der Beute zu greifen. Wasser spritzte, der Mann verlor das Gleichgewicht, schlug hin.

»Den kriegen die nie!«, schnaubte Matteo und änderte die Richtung. »Die Strömung ist zu stark.«

»Aber du kriegst ihn auch nicht«, stöhnte Sonja. Sie hatte Seitenstechen, blieb stehen, atmete langsam ein und aus. Die beiden Männer auf der anderen Bachseite schienen ebenfalls zu demselben Schluss gekommen zu sein. Sie kehrten um, rannten zu ihrem Kombi.

In diesem Moment landete Born. Er ging in die Knie, stürzte, rollte sich ab und blieb auf dem Gras liegen.

»Cazzo! Wer hat da geschossen?«, schrie Matteo, und Sonja war nicht klar, ob er in sein Telefonino brüllte, Born anschrie oder die Berge ringsum.

Der Kombi startete. Steinchen spritzten. Matteo hob die Pistole, doch in dem Augenblick richtete Born sich auf.

»Nicht!«, rief Sonja. Langsam setzte sie sich wieder in Trab.

Sie hatten verloren. Die Geldübergabe war gescheitert, und sie hatte keine Ahnung, ob sie eine zweite Chance bekommen würden.

78.

Dr. Graziella Giordano legte ihren Arztkittel ab. Sie gab ihrer Sekretärin Bescheid, dass sie eine Verabredung zum Mittagessen in Neustift hatte und spätestens in zwei Stunden zurück wäre. Als sie nach ihrer Handtasche griff, fühlte sie die Vorfreude auf das Essen und ihre Begleitung. In den letzten Wochen war sie manchmal während der Dienstzeit nicht ganz bei der Sache. Hier im Haus geschahen zu wenig positive Dinge. Die meisten Patienten entließ sie in die Ungewissheit, und nicht wenige tauchten nach einem halben oder ganzen Jahr wieder auf. Mit denselben Problemen. Manchmal zweifelte sie an ihrem Studium, und obwohl ihr die Stelle als Klinikleitung ein außergewöhnlich gutes Auskommen ermöglichte, hätte sie manches Mal einem Vater oder einer Mutter deutlich die Meinung gesagt: Eure Kinder sind verzogene Fratzen. Ihr seid selbst nicht besser! Egoistisch bis in die Haarspitzen, wie sollen die Kinder bei einem solchen Beispiel mit dem Leben zurechtkommen?

Nein, sie würde jetzt erst einmal in Ruhe zum Lunch fahren, abschalten, am Nachmittag den Papierkram bearbeiten, der sich auf ihrem Schreibtisch angesammelt hatte.

Die Handtasche unter dem Arm eilte sie gerade aus dem Hauptportal, als jemand ihr nachrief:

»Dr. Giordano!«

Sie drehte sich um, in Gedanken, sah die Schwester auf dem Treppenabsatz stehen und gestikulieren.

»Pardon?«, fragte sie. »Wer, sagten Sie, ist weg?«

»Vanessa Born! Sie ist nicht in ihrem Zimmer. Ich konnte sie auch sonst nirgendwo im Gebäude finden. Die Security sucht gerade den Park ab. Wir brauchen die Videoaufnahmen.«

»Wann haben Sie sie denn zuletzt gesehen?«

»Heute Morgen. Ich habe ihr das Frühstück ins Zimmer gebracht.«

Grazielle Giordano schloss kurz die Augen. Das Gefühl von Hoffnungslosigkeit wollte sie erdrücken.

79.

Im Schloss übernahm es Matteo, Marisa Born von der gescheiterten Geldübergabe zu berichten. Sonja verzog sich in das kleine Bad neben der Eingangshalle, wusch sich die Hände und betrachtete ihr angespanntes Gesicht im Spiegel.

Diese Unzulänglichkeit! Das Gefühl von Schuld! Die Geldübergabe war nicht gelungen, weil sie nicht weit genug gedacht hatten. Natürlich war es naheliegend, einen Extremsportler wie Born aufzufordern, in die Lüfte zu steigen. Warum waren sie nicht auf die Idee gekommen? Der ganze Aufwand in der Steinernen Stadt – vergebens! Sonja spürte, wie die Wut über die Fehlplanung sich Bahn brach. Sie schlug mit der Faust auf die Waschbeckenkante. Sie hätten verrückter denken müssen! Schräger. Ich bin schuld, ich bin schuld. Wie damals, als Thomas starb. Der Gedanke hämmerte in ihrem Kopf, und sie rang ihn nieder. Sie mussten nachdenken. Das Geld war weg. Im Wagen hatte Matteo bereits ein paar Kollegen darauf angesetzt. Irgendwo würde der Rucksack hängen bleiben. Vielleicht hatte ihn auch jemand gefunden. Ein ehrlicher Mensch, der die Polizei rief. Vielleicht.

Sie richtete ihr Haar, bevor sie zurück in das große Wohnzimmer ging, wo immer noch der Techniker an seinen Geräten saß, mit einem hilflosen Schulterzucken, »nichts Neues« murmelnd.

Wenn sie Glück hätten, käme eine zweite Forderung.

Martin Born saß – ein Häufchen Elend – neben seiner Frau auf dem Sofa. Er machte eine Bewegung, als wolle er ihr den Arm um die Schulter legen, aber sie rückte von ihm weg. Dabei sah er aus, als könne er selbst Trost brauchen. Matteo stand am Fenster.

»Verstehen Sie, wir können jetzt nur abwarten, dass die Entführer eine neue Forderung stellen!«

Marisa stampfte mit den Füßen auf. »Abwarten! Abwarten! Wissen Sie, was Sie da sagen? Juna ist schon zwei Tage ohne ihre Medikamente. Wenn wir sie nicht bald finden …« Sie schlug mit der flachen Hand auf die Sitzfläche neben sich, immer wieder.

»Herr Born, Frau Born, wir sollten noch einmal über Ihre erwachsenen Kinder sprechen. Beziehungsweise über Ihre Stiefkinder«, mischte Sonja sich ein.

»Ich habe Ihnen doch schon klargemacht: Weder Vanessa noch Valentin haben mit so einer Sache etwas zu tun. Valentin ist auf Geld von mir aus, das besorgt er sich allerdings auf anderen Wegen.«

»Wenn Sie ihm welches rüberschieben.« Sonja betrachtete den Mann. Sie hatte Mitleid mit ihm, musste aber das Gefühl im Zaum halten. »Sie haben doch seine Bitte abgewiesen, an dem Tag, an dem Juna entführt wurde.«

»Hören Sie, ich kenne meinen Sohn. Ja, ich habe sicherlich Fehler gemacht bei der Erziehung, trotzdem würde er niemals einem Kind etwas antun.«

Marisa schnaubte. »Sowohl Vanessa als auch Valentin haben es faustdick hinter den Ohren. Die würden jede Chance nutzen, um dir eins auszuwischen.«

»Was meinen Sie damit?« Sonja setzte sich den Borns gegenüber in einen Sessel.

»Alle beide haben mir das Leben zur Hölle gemacht. Ich war Martins Neuanfang, der schloss sie aus, und das konnten sie nicht ertragen. Vanessa hat sich in Drogen geflüchtet. Und Valentin … der will Geld für seine halbgaren Geschäftsideen.«

»Zum Beispiel zwei Millionen?«

»Das ist doch absurd!« Born stand auf, ging zu einem Schrank und entnahm ihm eine Flasche Whiskey. »Sie entschuldigen. Ich brauche einen Drink.«

»Herr Born, Ihre Firma ist kurz vor der Insolvenz«, ging Matteo dazwischen.

Born verschüttete ein wenig von dem Whiskey. »Das ist nicht korrekt. Es wird keine Insolvenz geben, das habe ich Ihnen schon gesagt! Die Sponsoren für das Sportförderprogramm stehen so gut wie fest. Die Bank ist ebenfalls überzeugt.«

»Das ist Zukunftsmusik.«

Born trank einen Schluck. »Im Geschäftsleben brauchen Sie Ideen. Sie müssen auch mal ein Risiko eingehen. Auszahlen wird sich alles erst später. Das nennt man Unternehmertum! Was Ihnen als Beamten wahrscheinlich nicht klar ist.«

»Haben Sie das Geld unterwegs versteckt? Zwei Millionen, Herr Born! Die könnten Sie als Verlust geltend machen.«

»Um Himmels willen!« Born ließ das Glas auf die Tischplatte krachen. »Was nehmen Sie sich eigentlich heraus? Es geht um das Leben meines Kindes!«

»Wer hat auf Sie geschossen?« Endlich ging Matteo vom Fenster weg. Es kam Sonja vor, als habe er Bedenken, ein Sniper könnte mit einem Präzisionsgewehr im Wald lauern.

»Diese Frage beantworten *Sie* mir hoffentlich bald!«

»Unsere Techniker sagen, der Schuss sei aus südwestlicher Richtung gekommen und hatte wahrscheinlich die Absicht, die Geldübergabe zu vereiteln.«

»Mein Gott! Und Sie denken, das habe ich bestellt? Ich will unser Kind zurück, verdammt!« Born ging auf Matteo zu. Sein Gesicht glühte. In seinen Augen stand blanke Wut.

»Wir haben es jedenfalls mit einem Profi zu tun. Alle Erhebungen rund um Ihre Flugstrecke waren wenigstens 100 Meter weg. Das war ein Präzisionsgewehr. Sagen wir so: Ein Profi, der was vom Kuchen abhaben will, woher hätte der seine Informationen? Haben Sie was durchsickern lassen?«

Born schnappte nach Luft. »Ich kann es nicht glauben! Meine Tochter stirbt, wenn sie nicht bald medizinische Hilfe bekommt. Wie soll ich damit leben können, sagen Sie es mir!« Er schlug sich an die Stirn. »Fragen Sie sich eigentlich nicht, wer die Kapuzentypen waren, die da unten am Bach rumgehüpft sind? Hat die vielleicht jemand gefilmt, damit man sie am Gang oder so identifizieren kann? Was sind Sie eigentlich für Stümper?«

»Wer könnte ein Interesse daran haben, dass der Deal mit den Kidnappern nicht zustande kommt?«, fragte Sonja. Born hatte recht, das hatten sie vermasselt, nicht einmal mit dem Handy hatte sie ein Video gedreht. Aber die Lage war unübersichtlich gewesen, die Schüsse, sie hatten an ihre und Borns Sicherheit denken müssen, zuallererst.

Born fuhr herum. »Jetzt werden Sie mir sagen, mein Sohn habe das beabsichtigt. Was für ein Irrsinn. Valentin würde niemals ein Gewehr in die Hand nehmen. Abgesehen davon, dass er nicht schießen kann.«

»Vanessa …«, sagte Matteo.

»Vanessa auch nicht.«

»Warum hat Ihre Tochter versucht, sich das Leben zu nehmen?«, hakte Matteo nach.

Marisa Born stöhnte. »Würden Sie so freundlich sein, einfach mal auf den Boden der Tatsachen zurückzukommen? Jemand hat auf meinen Mann geschossen, aber vielleicht galt der Schuss nicht ihm, sondern den beiden Entführern, die dort mit ihrem Auto standen? Oder Ihnen?«

Sonja biss sich auf die Lippen. Die Situation war mehr als rätselhaft. Auch sie glaubte keine Minute, dass Borns Kinder hinter den Schüssen steckten. Dass Born selbst das Geld vorher versteckt hatte, kam ihr ebenfalls völlig abwegig vor. Er würde alles tun, um Juna zu retten. Die harte Fragerei zielte ohnehin nur darauf ab, die Borns aus der Reserve zu locken.

»Wir warten ein paar Stunden ab. Wenn dann nichts von den Entführern kommt, schalten wir die Öffentlichkeit ein.«

»Warten! Ich habe genug von der verdammten Warterei!« Marisa Born stand auf und stürmte zur Tür. »Außerdem mag Vanessa unsere Juna. Und Juna mag Vanessa. Viel mehr als Valentin.«

Die Tür schlug zu.

»Herr Born, hatten Sie geschäftlich schon einmal mit Giulia Santoro zu tun?«, fragte Matteo.

Sonja musste an sich halten, um nicht die Augen zu verdrehen.

»Mit wem? Nein. Nicht dass ich wüsste.«

»Mit Francesco Rossi?«

»Allerdings.« Born nickte, als sei das nichts Besonderes.

Sonja erstarrte.

»Wie sah diese Zusammenarbeit aus?«

»Es kam zu keiner Zusammenarbeit.« Born rieb sich die Augen. »Rossi war daran interessiert, eines meiner Sportprojekte finanziell zu unterstützen. Daraufhin warnten mich meine Partner, dass Rossi der Mafia nahesteht und meine Firma wahrscheinlich benutzen will, um dreckiges Geld zu waschen. Ich habe ihm abgesagt. Wer ist Giulia Santoro?«

»Seine Nachfolgerin. Rossi ist nicht mehr in Bozen.«

Born runzelte die Stirn. »Sie glauben, die Mafia hat meine Tochter entführt?«

»Wir glauben nichts«, erwiderte Matteo, »aber wir müssen allem nachgehen.«

Sein Handy klingelte. Nach einem kurzen Blick auf das Display sagte er:

»Verzeihen Sie, den Anruf muss ich annehmen.« Er verließ das Zimmer.

80.

»Sofia?« Matteo sprach leise, obwohl ihn draußen auf der Einfahrt niemand hören konnte. »Was gibt es?«

»Ich habe Santoro Bescheid gegeben. Dass Rossi in Spanien sitzt.«

»Und?«

»Sie will wissen, in welcher Stadt Sie ihn vermuten. Möchte möglichst die genaue Adresse geliefert bekommen.«

»Halten Sie sie hin.« Matteo setzte die Sonnenbrille auf und drehte sich zum Schloss um. Ein Schauder lief ihm über den Rücken. Der Nachmittag erschien ihm mit einem Mal kühl, obwohl die Sonne brannte. Misstrauisch ließ er den Blick über die Fenster in den oberen Stockwerken schweifen.

»Ich versuch's.«

»Setzen Sie ihr einen neuen Floh ins Ohr. Berufen Sie sich auf den Entführungsfall Born und behaupten Sie, dass wir die Mafia im Verdacht haben.«

»Haben Sie?«

»Kein Kommentar. Ich möchte wissen, ob die Santoro dadurch aus der Reserve gelockt wird.«

»In Ordnung.« Sofias Stimme klang plötzlich sehr fern. Es knisterte in der Leitung. »Sonst noch was?«

»Im Moment nicht. Ciao.« Er legte auf. Für Augenblicke stand er in der Stille da und lauschte in den Wald.

Die Schüsse auf Born konnte er sich einfach nicht erklären.

»Matteo?« Sonja kam aus dem Schloss. »Du wirst es nicht glauben.«

Er grinste sie an. »Juna ist zur Hintertür reinspaziert?«

»Maria Preindl hat mich gerade angerufen. Sie will mich sprechen.«

Matteo entging Sonjas Erregung nicht. »Will sie …«

»Sie will mir etwas anvertrauen, was wichtig für die Lösung der Mordfälle wäre. Ich soll aber nicht nach Obergelln kommen. Sie trifft mich in Bozen. In einer Stunde.«

»Gut. Fahr hin!«

»Wie gehen wir hier weiter vor?«

Matteos Handy klingelte wieder. »Warte kurz.« Er nahm das Gespräch an. »Pronto?« Ungläubig lauschte er der Stimme am anderen Ende. Dann legte er wortlos auf.

»Jetzt wird es grotesk. Vanessa Born ist aus der Klinik abgehauen. Heute um kurz nach halb zwölf ist sie aus dem Gebäude geschlichen und über den Zaun geklettert. Die Videokameras haben ihre Flucht aufgezeichnet.«

»Und niemand hat versucht, sie aufzuhalten? Wozu haben die ihre Security? Und wo ist sie hin?«

»Das ist Italien, Principessa. Nichts als eine bodenlose Schlamperei! Jonas muss jede Minute hier sein. Er soll die Stellung halten, ich fahre in die Klinik.«

81.

Konfus spazierte Sonja durch die schmalen Gassen der Bozener Innenstadt, wich Touristen aus, ignorierte die Müllabfuhr und wurde beinahe von einem Raupenfahrzeug gestreift.

Das Gespräch mit Maria Preindl hatte sie kalt erwischt.

Endlich tat sich etwas auf. Sie brauchten nur noch den Beweis. Die endgültige, auch vor Gericht belastbare Aussage. Sonja dachte an die Brutalität, die stringente Planung beider Morde. Die klare Absicht, die dahinterstand. Den Diebstahl des Messers aus Gampers Wirtshaus. Den Anruf spät in der Nacht, der den Pfarrer in die Dunkelheit am einsamen Ende des Dorfes gelockt hatte. Ihr wurde schwindelig. Sie waren so nah dran gewesen.

Ohne es zu merken, hatte sie den Weg zur Questura eingeschlagen. In ihrem Büro riss sie das Fenster auf. Fünf Uhr. Die Kirchen Bozens setzten zum Geläut an. Sie stand da, blickte auf das sich zwischen den Bergen drängende Durcheinander an Häusern und Straßen. Der Verkehrslärm drang zu ihr hinauf. Hauchzarte Wolken webten Netze zwischen den Gipfeln. Sie griff nach ihrem Handy.

»Matteo?« Sie berichtete kurz. Am anderen Ende der Leitung herrschte Schweigen. »Bist du noch dran?«

»Sì!«, sagte er knapp. »Lassen wir uns drauf ein?«

»Wenn alles gut geht und die Zeugin keine kalten Füße bekommt, sind die beiden Morde in Obergelln so gut wie gelöst.«

»Wenn wir nur nicht fast das ganze Personal an den Entführungsfall gebunden hätten …«

»Ich spreche gleich mit Peter Kerschbaumer. In Obergelln herrscht Grabesstimmung, sagt Maria Preindl. Die Leute beäugen einander voller Misstrauen, jeder nimmt das Schlechteste vom anderen an. Pfarrer Holzer ist krank und verlässt das Pfarrhaus nicht mehr. Ihn scheint der Mord an seinem Kollegen viel mehr mitgenommen zu haben, als er uns gegenüber durchblicken ließ.«

»Der Schock kommt meistens erst später.«

»Wir müssen schnell handeln. Womöglich gibt es mehr Leute im Dorf, die ahnen, was Sache ist. Wenn es dumm kommt, könnten sie unseren Täter warnen. Dann schwinden unsere Chancen.«

»Gut. Wir lassen uns drauf ein. Gleich morgen. Wenn wir länger warten, verlässt Maria Preindl vielleicht der Mut.«

»Was war in der Klinik los?«

»Dr. Giordano hat sich gewunden wie eine Viper, ich musste fast aus ihr rausprügeln, dass gestern Abend Valentin Born bei seiner Schwester war. Und der Clou: Lukas Bannert, ihr Schulfreund aus alten Tagen und zwischendurch anscheinend ihr Lover, war auch mal in der Klinik zur Behandlung.«

»Also stimmt es, was sein Vater mir erzählt hat: Lukas war drogensüchtig.«

»Und ist es vermutlich wieder. Zur Rückfallquote muss ich dir ja wohl nichts sagen. Womöglich hat er Vanessa sogar mit Stoff versorgt.«

»Sollen wir diesen Bannert zur Fahndung ausschreiben?«, fragte Sonja.

»Ja. Sag Peter Bescheid. Ich fahre noch einmal ins Schloss.«

»Va bene.« Sonja legte auf. Sie gab sich einen Ruck, schloss das Fenster, schnappte sich ihre Tasche und ging über den Flur zu Peter Kerschbaumers Büro.

»Sonja!« Er stand vom Schreibtisch auf, als sie eintrat. »Ich habe gehört, die Geldübergabe ist gescheitert?«

»Ich könnte mich ohrfeigen. Wir haben einfach nicht weit genug gedacht. Wenn ich nur einen Schimmer hätte, wer auf Born geschossen hat.«

»Die Kollegen suchen nach dem Projektil. Hoffentlich finden sie was. Mach dir keine Vorwürfe, niemand konnte so ein Chaos vorhersehen. Und sonst?«

»Wir haben einen Hinweis in Obergelln. Maria Preindl hat sich gemeldet.« Sie berichtete.

»Accidenti!« Kerschbaumer stieß einen Pfiff aus. »Wenn das funktioniert, seid ihr die Helden, du und der Capo!«

»Wir brauchen Leute. Und die Vorbereitungszeit ist kurz.«

»Das kriegen wir schon hin. Wegen der Entführungsgeschichte sind alle Urlaube gestrichen. Personal ist da. Ich besorge uns einen Techniker. Wo ist Maria Preindl jetzt?«

»Zu Hause. Ihr Mann verlässt das Haus morgens gegen halb acht. Danach kann es losgehen. Der Treffpunkt wäre die Station Punta Rocca auf der Marmolata. Preindl macht gegen eins Mittagspause.«

»Also ist genug Zeit.« Peter Kerschbaumer zog sein winziges Notizheft heraus, das in seinen riesigen Händen aussah, als würde es sogleich verschwinden, und schrieb etwas auf. »Übrigens habe ich was für dich.« Er kramte in den Unterlagen auf seinem Schreibtisch. »Ich habe mich noch einmal intensiv mit der BEWA Kredit AG befasst. Tatsächlich gab es in der Vergangenheit einige Fälle, in denen der Verdacht bestand, die BEWA habe selbst dafür gesorgt, dass die Schuldner ihre Kredite nicht zurückzahlen konnten.«

Sonja starrte Kerschbaumer an. »Kam es zu Anzeigen?«

»Nur in einem Fall; sie wurde zurückgezogen. Die BEWA agiert anscheinend sehr aggressiv. Aber noch unangenehmer wird für dich Folgendes sein: Dieser Felix Brandner ist Gesellschafter der Bank.«

»Verdammt!«

»Richtig. Ich habe die Ergebnisse der Spurensicherung hier. Ein paar DNA-Spuren müssen wir noch auswerten, sobald wir von Brandner eine Probe haben. Da finden wir ja sicher was.«

Sonja wollte es nicht glauben. Obwohl sie so lange den Verdacht gehegt hatte, dass hinter allem ihr Verwalter stand, schockierten Kerschbaumers Hinweise sie dennoch. Wie würde sie Katharina diese Neuigkeiten beibringen? Wenn sie daran dachte, wie Julian aka Felix in der Nacht, als der Traktor brannte, geholfen hatte zu löschen. Der Angriff mit dem Vollernter war allerdings eine Nummer zu viel gewesen. »Ich dachte schon, ich wäre krankhaft misstrauisch.«

Kerschbaumer sah sie freundlich an. »In unserem Job kommen wir um einen gesunden Argwohn gar nicht mehr herum, Sonja.«

»Wobei ich mich frage, ob er so gesund ist. Ich muss heim. Kriegen wir einen Durchsuchungsbeschluss für das Gesindehaus?«

»Ich kümmere mich und gebe auch der Streife bei euch am Gut Bescheid. Die sollen dich absichern. Und dann sorge ich dafür, dass jemand unauffällig an Brandner dranbleibt.«

»Ausgerechnet jetzt. Es brennt an jeder Ecke!« Sonja dachte wieder an die kleine Juna, die ohne ihre Medikamente irgendwo festgehalten wurde, krank, verängstigt, an die Verzweiflung der Eltern und die Hoffnungslosigkeit, die sich nach der gescheiterten Geldübergabe bei allen eingestellt hatte. Dagegen waren ihre Sorgen um das Weingut lächerlich.

Im Treppenhaus holte Kerschbaumer Sonja ein.

»Gerade kam ein Anruf rein: Unsere Leute haben ein Projektil in der Nähe des Bachlaufs gefunden. Es gehört zu einem Scharfschützengewehr, das Kaliber wird hauptsächlich in russischen Waffen benutzt, findet aber auch Anwendung in einem bis heute hergestellten rumänischen Präzisionsgewehr.«

»Donnerwetter.«

»Ein Profi, Sonja. Einer, der genau weiß, was er will und wen er zu treffen beabsichtigt.«

»Womöglich einer, auf dessen Dienste die Mafia von Zeit zu Zeit zurückgreift?«

»Womöglich.«

82.

»Was heißt das, sie hat keinen Appetit?« Er musste einfach mal brüllen. Konnte nicht mehr an sich halten. Andi war so ein Idiot. Mit einer hohlen Nuss wie ihm so eine Sache durchzuziehen – er musste wahnsinnig gewesen sein. »Dann bring ihr halt einen Schokoriegel. Kinder mögen Süßigkeiten.«

»Ich glaub, sie ist krank.«

Er schlug mit der Faust auf die Matratze. »Kacke! Sieh zu, dass du ihr was zu essen bringst. Und bleib 'ne Weile bei ihr! Ich muss nachdenken!«

Andi zog den Kopf ein, doch er konnte stur sein. »Es war ja wohl nicht meine Schuld, dass das mit dem Geld nicht geklappt hat.«

»Der Platz war super. Ich wusste, die Bullen kommen nicht über den Bach. Konnte ich ahnen, dass die auf uns schießen?«

»Der Schuss kam doch gar nicht von den Bullen.«

»Nicht von den beiden, die auf uns zugerannt sind, aber da sind doch überall genug Verstecke.«

»Vielleicht waren es Jäger ...«

Er war ein Kretin. Andi war ein Kretin. Anders konnte er es nicht nennen. Hatte keinen Sinn, mit einem Hirntoten zu diskutieren.

»Ich denke mir einen neuen Plan aus. Wir kriegen die Kohle.«

Andi zuckte die Achseln. »Lass uns halt noch mal hinfahren und nach dem Geld suchen.«

»Darauf warten die doch bloß!«

»Was machen wir dann?«

»Wenn du mich anglotzt wie eine kranke Kuh, kann ich mir nichts ausdenken. Zieh Leine, okay? Hau ab, hock dich 'ne Stunde zu dem Kind. Bring sie dazu, was zu essen.«

»Die lehnt alles ab. Ist ganz heiß. Hat Fieber. Und glasige Augen.«

»Ich hab dir das doch erklärt: Sie hat eine Sommergrippe.«

»Vielleicht geben wir ihr heiße Suppe oder so.«

»Woher soll ich denn jetzt 'ne heiße Suppe nehmen?« Er könnte wahnsinnig werden. »Spätestens morgen kriegen wir das Geld, dann sind wir das Balg los. Kinder halten schon was aus. Glasige Augen hin oder her.«

»Wenn du meinst.« Andi griff nach seiner Jacke.

Es war kalt zwischen den feuchten Mauern, aber das Versteck taugte. Hier würde sie niemand aufspüren. Dennoch drängte die Zeit. Die Bullen hatten sie gesehen, Sonnenbrille und Hoodies hin oder her. Das Auto war gestohlen, da bestand erstmal keine Gefahr, doch es würde immer schwieriger werden, an das Geld zu kommen. So richtig konnte er sich auch nicht erklären, wer auf sie geschossen hatte. Zumal Born getroffen worden war. Den müsste die Polizei doch schützen! Ihm wurde mit einem Mal bewusst, dass Andi recht haben könnte: Zumindest die Möglichkeit bestand, dass gar nicht die Polizei geschossen hatte. Aber wer dann? Jäger konnten es nicht sein, nicht um diese Jahreszeit und so nah an der Steinernen Stadt mit ihren Sportcracks. Also, wer sonst? Konnte denn noch jemand von der Entführung wissen? Hatte Andi nicht das Problem mit Hannes gelöst?

Verdammt, es fiel ihm wirklich ziemlich schwer, sich zu konzentrieren ...

83.

Matteo stieg aus dem Wagen. Der Apartmentblock, in dem Valentin Born wohnte, lag im Dunkeln, nur zwei Wohnungen waren beleuchtet. Entschlossen legte er den Finger auf den Klingelknopf mit dem Namen »Born« und nahm ihn erst weg, als er Valentins Stimme hörte:

»Was wollen Sie?«

»Ist Ihre Schwester bei Ihnen?«

»Vanessa? Nein.« Der Summer ging. »Kommen Sie rauf und überzeugen Sie sich selbst.«

Matteo nahm zwei Stufen auf einmal.

»Buonasera. War Vanessa hier? Oder hat sie Sie angerufen?«

»Hat sie nicht und sie war auch nicht hier.« Valentin strich über sein Sakko, ging in die Wohnung und schloss hinter Matteo die Tür. »Ich bin gerade erst heimgekommen.«

»Vanessa ist aus der Klinik abgehauen.«

»Was?« Valentin, der Matteo mit müden Augen anstarrte, schüttelte den Kopf. »Das kann nicht sein. Sie ist in einer geschlossenen Abteilung.«

»So viel zu diesem Thema.«

»Was meinen Sie damit?«

»Sie wollte raus und niemand hat sie aufgehalten. Die Security können Sie in der Pfeife rauchen und das Konzept der Klinik anscheinend genauso. Wo könnte Ihre Schwester hingegangen sein? Jetzt zucken Sie nicht die Schultern wie ein Teenager!« Matteo wurde langsam zornig. »Juna ist krank und vielleicht überlebt sie die Entführung nicht, wenn wir sie nicht bald finden und mit Medikamenten versorgen können! Ist Ihnen eigentlich klar, was das heißt?«

»Okay, wir haben manchmal rumgeflachst. Dass wir Juna entführen und von dem Lösegeld was Neues aufziehen. Aber das war doch nur, wenn wir uns mal abreagieren wollten, weil wir uns über unseren Vater geärgert hatten!« Valentin ging vor Matteo her ins Wohnzimmer und ließ sich auf das Sofa fallen. Ein aufgerissener Pizzakarton stand da. Die Hälfte der Pizza lag noch darin. Daneben stand eine Flasche Mineralwasser. »Vanessa liebt Juna. Kann sein, dass meine Schwester Ihnen wie ein harter Knochen ohne Gefühle vorkommt, aber das stimmt nicht.«

»Wo ist sie?«

»Bei unserer Mutter in Innsbruck bestimmt nicht, falls Sie das denken. Die beiden hatten nie ein gutes Verhältnis. Außerdem hat sie kein Geld. Vanessa, meine ich. Wie sollte sie nach Innsbruck kommen?«

»Trampen?«

Valentin zuckte die Achseln. »Sie ist schon mal abgehauen, weil sie es ohne Drogen nicht mehr ausgehalten hat. Lukas, ihr Ex-Freund, hat sie versorgt. Der hat die Klinik überstanden und es irgendwie geschafft, unter dem Radar zu bleiben. Sie hat mir verraten, dass er sie manchmal besucht und dann Stoff dabeihat.«

»Na bravo!«

»So laufen die Dinge eben! Die wenigsten Junkies werden clean. Die haben alle Rückfälle! Genauso wie die Alkis. So ist das Leben.«

»Ein verdammtes Scheißleben. Wo hält Lukas sich auf? Wissen Sie das?«

»Keinen Schimmer. Wenn Vanessa Stoff wollte, hat sie sich meistens auf dem alten Kasernengelände was besorgt. Das ist *der* aktuelle Umschlagplatz der Stadt.«

Matteo war schon an der Tür: »Sollte Ihre Schwester sich bei Ihnen melden, geben Sie mir sofort Bescheid! Egal um welche Uhrzeit!«

84.

Sonja hielt neben dem Streifenwagen auf der Auffahrt zum Weingut.

»Blockieren Sie den Zugang zum Gesindehaus. Brandner oder Bittner oder wie auch immer er heißt darf keine Möglichkeit bekommen, das Gebäude noch einmal zu betreten oder etwas verschwinden zu lassen. Außerdem werden wir in Kürze nach DNA-Spuren suchen. Kerschbaumer kommt mit dem Durchsuchungsbeschluss direkt aufs Gut.«

»In Ordnung.« Der Streifenwagen setzte sich in Bewegung, während Sonja zum Haupthaus vorfuhr. Sie stieg aus. Von Katharina oder Laura keine Spur. Sie fuhr ein Stück weiter und erreichte die Stelle, wo der Laubschneider sein Zerstörungswerk abgebrochen hatte. Etwas weiter oben am Hang arbeiteten die Frauen. Mit Brandner.

Sie vergewisserte sich, dass sie ihre Dienstwaffe bei sich trug, und stieg den Hang hinauf. Laura bemerkte sie zuerst. Sie stellte ihre Schaufel weg und wischte sich den Schweiß von der Stirn.

»Wie läuft es?«, fragte Sonja angelegentlich.

»Wir versuchen zu retten, was zu retten ist!« Laura seufzte. »Viel ist es nicht.«

Julian aka Felix band gerade ein paar Reben hoch und fixierte sie mit Kaninchendraht, den er mit einer Zange abknipste. »Sie sind heute schon bald zu Hause.«

Katharina lächelte Sonja zu, und der tat es im Herzen weh, was sie nun tun würde. Sie zog die Pistole.

»Lassen Sie die Zange fallen, Herr Brandner. Sofort.«
Er starrte sie fassungslos an.

»Sie werden mir keinen Grund geben, auf Sie zu schießen.«
Sie entsicherte.

Er ließ die Zange fallen. »Was ist denn jetzt wieder los?«

»Sie werden das Weingut sofort verlassen. Hier ist Ende der Fahnenstange. Bleiben Sie in Bozen und halten Sie sich weiteren polizeilichen Untersuchungen zur Verfügung.«

Brandners Gesichtszüge entgleisten. Ob ihm einfach der Charme ausging oder er spürte, dass es diesmal ernst war – Sonja war es egal.

»Sind Sie nicht ganz dicht?«, stöhnte er. »Hatten wir das nicht alles schon einmal?«

»Mama, wir brauchen jede Hand«, begann Laura. Sonja wischte ihren Einwand weg. »Sie gehen jetzt, Herr Brandner. Wir werden das Gesindehaus durchsuchen. Der gerichtliche Beschluss wird eben ausgefertigt.«

»Da lache ich ja! Sie haben nichts gegen mich in der Hand! Denn wenn Sie was hätten, würden Sie mich jetzt abführen.«

»Sie werden nicht glauben, wie oft ich genau diesen Satz gehört habe. Und wie gern ich das Gegenteil beweise.«

»Sonja, was soll denn das?« Katharina machte einen Schritt nach vorn, als wollte sie sich neben ihren Sohn stellen.

»Bleib besser da, wo du jetzt stehst!« Sie hörte, wie ein Wagen die Auffahrt zum Gut heraufkam. Verstärkung. Kerschbaumer dachte an alles.

Auch der Verwalter bekam die Veränderung mit. Sein Blick wurde zornig. Er trat von einem Fuß auf den anderen. Unruhe. Ein deutliches Zeichen seiner Nervosität. Er merkte, dass es eng wurde.

Ich krieg dich, dachte Sonja. Laut sagte sie:

»Dein sogenannter Sohn ist nicht nur vorbestraft und saß im Knast, sondern er fungiert auch als Gesellschafter der Bank, die dir den Kredit gegeben hat, Katharina. Er hat dich zu diesem finanziellen Abenteuer überredet im Wissen, es durch seine Position als Verwalter auf unserem Gut zu verunmöglichen, dass du das Geld zurückzahlst. Damit ist das Gut quasi in seine offenen Hände gefallen.«

»Aber«, begann Katharina.

»Beweisen Sie es!«, schleuderte Julian ihr entgegen. »Machen Sie einen DNA-Test.«

»Der steht ohnehin auf dem Programm!«, erwiderte Sonja. Hinter sich hörte sie Schritte. Sie warf kurz einen Blick zurück; Sofia und Ludolfer kamen, die Pistolen im Anschlag, den Hang herauf. »Die Spurensicherung hat DNA-Material auf dem Laubschneider und dem Traktor sichergestellt.« Mit Befriedigung sah sie den Schreck in Julians Gesicht. »Sie gehen jetzt besser.«

»Ihr werdet sehen: Ich übernehme das Weingut. Und du, Katharina«, er wandte sich seiner Mutter zu, »wirst alt und gebrechlich in einer Sozialeinrichtung für bedürftige Senioren verrotten. Ich werde dabei zusehen. Das wird die Genugtuung meines Lebens. Die Zeit im Knast kann unheimlich lang sein. Nur ein Gedanke hat mich durchhalten lassen: Ich komme raus, baue mir was auf. Und finde eine Möglichkeit, dich für das zahlen zu lassen, was du mir angetan hast.«

Katharinas Gesicht wurde aschfahl.

»Sie gehen jetzt besser. Kollegen, bitte begleiten Sie Herrn Brandner nach Bozen.«

»Sie werden die Raten nicht zahlen können. Am Ende steht die Zwangsversteigerung. Wenn Sie noch was retten wollen«, er sah nun Sonja an, »melden Sie sich bei mir. Ich lasse Sie wissen, in welchem Hotel ich absteige.«

Er marschierte los, den Hang hinunter, die beiden Streifenpolizisten im Schlepptau.

»Keine Angst. Das lasse ich nicht zu«, schnappte Sonja, während sie ihre Waffe sicherte und ins Holster steckte.

»Oma!« Lauras Stimme war schrill.

Sonja fuhr herum. Katharina war in sich zusammengesackt und fiel auf die harte Erde. Ihre Lider flatterten. Sonja fühlte ihr den Puls.

»Ruf einen Krankenwagen, Laura. Schnell!«

»Sonja, warte.« Katharinas Stimme war schwach, aber fest. »Versprich mir, dass du ihn nicht ins Gefängnis bringst. Bitte!«

»Erst mal muss ich aufpassen, dass er uns nicht das Fell über die Ohren zieht.«

»Bitte, Sonja. Versprich es!«

»Na gut. Ich verspreche es.« Sonjas Ohren rauschten, wie sie da neben ihrer Schwiegermutter kauerte. Sie hörte Laura telefonieren. Dass Felix Brandner bei seinem Strafregister mit Bewährung davonkommen würde, stand nicht zu erwarten. Wenn die Beweislage reichte.

85.

Lukas hatte sich eine Linie gezogen, kurz nachdem Andi gegangen war, und er spürte, wie die Energie in ihn zurückkehrte. Zugleich fühlte er sich entspannt und durch und durch positiv. Er hatte auch schon eine Idee, wie und wo sie die neuerliche Geldübergabe durchziehen konnten. Noch heute würde er einen Post auf die Seite von Born Sport IT stellen. Aber das konnte warten. Erst mal …

Die Tür klappte.

»Hat sie gegessen?«, fragte er, ohne sich umzusehen.

»Du bist das allergrößte Arschloch, das die Welt je gesehen hat!«

»Vanessa!« Die unfreundliche Begrüßung bedeutete gar nichts! »Hej, wie cool, ich habe dich vermisst!« Er stand auf, wollte sie umarmen.

Die Ohrfeige klatschte auf seine Wange. Er sah nichts als Lichtpunkte. »Mann, was soll das denn?!« Seine Hand fuhr an seine Backe. »Scheiße, das tut weh!«

»Was hast du gemacht, du Irrer?« Vanessa ging auf ihn los, aber er hielt sie fest. Sie brauchte dringend Stoff, er war versorgt. So lief das.

»Ich habe es für uns gemacht!« Empört hielt Lukas Vanessa ein Stück von sich weg, ihre halbherzigen Versuche, sich loszumachen, konnten ihm gar nichts anhaben. »Das war doch deine Idee! Und ich habe es durchgezogen!«

»Du Blitzbirne! Gar nichts war meine Idee. Das war doch bloß eine Spinnerei!«

»Vanessa! Wir nehmen deinem Alten ein paar Millionen ab und fangen ein neues Leben an!«

»Scheint ja wunderbar aufzugehen, dein toller Plan!« Vanessa riss sich endlich los und ließ sich auf die Matratze fallen. »Mann, wie das stinkt hier!«

»Ich weiß, es ist ein bisschen was schiefgegangen …«

»Ein bisschen was schiefgegangen? Ich will jetzt sofort Juna sehen.«

»Andi ist bei ihr. Er bringt ihr was zu essen.«

»Juna ist krank. Sie hat eine Stoffwechselkrankheit und

kann dran sterben, wenn sie nicht die richtigen Medikamente bekommt.«

Lukas grinste breit. »Das haben sich doch die Bullen ausgedacht. Um dich unter Druck zu setzen.«

»Glaubst du, die kriegen euch nicht? Denkst du wirklich, du könntest mal eben eine satte Portion Kohle abstauben und geruhsam weiterleben?« Vanessa stemmte sich wieder hoch, taumelte auf Lukas zu. »Ich will jetzt zu Juna, du Arsch!«

»Spätestens morgen ist alles über die Bühne, Vanessa. Dann haben wir das Geld. In 24 Stunden sind wir weit weg von hier!«

»Du bist doch vollkommen bescheuert! Ich will jetzt sofort meine Schwester sehen!«

Sie wandte sich zur Tür, wo Andi stand, blass im Gesicht.

»Wer bist du denn?«

»Das ist Andi. Er hat das im Griff mit dem Kind. Er mag Kinder.«

»Bring mich zu Juna.«

Andi starrte zwischen Vanessa und Lukas hin und her.

»Los, lass uns gehen.« Lukas zuckte die Achseln. »Wenn's dich glücklich macht, Vanessa …«

Wortlos ging Andi voraus, sich immer wieder umschauend. Lukas verachtete ihn für die Angst in seinem Blick.

»Vanessa ist okay«, raunte er ihm zu.

»Das sagst du jetzt.«

»Du brauchst nicht jeden umzubringen, der hier seine Nase reinsteckt.«

»Verflucht, der Hannes hat alles gehört, der hätte uns doch sofort ans Messer geliefert!«, begehrte Andi auf.

»Halt jetzt das Maul. Die Sache mit Hannes ist durch. Da gibt es keine Probleme mehr. Und morgen haben wir das Geld.«

»Was heckt ihr denn jetzt aus, ihr Trottel! Verdammt, ist

das dunkel hier. Und kalt auch. Hier unten habt ihr Juna versteckt?«, stöhnte Vanessa.

»Die ganze alte Kaserne ist unterkellert. Manche Gänge waren schon eingebrochen, aber wir haben uns ziemlich schnell orientiert, was, Andi?«, sagte Lukas, als sie stehenblieben und Andi begann, mit dem Schlüssel an einer Tür zu hantieren. »So leicht durchschaut die Anlage keiner. Bestens für unsere Zwecke.«

Andi schob die Tür auf.

»He, wartet, die Skimasken«, begann Lukas.

Vanessa achtete nicht auf ihn.

»Um Gottes willen!« Sie stürzte auf Juna zu, die bewegungslos auf ihrer Matratze lag. Schweißbedeckt, mit glasigem Blick. »Hej, Kleine, ich bin hier. Wird alles gut, weißt du!« Sie hockte sich neben Juna.

»Mir ist schlecht.«

»Du bist ein bisschen krank, was? Nicht so schlimm, wird schon wieder.«

»Wo ist Mama?«

»Die Mama kommt bald. Jetzt wollen wir erst mal sehen, wie wir dich wieder fit kriegen.« Vanessa sah zu Lukas. »Sie muss in eine Klinik. Sofort.«

»Vergiss es.«

»Sie hat Morbus Gaucher. Eine Stoffwechselkrankheit. Finde raus, welche Medikamente dagegen helfen.«

»Sie hat uns jetzt sowieso alle drei gesehen. Ohne Maske. Scheiße.«

Juna begann, leise zu weinen. Vanessa nahm sie in den Arm. »Wird schon alles gut, Süße.«

Andi hockte sich ebenfalls neben das Kind. »Ich wollte das nicht.«

»Jetzt ist es zu spät.« Vanessa stand auf, zerrte Lukas vor die Tür. »Juna braucht Medizin.«

»Und von welchem Geld soll ich die kaufen?«

»Bist du eigentlich zu irgendwas nutze?«

»Ich habe das für uns getan«, protestierte Lukas.

»Hat dich keiner drum gebeten.«

»Ich gehe jedenfalls nicht in den Knast. Die Kleine hat uns gesehen. Die erkennt uns wieder.«

»Kapierst du nicht, dass das jetzt scheißegal ist?«

Lukas sagte lieber nicht laut, was er dachte. Dass es nur eine wirksame Möglichkeit gab, sich Zeugen vom Leib zu schaffen. Andi hatte es ja vorgemacht mit dem Hannes. Im Kellerabteil hörte er Andi, der mit brummender Stimme der Kleinen etwas vorsang.

»Ich werde den Bullen erzählen, dass das alles deine Idee war«, sagte er kalt. »Versuch mal, denen das Gegenteil zu beweisen.«

86.

Sonja saß in der Küche, vor sich ein Glas Saft. Sie war so erschöpft, dass sie bezweifelte, es an diesem Abend noch in ihr Schlafzimmer zu schaffen.

Die Unzulänglichkeit, die Dinge nicht früh genug gesehen zu haben. Die Schuldgefühle. Wegen allem und jedem. Katharina gegenüber, deren Leben in Stücke ging. Die zugleich ihre eigene Verantwortung für die verfahrene Situation nicht eingestehen wollte. Wenigstens hatte der Arzt Entwarnung gegeben. Der Zusammenbruch ihrer Schwiegermutter war kein Herzinfarkt, nur eine Rhythmusstörung. Sonja stöhnte leise. Sie hatte keine Ahnung, wie sie mit Julian aka Felix weiterverfahren würde. Es kam alles auf eine lückenlose Beweiskette an. Sie mussten ihm einwandfrei nachweisen können, dass er den Traktor in Brand gesetzt und den Laubschneider auf dem Nachbargut gestohlen hatte. Aller Wahrscheinlichkeit nach würde sie keine Zeugen auftreiben. Dann käme ihr Verwalter feixend aus der ganzen Sache heraus und ihnen blieben nur die Schulden. Julian-Felix würde sich moralisch vermutlich sogar im Recht fühlen. Schließlich war Katharina seine Mutter, ergo gehörte ihm ein Teil des Gutes. Verdammt. Sie hätte ihn sofort vor die Tür setzen sollen, als sie feststellte, dass seine Papiere nicht stimmten. Warum habe ich mich weichkochen lassen?, dachte sie resigniert. Wenigstens den Kredit könnten wir zurückzahlen, wenn wir den Traktor noch verkaufen könnten. Oder wenn die Ernte ordentlich wäre.

Ihr Handy gab Laut. Eine Nachricht von Matteo.

War bei Valentin. Vanessa besorgt sich wahrscheinlich Stoff auf dem alten Kasernengelände. Lukas hat sich dort auch eingedeckt, beliefert sie vermutlich. Fahndung eingeleitet?

»Porca miseria!« Genau das hatte sie vergessen, an Kerschbaumer weiterzugeben.

Sie rief den Carabiniere an.

»Peter? Entschuldige, ich habe vorhin vergessen, dich um etwas zu bitten. Wir müssen im Fall Juna Born nach einem gewissen Lukas Bannert fahnden. Vanessas Ex-Freund, der sie offenbar immer noch mit Drogen versorgt.«

»Bannert, Bannert … der Name kommt mir bekannt vor.« Sonja hörte, wie eine Schublade aufgezogen und wieder geschlossen wurde. »Herrgott! Lukas Bannert hieß einer der Jungs, die angeblich Fotos für ein Schulprojekt gemacht haben.«

»Auf dem Kasernengelände?«

»Das war natürlich ein Bluff. Teufel auch, wir hätten gleich nachhaken sollen! Gott sei Dank haben wir ihre Personalien aufgenommen. Ich leite die Fahndung sofort ein. Außerdem sollten wir das Gelände noch einmal durchkämmen.«

»Heute Nacht können wir nichts mehr unternehmen, Peter«, beruhigte Sonja ihn. »Das würde die Halunken nur aufscheuchen. Falls Juna dort tatsächlich gefangen gehalten wird, müssen wir extrem sorgfältig vorgehen. Wenn die Entführer sich in die Enge getrieben fühlen, drehen sie vielleicht durch. Sorg dafür, dass ein paar Leute das Gelände erstmal beobachten.«

»Glaubst du, dass Junkies Borns Tochter gekidnappt haben?«

»Ich weiß nicht, ob sie imstande wären, so eine Aktion durchzuziehen. Aber was wird Vanessas Anlaufstelle nach der Flucht aus der Klinik? Wahrscheinlich braucht sie Stoff, den kann sie sich dort besorgen.«

»Ich frage mich, wie der tote Junkie dazu passt.«

»Vielleicht ein Mittäter, der unbequem geworden ist?«

»Hm.« Er hörte sich nicht überzeugt an.

»Wir sehen morgen weiter, Peter.«

»Morgen müssen wir außerdem dafür sorgen, dass Maria Preindl nicht Angst vor der eigenen Courage kriegt.«

»Ich sehe zu, dass ich ein paar Stunden Schlaf bekomme.«

»Das mache ich auch. Gute Nacht, Sonja.« Kerschbaumer legte auf.

87.

Sie hockten neben Juna. Das Mädchen atmete schwer.

»Es gibt das Scheißmedikament nicht ohne Rezept!« Lukas versuchte, Vanessa den Arm um die Schultern zu legen, doch die stieß ihn weg.

»Lass dir was einfallen. Du bist doch sonst so clever.« Vanessas Stimmung versprühte eine gehörige Portion Sarkasmus. »Oder sehe ich das falsch?«

Andi kicherte. Lukas beschloss, ihn zu ignorieren.

»Also gut. Leider ist es jetzt zu spät. Ist ja schon alles geschlossen.«

Vanessa klatschte die Hand auf ihre Stirn. »Ich glaub's nicht. Du bist ein echter Spießer geworden. Schon mal von Nachtdienst gehört?«

Lukas nickte. Es schadete nicht, sich gedeckelt zu geben. »Morgen erledigen wir das. Sind nur noch ein paar Stunden.«

Vanessa setzte an, etwas zu erwidern, aber er war schneller. Zog das Tütchen aus seiner Jeanstasche und warf es auf den Boden.

Sofort bekamen sie diesen gierigen Blick, Andi und Vanessa. Sie konnten das Tütchen nicht aus den Augen lassen. Junas gelegentliches Stöhnen kam nicht mehr bei ihnen an. Erleichtert lehnte Lukas sich zurück. In ein paar Stunden brach der neue Tag an, sie würden eine neue Übergabe machen, er hatte schon eine Idee, dann wären sie das Kind los und alle anderen Probleme auch.

88.

Am nächsten Morgen, als Josef Preindls Sekretärin ihm ausrichtete, seine Frau habe angerufen und ihn bitten lassen, sofort nach Hause zu fahren, befand sich Peter Kerschbaumer mit seinen Leuten bereits auf der Punta Rocca der Marmolata. Hier endete die Seilbahn auf guten 3.000 Metern Höhe. Kerschbaumer dirigierte seine Beamten in Position; sie trugen warme Outdoorkleidung und passende Ausrüstung, wirkten wie Bergwanderer, die trotz Kälte und Wind ihr Gipfelerlebnis genossen. Er hoffte, die ganze Sache müsste nicht abgeblasen werden, sollte die Seilbahn unerwartet wegen zu starker Windstöße den Betrieb einstellen. Ein Anruf beim Landeswetterdienst beruhigte ihn: Die Böen würden in den nächsten zwei Stunden abflauen. Sie hatten ausreichend Zeit, um die Umgebung zu inspizieren. Kerschbaumer, in dicker Winterkleidung, begab sich für ein paar Minuten in die Bergkapella Madonna della Neve, wo er allein mit sich seiner Hoffnung Ausdruck gab, die Mordfälle in Obergelln heute lösen und die kleine Juna bald aus der Hand ihrer Entführer befreien zu können. Kerschbaumer war seit dem Tod seines Sohnes Ludwig nicht mehr gläubig, aber spirituelle Orte wie das Heiligtum auf der Marmolata vermittelten ihm so etwas wie Ruhe und Zuversicht.

Sonja Schwarz und Matteo Zanchetti hielten sich, ebenfalls als Wanderer getarnt, außer Sicht auf.

Maria Preindl kam eine halbe Stunde später auf die Gipfelstation, warm eingepackt in Stiefeln, Skihosen und einem

Anorak. Zu dieser Zeit hatte ihr Mann den Zettel auf dem Küchentisch bereits gefunden, in dem seine Frau ihn aufforderte, zu ihrem früheren Treffpunkt zu kommen. Kerschbaumer nickte Frau Preindl unauffällig zu. Alles Notwendige war besprochen. Eine Sonnenbrille aufsetzend, ging sie gemächlich den schmalen Grat entlang, der nach etwa 100 Metern an einer Bank vorbeiführte, wo sie Platz nahm.

Der Wetterdienst hatte richtig gelegen, die Böen flauten ab, als Josef Preindl 45 Minuten später der Seilbahn entstieg und sich umsah, eher verärgert als unsicher. Er war für das Wetter nicht angemessen gekleidet, trug nur leichte Hosen, Lederschuhe und ein Sakko.

»Bereit?«, raunte Kerschbaumer in sein Mikro.

»Wir sind auf Sendung«, erwiderte Matteo.

»Alles in Ordnung. Hoffen wir, dass unser Plan aufgeht«, fügte Sonja hinzu.

Kerschbaumer sog tief die kalte Luft ein. Wolken trieben heran, brachen sich an den Felsen, jagten weiter. An der atemberaubenden Sicht auf die Dolomiten hatte er kein Interesse. Von seinem Platz bei der Kapelle konnte er die Köpfe des Ehepaars Preindl sehen. Aus dem Kopfhörer tönte die Unterhaltung der beiden.

»Was soll das?«, knurrte Preindl, während er sich umständlich auf der Bank neben seiner Frau niederließ. »Es ist scheißkalt! Was ist los? Was willst du?«

»Mit dir reden.«

»Hätten wir das nicht zu Hause machen können? Oder fängst du jetzt auch an zu zicken?«

»Du meinst, wie die Teresa?«

»Sag mir, was du willst, bevor ich mir hier die Eier abfriere.«

»Ich will Geld.«

»Was?«

»Viel Geld. Um von zu Hause wegzugehen und neu anzufangen.«

»Von zu Hause wegzugehen?« Preindls Stimme überschlug sich.

Ob die Kälte oder der Zorn seinen Stimmbändern zusetzte, vermochte Kerschbaumer nicht zu entscheiden.

»Was bedeutet denn ›zu Hause‹ für mich? Unser Haus ist ein Ort der Angst geworden. Wirst du auf mich losgehen, mich grün und blau schlagen, um anschließend ins Auto zu steigen und dich bei einer anderen Frau abzureagieren?«

»Du bist doch wohl nicht ganz gescheit«, hob Preindl an, doch seine Frau ließ sich nicht aus der Fassung bringen.

»Wenn du zurückkommst von deinen Ausflügen, hebst du wieder die Hand. Ich habe das satt.«

»Na, wenn du meinst!« Preindl lachte mürrisch auf. »Dafür, dass ich mir das Geschmarr' über deine Launen anhören darf, muss ich mir nicht auch noch Frostbeulen holen. Ich gehe.«

»Dann gehe ich auch. Zur Polizei. Und sage, was ich weiß.«

Preindl schwieg einen Moment. Kerschbaumer hielt den Atem an, presste die Earbuds fester in die Ohren.

»Was weißt du?« Seine Stimme klang nun nicht mehr selbstherrlich, eher lauernd, vorsichtig.

»Ich weiß, dass du die Teresa und den Severin umgebracht hast. Und ich weiß auch, warum du es gemacht hast.«

»Du weißt überhaupt nichts.«

»Du hast der Teresa versprochen, dass du mit ihr fortgehst. Sie hat dir geglaubt und war wütend, als sie gemerkt hat, dass es dir kein bisschen ernst war. Dass du das nur gesagt hast, um sie bei Laune zu halten.«

»Was ist daran so schlimm? Anders kommt man euch Weibern nicht bei!«

»Du hast es dem Severin gebeichtet. Ich habe alles gehört.«

Preindl lachte auf, es hörte sich belegt an. »Kannst gar nichts gehört haben.«

»Ich bin dir nach, weil ich wissen wollte, zu welcher Frau du gehst, nachdem die Teresa tot war. Aber du bist zur Beichte. Warum hast du den Mord an der Teresa gestanden?«

»Der Severin, dieser arrogante Jungspund! Hat geglaubt, er könnte mich belehren, in die Ecke stellen mit seiner unfehlbaren Moral! Dem habe ich es gezeigt. Der sollte damit leben, dass er Bescheid wusste und nichts machen konnte, gar nichts, wenn er das Beichtgeheimnis nicht brechen wollte. Und das konnte er nicht. Da war ihm sein Wertesystem im Weg!«

»Da hast du dich getäuscht«, begann Maria Preindl.

»Halt doch dein Maul! Halbe Portionen wie der Severin stellen mich an den Pranger, dabei wäre das Dorf schon längst nur noch eine Ansammlung von Ruinen ohne mich und mein Sägewerk. *Ich* halte das verdammte Kaff am Leben! Selbst ein Wirtshaus gäb's nicht ohne mein Geld.«

Eine Wolke trieb heran, hüllte die Preindls kurz ein und zerriss. Kerschbaumer wurde unruhig.

»Dummerweise kam das Gerücht auf, dass der Severin die Kirche verlassen will. Genaues wusste keiner. Dennoch hätte das bedeutet, dass er sich vielleicht nicht mehr an sein Beichtgeheimnis gebunden fühlt. Deswegen hast du ihn umgebracht.«

»Mit der Geschichte, meine liebe Maria, machst du dich lächerlich. Es wissen doch sowieso alle von deinen Depressionen! Dir wird keiner glauben.« Er lachte wieder, es klang hohl und erschöpft.

»Es ist gleichgültig, ob mir jemand glaubt. Die Geschichte muss nur in der Welt sein. Du weißt, wie unser Dorf funktioniert.«

»Die Unruhe ist erst entstanden, als man die Leiche gefunden hat. Solange die Teresa nur vermisst war, gab's kein Problem. Man hätte sie im Lauf der Jahre vergessen. Bloß der Pfarrer musste ein Riesending aus allem machen.«

»Du hast den Severin nachts rausgelockt, hast ihm ein Messer in den Rücken gerammt und ihn sterben lassen.«

»Anders ließ sich das nicht machen. Er wurde zum Risiko.«

»Und du sagst mir das einfach so ins Gesicht?«

»Du wirst mir nicht gefährlich werden, Maria!« Preindl stemmte sich von der Bank hoch.

Aus seinem Versteck heraus konnte Kerschbaumer seinen massigen Oberkörper sehen. »Bereit machen«, sagte er ins Mikrofon. Aus den Augenwinkeln erhaschte er einen Blick auf Sonja und Matteo, die sich in einem weiten Bogen zwischen den Felsen der Bank näherten, auf der Maria Preindl immer noch saß.

»Du kannst dich freikaufen«, murmelte sie. »Die Hälfte unseres Vermögens bekomme ich.«

»Du glaubst doch nicht, dass ich da mitspiele? Bilde dir nichts ein! Los, steh auf!«

Maria Preindl, an sein herrisches Gehabe gewöhnt, erhob sich. Preindl packte sie an den Schultern. Schüttelte sie. »Du bist noch blöder als die Teresa. Die hat gedacht, sie kann mich erpressen! Wollte den Behörden was über Verstöße gegen Sicherheitsbestimmungen im Sägewerk erzählen und was weiß ich noch alles. Anschwärzen wollte sie mich. Das hätte sie lieber lassen sollen!« Preindl schob seine Frau, deren schmächtige Gestalt in seinen massigen Armen kaum noch zu erkennen war, von der Bank weg auf den Abgrund zu. »Keiner wird an deinem Selbstmord zweifeln. Du hast dich runtergestürzt, weil du mit den Veränderungen nicht klarkommst, mit dem Älterwerden, mit den Morden und dem ganzen Dorfleben. Wenn ihr Weiber wegwollt, dann haut einfach ab, aber erwartet nicht, dass ihr mit der piekfeinen Limousine abgeholt werdet.«

»Lass mich!«

»Zugriff, Peter«, hörte er Matteo sagen. »Wir haben genug Stoff.«

»Zugriff«, wiederholte Kerschbaumer.

89.

»Wir haben einen neuen Post auf der Seite von Born!« Matteo hatte die Ermittler im Besprechungszimmer zusammengerufen. »Heute soll eine weitere Geldübergabe stattfinden. Jonas hat uns Bescheid gegeben, als wir noch auf der Marmolata waren. Um kurz nach neun haben unsere Techniker den Post aus dem Netz gefischt. Außerdem kam die Information von einer Apotheke im Bozener Osten, die sich gegen 10 Uhr gemeldet hat. Eine Kundin hat nach Miglustat gefragt. Ein Medikament, das bei Morbus Gaucher verabreicht wird. Die Frau ist eindeutig Vanessa Born.« Er hängte ein Schwarz-Weiß-Foto an die Pinnwand, auf dem das blasse Gesicht einer jungen Frau zu erkennen war. »Gut, dass mittlerweile auch Apotheken Videoüberwachung haben.«

Plötzliche, kalte Stille. Wie so oft, wenn in einem Fall

eine vielversprechende Wendung eintrat. Auch Sonja war versucht, die Luft anzuhalten.

Kerschbaumer räusperte sich. »Wir haben vor Tagen auf dem Kasernengelände Junkies befragt und sind dabei über zwei junge Kerle gestolpert, die sich dort rumtrieben. Sie haben ausgesagt, sie wären für ein Schulprojekt unterwegs und würden Fotos machen. Ich habe ihre Personalien aufgenommen: Lukas Bannert und Andro Rumenovic.«

»Lukas Bannert ist ein ehemaliger Schulfreund und Ex-Freund oder nicht mehr Ex-Freund von Vanessa Born!«, machte Sonja weiter. »Außerdem hat er sie laut Klinikleitung mit Drogen versorgt.«

Allgemeines Raunen.

»Rumenovic?«, fragte Matteo. »Ist das ein kroatischer Name?«

»Ist es. Wir haben den jungen Mann überprüft. Er ist 19, hat die Schule geschmissen. Sein Vater ist Kroate, arbeitslos, hat zuvor auf dem Bau gearbeitet. Die Mutter stammt aus Bozen, ebenfalls arbeitslos, bis vor zwei Jahren hat sie in einem Autohaus als Reinigungskraft gearbeitet. Andro spricht Kroatisch.«

»Irgendwelche Vorstrafen wegen Drogen?«

»Negativ.« Kerschbaumer pinnte die Fotos von Bannert und Rumenovic neben das von Vanessa. »Bis jetzt.«

Sonja beugte sich aufgeregt vor. »Dass die Typen sich auf dem Kasernengelände herumgetrieben haben, kann doch kein Zufall sein. Was, wenn sie gemeinschaftlich mit Vanessa Juna entführt und dort versteckt haben? Das Gelände ist ziemlich weitläufig, wenn ich mich recht erinnere.«

»Ihr habt es doch durchsucht!« Matteo sah Kerschbaumer nachdenklich an. »Keine Hinweise?«

»Zurzeit steht das Gelände unter Observation. Falls Juna dort versteckt wird, dürfen wir die Entführer keinesfalls reizen. Bei der Durchsuchung damals gingen wir keinem entführten Kind nach, sondern einem toten Junkie.«

»Wie passt der ins Bild?«, murmelte Matteo, doch es war klar, dass er die Frage nicht an die Runde stellte, sondern selbst darüber nachgrübelte.

Die Tür ging auf und Jonas stürmte herein.

»Born ist vor einer Stunde wie unter Strom in seine Firma gefahren. Als ich dort nachgefragt habe, hieß es, er hätte einen Termin mit seiner Bank wegen des Lösegeldes, aber ich habe Valentin kontaktiert. Es kam mir schräg vor, dass er uns nicht einfach sagt, er will zur Bank, hätte ja jeder verstanden.«

»Ja – und?«, hakte Sonja ungeduldig nach.

»Ihr werdet's nicht glauben: Giulia Santoro hat ihn im Büro angerufen und zu sich bestellt.«

»Ins Restaurant?«

»Das wusste Valentin nicht. Er hat nur ein Gespräch zwischen seinem Vater und dem Geschäftsführer mitgekriegt, und da hieß es, die Santoro hätte Born zu einem Treffen geladen.«

»Weiß der Geschäftsführer, wo das Treffen stattfinden soll?«

»Negativ. Er wirkt glaubwürdig.«

Matteo sprang auf, tigerte um den Tisch herum. »Giulia Santoro – die steckt doch nicht hinter der Entführung!«

»Wäre nicht das erste Mal, dass die Mafia sich an Kindern vergreift«, brummte Kerschbaumer.

Sonja schüttelte den Kopf. Matteo mit seiner Fixierung auf Santoro wäre wahrscheinlich nur allzu schnell bereit, auf diese neue Spur umzuschalten.

»Wartet doch mal!«, verschaffte sie sich Gehör. »Bis jetzt hat Santoro in dem Fall Juna nicht mitgemischt.«

»Aber sie nutzt die Situation aus«, entgegnete Matteo.

»Peter, mach ein paar Leute bereit, wir müssen das Kasernengelände durchsuchen, diesmal mit der Absicht, Juna zu finden. Jonas, weiß Born, dass Vanessa in einer Apotheke nach Miglustat gefragt hat?«

»Hat sie?« Jonas guckte erstaunt.

Matteo wies an die Pinnwand. »Wir gehen davon aus, dass Bannert, sein Kumpel Rumenovic und Vanessa das Kidnapping gemeinschaftlich geplant und durchgeführt haben.«

»Vanessa war in der Klinik. Und ist meines Wissens erst nach der Entführung durchgebrannt«, entgegnete Jonas.

»Bannert hat sie dort besucht. Sie können alles besprochen haben. Die Drecksarbeit hat sie dann den Männern überlassen.«

»Würde Juna mit zwei fremden Männern mitgehen?«

»Wir werden ja sehen. Es ist bisher unser bester Hinweis. Peter, du organisierst das Einsatzkommando. Sonja und ich machen noch ein bisschen Papierarbeit, um den Preindl-Einsatz heute wasserdicht zu kriegen.«

Sonja stand auf. »Jonas, bitte beobachte weiter, was sich im Netz tut. Wir sollten in Kürze einen Hinweis der Kidnapper haben, wo das Geld zu übergeben ist. Das wäre ein guter Moment für den Zugriff auf dem Kasernengelände.«

»Frau Born soll sich bereithalten. Wenn wir Juna finden, sollte ihre Mutter gleich bei ihr sein. Richte ihr das aus, Jonas«, fügte Matteo hinzu.

»Okay, dann!« Sonja griff nach ihrer Tasche. Die anderen sammelten ihre Sachen ein und eilten aus dem Besprechungsraum.

»Einen Moment noch, Sonja«, bat Kerschbaumer. Er entnahm seinem umfangreichen Packen Papier ein paar Unterlagen.

»Was gibt es?« Sie hoffte so sehr auf hilfreiche Informationen in Sachen Julian aka Felix, dass sie es kaum wagte, positiv zu denken; zu groß war die Angst vor der Enttäuschung.

Grinsend streckte Kerschbaumer ihr ein paar Fotos hin.

Sie waren ziemlich grobkörnig. Dennoch erkannte man ihren Verwalter sehr deutlich.

»Du liebe Zeit! Woher kommt das?«

Sie trat ans Fenster, um sich die Bilder im Licht zu betrachten.

Kerschbaumer lachte leise. »Wenn du nichts dagegen hast, komme ich mit zu euch aufs Gut. Das lasse ich mir ungern entgehen.«

Sonja lächelte ihn an. »Ich bitte darum.«

90.

Sofia parkte den Streifenwagen vor der Questura. Sie und Ludolfer waren ganz in der Nähe gewesen, als der Rundruf über Funk kam und sie zurückbeorderte.

»Allmählich werde ich zu alt für den Job«, brummte Ludolfer, während er sich aus dem Auto quälte.

Sofia wollte ihm gerade rausgeben, als ihr Handy klingelte. Der Capo.

»Ja?«

»Signorina Lanthaler, wann hatten Sie zuletzt Kontakt mit Santoro?«

»Gestern.« Sofia schloss den Wagen ab und ging ein paar Schritte. Ludolfer stand immer noch verdächtig nahe. »Sie hatten mir doch den Auftrag gegeben.«

»Kommen Sie rauf in mein Büro.«

»In Ordnung.« Sie legte auf und rief zu Ludolfer hinüber: »Ich muss kurz zu Zanchetti.«

»Gut, bis gleich.«

Sie lief an dem älteren Kollegen vorbei, die Treppe hinauf. Gruß beim Pförtner. Alles schien wie immer.

Als sie ins Büro des Capos kam, prallte sie zurück: Jonas saß am Tisch.

»Hallo, Sofia. Es geht um den Entführungsfall Born. Giulia Santoro hat sich bei Junas Vater gemeldet. Der ist daraufhin mit der Behauptung auf und davon, er müsse wegen des Lösegeldes zur Bank.«

Sofia nickte nur.

»Haben Sie Santoro von der Entführung berichtet?«, fragte Matteo.

»Sie hatten mich gebeten, das zu machen und dabei durchblicken zu lassen, dass die Polizei annimmt, die Mafia könnte mit drinstecken.« Sofia versuchte, sich von Matteos strengem Tonfall nicht einschüchtern zu lassen.

»Hat sie das geschluckt?«

»Sie hat nur ›ich habe verstanden‹ gesagt und aufgelegt.«

»War sonst was Wichtiges in dem Gespräch mit Santoro?«

»Nein. Sie war ausgesprochen erstaunt, als ich sagte, Rossi wäre in Spanien lokalisiert worden. Aber das habe ich Ihnen schon ...«

»Ich muss an die Schüsse bei der Geldübergabe denken. Könnte das einer von Santoros Killern gewesen sein, der auf Born geschossen hat?«

»Ehrlich gesagt«, meldete sich Jonas zu Wort, »ich habe mir schon so was in der Art gedacht. Denn der Schütze hatte eindeutig Born im Visier und nicht die zwei Kerle, die da neben dem Bach herumturnten.«

»Aber warum?« Sofia sah von einem zum anderen.

»Wahrscheinlich eine Warnung an die Entführer: Santoro duldet keine Wilderer auf ihrem Gebiet.«

Jonas starrte den Capo an:»Dann hätte der Typ auf die Entführer schießen sollen.«

»Das wäre zu gefährlich gewesen«, warf Sofia ein.»Wenn die einzigen Menschen, die wissen, wo Juna ist, umkommen, ist das Kind verloren!« Sie spürte Jonas' prüfenden Blick auf sich gerichtet. Wollte die Sache mit ihm unbedingt bereinigen. Dass Jonas an ihre Liebe zu ihm glaubte, das war das Wichtigste.

Matteo rieb sich das Gesicht:»Ich schätze eher, sie wollte mitverdienen. Die Gunst der Stunde nutzen. Und sie hat Born ein Angebot gemacht.« Er stand auf.»Ich muss kurz weg. Tragt alles zusammen, was wir an Informationen über das Kasernengelände haben. Möglicherweise gibt es dort noch unterirdische Anlagen. Jonas, melde dich bei den Carabinieri. Die sollen Kontakt zum Militär herstellen. Wenn das Gelände aufgegeben ist, rücken die Herren Generäle vielleicht einen Lageplan raus.«

»In Ordnung. Ciao.«

Die Tür klappte.

Sofia lehnte sich ans Fenstersims. In einer anderen Zeit, nicht sehr lange her, als sie noch kein meterdickes Misstrauen zwischen sich hatten, wären diese Minuten geschenkte Zeit gewesen. Ein Kuss, eine zärtliche Umarmung, Vorfreude auf die nächste Gelegenheit, wenn sie beide frei hätten.

»Jonas …«

»Ich hab zu tun.«

»Sie hat mich in der Hand. Santoro. Nicht nur mich. Meine ganze Familie. Ich kann nicht zulassen, dass mein Vater in den Knast geht. Das überlebt er nicht.« Sofia stieß sich vom Sims ab und ging auf den Stuhl zu, wo Jonas hockte, als habe er seinen Widerstand aufgegeben. Sie legte ihm die Hand auf die Schulter. Küsste sein Haar. »Das mit uns, das war echt. Die ganze Zeit.«

Jonas ließ ihre Nähe zu. Für Sekunden. Dann straffte sich sein Körper.

»Ich muss telefonieren.«

»Okay.« Sie nickte ihm zu und verließ das Büro.

Im Gang blieb sie kurz stehen. Unterdrückte die Tränen. Sie hatte nie gewollt, dass es zwischen ihnen so endete. Aber etwas hatte sich doch gelöst. Vielleicht gab es noch eine Chance für sie beide.

91.

Vitale teilte die Rückbank des Range Rover mit einem älteren Herrn, der eine Aktenmappe bei sich trug und die ganze Fahrt lang den Mund hielt. Santoro saß vorne, ebenfalls schweigend. Der Fahrer gab ab und zu einen Kommentar zur Verkehrssituation ab. Halblaut. Zu sich selbst.

Das Krokodil sei wegen eines anderen Auftrags verhindert,

hatte Giulia Santoro Vitale zu verstehen gegeben. Ihr Bodyguard mochte gerade auf einem Beutezug sein, der tödlich zu enden hatte. Deswegen wollte sie ihn dabeihaben. Vitale legte die Hand auf sein Jackett, fühlte seine Waffe. Sie fuhren von der Autobahn ab und setzten ihren Weg nach Osten fort. Bruneck. Sankt Johann. Vitale kannte sich in dieser Gegend kaum aus. Er nutzte den unfreiwilligen Ausflug, um sich die Namen der Dörfer und Gehöfte einzuprägen. Es war ein windiger, kühler Sommertag. Wolken hockten auf den Spitzen der Berge. Er blickte Richtung Österreich. Die Südtiroler hatten seinerzeit viel geschmuggelt. Es gab Geschichten über Grenzgänge, die selbst einem hartgesottenen Typen wie ihm Schauer über den Rücken jagten.

Ein Informant aus der Questura hatte ihm gesteckt, dass das Projektil gefunden worden war. Er musste das Gewehr für eine Weile aus dem Verkehr ziehen. Es gab keinen Grund, der Santoro über dieses Detail Bericht zu erstatten. Zu dumm, dass er deshalb im Fall des Falles auf sein vertrautes PSL verzichten musste. Im Ostblock hatten sie hervorragende Militärtechnik hergestellt; er besaß das Präzisionsgewehr schon jahrelang.

Sie bogen auf eine schmale Straße ab, die an einem verwahrlosten Hof vorbeiführte, danach folgte mehrere Kilometer lang nichts als ein unbefestigter Weg. Der Allradantrieb und die hochwertige Ausstattung ihres Fahrzeugs ließen sie kaum etwas von den Unebenheiten spüren. Links erkannte Vitale eine Schutzhütte für Wanderer, etwa 100 Meter höher gelegen als der Fahrweg. Sie hielten an. Santoro schickte Vitale wortlos den Hang zu ihrer Linken hinauf. Er verstand unmittelbar, was er zu tun hatte.

Konzentriert stieg er über die Wiese, bis er zwei Findlinge erreichte, zwischen denen eine Gämse nach Schmackhaftem suchte. Aufgeschreckt von dem unerwarteten Besuch sprang sie davon. Vitale suchte sich eine günstige Position, um die Szenerie im Blick zu haben, ohne von unten gesehen zu werden, während Santoro und der Notar auf der Bank vor der Schutzhütte Platz nahmen. Der Rover fuhr davon. Vitale korrigierte seine Position ein wenig.

Sie warteten. Immer wieder verdeckten Wolken die Sonne, aber es war warm genug, um es gut draußen auszuhalten.

Born erschien nach einer halben Stunde. Aufgelöst sprang er aus seinem Wagen. Der Wind blies seine Worte genau in Vitales Richtung.

»Was wollen Sie von mir? Warum haben Sie mich hierherbestellt? Wo ist meine Tochter?«

Die Santoro erhob sich und streckte Born die Hand entgegen.

»Buongiorno, Signor Born. Wie schön, dass Sie kommen konnten.«

Born übersah die ausgestreckte Hand.

»Ich habe von Ihnen gehört.«

»Umso besser. Wir haben einen Vertrag vorbereitet. Bitte setzen Sie sich.« Sie kehrte zu ihrem Platz zurück. Der Notar breitete Papiere auf dem Brotzeittisch aus.

»Was ist das?«

Vitale ließ den Blick schweifen. Möglich, dass Born Verstärkung mitgebracht hatte.

»Sie überschreiben uns die Mehrheitsbeteiligung an Ihrer Firma. Im Gegenzug finanzieren wir Ihr Sportförderprojekt. Womöglich erinnern Sie sich an ein früheres Angebot. Signor Rossi hat es Ihnen seinerzeit unterbreitet.«

»Ich will ein Lebenszeichen von meiner Tochter!« Born stand immer noch neben dem Tisch und starrte Santoro wütend an. »Und ich will wissen, wie viel Geld Sie wollen.«

»Das haben Sie falsch verstanden, Signor Born. Wir wollen kein Geld von Ihnen. Wir sind es, die Ihnen Geld geben. Gegen eine angemessene Beteiligung.«

92.

Felix Brander betrat das Haus in siegesgewisser Pose. »Was gibt es, Signora Schwarz?«, wandte er sich an Sonja, kaum dass er in der Küche Platz genommen hatte. »Wir möchten mit Ihnen über die Zukunft des Weingutes sprechen«, begann Sonja. Sie zeigte auf Katharina, die angespannt neben ihr saß, und auf Laura, die soeben zur Tür hereinkam. Hinter ihr tauchte Kerschbaumer auf und blockierte die Tür. Eine Beamtin trat aus der Speisekammer. Durch das Fenster waren zwei Streifenwagen zu sehen, die das Gut sicherten. Sonja legte die Hände auf die Unterlagen vor ihr auf dem Tisch. Ihr gefiel, was sie sah: Ihr Verwalter wurde nervös. Er kam ihr ohnehin fremd vor in seinem Anzug – sie hatte ihn nie anders als in Arbeitskleidung gesehen.

»Das bezweifle ich.« Julian aka Felix bemühte sich zwar um einen selbstsicheren Tonfall, der gründlich missriet.

»Der Winzer, bei dem Sie den Laubschneider gestohlen haben, hat eine Überwachungskamera. Genauso wie der Baumarkt, wo Sie den Brandbeschleuniger gekauft haben.« Sie nahm die Fotos aus der Akte.

»Hier sehe ich vor allem Schultern und eine Baseballkappe. Wer auch immer das ist: Ich bin's nicht.«

»Oh doch. Sie haben mit Überwachung gerechnet. Deshalb die Kappe. Doch keine Sorge, wir haben Sekundärspuren.«

Der Verwalter machte »tststs«, doch seine geballten Fäuste verrieten, dass er auf der Hut war.

»Im Vollernter fanden wir Sisalspuren von einem Teppich. Bei Koflers gibt es so was nicht. Aber Ihr Teppich im Gesindehaus besteht aus identischen Fasern.«

»Viel Spaß damit vor Gericht.«

»Machen Sie sich da mal keine Sorgen.« Sein süffisanter Ton konnte sie nicht mehr verärgern. »Sie mussten einen Umweg gehen, um von Koflers zurück aufs Gut zu kommen, denn in unserer Auffahrt steht und stand ein Streifenwagen. Richtig?«

Brandner starrte sie nur zornig an. Kerschbaumer kam einen Schritt näher zum Tisch.

»Was Sie nicht wussten: Auf einigen der umliegenden Höfe wurden den Frühsommer über Schafe gerissen. Weil man nicht mit Sicherheit sagen konnte, ob ein Hund oder ein Wolf hier gewütet hatte, stellte man Wildbeobachtungskameras auf, die auf Bewegung reagieren und mit Infrarot fotografieren.« Sonja entnahm der Mappe weitere Fotos. »Sie sind mitten hineingelaufen und ausgesprochen gut zu erkennen.«

Der Verwalter wurde weiß im Gesicht.

»Hier sind auch Datum und Uhrzeit vermerkt. Keine schützende Kappe.« Foto um Foto landete auf dem Tisch. »Das reicht für einen Haftbefehl.«

»Sonja«, flüsterte Katharina neben ihr.

»Der Haftbefehl wird nicht vollstreckt, wenn Sie dafür sorgen, dass der Kreditvertrag für ungültig erklärt wird. Außerdem haben Sie den auf unserem Gut entstandenen Schaden auf Heller und Pfennig auszugleichen. Sollten Sie sich jemals wieder in Bozen zeigen, wird der Haftbefehl erneut in Kraft gesetzt und Sie gehen in den Bau.«

Brandner schoss hasserfüllte Blicke in die Runde. »Soll ich euch was sagen? Vor allem dir, Katharina? Ich habe wirklich gedacht, ich wäre endlich angekommen. Könnte ein Teil von dem allem sein. Teil einer Familie. Nach allem, was du mir angetan hast!«

Sonja sah, wie ihre Schwiegermutter sich aufrichtete und die Hände auf den Tisch legte. Sie wirkte nun ganz ruhig und mindestens ebenso selbstsicher wie Brandner zu Beginn des Gespräches.

»Das hier hast du dir selbst angetan. Und das meiste andere wohl auch. Du bist fast 50! Wann willst du die Verantwortung für dein Leben übernehmen?« Sie stand auf und ging aus der Küche. Kerzengerade.

Auch Sonja stand auf. »Die Kollegen nehmen Sie jetzt mit. Addio, Signor Brandner.«

93.

Matteo hatte neben Sonja, Kerschbaumer und Jonas auch die Beamten zur Besprechung gebeten, die die Einsatzzentrale zuvor zurückgerufen hatte. Außerdem saßen auf Kerschbaumers Anregung auch ein paar Carabinieri im Raum. Der Einsatz brauchte ein Höchstmaß an Koordination, jede Unterstützung war willkommen. Wäre die Lage nicht dermaßen verfahren gewesen, Matteo hätte nach der Aktion gegen Preindl auf der Marmolata niemals am gleichen Tag ein solches Fass aufgemacht.

»Ein neuer Versuch zur Geldübergabe ist für 16 Uhr angesetzt, vor dem Archäologischen Museum. Die Entführer wollen, dass Born das Paket in einem Rucksack in einem Abfalleimer ablegt«, sagte er.

»Dann beobachten wir ab sofort das Kasernengelände. Wenn Bannert und Rumenovic es verlassen, können wir rein und Juna rausholen«, schlug Kerschbaumer vor.

»Wir wissen nicht, ob einer von den Kidnappern zurückbleibt, um auf Juna aufzupassen«, wandte Matteo ein. »Es geht vor allem darum, das Kind in Sicherheit zu bringen. Das heißt: Wir brauchen jemanden im Zentrum des Geschehens. Einen Kollegen, der sich unerkannt auf das Gelände schleicht und vorfühlt.«

»Ich kann das machen!« Sofia hob die Hand.

»Ich bin dabei.« Jonas sprang ihr bei.

Matteo wechselte einen Blick mit Sonja.

»Wir gehen in Zivil hin, als potentielle Abnehmer. Zwei

Junkies im üblichen Alter, Typen, die sich zu Dutzenden dort mit Stoff versorgen. Unverdächtig.«

»Mir gefällt der Gedanke nicht besonders.« Matteo klopfte mit einem Bleistift gegen seine Schneidezähne. Ihm war klar, dass Sofia versuchte, etwas von dem wiedergutzumachen, was sie durch ihre Spitzelei zerstört hatte. Übereifer konnte jedoch gefährlich werden. »An erster Stelle müssen wir an Juna denken. Wir brauchen jemanden mit Erfahrung.«

»Capo, wir haben mittlerweile einen detaillierteren Lageplan vom Militär bekommen. Es gibt zu viele Hinterausgänge und Schleichwege. Selbst wenn wir gut sichern, ist es nicht ausgeschlossen, dass die Kidnapper Juna irgendwo rausbringen und mit ihr das Weite suchen, bevor unsere Leute durch sind«, sagte Jonas.

»Er hat recht.« Sonja, die erst vor wenigen Minuten zu der Besprechung gestoßen war, hob den Blick. »Wenn wir Sofia und Jonas als Junkies da reinschicken, finden sie hoffentlich schnell heraus, ob die Kleine wirklich dort festgehalten wird. Und wenn ja, wo. Dann können wir gezielt rein.«

Matteo brummte: »Na gut. Das Letzte, was wir brauchen können, ist eine Geiselnahme.«

»Ist Frau Born bereit?«, fragte Sonja.

»Ist sie. Was das Lösegeld betrifft: Born wird es deponieren, aber der Zugriff ist mitten in der Innenstadt nicht einfach. Zu viele Leute, Schusswaffengebrauch schwierig.«

»Und Born? Wo steckt der? Immer noch bei dem Treffen mit Santoro?«

»Wir haben noch zwei Stunden Zeit.« Doch Matteo musste zugeben, dass die vielen Unbekannten an seinen Nerven zerrten. Was Santoro von Born wollte, konnte er sich beim besten Willen nicht erklären. Oder war es umgekehrt? Gab es Probleme mit dem Lösegeld und versuchte Born, Santoro anzupumpen?

»Giovanni«, sprach Kerschbaumer einen der Carabinieri im Raum an. »Stell bitte eine Gruppe Kollegen zusammen. Die sollen das Museum im Auge behalten. Auf ausreichende Tarnung achten. Aufgabe: Am Entführer dranbleiben, er soll uns zu Juna führen, falls die Aktion auf dem Kasernengelände nicht das gewünschte Ergebnis liefert.«

Der Mann nickte und verließ den Raum.

Sie sprachen durch, was nötig war, anschließend sagte Matteo: »Macht euch bereit. In einer Stunde betreten Sofia und Jonas das Kasernengelände. Zurückhaltung hat absolute Priorität. Wir müssen verhindern, dass die Kidnapper unsere Anwesenheit mitbekommen. Sperrt die Straßen weiträumig! Außerdem brauchen wir einen Notarzt und einen Krankenwagen, damit wir Juna so schnell wie möglich in eine Klinik bringen können.«

Allgemeine Zustimmung, Stühle wurden gerückt.

Endlich, dachte Matteo. Endlich tut sich was.

94.

»Du schaust scheiße aus!« Jonas grinste Sofia an.

Der war es egal. Hauptsache, sie redeten wieder miteinander. Dass sie in dem Junkie-Outfit einen Schönheitswettbewerb gewinnen könnte, war ausgeschlossen. Sie hatten sich so verlottert und kränklich wie möglich hergerichtet, die Gesichter blass geschminkt.

»Bisschen übertrieben vielleicht«, murmelte Sofia.

»Kann gar nicht übertrieben genug sein!« Jonas befestigte sein Mikro unter dem Hemd.

Sofia klemmte ihres am BH fest und schob den Sender in die Jeanstasche. Ihr fiel auf, wie Jonas sie aus den Augenwinkeln beobachtete. Röte schoss ihr ins Gesicht. Zum Glück würde man die unter dem Make-up bestimmt nicht sehen.

Ein VW-Van brachte sie in die Nähe des Kasernengeländes. Als die Luft rein war, stiegen sie aus und gingen zu Fuß.

»Lauf nicht so forsch!«, forderte Sofia Jonas auf. »Wir sind fix und fertig. Wenn wir nicht bald unseren Stoff kriegen …«

»Weißt du, worüber ich schon die ganze Zeit nachdenke? Dieser Lukas Bannert kommt aus reichem Haus, die Eltern haben richtig Geld, eine Villa, lauter Schnickschnack. So ein Sonntagskind macht gemeinsame Sache mit einem wie Andro Rumenovic? Dessen Eltern sind die klassischen Niedriglohnarbeiter, die sich mit ihrer Schufterei für wenig Geld verbraucht haben und jetzt ohne Job dastehen.«

»Vielleicht ist Lukas ein Dealer? Hat an Andro verkauft? Wenn es stimmt und er sogar die Klinik mit Stoff beliefert …«

Sie gingen langsam die Straße entlang. Sofia fühlte sich über-wach. Sie näherten sich dem Kasernengelände von der Seite der Brachfläche, auf der sie den toten Junkie gefunden hatten. »Womöglich geht alles von Rumenovic aus. Er benutzt nur Lukas' und Vanessas Kontakte. Aber es ist müßig, nachzu-denken, wenn man den Kerl noch nicht einmal gesehen hat.«

»Hoffentlich können wir sie festsetzen.«

»Wir nicht. Wir sollen nur Juna lokalisieren.«

»Sì, Signora.« Jonas blieb stehen.

Vor ihnen lag die Brachfläche. Die Nachmittagssonne brannte herunter.

»Da ist keiner zu sehen. Alles still.« Sofia flüsterte unwill-kürlich.

Sie schlurften auf das Kasernengelände zu, stiegen über Schrott, Mauerreste, an Müllhaufen vorbei. Ein totes Wiesel lag im Weg. Jonas setzte in großen Schritten über die Ölpfüt-zen.

»Mach langsam«, keuchte Sofia. »Wir sind auf Entzug, schon vergessen? Können uns kaum auf den Beinen halten.«

»Schau mal, das da links, dieses halb abgerissene Gebäude – da müssen wir rein.«

»Also dann.«

Sofia tastete nach ihrer Dienstwaffe. Nur im Notfall anwen-den. Was war ein Notfall? Plötzlich fühlte sie sich ungeschützt. Wie viele Augen ihnen wohl im Augenblick schon folgten? Wenn sie an die Kollegen dachte, die in voller Ausrüstung auf ihren Einsatz warteten, bereute sie beinahe, sich als Spähtrupp vorgewagt zu haben.

Nur noch ein paar Schritte. Sie waren in dem Abrisshaus. Schutt lag auf dem Boden. An der hinteren Wand wartete eine Öffnung. Sie glitten hindurch.

»Von drinnen wirkt das viel weitläufiger als von außen«, flüsterte Sofia.

Jonas nickte.

Putz rieselte von den Wänden, als sie vorbeigingen. Es roch feucht, nach Urin, nach Verwesung. Eine Treppe führte in den Keller. Die beiden Polizisten sahen einander kurz an, nickten einvernehmlich. Stiegen hinab.

Am Fuß der Treppe standen sie für Augenblicke im Lichtkegel des Tageslichts, das von oben herabsickerte. Doch sobald sie wenige Schritte gegangen waren, befanden sie sich in völliger Dunkelheit. Sofia zog die Maglite hervor. Knipste sie an. Der Gang führte schnurgerade von der Treppe weg und verzweigte sich am Ende. Sie schaltete die Taschenlampe wieder aus.

Langsam schlichen sie vorwärts.

»Hörst du was?«, wisperte Jonas.

In Sofias Earbuds knisterte es.

»Hoffentlich reißt die Verbindung nicht ab!«

Kurz berührte Jonas ihren Arm.

Sie konzentrierte sich. Dachte an Juna. An ein Kind, das schon zu viele Stunden in der Hand von Entführern war. Sie wollte nicht glauben, dass Vanessa Born dahintersteckte. Die eigene Schwester! Selbst wenn es die Halbschwester war – Juna war ein Kind, das Schutz brauchte. Selbst ein mit Stoff vollgedröhnter Schwachkopf musste das einsehen.

Sie erreichten das Ende des Ganges. Der muffige Geruch kam Sofia hier besonders schwer vor. »Und jetzt?«

Selbst geflüsterte Worte schienen in diesem Labyrinth nachzuhallen, laut wie Donnerschläge. Sie versuchte, sich den Lageplan ins Gedächtnis zu rufen, den sie vor dem Einsatz studiert hatten.

»Links«, schlug Jonas vor.

Sofia hörte etwas. Sie griff nach Jonas' Arm. »Warte!«

»Hm?«

»Geräusche.« Sie hielt den Atem an. »Da sprechen Leute.«

»Doch rechts.« Sofia zeigte in die Richtung, wohl wissend, dass Jonas sie nicht sehen konnte.

»Leise!« Sie gingen los. Die Stimmen schienen kaum näher zu kommen, aber dann machte der Gang eine Wendung nach links. Sofia war der Meinung, dieser zusätzliche Korridor sei im Lageplan nicht eingezeichnet gewesen. In der Dunkelheit verließ einen allzu leicht die Orientierung.

Sie folgten dem Gang. Etwas huschte an ihren Füßen vorbei. Nicht beachten, dachte Sofia. Die Luft wurde immer feuchter und kälter. Selbst ein gesunder Mensch würde hier drinnen krank, und zwar eher früher als später. Die Wut auf Junas Entführer ließ Sofia die Angst vergessen, die sich in dem dunklen Gemäuer immer enger um sie gelegt hatte.

Plötzlich schepperte etwas.

»Stehen bleiben!«, flüsterte Jonas. Sie lauschten. Hörten eine energische Frauenstimme.

»Du Idiot! Wir können nicht warten, bis das mit dem Lösegeld geregelt ist. Es geht ihr immer schlechter! Kriegst du das nicht in dein Hirn?«

»Ich marschiere nicht einfach ins nächstbeste Krankenhaus.« Eine Männerstimme.

»Warum nicht? Das ist ein Notfall! Wir sagen einfach, dass sie unser Kind ist.«

»Sie ist acht, du blöde Kuh! Die kennt uns. Kinder machen in den unmöglichsten Momenten den Mund auf.«

»Jetzt sei nicht hysterisch!«

»Wer ist denn hier hysterisch? Du doch wohl! Wärst du mal in der Klinik geblieben, Andi und ich hätten die Sache schon durchgezogen.«

Sofia berührte Jonas an der Schulter. »Vanessa?«, hauchte sie in sein Ohr. Sie bewegten sich auf eine Tür zu, unter der ein schwacher Lichtschein in den dunklen Gang vordrang.

»Scheint so«, kam es flüsternd aus der Dunkelheit zurück.

Sie wagten sich näher heran. Ein leises Weinen war nun zu hören.

»Jetzt heult sie auch noch. Fuck!« Wieder die Männerstimme. »Fällt euch überhaupt was auf?«

»Was denn?«, fragte ein Mann mit einer tiefen Bassstimme.

»Es ist total still hier. Dabei fahren sonst immer Autos. Den Verkehr hört man selbst hier unten. Die haben die Straße gesperrt.«

»Lukas, du hast sie nicht mehr alle!«

Sofias Herz schlug schneller. Sie waren auf der richtigen Fährte gewesen. Lukas Bannert, Andro Rumenovic. Und Vanessa Born. In ihren Earbuds knisterte es wieder, und dann hörte sie Matteos Stimme:

»Das SEK ist einsatzbereit. Habt ihr was?«

»Sind nah dran«, flüsterte Jonas. »Situation noch unklar. Juna ist im Keller in einem Abteil eingesperrt, Bannert, Rumenovic und Vanessa sind bei ihr. Kein Sichtkontakt. Wir wissen nicht, ob sie bewaffnet sind«

»Still!« Sofia wagte sich noch ein paar Schritte vor, um das Gespräch mitzubekommen.

»Die Bullen sind uns auf die Schliche gekommen. Die feine Dame musste ja auch aus der Klinik raus und alle rebellisch machen. Reißt euch jetzt zusammen! In zwei Stunden haben wir unser Geld und sind das Balg los!«

»Du Arsch! Glaubst du im Ernst, wir kommen hier weg? Mit zwei Millionen in der Tasche? Die picken uns doch an der nächsten Kreuzung auf.«

»Ich hab das für uns getan«, murrte Lukas.

»Hat dich keiner drum gebeten. Wie oft soll ich dir das noch sagen!«, fuhr Vanessa ihn an.

Nun erklang sehr lautes, verzweifeltes Weinen aus dem Keller.

Sofia flüsterte in ihr Mikrofon: »Wir haben Juna lokalisiert. Sie ist mit Bannert, Rumenovic und Vanessa im Keller. Bannert ist misstrauisch, weil kein Durchgangsverkehr zu hören ist.«

»Cazzo!«, schimpfte Matteo. »Wo genau seid ihr?«

»Durch das Abrisshaus rein, in den Keller, den Gang runter, rechts, dann kommt ihr links in einen Gang, der nicht im Plan eingezeichnet ist. Da stehen wir. Was sollen wir tun?«

»Gute Arbeit. Wartet auf das SEK: Eigensicherung höchste Priorität. Ich wiederhole …« Sofia achtete nicht mehr auf Matteos Anweisungen. Aus dem Versteck der Entführer drang Radau.

»Was ist da los?«, wisperte sie Jonas zu.

»Die haben Streit. Wir müssen rein. Die hauen sonst ab mit der Kleinen.«

Aus dem Keller drang Bannerts Gebrüll: »Wir nehmen Juna und gehen raus. Das ist unsere letzte Chance! Wenn wir die Kleine nicht bei uns haben, knallen die uns sofort ab.«

Die Bassstimme: »Kommt nicht in Frage. Juna ist krank. Die kann nicht mehr. Die kannst du nicht rauszerren und in die Stadt abschleppen!«

»Du verdammter Idiot!«, schrie Bannert mit sich überschlagender Stimme.

Ein Schmerzensschrei erklang, der Sofia einen Schauder über den Rücken jagte.

»Die Entführer streiten. Ob sie Juna rausbringen sollen oder nicht«, flüsterte sie in ihr Mikrofon.

»Habt ihr Sichtkontakt?«

»Nein, wir können sie nur hören.«

Im Versteck brach Tumult aus. Sie hörten Vanessa laut aufschreien, begleitet von Junas schrillem Weinen. Etwas Schweres schlug gegen eine Wand.

»Lass das!«, kam es dumpf, gefolgt von einem lauten Stöhnen.

»War das Bannert?«, wisperte Sofia, während sie ihre Dienstwaffe zog. Jonas glitt auf die andere Seite der Tür.

Die wurde von innen aufgestoßen. Im Gegenlicht erkannte Sofia zuerst nur einen unförmigen Schatten, der sich an der gegenüberliegenden Wand abbildete wie ein übergroßes Zelt. Bis ihr auffiel, dass Vanessa mit Juna auf den Armen herauswankte.

Sofia presste sich an die Wand. Vanessa bemerkte sie nicht, schleppte die wimmernde Juna an ihr vorbei, den Gang entlang, den Sofia und Jonas gekommen waren. Sie folgte. Hinter sich hörte sie, wie Jonas in das Versteck stürmte und brüllte: »Polizei. An die Wand. Hände über den Kopf.«

Vanessa warf einen schockierten Blick nach hinten. Sie kam kaum voran mit dem Kind. Sofia schloss auf:

»Vanessa Born, bleiben Sie stehen!«

Die junge Frau vor ihr schien zu versteinern. Mit der freien Hand nahm Sofia die Maglite, schaltete sie an.

Vanessa starrte ins Licht. Junas Augen waren glasig, das Gesicht schweißbedeckt. Langsam setzte Vanessa das wimmernde Mädchen auf den Boden.

»Nicht schießen«, keuchte Vanessa. »Ich habe keine Waffe bei mir. Ich wollte Juna rausbringen.«

Sofia tastete sie rasch ab und sprach dann ins Mikrofon: »Wir haben Juna! Vanessa Born bringt sie raus. Sie ist unbewaffnet, ich bin dicht hinter ihr. Jonas hat die Kidnapper festgesetzt.«

»Roger«, kam Matteos Stimme.

»Los!«, befahl Sofia. »Tragen Sie Juna ins Freie. Keine Tricks.«

Vanessa hob ihre Schwester wieder hoch und ging los. Sofia folgte ihr.

Fußgetrappel. Die SEK-Leute stürmten den Keller.

»Stehen bleiben!«

Sofia steckte ihre Pistole ein und nahm Vanessa Juna ab. Als sie mit dem Kind in den Armen ins Freie trat, stand schon Matteo da.

»Gute Arbeit«, sagte er. »Gratuliere.«

95.

Sonja stand neben Marisa Born und Juna, die im Krankenwagen auf der Liege saßen. Das Mädchen hatte aufgehört zu weinen, aber in ihren Augen las man das Unverständnis über die so schnell veränderte Situation. Der Notarzt untersuchte sie.

»Dehydriert, allerdings nicht lebensbedrohlich. Wir legen ihr eine Infusion und fahren sie dann ins Krankenhaus.«

»Frau Born, wollen Sie nicht Ihrem Mann Bescheid geben?«

Marisa Born sah auf. »Können Sie das machen? Ich schaffe es nicht, ihm zu sagen, dass Vanessa unsere Tochter entführt hat. Wahrscheinlich glaubt er mir das nicht einmal.«

»Wie es aussieht, war es ein wenig anders«, sagte Sonja. Sie hatte kurz mit Sofia und Jonas gesprochen. »Vanessa ist aus der Drogenklinik durchgebrannt, um Juna zu retten.«

Marisa schüttelte den Kopf. »Ich weiß nicht mehr, was ich

glauben soll.« Sie streckte Sonja ihr Handy hin. »Bitte rufen Sie ihn an. Kurzwahl 1.«

Sonja drückte die Tasten. Während sie wartete, dass Born das Gespräch annahm, sah sie zu, wie Lukas Bannert und Andro Rumenovic aus dem Keller gebracht wurden. Lukas trug teure, wenn auch verdreckte Markenklamotten. Andro behalf sich mit verschlissenen Jeans und einem Star-Wars-T-Shirt. Ein Bär von einem Mann mit dem Gesichtsausdruck eines verschreckten Kindes. Leicht zu durchschauen, wer von den beiden die Entführung initiiert hatte. Sie fragte sich, ob der Mord an dem Junkie Hannes Plaikert auch auf das Konto der beiden Spießgesellen ging. Sie sah zu Jonas hinüber, der sich mit einem Handtuch die Schminke vom Gesicht wischte. Sofia stand neben ihm, den Blick auf die Streifenwagen gerichtet, in denen die beiden Männer weggebracht wurden.

Endlich meldete sich Born.

96.

Vitale ließ vorsichtig die Schultern kreisen. Das lange bewegungslose Sitzen in unbequemer Position hinter einem Felsen machte ihm zu schaffen. Ihm waren das Zögern und der Widerwille der meisten von Santoros Geschäftspartnern nur allzu geläufig. Auch Born unterschied sich nicht von ihnen. Er zierte sich.

»Herr Born, wir haben nicht ewig Zeit«, sagte die Santoro. »Unser Angebot ist ausgesprochen großzügig, wenn man die Situation Ihrer Firma bedenkt.«

Born unterschrieb. Sein Widerstand brach einfach ein. Auch der Notar unterschrieb mehrere Papiere.

»Sie bekommen die beglaubigte Ausfertigung von uns zugeschickt«, sagte Giulia Santoro, während sie aufstand und Born die Hand hinstreckte.

»Moment, Moment! So kommen Sie nicht davon. Wo ist meine Tochter?«

»Ich habe gehört, dass Ihre Tochter entführt wurde. Aber damit haben wir nichts zu tun.«

»Das lasse ich Ihnen nicht durchgehen!« Born packte die Santoro bei den Schultern.

Vitale sprang auf. Er hielt die Waffe auf Born gerichtet, war in wenigen Schritten bei der Hütte. »Treten Sie zurück!«, befahl er.

Born starrte ihn verblüfft an. Sein Handy klingelte, und er ließ Santoro los.

»Meine Frau«, murmelte er. »Ja, Marisa, was ist? Ach –

Commissario Schwarz, was gibt es? Sie haben Juna befreit? Ist sie ... sehr krank ... oh, gut. In ein Krankenhaus. Gott sei Dank!« Born war alle Farbe aus dem Gesicht gewichen. Er setzte sich auf die Bank an den Brotzeittisch.»So schnell! Das hätte ich nicht gedacht ...«

Vitale steckte seine Waffe weg. Die Santoro zog ihr Handy hervor und sprach ein paar Worte.

»Wir haben nämlich gerade erst darüber verhandelt. Mit Giulia Santoro. Ich habe meine Firma an sie überschrieben.« Der SUV kam angefahren, lautlos beinahe, und hielt. Der Notar stieg ein. Auch Santoro öffnete die Beifahrertür und warf Vitale einen Blick zu. Der zögerte.

»Was meinen Sie? Freunde von Vanessa haben Juna entführt?« Born sah sich um, es schien, als erwachte er aus einer Art Traum.»Natürlich, Signora Santoro ist noch hier.« Born hielt sein Handy in der ausgestreckten Hand.»Signora, die Polizei möchte Sie sprechen.«

Vitale verließ sich ungern auf Ahnungen, aber es kam ihm so vor, als habe Giulia Santoro in diesem Fall den Bogen überspannt. Das Gesicht seiner Chefin versteinerte, als sie das Telefon ans Ohr hielt. Kurz darauf winkte sie ihn zu sich und gab ihm die Order, zu verschwinden. Und zwar sofort.

Er fragte nicht weiter, sondern machte sich zu Fuß auf den Weg über die schmale Bergstraße, die sie gekommen waren, ins Tal.

97.

»Wir haben das Handy schon geortet. Sie sind im Ahrntal. Elende Fahrerei«, beschwerte sich Matteo.

»Mit meinem Wagen?« Sonja klickte auf den Türöffner.

Jonas trat zu ihnen. »Meint ihr, Santoro hat Born gegenüber durchblicken lassen, sie hätte Juna in ihrer Gewalt?«

»Das könnte die Masche sein, mit der sie ihn angelockt hat. Ich habe die Carabinieri vom nächstgelegenen Kompaniekommando zu ihrem Treffpunkt geschickt, damit Santoro uns nicht stiften geht. Fahren wir.« Matteo marschierte zum Auto.

»Ich komme mit.« Jonas stieg schon auf den Rücksitz.

Matteo sah Sonja an. »Okay?«

»Je geballter wir auftreten, desto besser«, erwiderte die.

»Warte. Wo ist eigentlich Sofia?«, fragte Matteo halblaut, die Hand an der Beifahrertür.

»Eben war sie noch hier.«

»Verdammt – wenn sie sich absetzt, macht sie ihre Situation noch schlimmer.«

Sonja sah ihn erstaunt an. »Warum sollte sie? Sie hat einen guten Job gemacht.«

»Jetzt schon.«

»Lass uns aufbrechen. Eine Streife kommt uns nach. Nur für den Fall.«

»In Ordnung.«

Sonja setzte sich ans Steuer. Beim Fahren konnte sie endlich die Anspannung rauslassen. Gas geben, bremsen, schalten, überholen. Die Autobahn nach Norden war wenig befahren, sie fuhr konstant links, zog an den LKWs vorbei. Die Kollegen sprachen nicht, nur Matteo bekam einen Anruf von den Carabinieri, dass die Bergstraße, auf der sich Born und Santoro befanden, gesichert war. Ansonsten hing jeder seinen Gedanken nach; Sonja war es recht. Sie war einfach nur unglaublich erleichtert, Juna in Sicherheit zu wissen. In den vergangenen Tagen hatte die Angst um das Mädchen an ihr genagt. Obwohl sie sich mit der Polizeiarbeit abgelenkt hatte, dem jeweils nächsten Schritt, der Analyse, der Planung, war sie doch immer angetrieben gewesen von der Horrorvorstellung, sie, die Ermittler, könnten zu spät sein. Eine entscheidende Spur übersehen.

Wenn die beiden aktuellen Fälle nun zum Abschluss kamen, hätte sie den Kopf wieder frei, um über sich selbst und das Weingut nachzudenken. Die Frage war, wann sie eine Entschädigung für den Schaden, den Julian angerichtet hatte, auf dem Konto hätten. Erfahrungsgemäß würde das dauern. Ihre Ernte dieses Jahr konnten sie vergessen. Das bisschen Profit würde nicht einmal die laufenden Kosten auf dem Gut decken. Und sie hatten immer noch keinen funktionierenden Traktor. Sie musste eine gute Werkstatt finden. Nur zu wahrscheinlich, dass ihr sogenannter Verwalter auch an dieser Stelle manipuliert hatte.

Sonja bemerkte kaum, wie sie von der Autobahn abfuhr und durch Bruneck steuerte. Sie meldete sich bei den Carabinieri, um sich den Weg genau beschreiben zu lassen. Santoro schien es mit Fassung zu tragen, dass sie festgesetzt war. Sonja fragte sich, was Matteo mit dieser Aktion bezweckte. Zweifellos würde Santoro aus der ganzen Sache rauskommen, ohne dass ihr Kostüm auch nur eine Falte bekäme.

Als sie hinter Sankt Johann auf die Bergstraße abbog, die man ihr beschrieben hatte, fuhr Matteo hoch.

»Ich bin glatt eingeschlafen«, murmelte er. »Wie geht es euch?«

»Einsatzbereit«, kam es von Jonas.

Der Geländewagen der Carabinieri kam in Sicht, sie grüßten. »Keine Vorkommnisse, Commissari!«

Kurz darauf sahen sie Borns Wagen und einen Range Rover unterhalb einer Schutzhütte parken. In dem Rover saß außer dem Fahrer ein älterer Mann. Giulia Santoro wartete auf der Bank vor der Hütte. Born lief neben ihr auf und ab.

»Dann mal ran an den Speck«, murmelte Sonja.

Matteo sprang schon aus dem Auto.

»Herr Born, was soll das heißen, Sie haben Signora Santoro Ihre Firma überschrieben?«, rief er.

Born, der mit Erleichterung die Ankunft der Kommissare quittierte, wischte sich den Schweiß von der Stirn.

»Sie hat mir vorgemacht, sie hätte meine Tochter.«

Giulia Santoro, wie aus dem Ei gepellt, schüttelte betont geduldig den Kopf. »Ich habe nichts dergleichen getan.«

»Sie haben mir suggeriert, es ginge um die Zukunft meiner Familie.«

»Für die es zweifelsohne wichtig sein sollte, ob Sie pleite sind oder solvent.« Sie stand auf und trat auf Matteo zu, hielt ein Handy hoch. »Ich habe das Gespräch aufgezeichnet. Sie werden feststellen, dass ich keinerlei Druck aufgebaut habe. Es ging nur um das Geschäft. Mit der Entführung habe ich absolut nichts zu tun.«

Sonja unterdrückte ein Stöhnen.

»Ich denke, ein Gericht wird begreifen, dass hier indirekt Druck ausgeübt wurde«, sagte Matteo kühl.

»Mag sein, wodurch jedoch in der Öffentlichkeit schnell bekannt würde, wie es um Born Sport IT steht. Danach ist das Unternehmen nichts mehr wert, und etwaige Sponsoren werden einen weiten Bogen um Signor Born machen.«

Sonja staunte nicht schlecht, als sich die Heckklappe ihres Dienstwagens öffnete und Sofia herauskroch, immer noch im

Junkie-Outfit. Die Schminke hatte sie nur ungenügend abgewischt. Sie sah verwegen aus.

Sofia kam auf die Gruppe zu. Die Santoro lächelte ein unergründliches Lächeln.

»Verzeihung, dass ich zu spät komme«, sagte Sofia.

Matteo starrte sie verdutzt an, hatte sich aber schnell wieder in der Gewalt.

»Wenn ich um das Handy bitte dürfte, Signora«, sagte er, streckte die Hand aus. »Wir werden die Aufnahme auswerten.«

»Bitte sehr.« Die Santoro lächelte weiter.

Mit einem Mal stand Sofia hinter Santoro, die Dienstwaffe in der Faust.

»Sofia!«, rief Jonas. »Mach das nicht.«

»Ihr werdet sie wieder nicht drankriegen.« Sofias Hände hielten die Pistole ganz ruhig. »Entweder macht mich ihr Bodyguard jetzt kalt. Aber so klug ist sie wohl, das zu verhindern. Würde ja doch auffallen.«

»Ich weiß nicht, welchen Fantasien Sie sich hingeben, Signorina, aber ich habe keinen Bodyguard.«

Sofia lachte kalt auf. Dann drückte sie ab.

Sonja glaubte zuerst nicht, was sie sah. Die Santoro ging getroffen zu Boden, das Gesicht starr, Verwunderung im Blick. Blut quoll aus der Wunde an ihrer Seite. Sie presste die Hand darauf, doch es sickerte in einem steten Fluss zwischen ihren Fingern hindurch. Jonas reagierte zuerst. Er nahm Sofia die Waffe ab und sicherte sie. Zwei Carabinieri eilten herbei.

»Rufen Sie einen Krankenwagen«, befahl Matteo. »Und nehmen Sie die beiden Herren in dem Rover fest. Wenn ich das richtig sehe, muss es irgendwo Geschäftsunterlagen geben. Die möchte ich haben.«

Ein anderer Carabiniere stürmte mit einem Verbandskasten herbei.

Sonja sah Sofia an. »Warum?«, fragte sie leise.

Sofia zuckte die Achseln. »Sie wird nicht loslassen. Das ist der Punkt.«

Die Carabinieri brachten sie weg. Jonas stand da, unter Schock, bis Sonja eine Beweismitteltüte aus ihrer Tasche nahm und sie ihm hinhielt, damit er die Pistole hineinlegen konnte. Matteo hockte sich neben Santoro. Der Carabiniere bemühte sich, einen Druckverband anzulegen.

»Warum wollten Sie mich umbringen? Warum die Bombe in meinem Auto?«

Giulia Santoro streckte die Hand aus. Mit ihrem blutverschmierten Finger tippte sie Matteo an die Brust.

»Was soll das?« Er starrte auf sein Hemd. »Was ist das?«

»Ein V natürlich.« Giulia Santoros Atem ging rasselnd.

»V?«, fragte Sonja verwirrt.

»Vendetta – Blutrache.« Matteo stand auf, sah auf die Santoro hinunter.

Diese verlor allmählich das Bewusstsein. Im Hintergrund begann Jonas zu schluchzen.

»Verdammt«, murmelte Sonja. Sie ging zu Jonas hinüber und legte ihm die Hand auf die Schulter. »Wird alles gut«, sagte sie leise. »Irgendwann wird alles gut.«

Ende

*Weitere Titel finden Sie auf den
folgenden Seiten und im Internet:*

WWW.GMEINER-VERLAG.DE

Band
1 + 2
zum Film

DER
BOZEN
KRIMI

Edition
RÆTIA

Tödliche **Karibik**

Claudia Rossbacher
Hillarys Blut
Thriller
320 Seiten, 12 x 20 cm
Paperback
ISBN 978-3-8392-2516-5
€ 14,00 [D] / € 14,40 [A]

Was geschieht, wenn auf einer kleinen Karibikinsel zu wenig Menschen sterben? Zu wenig Menschen, die ihren Leichnam der Medizin zur Verfügung stellen? Was, wenn deshalb Prämien für Körperspenden ausgesetzt werden? 3.000 US-Dollar für jede Leiche, die den Studenten die faszinierende Welt der Anatomie eröffnet. Als die deutsche Touristin Sonja Podolski in Antigua landet, ahnt sie noch nichts von den mörderischen Intrigen der Schönen und Reichen, die schließlich auch sie in Lebensgefahr bringen …

GMEINER SPANNUNG

WWW.GMEINER-VERLAG.DE
Wir machen's spannend

Sofie Berg
Schicksalstage am Fjord
Romane
438 Seiten, 13,5 x 21 cm
Premium-Klappenbroschur
ISBN 978-3-8392-2460-1
€ 15,00 [D] / € 15,50 [A]

Das Leben in Norwegen unter der deutschen Besatzung
ist gefährlich, vor allem für diejenigen, die Widerstand
leisten. Nach der Verhaftung von Vater und Schwa-
ger wendet sich die junge Norwegerin Ingrid Bakken
hilfesuchend an ein Mitglied der norwegischen Nazi-
partei und wird damit für ihre Familie zur Verräterin.
Ingrid bemüht sich, das Verhältnis zu ihrer Familie
zu retten – und hat Erfolg. Doch dann begegnet ihr
die große Liebe – in Gestalt eines deutschen Soldaten.
Wird sie es wagen, ihren Gefühlen nachzugeben?

GMEINER SPANNUNG

WWW.GMEINER-VERLAG.DE
Wir machen's spannend

Gast mit
Geheimnis

Peter Wark
Meeresgrab
Kriminalroman
276 Seiten, 12 x 20 cm
Paperback
ISBN 978-3-8392-2533-2
€ 12,00 [D] / € 12,40 [A]

Kann man einem Schulfreund trauen, zu dem man
über 20 Jahre lang keinen Kontakt mehr hatte? Diese
Frage hätte sich Aussteiger Martin Ebel stellen sollen,
bevor sich der ungebetene Gast aus Deutschland in
seiner Wohnung auf La Palma breit gemacht hat. Als
er die wahren Gründe für den Besuch aus der Heimat
zu erahnen beginnt, haben die Ereignisse bereits eine
mörderische Dynamik entwickelt – und Ebel wird
immer tiefer in den Strudel aus Lügen, kriminellen
Verstrickungen und Gewalt hineingezogen …

GMEINER SPANNUNG

WWW.GMEINER-VERLAG.DE
Wir machen's spannend

©Matthias Spalinger

Strub / Spalinger
Tessin
Lieblingsplätze
192 Seiten, 14 x 21 cm
Paperback
ISBN 978-3-8392-2159-4
€ 17,00 [D] / € 17,50 [A]

Das Leben ist schön im südlichsten Kanton der Schweiz.
Wo das mediterrane Herz der Eidgenossen schlägt,
beeindrucken alte Steinhäuser im Verzascatal mit archai-
scher Architektur, laden glamourösen Cafés am tiefblau-
en Lago Maggiore zum Verweilen und locken idyllische
Seen mit glasklarem Wasser in den Tessiner Alpen.
Weltstars auf der Open-Air-Bühne der Piazza Grande
in Locarno, Kunst an der Promenade von Lugano – entdecken Sie zwischen den Alpen und der Po-Ebene das
zauberhafte Tessin mit der einzigartigen Mischung von
schweizerischer Perfektion und italienischem Flair!

GMEINER KULTUR

WWW.GMEINER-VERLAG.DE
Mensch, Kultur, Region